周敦颐

柳守冰 著

中国文史出版社

图书在版编目（CIP）数据

周敦颐 / 柳守冰著. -- 北京 : 中国文史出版社, 2020.10
（实力榜·中国当代作家长篇小说文库）
ISBN 978-7-5205-2359-2

Ⅰ. ①周… Ⅱ. ①柳… Ⅲ. ①长篇历史小说－中国－当代 Ⅳ. ①I247.5

中国版本图书馆CIP数据核字(2020)第190269号

九江市文联文艺繁荣工程扶持项目

责任编辑：全秋生

出版发行：中国文史出版社
地　　址：北京市海淀区西八里庄路69号　邮编：100142
电　　话：010－81136602　81136603　81136606（发行部）
传　　真：010－81136655
印　　装：北京温林源印刷有限公司
经　　销：全国新华书店
开　　本：787×1092　1/16
印　　张：22.75　字数：360千字
版　　次：2021年3月北京第1版
印　　次：2021年3月第1次印刷
定　　价：66.00元

目录

引　子 / 1
第一章　甘露洒濂溪 / 8
第二章　逐梦到汴京 / 16
第三章　居丧鹤林寺 / 25
第四章　陈县令授命 / 34

第五章　初试露锋芒 / 42

第六章　上任市征局 / 53

第七章　相思两地愁 / 64

第八章　狱囚不当死 / 74

第九章　讲学授门徒 / 85

第十章　想起那子曰 / 96

第十一章　百姓和土地 / 105

第十二章　一场大山洪 / 113

第十三章　天灾未尽头 / 120

第十四章　冬去复春来 / 132

第十五章　劝得尤超归 / 140

第十六章　声威镇南昌 / 148

第十七章　家钱不满百 / 157

第十八章　悠游长江行 / 166

第十九章　家圆合州城 / 174

CONTENTS

第二十章　欣喜与伤悲 / 182

第二十一章　六妹来续弦 / 192

第二十二章　特殊两弟子 / 201

第二十三章　又见王安石 / 211

第二十四章　君子岂小人 / 220

第二十五章　荷盛说爱莲 / 231

第二十六章　小年夜之痛 / 239

第二十七章　官清梦魂安 / 249

第二十八章　拙政迁州学 / 258

第二十九章　二公多荐贤 / 266

第三十章　端砚平风波 / 273

第三十一章　湖区肃偷盗 / 283

第三十二章　寻圣凿莲池 / 292

第三十三章　归去庐峰下 / 302

第三十四章　绝顶看江湖 / 312

第三十五章　携子游丛林 / 321

第三十六章　雷雨惊匡山 / 330

附　录 / 337

主要参考书目 / 353

后　记 / 355

CONTENTS

引　子

大乱之后必有大治。

穿越时空，后周恭帝显德七年（960）正月初三，陈桥兵变，黄袍加身。历史一幕的重演，赵匡胤登上九五至尊皇帝宝座，建立赵宋王朝，改元建隆，定都汴京。

赵匡胤身着五爪龙袍，并没有完全沉浸在崇元殿登基时那般众臣朝贺、叩首跪拜、山呼万岁的情景里，也没有陶醉于子民布满天下的满足。而是食无味，寝难安，他心忧这大宋江山能否长久下去。

与做武将时相比，以前直爽干练、无畏克敌的赵匡胤而今变得冷静持重、深谋忧远，打心底里无时不在思考如何治理好新生的江山社稷。他想，自己刚刚坐上皇位，面临的边境受敌，平定外患迫在眉睫；朝廷内外情况不明，人心未归，稳定朝臣一样紧迫；更为要紧的是兵权散落在武将手里。这些问题紧紧锁住赵匡胤的眉头，他难以开怀。

或许成了皇帝，他心中最大的事莫过于国家安稳，自己怎样才能够驾驭举国上下。为稳固皇权，巩固疆土，他必须收敛带有鲁莽的武夫个性，以谋天下大事，全心维护江山永固，不能让自己乃至后来子孙步前朝后尘。

他切身体会到，当皇帝居然还有这种不可逢人便说、朝思暮想天下之苦心和隐痛，害怕武将再来一次黄袍加身。

已是初春，艳阳普照，万物复苏，大地发出吱吱动人的破土声。赵匡胤无意中从窗子望到殿外花园正在泛青，对于一直闷在冬天里的人来说，花园无疑是一方好去处。

赵匡胤忽地想到一个人，他就是策划黄袍加身的第一谋士、自诩半部《论语》治天下的赵普。赵普足智多谋，刚毅果断，深得赵匡胤信任，赵匡胤立即召他进宫。

有别于以往。赵普刚踏进龙殿还没来得及行君臣之礼，赵匡胤就起身走向赵普。

“你我生死兄弟，今日就不要礼来礼去，有的时候还是简单直接好。”赵匡胤亲切地说。

“君臣父子，这哪能成。”赵普倒有些不自然。

“成，成，成。一个整冬都闭在屋子里忙着，春至却不知，不可错过好时光。走，咱们去花园逛逛，看看外面的春。”赵匡胤用早前在军中闲暇时散步看风景的口气说。

“去外面逛逛？”赵普当然知道皇上有心事，言散心是假，说要事是真。只是皇上择一个合适地方，一种怡人方式。

“对。那时在军营，军务之外朕和你们不经常逛这逛那吗？想起来那是一段多好的时光啊！”听得出，赵匡胤的话带有对往日之念想。

赵普的经历告诉自己，那时身在军营，征战常态，吃苦不觉苦，受累不觉累，人活得简单，也只有一条路可走，那就是对生死看得轻。现在深宫里表面平静，却远比面对披坚执锐征战复杂，同样掺杂着生死厮杀。他知道皇上有话要跟自己说，但不知道要说什么，之后又要自己做什么。

他们割断尾随，出了宫殿。先是赵匡胤走在前面，慢慢地他放慢脚步好让赵普跟上来。

赵普机灵地快步上去，两个人并肩慢行。大约走了几十丈远，赵普瞟赵匡胤一眼，见他有些沉闷，便想：皇上不开口，他不能先说。两个人无声地走到花园深处。

“朕在想一件事，从唐末至今，祸起萧墙，一派乱象，当过皇上的人已有八家十三人。若然下去，何时才能归于平静，让百姓得以休养生息？！”赵匡胤远望那起伏的山峦，白云悠悠。

“皇上居安思危，谋虑天下，实属大宋之福，百姓之幸啊！”赵普的话虽说有奉承迎合之意，但听起来却饱含忠君之情。

“国家安定才是百姓之福，有福才有幸啊！”赵匡胤停一会儿又说，“怎样才能让天下不复动荡不安？”他直视赵普。

赵普听知赵匡胤怀有大心思，心里深有感触：既然皇上召自己来花园单独谈此国事，想必皇上还没有成熟的想法，不妨大胆一谏。这也是赵普的风格。

“削弱兵权，制约钱谷，收敛精兵，方能破图谋，消除人之妄想，天下无不太平。”赵普干脆利落，一语中的。赵普再瞟一眼赵匡胤，然后若无其事地看花草，静待赵匡胤发话，他毕竟老成。

“此话怎讲？”赵匡胤追问。

“皇上英明。大宋立国封后周废帝柴宗训为郑王，太后符氏为周太后，迁居西宫，不涉朝政。而柴家世代将受赵宋庇佑，此乃天下之大仁大德，唯我大宋之大道。”

赵匡胤当然听明白了赵普的话，但觉得只是说一个理，还没有说得直白到位，也没有说得详细，话里还有话。他“哦”一声，希望赵普继续说下去。

“如斯故旧，直说就是！”赵匡胤轻松淡笑道。

“轻重缓急而论，逐渐释之，以稳文臣武将特别是武将之心。”赵普说，“臣浅陋，皇上高瞻远瞩。”

“如何逐渐释之？”赵匡胤又细处追问。

“取之予之，先卸兵权，再赐闲职，并赐财帛家产，令其安度余生，此乃仁德之治。”赵普再禀。

赵匡胤心里有谱了，这与自己的想法相差无几，无须问下去。虽说是在花园，但两个人心里并不觉得轻松，因为事情太大太严肃，尽管他们边走边欣赏眼前的初春。可他们还是没有心情欣赏美景，哪怕是紫铜色桃枝上、青绿色茶树间……都布满花蕾，有的吐艳绽放，飘逸芳香，着实悦目沁人。

赵匡胤回到龙殿，仍在想着赵普那些话，反思乱世五代兵变改朝换代的一个残酷现实：军队是王朝的保卫者，若不管好也会变成王朝的摧毁者。他还想到兵变建立大宋，尽管没有弑君，但还是不免有人在旁边议论纷纷，说三道四，指指点点。而他保护柴荣家眷后代，同样有人眼见心明，说其仁政，心服明君。他比较、酝酿、决定，开始施行崇文治国的新方略。

这一年七月里的一天，晚朝结束，一群掌管兵权的武将正赶往内宫聚集。

内宫灯火通明，金碧辉煌。宫女摆好酒宴，晚风透窗微吹，凉意里散发着酒香，比身在营地要舒适百倍还多。武将们相互招呼，十分尽兴，好不热闹，此为赵匡胤当皇帝后第一次邀请他们相聚一欢。宴席初始，看上去君臣无界，与者放得很开，言之无所不及，颇有昔日军中酒事之氛围。

赵匡胤举杯说："昔日朝夕相处，多有一起痛饮，而今难得相聚一欢。众统领，请!"

武将们齐声应和："谢皇上。干！干！干!"

忽有人说："吾皇不忘咱们，今夜得意须尽欢，莫使金樽空对月，敬皇上!"赵匡胤愣一下，不得不在一片呼声中又饮一杯。

狂闹痛饮里，赵匡胤再举杯，他先喝下去，说："朕要是没有你们，就没有今天，也不会如此欢饮。"大家兴奋地喝起来，非常痛快。但赵匡胤还有话没有说，是时候了。赵匡胤接着道，"可是朕自从当皇帝以来，难得开心了，连觉都睡不好，还不如做个节度使来得快活，便想到召诸位来一起喝酒，说说话，或许朕心里会畅快些。"

石守信对赵匡胤的话有感觉，离座站起来，道："皇上何出此说？"

赵匡胤神情严肃，不快不慢地说："觊此位者，从来不乏其人。"这话听上去像是说以前，可也是说往后，更是说现在。"

气氛陡然紧张，内宫空气顷刻变得凝固似的。就这一句话让武将们从酒味里猛醒过来，心惊胆战，想到自己命悬一线，他们的心都提到嗓子眼上，伏地请罪，根本不知皇上会给自己一个什么结果。但也有人听出皇上说他自己"还不如做个节度使来得快活"的意思。石守信一边跪地磕头，一边颤抖道："臣愚不知何往焉，请皇上哀怜，指条生路!"

赵匡胤宽仁，但并没有叫他们起身，道："你们这么多年又苦又累。人嘛，就是要先苦先累，然后图个轻松快乐。人生苦短，不如多积些钱财家产，厚自娱乐。朕为卿等打算，释出兵权，出使大藩，赐予田产金钱，终享天年。诸位以为如何？"

还真管用，次日早朝，将领们以年迈不适或患疾等理由纷纷请罢，这是历朝历代不曾有过的双赢。

赵匡胤还想到军队就是国家的柱石，也是刀枪，安内戍边的关键还是靠军队。军队绝对不能没有，但是只能为大宋所用，还进一步把军队设置成军将握兵，平时负责军队训练、管理，职守国家；把调兵集权到国家最高军事统治机构的枢密院。枢密院最大的长官是枢密使，由文官担任，有调兵权但无统兵权，而将领有统兵权却无调兵权，使二者相互牵制，谁也无法调动军队谋取江山。

接着朝廷重用文人，成批地任命朝臣中文官出守地方列郡，改变了多少年藩镇割据的局面。朝廷也大量招收文人担任官员，补充朝官队伍。

太祖赵匡胤黜武器重文人儒臣，先后完成了北宋以文治国的开创，又经统一完善，民众得到休养生息，生产获得较大发展，国家呈现出安定局面。这种得来不易的安定局面，呼唤、酝酿一种精神向往的力量——道德价值取向，它来得自觉、广泛、有力，以从精神层面保证、维护国家的治理和稳定的秩序。

这天，赵匡胤在朝堂议完军政事务，他突然问起赵普："赵爱卿，自晚唐以来，大事不断，小事不少，秩序遭到破坏，对社会造成不小伤害，卿家可知何故？"

赵普秉道："理道不正，伦常败失，道德沦丧，礼乐无兴，人们终日迷茫也。"

赵匡胤："依卿看来，尚需重建伦理纲常，兴礼乐？"

赵普点头应是。

赵匡胤又问赵普："天下什么最大？"

赵普又秉道："道理最大。"

场面静默了，鸦雀无声。不过也自然不会缺少迎合赵匡胤的大臣。

有大臣说："皇上最大！"

还有大臣说："皇权最大！"

赵普再秉道："皇上至尊，皇权依此至尊，顺天意，显民心。但最大的皇权一旦失去道理，其危害也最大。遵循道理，百姓安乐，社稷安稳。"

其他朝臣都静静地察言观色，偷看赵匡胤的脸，也偷看赵普的脸。当着皇上众臣的面言及皇上、皇权之大小，谁也不会作声。而皇上宽宏大度，没有丝毫不快。

赵匡胤："何以此说，朕愿再闻其详。"

赵普说："安邦治国，圣贤早有所言，历代各朝都有所为。只是到了一定的时候既不知道理，也就难从道理，把自己推到道理对立面上。读书是学道理知道理，用书是讲道理行道理。所谓大学之道在于明其理，知其德，行其道也。"

听完赵普的话，赵匡胤自然想起天地大道。说："讲道理，重仁义，就会得来'自天佑之，吉无不利'。当朝学圣贤，讲道理，行仁义，怎能不会得到上天眷顾。"他赞同赵普的说法。在他看来，安民固疆，当须问一问道理；赋税断案，当须问一问道理；朝政纳谏，当须问一问道理……

以致讲道理成为当朝治理国家社稷的遵循，这一历史性对话，也就明确了赵宋王朝后来运行的法则。

虽说赵匡胤年少从军，没有读多少书，但却喜欢读书。曾随后周世宗攻打淮南，他用车装书籍征途学用，队伍中有人以为是私载货物告发他，世宗命人暗中查看，竟然都是书籍，世宗越发欣赏他。现在当皇帝，他更是知道以文立国的需要，把目光转移到读书对人的教化上，以学刚常、广见闻、增志虑。建隆三年（962）二月里某一天，周敦颐对近身的朝臣说："朕欲武臣尽读书以通治道。"他亲自推荐读书目录，带头读书。

开宝九年（976）太祖赵匡胤突然驾崩，参与陈桥兵变的宋太宗赵光义即位。他命文臣李昉、扈蒙等学者以群书类集之，编写了共分五十五部、五百五十门、长达千卷的《太平总类》。他又命每天呈来三卷日夜随时御览，铁了心地规定自己一年内读完。近身朝臣看到赵光义如此用功读书，劝他说："皇上每天上朝理政，国事操劳，还要日读三卷，无歇息可言，唯恐影响龙体，还需适度兼顾才好。"赵光义道："别看朕不舍昼夜读书，却独得其乐，想起事来也顺畅，且能调节劳累，开卷有益。"果然，赵光义一年读完了《太平总类》，并下诏将此书改名为《太平御览》。赵光义读书成癖，每天从巳时读到申时，把文人士子的思想引向攻经读史。同时开科取士，并对多次科考落榜的读书人开启特奏名，为读书人敞开入仕之道，为朝廷培养有学养、有道德情操的官员。

从小受教于大儒的太子赵恒，亦从来不放弃读书。至道三年（997）太宗箭伤发作而终，赵恒即位。新皇帝宋真宗赵恒效法太祖、太宗以文立国，大力倡导读书。他除了自己勤奋读书外，还引领全国上下读书的潮流，鼓励、调动天下士子读研经典。他坐在龙殿看到那摆着许多的书，随口背完几篇经典，接着写下史上有名的《劝学诗》：

富家不用买良田，书中自有千钟粟。
安居不用架高堂，书中自有黄金屋。
出门莫恨无人随，书中车马多如簇。
娶妻莫恨无良媒，书中自有颜如玉。
男儿欲遂平生志，六经勤向窗前读。

与重视读书相对应，朝廷重视选拔使用读书人，加大了开科举贤的力度。景德二年（1005），一次取进士二百四十六人，特奏名一百一十人，《九经》以下五百七十人，诸科《三礼》以下七十五人，共一千零一人。他们纷纷入朝担任相应的官职，从此走向仕途。一时间，可谓人才辈出。

至此开国近六十年的北宋，历经三代国君励精图治，时局安稳，百姓垦种，国家富庶；朝廷内外涌现攻读典籍、士子潜心读书的浓厚风气，向往功名成为时尚。不难想象，当时有人作诗描绘“万般皆下品，惟有读书高”的社会情景。全国很多地方相继兴起州学、军学、县学，还有民间办起学堂、书院，上下形成崇尚读书之新风。

好生逢天时。

朝廷重提伦理纲常，崇尚孔孟之道。为重建封建伦理秩序，以道体为核心，以穷理为精髓，以居敬、明诚为存养工夫，以齐家、治国、平天下为己任，追寻成圣之价值理想，催生容儒、释、道于一体的新儒学——理学由此应运而生。

也就是在国家到处书声琅琅，书香飘然，读书人不断取得功名时，当朝皇帝宋真宗赵恒作下《劝学诗》的那年，周敦颐幸运地出生在这样一个历史王朝、一个儒宦人家。

好像天意注定，他向北宋走来。

第一章　甘露洒濂溪

都庞岭东麓逶迤脉动，峰峦叠嶂，佳木郁葱，道山竞秀其中。山下有石窦，深不可测。泉溢而出，清澈莹透。这里大旱不涸，积雨不溢。泉水蜿蜒流过道州营道县营乐里楼田村的前方，汇成一条溪流，名曰濂溪。它世代哺育岸边苍生。

六年前，周辅成辞官回到家乡楼田村，耕读传家。此刻，他正在教五岁的孩童读经典，学写字，俨然一私塾先生。那孩童正是他的次子周敦颐。周敦颐生于北宋天禧元年（1017）五月初五午时。出生后第三天，家里为他举办沐浴仪式，也就是“洗三”，父亲为他取名敦实。后来汴京依舅他改名惇实，因避英宗皇帝原名宗实之讳改名惇颐。到南宋时又避宋光宗赵惇之讳，人们都称他周敦颐。因爱庐山之胜，他晚年遂居莲花峰下濂溪书堂，学者宗之，号濂溪先生。

周家世代官宦，书香门第。家谱记载，始祖周归仁三传至安时，生长子如锃、次子如锡。如锃唐高祖武德四年（621）登武进士，曾任曲江县令，后升大理寺评事，征南大帅卫上将军，出知营道。如锡武德元年（618）举进士，曾任高州府刺史、征南大元帅水陆马步军都统、左金吾卫上将军，曾平定广西横、廉、白、贵等六州。唐太宗即位，任左骑常侍。贞观元年（627），因事贬营道散参军，兄弟同居宁远太阳洞江口。如锡生育九子，居然满门中举六名文进士、三名武进士，给周家曾带来无上荣光。五传至从远，始迁营道。而始迁营道的周从远，为五代时期荆南建隆元年（960）武进士，官至马步指挥使。至单传独子周敦颐祖父周智强，生育五子，有长子周怀识为北宋天圣五年（1027）进士，官至上杭令；四子周辅成，也就是周敦颐父亲，北宋大中祥符八年（1015）进士，官至贺州桂岭令。虽不及先祖满门进士光彩夺目，但也同样享誉一方。

在周辅成心里，家族荣耀的传承不能丢，子孙读书谋仕的出路不能断，教辅子孙效法孔孟之道不能失传。他把周敦颐的读书安排得周周到到，妥妥帖帖，这也是他现在的首项要事。

周辅成领着周敦颐开始读经书。他诵一句，周敦颐随他也诵一句，几遍之后周敦颐有了感觉。

周敦颐：“长长的课文，爹不看书也能教？”

周辅成：“也是小时候不停地诵读，才背下来的。”

周敦颐：“是不是不停地跟爹诵读，等会我也能背下来？”

周辅成：“当然。”

周敦颐：“这就叫‘学不可以已’吧。爹说过，大凡读书，就是要不停地诵读就会熟练。”

周辅成：“也算是。”他先如此回答，没有多解释，只管教儿子把书诵读下来。

就这样，从简短句的诗词到长篇幅的文章，周辅成严谨地带周敦颐熟读、背诵、识字、听写、默写，让他把一篇篇儒家学说烂熟于心。

周敦颐天资聪颖，且勤奋好学，总是提前完成父亲布置的读书任务，周辅成颇为满意。课余，周辅成试着给他讲家乡历史人物故事。听故事是小孩的天性。每当听完一个故事，周敦颐吵着还要听第二个。周辅成都把这些看在眼里，心里窃喜。

既然儿子学有余力，又好听故事，那就顺水推舟，把故事扩展一些，内容讲得深刻一些。他给周敦颐讲舜帝南巡的事。说舜帝禅让大禹后，住在禹营造的鸣条行宫里，他却放心不下百姓。一天早晨，天气晴好，舜帝顾不上年事已高，带几名老臣和仆从南渡黄河，经中原大地向南进发。途中患病他还挣扎着过长江，入洞庭来到潇湘流域，此地是三苗人部落。舜帝访民众，听民声，察民情，教人造土屋、学麻织、行农耕，改变生产方式和生活条件。他传播人间孝道，感动当地人。后来舜帝积劳成疾，在一个深冬的黄昏客死苍梧。他载道以行，其思想根植所涉大地，道州也在其中，周敦颐认真听着这样的故事。

有一日，周敦颐早早地背完布置的功课，又缠着要父亲讲故事，周辅成就讲道州贤守元结。

安史之乱后，经历兵荒马乱的道州满目疮痍，人口大量流失，由以前四万多户减少到不足四千户，民众潦困。唐广德元年（763），元结受任道州刺史，次年五月来到任所。还不足五十天，他收到朝廷派人来催交赋税的公文，明确失限者罪至贬削。他目睹道州凄凉惨状，心痛不已。在这最难的时候，元结笃行守土之责，仁政爱民，救民于水火。不仅没有向老百姓催交赋税，而且两次上书朝廷，请求为百姓减免赋税。终得朝廷准奏，共减免道州赋税二十多万缗。

元结安抚流亡，为难民建房分田，免减徭役，使得百姓安居乐业，一万多户流亡在外的乡民返回故土。在收拾当时的残局中，他感慨地写长诗《舂陵行》，怜悯百姓，抨击横征暴敛，为民请命。

当周辅成讲到这里时，周敦颐吟来："军国多所需，切责在有司。有司临郡县，刑法竞欲施。供给岂不忧？征敛又可悲。州小经乱亡，遗人实困疲。大乡无十家，大族命单羸。朝餐是草根，暮食仍木皮。出言气欲绝，意速行步迟……"

周辅成觉得奇怪，儿子竟把这首几十句的长诗背下了。问："你怎么会此诗？"

周敦颐说："娘教的。娘告诉我，做官就要做这样为民的好官。"

出身于三代五进士、官宦书香之家的母亲郑适，一直协助丈夫周辅成养育周敦颐，效法孟母教子，尤其是周辅成不在家的时日，她教小敦颐读书背书。

在道州最困难时期，元结在亲身感受中认清一个道理和事实，无论是太平盛世，还是战乱时期，民生之悲欢，皆与刺史理政治事有直接关系。其职位之重要，责任之重大。为告诫自己和后来刺史笃行职责，专守朝令，他写下《道州刺史厅壁记》，且刻于刺史厅堂：

> 天下太平，方千里之内，生植齿类，刺史能存亡休戚之。天下兵兴，方千里之内，能保黎庶，能攘患难，在刺史耳。凡刺史若无文武才略，若不清廉肃下，若不明惠公直，则一州生类，皆受其害。於戏！自至此州，见井邑邱墟，生人几尽。试问其故，不觉涕下。前辈刺史，或有贪猥昏弱，不分是非，但以衣服饮食为事。数年之间，苍生蒙以私欲，侵夺兼之，公家驱迫，非奸恶强富，殆无存者。问之耆老，前后刺史，能恤养贫弱，专守法令，有徐公履道、李公廙而已。遍问诸公，善或不及徐、李二公，恶有不堪说者。故为此记，与刺史作戒。自置州以来，诸公改授，迁黜年月，则旧记存焉。

壁记提出文武才略、清廉肃下、明惠公直的为官标准，做到仁政爱民，以民为本。此举一时震动政坛和文坛，影响巨大，以致后来不少的人尤其是官吏前来摩拓，以学效用。

从东汉末至宋，有大批名人或因来任职，或因贬官谪居，或因慕名寻胜，或因借道访幽云集道州，他们中许多人给当地人做好事，留下好的记忆。周辅成如此一个接一个地讲了在道州人们心中流传的阳城、吕温、寇准……

周敦颐津津有味地听着这样的人物故事，深受熏陶感染，潜移默化，其幼小心灵得到甘甜滋润，也在他心中播下仁爱、义理、大道的种子。

周敦颐对村前的濂溪情有独钟，常和其他孩童一起来溪边玩。夏日，绿叶莲花在水中挺拔，特别耀眼。一群小鱼游逛到莲叶下清溪里，时隐时现地沉浮，引得溪桥上孩子们指指点点，无不开心。周敦颐跑下桥，卷起裤脚，探行那近岸的莲花间追寻小鱼，满身凉意。他远房堂弟、也是父亲的随从周兴之子周通伴他左右。当水浸没到膝盖，他们嬉戏地随手浇起水来，弄得一身透湿回家。

母亲郑适担心地告诉小敦颐："没有大人在，以后不可以这样。"小敦颐记在心里。但他还是意犹未尽，把那有趣的情景继续说给母亲听。

母亲说："那是莲的洁净，鱼的自由，水的无私，濂溪的伟大。"

周敦颐像是有所感触，沉思片刻，念出母亲话里的洁净、自由、无私、伟大。话音才落，家里几天前孵出的小鸡"唧唧"地叫着来到他跟前。他把一只小鸡捧在手上，想到了鸡下蛋，蛋孵鸡。问道："到底是先有鸡还是先有蛋？"

母亲当然不会正面回答，敏思于言："待你以后学业长进就会晓得。"

周敦颐却等不及，又问父亲。父亲当然也说不清楚，急中生智地大声道："问得好！"他轻而易举把话题转移到对儿子的表扬鼓励上。在父亲的认可中周敦颐得到满足，他再没往下问。

虽说儿子问的是常见事物，自己答不出来，但周辅成非常喜欢他这种疑问、思考、请教的好学态度。他发现儿子有别于一般同龄孩子。

时序秋分，楼田村人来到一向看重的村前那五个土墩下。

身临室外秋色，相聚言欢。大人们从朝廷善政说到民安，从农事播种说到眼下秋收，从村前濂溪河说到凸显眼前的五个土墩。他们兴起趣浓，有人提出要为五个土墩取个名，大家思忖着。此时随父亲来玩的小敦颐脱口而出："我看这五个土墩就像五颗星星，并依次手指东南西北中的土墩说，分别叫它们木星墩、火星墩、水星墩、金星墩、土星墩，合在一起就叫'五星墩'吧。"大人们听了点头称是，都觉得有道理，符合天地自然，很是诧异。

父亲周辅成见前辈都在，怎么也轮不到一个小孩为村里土墩取名，对儿子使着眼神，道：“狂妄！”

坐在中间那桌的族长笑捋长须，道：“有志不在年高，学知不分老少。好！好！好！”

还有人好奇地问周敦颐：“‘五星墩’的名字确实取得不错，你是怎么一下得来的？”

周敦颐立马说：“我自己想的。”

周辅成便站起来道：“各位前辈，可别听他一个小孩子乱说，不可算数、不可算数。”

叫不叫“五星墩”无所谓，可周敦颐心里不服。夏夜在外面乘凉，他听大人说过金、木、水、火、土五颗星，就用它们来命名五个土墩，可父亲全盘否定，他只好无声地忍着。

最后大家还是将五个土墩正式命名为“五星墩”。认为五星齐备，是上天赐予他们村的福祉，一定要保护好，以保护楼田村的未来。

事无不巧之处。次年夏日里，周敦颐又去那清凉的濂溪边玩，经过“五星墩”时看到有人在金星土墩树下歇息，还有马在上面吃草，且踩坏植被。他跑上去执意要对方依村规赔偿，绝不松口。周辅成获知此事赶来，所见便是熟悉的营道张县令及其随行。他向张县令行礼并说明情况，按自己的方式处理好此事。

张县令方知五个土墩去年被命名为“五星墩”，并已立规矩保护。他笑视周敦颐，还抚摸他的头，道：“好好读书，将来必有出息。”

一天天一年年过去，周敦颐虽没有悬梁刺股，但也是三更灯火五更鸡地苦读力学，知识不断积累，学业不断提升。到十三岁时，他已读许多儒家典籍，还能背诵，且涉诸子著述，能写得一手有见地、有新意、条理清的文章，越发引起周辅成的注意和重视。

“敦颐，你读书又有进步，继续下去，将来可以参加科举进入官场。”周辅成褒奖道。

“爹，我不想做官。只愿深读儒家典籍，猎取百家，吸收诸子智慧，推进儒家学说。”周敦颐如实说。

儿子的话出乎他意料，使周辅成感到突然、震惊，心里掀起巨大波澜。他深知大宋从开国到现在，十分重视天下读书人，说得更实际一点，让孩子读好书十分重要而关键。官场内外子弟没有一个不随当朝大势，把读书看成是入仕的通途，期待有朝一日科举及第，这是他们人生唯一的大好出路。可是儿子不屑龙门，于功名而不顾，另择学问，他矛盾起来。

“以文立国，学而优则仕，朝廷重视读书人。你有优势找到更好的出路，可谋求一分功名，光宗耀祖，怎能不走光明仕途！”周辅成劝说开导儿子。

“读书跃龙门固然好，但人各有志，道途不同而已。我读书学习圣哲先贤，用心体会，得其精要和境界，快乐是也。若能完善孔孟学说，同样能获得功名，告慰祖先。”周敦颐振振有词地回父亲的话。

“你说得也有道理。可也须知道，自汉以来，儒学被历代王朝重视，鼓励士人读儒家书。读书人，有哪个不是看好为官前程，此路相对好走。你说推进孔孟学说当然也是一条路径，但确实是很不容易走得通、实现得了，需要在读书中创新发展，岂是一般人所能为，非圣哲大贤难能呀，为何要弃易择难呢？”周辅成用着心思比较两条路之易难，是希望儿子回到追求家族荣耀、读书谋仕的路上来。

“人并非生来圣贤，读书修身可以往圣贤。”

“纵观史上，可是百年来没有一人，就是一千年也难出几个。可想而知，如此难上加难！”

“爹放心，孩儿会努力。”周敦颐有不屈的自信。

周辅成力劝儿子，见他不听，不再往下劝。为使儿子不至于读书分心，周辅成先顺着儿子，让他把书读好，这是最主要和最重要的。毕竟儿子尚小，还不能看清人生世事，也许随他长大会改变想法。父子俩对读书有不同的认识和目的也就搁置起来，不再面对面地以期一方说服另一方。

“是呀，努力一分，就靠近理想目标一步；越是努力，就越接近理想目标。”周辅成暂且反过来鼓励说。

可周辅成心里哪能放得下这件事。背后，他还在为儿子不切实际的迷茫陷入沉思，想入非非。他记起父亲告诉过他而从来没有告诉外人的一件事。

那是盛夏三伏里的一天，太阳火辣辣地烤炙大地，热浪滚滚，草木垂头，人们都藏身屋舍躲避室外炎热。父亲周智强赶牛去家舍后面那山林，路上遇一长衫道人走在前面，越走越慢，有些踉跄。又走几十步，道人倒下。周智强勒住牛，上前蹲下一看，道人脸上泛白，两眼微闭。

紧急中，周智强掐一把道人的人中，道人醒过来。他把道人抱上牛背驮至家门口，扶其入室。道人喝过凉茶，再休息一阵便有恢复。道人是受师命远途去另一座道观，已行走两天，经过此地见一片山林，想去躲避烈日下的火燎暴晒。不承想赶路太急，一时中暑晕倒。

“深谢救命之恩！”道人辞行。

“外头一丝风都没有，热气蒸人。你才好一点的身子还需恢复，就在我家歇息到明天吧。”周智强不放心地挽留道人。

道人心想再作恢复也不耽误行程，同意居歇其家。道：“只是再添麻烦。”

夜去晨来，天空无云，蓝得透亮，人稀声静。道人趁早凉赶路，说：

“贫道铭记你的善行。”

“不值一说。谁遇上这危及生命的事情，都会这样做。酷暑里单身远行，白天最热的时段就别赶路，还是找个人家歇歇，望保重！”周智强道。

才出周智强家门，道人先仰望天空，然后四方张望，揣摩天气酷热。一看，倒是觉得周智强的家坐落风水好，连声念道：“好，好啊！”

“你说好就好，路途就顺。”周智强是说道人清早观得天象好，出门行走顺安。

“家居上好风水，须当珍惜。”道人告诉说。

“请问师傅，何以见得？”周智强才知道人是说他家风水，便问道。

“由近及远，有山微绕村庄屋舍，树木荫蔽，恰能所依。清溪于前，明流滋润，出人焉。”道人看过屋后，再看屋前又说。

“不过是平凡家宅，后面是一座小山，人们用石块在山上垒起一小屋，并无特别之处。史上，近处村民曾于石屋避过兵荒，那山上石屋为这里人带来过安全和宽慰，后来石屋被称作安心寨。前面嘛，普通一溪而已。”周智强随意说出自己的感觉。

“家居山水相对，青清相宜。”道人再指向流淌的濂溪河说，“动，乃后发之趋。”

语毕，道人去。

周辅成还在想那道人对家宅风水所言，联想到家族曾经十分耀眼的出人腾达，是久远居他地之事，跟现在家居毫不相干。要说自己这辈，也有大兄长和自己读书做官当县令，而自己用功读好些书，到头来不过是享受皇恩特奏名进士，在官场只是走一半路程的人，并且是过去的事。现在儿子目前读书势头尚可，却不想做官，倒是说要深读儒家书，猎取百家，融人之长，推进儒家学说，是不是道人说的那后发之趋？

他又想到周敦颐出生在五月初五午时。有说男孩午时出生、女孩子时出生命好，小孩长大后富贵、有发展。现在儿子好学善思，在近处一传十、十传百，小有名气，村里村外人都知道自家有个年纪还小的好读书生，把羡慕的目光投向他家，是不是道人所说出人焉？

若是没有周敦颐对读书的殊异之志，没有道人说的那些话，没有附近人对儿子的看好，也就罢了。偏偏这些全都有，弄得周辅成在这件事上思来想去，疑而又信，信而又疑，不知是真还是假。最后他还是回到折中上来：如果现在不把书读好，就不会有好的将来，至于以后之事以后再说；无论如何都不能等待靠之，儿子读书不能松懈，到时走哪条路都行。不过，他心里还是更希望儿子能够读书取得功名。

可是，就在周敦颐朗朗的读书声中，一连串的不幸悄悄逼近家门，接踵而至。

第二章　逐梦到汴京

从发鸿蒙到现在，周敦颐在父母亲的教诲下追逐圣贤梦，又在圣贤梦里濡养长大。

没想到这个家接下来时运不济，让他承受着巨大悲伤和痛苦。周敦颐姐姐季淳那年嫁与秀才陆若瑜，一年后因病去世；过了三四个月，小小年纪的弟弟敦贲又不幸夭折；三年后，家里主人周辅成病卧数日而逝，周敦颐才十五岁。家里顶梁柱轰然倒塌，给整个家庭以沉重打击，周敦颐第一次遭遇人生坎坷。

变故突如其来，打破了家庭的平静生活，使这个家陷入困境，一些问题随之显露出来，已严重影响到周敦颐读书。母亲郑适在痛失丈夫中不得不面对现实，苦心思考，以化解困境，可不是那么轻易就化解得了的。

在困扰忧愁中，郑适心里乱糟糟的，不见明亮方向，不知该走的路在哪里，实在令她头痛不已。真是难！

她一时拿不定主意，还在焦急地想着，情绪极低，一个人常常坐着不说话。知子莫过于娘，知娘也莫过于子。周敦颐放下手上的书，从自己房间出来，走到母亲身边。他是来陪陪母亲。

“娘！”他先叫一声母亲。

“你爹不在了，娘想你还是只管读好书，不可半途而废。否则到头来必定是一事无成，两手空空，有违你从小对读圣贤书的追求，也让你爹亡灵难安。”郑适眼看周敦颐，强忍心里之痛对儿子说。

“娘，我会把书读好。家里现在不比爹在，我白天做事晚上读书。”周敦颐想到娘的难。

“不行，敦颐呀。天天劳累后还有精力把书读进去吗？”

“放心吧，不会耽误读书。”

郑适感到生活迷茫，可在周敦颐读书的事情上，内心十分坚强。她加重语气说：“还是不行！读书早已不是你个人的事，是你爹对你的心愿，到时你还要告慰你爹。也是我们周家对你的寄托，这一点希望不能熄灭。”她把周敦颐继续读书说得如此明朗、坚定。

“孩儿谨记，可我担心娘。”

“娘挺得住，再难都有娘。你决不可以因眼下难就消沉下去，不可以因家境变成这样就放弃读书，前功尽弃。”

“娘，我知道。”

“你回房歇吧，我还要坐一会，坐一会。”

“是，孩儿谨遵娘教诲。家难接二连三，娘要想得开一点，不可想得太多太深，否则身太累心太痛。”周敦颐说罢，为娘添来一杯茶水，回到房间。

已是很晚，郑适放心不下儿子便向他房间走去，来到房门口见儿子专心伏案在读。要是以往，她就进去看看儿子，说上两句话，叫他早点歇息。或者是儿子睡了，便看看被褥是否盖好，如果没有盖好就拉拉被褥。可是今夜她捂着嘴往回走，她的泣声还是被周敦颐听到。他起身走到房门口看到是娘来看自己，心里不由得涌起一阵酸楚。

在自己房间，郑适思来想去，想到在朝廷为官的兄长郑向。她心里细数兄长的人生主要经历：小时候就喜欢读书，后来举进士。历官大理评事、通判、多地知州，召试集贤院、盐铁判官，两浙转运副使、擢知制诰，使契丹、兵部郎中，提点诸司库务，现在又是龙图阁直学士。敦颐有这样的儒宦舅舅，就有继续读好书的依靠；她有这样的儒宦兄长，便可回到自己的家，各方面事情都好办。想到这里，郑适做出一个决定，提笔给兄长郑向写信，告诉自家的不幸，特别说到要让周敦颐继续读书，有意投靠他。血浓于水，郑向收到信很能理解妹妹郑适的处境，特别是命运对她的捉弄。郑适原嫁与卢郎中，卢郎中去世后继室周辅成，可周辅成又过早去世。现在她除周敦颐外，还有周辅成与前妻生下现已成人的儿子周砺，还有她自己与前夫卢郎中生下现已成年的儿子卢敦文，且随她在周家生活。如此复杂的家庭成员关系，自然夹杂众多事情，尤其在周辅成去世的情况下，一家人很难继续一起过日子。若不在一起生活，各自又能何去？更有周敦颐年纪尚小，读书势头又看好，岂能因父亲去世而中断学业痛失前程？

郑向为之心痛，又为之心急，他不仅马上回了信，而且把周敦颐读书一事挂在心上。

天圣十年（1032），郑适安排好周砺在家继续生活后，处理一些家产，把十余亩田交给周辅成曾经的随从，也是他远房堂兄周兴看管，以资守护周辅成坟墓。她择日带儿子卢敦文、周敦颐踏上投奔郑向的路途。

郑适确实很累。路上，她沉默寡言。当她想起兄长郑向与自己兄妹情深，眼看两个儿子坐在身旁，破碎的心情有所好转，但心里也有放不下的。

“到了舅舅家你们凡事要明道理，知礼节，不能不儒雅点，不可任性妄为。”她对两个儿子说。

“娘，我会听话，用心读书。”经历家庭变故，周敦颐更为知理懂事，善解母意，一句暖心的话让郑适心情又轻缓一些。卢敦文也说了几句宽慰母亲的话。

“你们懂事，娘会省心不少。到汴京以后，要把舅舅家当成自己家，把舅舅当成父亲，你们就是舅舅家的孩子，遵从家规，守好小辈本分。但那毕竟是舅舅家，你们也要做好客人，凡事不出差错。要知道我们来投靠舅舅不容易，舅舅接纳我们也不容易。”郑适道出心里所思，提示两个儿子。

“娘，我们会管好自己的。”

为节约几个钱，他们一段陆路一程水途颠沛到达汴京。母子三人定居郑向家里。

好些年没有见兄长，特别是在这种情况下见到，郑适难以穷尽言表，泪水从眼里不住地流出来。

“哥，妹妹真是给你添麻烦，可我实在出于无奈。”

“不说这个，不说这个。你和两个孩子来了，我也就没有牵挂了。还是小时候一样，这里是我家，同样是你家。敦文、敦颐都是我的孩子。”郑向先是安慰她，让她放下心里的思想包袱。

夜深人静，兄妹俩在堂前灯下一吐山水横亘多年、甜中带涩的心路历程。他们百感交集，一股兄妹亲情涌上心头。此般情感有些别样，好在他们现在都踏实了。

郑向：“妹，敦颐读书的事在你心里十分重要，在我心里也一样十分重要。我和你想法一样，不可因家里发生变故荒废他，误其一生哪！”

郑适：“哥，就是有此担心，我才下决心带他来投靠你。有你，他才有读书的依靠和前程。”

郑向：“希望如此。你也在信中告诉我，一定要让敦颐继续读书。记得他以前读书很好，不知现在具体情况如何？”他问一问，以便有的放矢教辅周敦颐。

郑适：“仍好学勤思，切问疑惑。这孩子读过一些典籍，书性还算好。”

郑向：“读书无深浅，修行在自身，但要重视对敦颐传教引导。读书修养是一个漫长过程，非能毕其功于一役，需要多年努力才能看到收获和进步。”

郑适：“我不会放弃，敦颐也不会放弃。妹就把他托付给哥了！”

郑向：“放心就是。”

周敦颐外表清秀，言辞清雅，勤奋好读，已见儒气。郑向喜欢，十分疼爱，为他付出心思。

与周敦颐同辈的郑家子弟都是惇字辈分，征得郑适同意，为使两个外甥能融入郑家，又尊重他们的宗氏族姓，郑向就巧妙地用惇字为周敦颐改名周惇实，将卢敦文改名卢惇文。两家人生活在一起，长者关爱晚辈，晚辈敬重长者，同辈和谐，其乐融融，邻居夸赞不少。周敦颐感觉到了家庭温暖，把舅舅家真正当作自己的家。

尽管如此，因父亲的去世，周敦颐情绪状态还是差些，心神不定，常思亡父，读书也没有以前凝神入境。郑向看出他怀有心思，得抚一抚他的内在伤痛，提振精神，以专注读书。

郑向：“来京城还没有去过城里，这两天出去走走看看，见识见识汴京。”

周敦颐：“舅舅，我想在家多看看书。”他除了失去父亲的心痛，还有心结没有打开，过分自抑反倒限制自己灵动地读书，出现有读无悟的现象，没有把书真正读进去。

郑向：“不急不急。读书也不是一时一刻、一朝一夕的事，上城里看看，有很多你没有见过的事情。再说在京城过日子也得熟悉京城，就是平时到城里办个什么事儿也要知道在什么地方，还要知道路该怎么走。”

周敦颐：“是，听舅舅的。”他如此回答，是想着日后舅舅叫他出去办点什么小事也方便些。

郑向：“可以先去主要街市，汴河一带。你才来，人生地不熟，就叫家佣领带。”

周敦颐："不用。尽管街巷纵横交错，处处相似，容易迷惑人眼，却可以先朝大方向走，走一条街记一条街，就会熟一条街。不知道走就多问问人，也可得到指引和提醒。"

郑向："也行。"

置身京城，周敦颐看见一条条街道气派不凡，两边屋舍鳞次栉比，客栈、酒馆、茶坊、戏楼、布店、药铺、菜市、地摊……应有尽有，让他眼花缭乱。街上人轿、马车、人力车载人不停地穿梭，人骑马、驴、驼之上，行人摩肩接踵，甚至还见外国商人。宽直的街上时有仪仗开道，文臣坐轿、武将骑马穿街而过，好生威风。一个繁华热闹、人流如织、活力四射的汴京展现在眼前，远超出他以前在老家听人所说和自己的想象。

来到城中最大、自西向东、横贯汴京城的汴河，桥如长虹飞架两岸。河面船只密集相向而行，风帆往来上下，也有船夫摇橹而过。河的沿岸满是榆树杨柳，船樯林立泊于岸边，众多人肩扛背驮，纷纷忙于装卸货物。过了一会儿，有两艘大船前行后跟正要过桥。船工放下桅杆，站在前面船头的那人发声指挥，统领两船对准桥孔轴线布控，而船两边几个人手持竹竿支撑，用钓杆吊拉，没有人不忙乎着，人人都在自己位置上用心出力。只要有人走神不顶实用，船就会偏离桥孔难得通过。人们全神贯注，屏气以待。当两艘船几乎连着进入中间那高拱孔慢慢穿过桥时，桥上、岸边顿时欢声雷动，"过来了！过来了！"喊声不断，激动人心。

周敦颐伫立河边，久久凝视，足见汴河的情状和力量，心胸、眼界开阔起来，自我局限的结开始在"忘我"中消失。他再走上桥，放眼汴河，远流不止，心情已融入河上那般动景里……

回到家，周敦颐正在将一天的见闻说给娘听。此时郑向下朝也回到家，周敦颐迎上去喊道："舅舅，我回来了。"

"哦。到些什么地方？看到些什么？"他笑笑地问。

"繁华的汴梁，荣光的京师。"他又把那些一一告诉郑向，然后说出精炼的感受。

"你说得对。汴京之大，人往之众，热闹得很。到过汴京的人都为之自豪，住在汴京里的人更是引以为骄傲。不过这还是表面的汴京。"

"那……"周敦颐一惊。

"繁华和荣光的背后是谋生，是苦读。你想，汴京是大宋心脏，也是脸庞，世人向往的地方。人们最容易看到表面脸庞，最不容易看到内心深处。繁华在这里透视出劳力者吃苦谋生的敬业，荣光在这里透视出劳心者背后苦读的竞争。谁都不可以失去这样的智慧，也不可以失去这样的力量。”

“明白。”他检点自己在街上、临汴河怎么视而无思，眼光停留表面，却看不到更为重要的东西。

在郑向点拨下，周敦颐有了醒悟，又开始精神振作，潜心读书，追逐梦想。

自进入郑向家，周敦颐又得阳光照耀和雨露滋润。他早起晚息，常常深更半夜畅游在书的海洋里。遇有不懂和疑惑，他及时请教郑向。越是请教，郑向越是高兴，耐心为他释疑解惑。如此郑向也成了周敦颐的良师益友，并观察到周敦颐有日渐进步的好状态。

又经几年面壁苦读，周敦颐不但获得儒家学说的丰厚积累，还广泛涉猎诸子百家。郑向把这些告诉妹妹郑适，道：“真是苦心人天不负，敦颐长进了。”郑适叫一声哥，说：“如此我才放得下心。”她又为郑向添茶水。

郑向对待周敦颐可是十分用心。他看得远，依他丰富的学识和经验，认为周敦颐有优势进入国家官员行列，将来更能发挥读书的作用，成为大宋有用之人。从这天开始，郑向在周敦颐读书的同时，还经常向他灌输实际生活中的为人之道，为官之道，也就是为国为民之道。他擅长史学、易经，著有《五代开皇记》三十卷、《起居注故事》三卷，他结合易经之法则，给周敦颐讲起史上很多有独到见解的人和事，说起儒学里很多典故，还说到历朝和当朝很多名人能人，周敦颐自明其中道理，无不受益。

兵部职方郎中陆参登门造访郑向，进门时见郑向与一英俊青年谈论儒学，听到那英俊青年阐释颇有见地，很是惊讶。他本来就在寻觅有才华的年轻人，而周敦颐给他留下了不凡的印象。

家有来客，周敦颐很自然地回房伏案，又给陆参留下知书达礼、读书自律的感觉。

“请陆大人上座。”郑向起身施礼陆参道。

“久日未上贵府，闲来造访。”陆参开门见山，是他一向对待朋友的爽直习惯。

家人送上茶来。

郑向刚才注意到陆参用发现的眼神看周敦颐，就把周敦颐的情况告诉他。

陆参一是喜欢，二是同情，道：

“家国多有如此年轻人就有希望。”

“还请陆大人赐教。”郑向说。

“今无特别之要，只是淡说闲谈。刚才听见郑大人外甥敦颐对儒家学说颇有见地，可否叫他一起言谈？我等年老僵化，不如年轻人脑子灵活，思维敏捷发散，有读书创造力。”

“陆大人对年轻人厚爱有加，这是多给年轻人机会。”郑向吩咐家人去叫周敦颐。

“哪里哪里。”

周敦颐从书房走来。尽管他没有见过陆参，刚才听舅舅喊陆大人，想到是在舅舅家里，便向陆参施礼时按常情常理喊了声：“叔！”没有喊“大人”。

他如此称呼，却让两位前辈心里乐呵。于陆参有礼节，让陆参看到郑向对周敦颐的教养；于郑向有面子，也检验了周敦颐的修养，更是把他们喊成很亲的一家人。两位长辈你看一下我，我看一下你，发出认可周敦颐的呵呵笑声。

“自开国以来，我朝历代皇帝都倡导读书，特别是读儒家经典已成朝野学习修身之必须。郑大人才学建树，又有会读书、知礼节的外甥，可喜可贺。我想向你讨教高论，也愿听听后生论学。”陆参说。

他们谈起儒家典范之作，《周易》《大学》《诗经》《论语》《礼记》……一个庞大思想体系挂在他们的话间。各自引经据典，信口道来，好不投机。

陆参问周敦颐：“读儒书之要？”

周敦颐学有感触，说：“吸收释道，以及诸子百家的合理内核，丰富儒学，建立儒家学说之宇宙观，奠定本体地位，方能推进儒道向前发展，以正人心，辟邪说。”

在郑向、陆参眼里，还没发现当朝有如此志向之读书人，两位长辈除了震惊还是震惊。陆参道：“后生可畏！后生可畏！”他想，上千年的儒学也该有人发展，想不到眼前遇上怀有鸿鹄之志的年轻人，刮目相看。

陆参造访，发现周敦颐才华出众。辞别时说：“今天能见识学有造诣的后生，老夫实在欣慰！有时间，二位哪天去本府再叙。恭候，恭候。”他特意把“恭候”重复一遍，语气重一些，或者叫强调。

经常来郑家的陆参没有这样郑重其事地辞别过，郑向觉得此话意味深长。

非常幸运。朝廷例行文臣荫补，郑向由于戴有龙图阁直学士官衔，加之他在疏浚润州蒜山漕河及出使契丹等职事上有功，获得朝廷封荫的机会，而且可以荫及异姓亲。按常理，郑向应将这一机会给自己儿子。但是，他首先考虑谁是朝廷需要的人才，更有发展，将来走得更远，就把机会给谁。他向朝廷举荐外甥周敦颐，重点说明了举荐理由。

朝廷看出郑向唯才是举，大公无私，忠于朝廷，周敦颐顺利地被朝廷录用为试将作监主簿。当然，这里面饱含郑向对周敦颐放不下、割不断的情结。从此，周敦颐未经科举做了一个主管祭物的小吏，正式进入官场。

这天，周敦颐迎来了二十岁生日，郑向为他举行成年冠礼，且为他取字茂叔，祝福他。周敦颐开启了新的人生旅程。

现在周敦颐只剩下成家的大事。郑向记起陆参有个女儿陆文翠，与周敦颐一般大小，端庄秀丽，善良大方，多有学涵。那次陆参来造访，离去时说“二位哪天去本府再叙”，并重复着“恭候”，无疑是发出邀请。也就是那次，郑向发现陆参对周敦颐非常赞赏，十分认可，以及邀请他们都去他家。他推断应与陆参女儿陆文翠有关联。郑向默默地笑了，并把自己的想法和妹妹郑适商量后，带上周敦颐回访陆参，陆参甚欢。

陆参来郑家提出让周敦颐参与论学，今天郑向也提出让他的掌上明珠陆文翠出闺房见见客人。

陆文翠走出来时，周敦颐起身点头。陆文翠看见一个英俊的年轻儒士，连自己都不知道心里为什么加速跳动。而周敦颐也不知道自己为什么要主动站起来点头。她先向熟悉的郑向施礼，又在父亲陆参介绍下与周敦颐招呼，相互认识，然后坐在父亲身边。

“陆大人，还有事请教。”郑向说。

郑向说是有事请教，其意陆参猜出个八九不离十，乐见其成，便叫陆文翠带周敦颐到后院花园看看。这与其说叫陆文翠带周敦颐看看花园，还不如说有意让陆文翠和周敦颐单独接触，也好为两个大人让出一个单独商量两个年轻人婚事的空间。

抬头嫁女儿，低头娶媳妇，上下亲家之分还是要有。陆参心想，两个孩子的婚事得郑向先提起。郑向做个样子端起茶杯，用一口茶，道：“金童玉女，天生一对！陆大人，您看呐？”

陆参间接地说出一句肯定的话：“一对佳人。”后又笑容满面地说出一句同意的话：“静候佳音。”看上去，哪一句也没有完全答应定下周敦颐和陆文翠的婚事。

心照不宣，郑向知道婚事就这样的未定而定。他挑起乐子，道：“陆大人言我武断了不是？”

两个人又会心一笑。可见那一笑就是表明对婚事的认同。

周敦颐和陆文翠在花园里心有灵犀，互送秋波，表明心意。他们来到园中池边，一双倩影映入清清的水波里……

过了些日子，郑向为周敦颐办理婚事，周敦颐娶来陆文翠为妻，建立自己的家庭。周敦颐父亲没有来得及考虑和做的，郑向替他考虑了做了。也就是这样，周敦颐更是深深地感受到舅父郑向无异于父亲，以及在自己心中的重要地位。

祸兮福兮，福兮祸兮。周敦颐新婚不久，还没有来得及沉浸在花前月下，却又经受着一场人生的悲痛和考验。

第三章　居丧鹤林寺

周敦颐刚成家立业，人生步入良好开端，郑向以龙图阁直学士头衔出任杭州知府。到任不久，他因病客死任上。闻此噩耗，周敦颐如五雷轰顶，悲痛欲绝。

郑向于周敦颐而言，是支柱，是向导，恩重如山，亦如父亲。他揪心地痛哭不止，晕倒在郑向遗体旁。

当地人想起郑向曾治理漕河，恩泽百姓。他们感念郑向，为方便以后祭奠，请求家人商量将郑向葬在润州丹徒县。次年，周敦颐专程到丹徒凭吊，又是一番痛哭。

祸不单行。景祐四年（1037）七月二十六日，周敦颐母亲郑适也因病去世。接踵而来的痛失亲人，让周敦颐那颗受伤不轻的心雪上加霜。他实在难以接受现实，满身战栗，紧捏拳头不停地哭泣，撕心裂肺地喊：“娘！娘！”

商量母亲的后事时，他说：“娘生前与舅舅两命相连，两心相连，兄妹手足之情似海深。在舅舅先去葬于润州丹徒县后，母亲常念及舅舅，梦里相见，嘱咐‘同船渡来皆兄妹，两俩归去不相离’，死后要与舅舅葬在同一个地方。”遵照母亲生前的愿望，周敦颐从汴京扶柩南下，千里迢迢送母亲来到润州丹徒县，将母亲葬于舅舅郑向的墓侧，让母亲能够同自己的兄长朝夕相处，两个至亲亡灵也不孤单。

其时，周敦颐向朝廷禀报为母亲丁忧。

丹徒县郊的鹤林寺很寂静。周敦颐拜见住持寿涯，以求居丧鹤林寺。几经周折和等待，周敦颐得以求见。

“可栖之所多矣，何以择我鹤林？”虽说寿涯深知佛家慈悲为怀，但还是要听听周敦颐想居丧鹤林寺的想法和心声。

“当年刘裕农事黄鹤山下，获取帝位后不仅崇尚勤俭之风，而且行孝道，为世代后人称赞。遵循母亲生前嘱咐，我千里扶柩葬母亲于润州丹徒舅舅郑向墓旁，今愿居丧寺院一边行孝，一边借此静读，还望禅师提供方便，不胜感激！”周敦颐带着失去亲人的悲痛说。

寿涯从周敦颐的话里听出他是一位守道行孝之人，对鹤林寺也有了解，又怀有普世感恩之心，而且他还是润州人敬崇的郑向外甥，为居丧、修读而求，道：“阿弥陀佛！施主，请跟我来。”于是周敦颐住进了鹤林寺。

说起寿涯有些传奇。传说其先修道，后礼佛，均有很深造诣，学问高深，对禅宗、道教都有重要的发展。他隐于山中，诚修至道，以前实为外人所不知。

鹤林寺里，周敦颐戴孝习读经典，专心致志，惜时读书，也以此方式尽量弱化失去母亲的悲痛。这时，寿涯轻轻走来。

“阿弥陀佛。”寿涯念诵一声佛语，但一心读书的周敦颐却毫无觉察。

“施主。”他略微增大声音。

“禅师。”周敦颐闻声一惊，赶紧起立躬身道。

“昨天深夜老衲巡视寺院，经此见你还在明灯伏案，孤影静读，系于老衲之心，故此来看看。”

“母亲已去，悲切里常怀想其音容，多有心痛，夜来难寐，只想以读书相伴。”周敦颐说得沉重。

“你娘亲往度极乐，难释这般爱离别苦。可也不必过度悲伤，以利持之行孝，读书修身，感悟真谛。”寿涯道。

“谢禅师怜爱！”周敦颐说。

简单的几句话后，两个人又坐了下来细声慢说。

周敦颐道：“三年时日才开始，还望禅师多赐教。”

寿涯道：“逝者逝矣，生者尚存。施主年方弱冠，往后日子漫长。眼下宏图未展，就如此悲切难抑，让母亲在天之灵情何以堪？居丧、读书也需善重自身……”

痛丧亲人的周敦颐，听到寿涯如此暖心的话语，心情稍好。这些天来，他定神研习经典，深读细嚼，诚恳求教，给寿涯留下很好的印象，又让寿涯觉得他谦虚好学。而他更是感受到寿涯佛、道造诣高深，学识渊博。两人相遇，都认为是老少间的缘遇——孝心和佛心交融的结缘，学养和修炼的结缘。他们自发而自觉地敞开心扉，对此时、对今后，对读书、对人生无话不谈，进而开启两人之间神交的大门。

居丧鹤林寺是不幸里的幸运，周敦颐读书上多有请教寿涯，又有机会拜见到社会名流、硕儒。

他首拜范仲淹。

范仲淹，北宋政治家、文学家，字希文，苏州吴县人。大中祥符举进士。他少时贫困力学，出仕后有敢言之名。仁宗天圣中任西溪盐官，泰州知州张纶从其议，修建捍海堰，使大量土地不受海潮淹没。至此时，历官司理参军、知县、盐仓监官、秘阁校理、知州知府等。

往后，范仲淹得宋仁宗皇帝器重，任参知政事。庆历三年（1043）九月上《十事疏》，提出十项整顿政事的主张，仁宗皇帝采纳颁诏推行，即历史上有名的“庆历新政”。新政以改革吏治时弊为重点，裁减不称职官员、更荫补官、减少科举录取名额等消除冗官，提升效率，藉此达到节约钱财的主张，触及贵族和读书人的利益，遭到上上下下守旧官僚的反对，改革不久便告失败。范仲淹始终不放弃抱负理想，以天下为己任，处逆境仍积极用世，即使在再遭贬时还作《岳阳楼记》，抒发“先天下之忧而忧，后天下之乐而乐”的情怀，引领时下士林崇尚忧国忧民忧君的境界，成为当时官宦士子的精神追求和价值取向，也感动感染着庶民百姓。

景祐三年（1036）五月范仲淹上《百官图》，揭露朝廷官员之间裙带关系，猛烈抨击宰相吕夷简用人唯亲。吕夷简倒怒斥范仲淹挑拨君臣矛盾，朝廷又贬他为饶州知州，第二年转任润州知州。

他与寿涯友好多年。这次从饶州来润州，范仲淹首先想和老友寿涯单个相聚相叙，说说话，谈谈心。他不想有别人吵闹打扰，一个人沿幽径走进鹤林寺，敲开住持禅房的门，突然出现在寿涯面前。

寿涯：“范知州，一个人来？”

范仲淹一笑：“是的，一个人。”

寿涯也笑道：“用世之人哪是我佛门之徒，你形影相吊，也不带个人来，孤寂否？”

范仲淹：“孤寂不孤寂，非在乎身外有多少人相随，而在乎是否有灵魂做伴。来禅师寺院净地，你我相对，话语相伴，发自肺腑内心，且无官场之顾虑，还会孤寂吗？”

寿涯：“还是宰相肚里好撑船。你进出朝廷，又镇治一方多少次多少年，难怪在你身上可是找不出半个‘孤’字，只见你心里装着百姓，亲临现场督疏河流救灾，你有的是一腔百姓情怀。”他说出范仲淹那年知苏州到任时爱民济民之事，想着范仲淹无论何时何地总是那样地充实。

范仲淹：“告诉你吧，我又移调润州。这不，昨日才到润州，在州府忙碌一天，现在就来鹤林寺。有你这个朋友在更是想来。”尽管还是外谪，他的心情心境还好。

寿涯双手合十，道：“阿弥陀佛！先喝杯禅茶，权当为知州接风洗尘，以后常来。”

两个人说好长时间的话。而寿涯心里还装着一个人，他有意向范仲淹引荐。

“寺院里有一位年轻人。他从京城而来，借宿本寺为母亲居丧，静心读书，非常专注。”

“从京城来？说不定他还是一个小官啰。能选择你寺院居丧，又能静心读书，还真是个不错的年轻人。”范仲淹略微惊愕，且有关注之意。

“去年，这年轻人受朝廷荫补就列小吏，他舅父郑向在杭州任上过世。”寿涯告诉说。

“哦，是他的外甥，我与郑向同朝为官。朝廷之事我也听说一些，是不是受郑向推荐，荫补试将作监主簿的那个年轻人？”

“正是。他父亲六七年前就早逝，为能继续读书，他从道州营道县到汴京投靠舅父郑向。他好读书也会读书，常来禅室问学，可见其读书功底比较深，是一个真读书的年轻人。但无奈屡遭家庭变故，今年中期母亲又病逝，他扶灵柩从汴京南下，将母亲葬于舅父的墓侧。”

“如此说来更清楚了，年轻人即是周辅成儿子。”范仲淹叹一声，道：“辅成乃我同期科试考友。他叫什么名字？”

“他叫周敦颐。”

那年范仲淹进京赶考，范仲淹和周辅成住同一家客栈，看书备考，常有交流，他们成为朋友。越往下说，范仲淹对周敦颐越感亲近。

“我中榜时他落榜，但他并未消沉，为人谦虚友善，向我道贺，说要向我学习。他为学执着，不放弃科举，同年蔡齐榜六举以上特奏有名。比我付出更多的苦读，有毅力，且顽强，不放弃，实在佩服。”

“看来你与他们一大家人还真是有断不掉的缘。”

由此，范仲淹也想起自己两岁丧父，年少时随养父定居长山，入长山醴泉寺僧舍苦读，备受磨难，每日划粥断齑，笃学不辍。难忘的苦难经历让他同情周敦颐。道：“定个时间吧，我见见这年轻人，也是对逝去朋友的告慰，兴许还能对他有所安抚和鼓励。”

没有等寿涯开口，范仲淹就说见周敦颐，寿涯见此事顺利，心里舒服，感到周敦颐有请教名流硕儒的运气。

范仲淹走后，寿涯很快告诉周敦颐，说：“范仲淹已来润州做知州，昨日他单个来禅房与老衲一聚。”但没说范仲淹打算见他。

“晚辈对范知州的为官为人和学问，早就有所耳闻，十分崇敬。若能拜见范知州是我所愿。”这对周敦颐是一个极好消息，他情不自禁地向寿涯吐露出自己的想法。

“范知州是连续遭贬来润州的。”寿涯很稳重，暂且试探周敦颐对待范仲淹被贬的态度。

“‘长太息以掩涕兮，哀民生之多艰’。遭贬之事我不懂，只知晓我心中的范知州。”周敦颐鲜明地说。

在寿涯安排下，二十一岁的周敦颐拜见了四十八岁的范仲淹。

周敦颐跪地：“范大人，请受晚生一拜！”

范仲淹笑道：“请起，请起。”又道，“说不清，道不明，老夫以为与辅成、郑向二位友人今世缘尽，想不到缘分又续到你头上，好好好。”

周敦颐：“谢范大人！”

交谈中，周敦颐才知道范仲淹与自己父亲、舅舅还有这层情谊。

在场的寿涯说：“世人世事常常若明若暗，若暗若明。只要世缘在，就是错也错不到哪里去。”

长者语重心长，以诚相告；晚辈谦虚好学，恭敬请教。无异于师徒间授学、交谈，其乐融融。

范仲淹对儒家经典已是滚瓜烂熟，有自己独到见解，对《易经》的研究站位高，造诣深。他提示：“‘穷则变，变则通，通则久’，通变乃世界运转变化之属。无论是为官理政，攻读经典，还是为人处世……都要熟读《易经》，更重要的是学思并行，融会贯通，方显学用的生命力。”聆听范仲淹一番谆谆教诲，周敦颐有一种云开见日之感。

范仲淹履职润州，周敦颐有了初次拜见，也就有了第二次、第三次……

学缘连着人缘，人缘又连着学缘。

胡瑗，北宋著名学者、教育家，字翼之，泰州海陵人。幼小聪颖好学，乡邻称他为奇才，官至太常博士。他对儒家经典很有研究，精通音律，与孙复、石介提倡“以仁义礼乐为学”，并称“宋初三先生”。他办学讲学，教书育人，从其学者数百，时礼部所得士，先生弟子十常居四五，怎样一个了得！

景祐元年（1034），胡瑗到苏州一带设学讲儒家经术。向来重视教育的范仲淹被贬该地任知州，在南园开办郡学，聘胡瑗为首任教席，并送自己儿子范纯仁拜他为师。在范仲淹的支持下，郡学办得有声有色，人们投来看好的目光，争相把子弟送来读书。周敦颐居丧鹤林寺期间，胡瑗来到润州。对于这样一位学界泰斗，周敦颐当然不会放过难得的请教机会。

也正是在范仲淹的安排下，周敦颐又能够拜见到胡瑗，与他相识，请教读书。

胡瑗有着深刻的教育思想，他认为教育须回归本源，施行儒道教化，以“圣贤自期许”，讲“明体达用之学”。他弟子刘彝对此有很深的体会和精准的概括：“圣人之道，有体、有用、有文。君臣父子仁义礼乐，历世不可变者，其体也；诗书史传子集，垂法后世者，其文也；举而措之天下，能润泽其民，归于皇极者，其用也。”

周敦颐对胡瑗这一思想渗透教育，以及严谨治学做一番研究，面禀其要，以期纠偏而得精准体会。胡瑗发现周敦颐有实在的基础、良好的觉悟，将执教多年实践总结制定的授学规制告诉周敦颐：上午诠解经义，课后复读五百遍；下午解读历史，课后复读百遍；晚上讲解子书，之后再复读三百遍，让周敦颐在读书中践行受益。又道，师者言传身教，学者自律为学。

范仲淹插话：“大热天胡先生整天公服端坐学堂，有学子见先生时头稍偏，胡先生直呼其头要正！”

胡瑗释道：“师者，当姿态以效。”

周敦颐再请教如何读好《易经》，问“《易经》讲天人之道，讲万物变易，何以领会它的主要”？

“先读后思。读则通意，思则出新。”接着他音韵高朗：“如此旨意自明。”

受胡瑗指教，周敦颐经过用心研读，眼界又大开，对《易经》“天人之道、万物变易”法则又有新理解。胡瑗看到了周敦颐治学态度，求学精神，用心领悟，期待多有如此好学年轻人问学长进。

年轻的王安石，此时随父亲王益任江宁通判居江宁。润州是离江宁很近的下游城市，他到润州游览。

在润州，王安石听闻周敦颐苦读、善思的读书芳名，与己志趣相投，年龄不相上下，遂生造访之意。他来到鹤林寺寻会周敦颐，不遇。第二次来润州，他同样听人说起周敦颐读书的名声，决定再次造访周敦颐，却又是不遇。两次造访未果，成为王安石一桩心事。

王安石生性固执而急躁，他回江宁后，仍然郁结这桩心事。他不相信已经两次去拜访不遇的人再也见不到。没过上几天，他第三次专程到润州造访周敦颐，走进了鹤林寺。周敦颐拿出才洗好的衣服出门晾晒，却见一精干年轻人路都不用问径直朝自己走来，像是对寺院很熟悉。他自问：“怎么没有看过此人，他是谁，来鹤林寺找谁？”

“周兄有礼了！”王安石一见眼前这位晾衣的年轻人，断定他就是周敦颐。先以兄称，举手致意，如此干脆。

“哦，兄台有礼！”周敦颐还在疑问，竟然见他临近自己有礼，而且熟悉自己。稍愣一下，周敦颐不失礼地先回应道。

“在下王安石。多次从江宁下润州，悉闻周兄在此为母居丧，苦读静思，余心向往至之。”

“哪里，哪里。王兄治学，早已鼎鼎有名，今日得见，真乃三生有幸。快快请进！”周敦颐没有想到，今天专程前来拜访自己的人，就是润州文士传说的勤勉读书、记忆超群、才思横溢、随父居江宁的王安石。

两个英年才俊相会，不谋而合，心中共鸣，散发出读书求学的儒气，以致抒发报国为民的志气、人生价值追求的豪气，他们很快就说到一起。

王安石：“当朝劝学，追随孔孟之道，我多回听闻周兄学识广博，请不吝赐教。”

周敦颐：“岂敢岂敢，共有所向。”他不拒不遮又有些谦虚地道，“不过是得父亲初涉，又得舅舅续读些书而已。置身江南，知文人学者多如过江之鲫，大家巨匠比比皆是，深知天外有天。我为母居丧，藉此灵气之地静读。而王兄少年大志，负笈远游，今日一见，大快我心，还望多多指教才是。”

王安石："你我礼来礼往的客气，我看不如少些场面做作，干脆点。既然彼此相识相慕，可否以兄弟相称？"他的话来得直接爽快。

他们说了各自年华，周敦颐二十一岁，比王安石大四岁，为兄；王安石为弟。

周敦颐同样是很干脆的人，即刻改口道："贤弟之意，吾所愿也。"

王安石："好好好。至于读书，我少学鹿岗书院，幸得杜子野先生训导，得'锲而不舍'启示。每苦读诗书，会意练就作文，也是心有所好，好而不苦。茂叔兄已是读有名声，且已陈力就列，学之用之。"

周敦颐："读书在于运用，尽管自己是一小吏，自知应当效力国家，否则读书又何以用！"

王安石："是呀，学而思用。我跟随家父到过一些地方，看到不少时弊危及社稷民生，每次见之，不免心急，确难放下，总想朝政多惠及天下百姓，民享福祉。"

周敦颐："贤弟胸藏万千气象，一腔热血，济世仁爱，佩服。典籍里有许许多多这样的教导，每读起来还真觉得是士子当有的情怀，我也常想尽一己之力践行。"

王安石："是啊，匹夫有责。"又告诉说，"读很多年书，受教其中，我将会择机参加科举，希望如吾所愿。"

周敦颐："好哇，大气！乃贤弟践行大志的第一步，为兄先祝福你！"

两个人交流读书、人生、为国效力的政治抱负和个人愿望。王安石还向周敦颐请教读《六经》，周敦颐讲述读它的感受。两个人谋面甚欢，结下了深厚友谊。

周敦颐陪王安石游历鹤林寺。走在鹤林大寺院之深林间，两个年轻人有谈不完的话题，说不完的心得，又消磨去半天。

日薄西山，周敦颐送王安石走出鹤林寺。

王安石："事有不过三之说，还真灵。三次来造访，今天总算得见茂叔兄。否则，事不了心结则不开。"

周敦颐才知道王安石此前还来过两次，不免感动，也有些遗憾。笑曰："三生万物。缘多起于三，吉兆，吉兆！"

两人拱手道别，期待不远时再会。

居丧三年，周敦颐心头创伤抚平不少。他没有觉得这三年漫长，而是觉得时光过得有点快，因为他把人生不幸深藏心底，不负母亲和舅父所望，以书为伴，从不分心。此时的他，经老家启蒙、汴京复读、润州居丧苦读，轮番体会吸收，学业渐次提升，无不丰富厚实自己。尤其在《周易》等经典上，他感激社会名流、学界大师、佛门高僧对自己的传教解惑，还有同龄友好与之交流。在他心里，如读书一样地读着他们，他收获与众不同的读书经历，也收获读书心得，初步形成自己的学术思想和观点，且有些名声。

一邮差来到鹤林寺，周敦颐收到来自朝廷吏部的信函。他前去见于寿涯。说："禅师，我将回京候任，或许离京远去底层州县。"

寿涯："高低亦无亦有，远近亦有亦无，心志焉。"

周敦颐："立身底层土壤生长还好些，可着实为百姓办些事情。身处朝廷小吏，只是听人差遣，终日如履薄冰，也不见得好到哪里去，此去何妨？怎不泰然处之。"

寿涯："做事无论大小，润人也无论南北。善哉，善哉。"

周敦颐在这个时候听到寿涯说出这样的话，更是领悟到他学识之高修行之深，久久地望着寿涯。

寿涯原本喜欢周敦颐，加上一直观察他，看到了一个孝子，看到了一个学修向上的学子，并从周敦颐身上看到了郑向的影子。总之，看到了周敦颐正在走向成熟，甚至在想日后必定是一个有作为之人，心里暗暗地为他高兴，也为他祝福。

就要离开鹤林寺，寿涯打算留周敦颐再过些日子，但又想到他朝令在身，不宜挽留。周敦颐也想再过些日子，好让心理上有个过度，不至于走得有些突然。而时间太紧，很多家事还等着处理，他还是决定尽快回汴京。

周敦颐来到母亲、舅舅的墓前祭祀，静坐良久，心里又涌起阵痛。他跪地告诉他们："已接到朝廷通知，先回京候任，说不定要远去，忠孝两难全，日后来看娘、舅或许之难之少，但血脉至亲永记心上。"然后他点上香，焚化很多纸钱，再行叩拜。

当日，周敦颐怀着感激之情辞别寿涯，离开鹤林寺，离开润州。

第四章　陈县令授命

幕阜山与九岭山之间，余脉逶迤，纵横交错；修河由西南流向东北，不息地注入鄱阳湖。这里山水相依，江南西路洪州分宁县以峻峭的峰峦、葱郁的茂林、碧绿的水系，展现出秀丽峰姿，迷人景色。

庆历元年（1041）正月，周敦颐告别亲人，远离汴京的家，带着比自己小两岁的随从周通，也是老家堂弟、发小，一路颠簸，在春风吹拂时令来到分宁县，他是朝廷吏部安排来洪州分宁县任主簿的。

快要踏进县衙，他不由自主地驻足打量，有些灰黑的八字头门，两边坐镇一对大石狮。石狮雄威，给本来静然肃穆、望而生畏的衙门又增添几分威严。

值班衙役见两个人手提行囊站立在衙门前张望，便朝他们走过来，想问问究竟。

周通在后面戳一下周敦颐的背，轻声地说："老爷看，里边来人了。"

周敦颐迎上去，自我介绍道："新来主簿周敦颐报到上任。"

值班衙役见是新来的主簿，不敢轻慢，领他们去见陈县令。进衙门才走几步路，门外那鸣冤大鼓突然被敲得急响不停，惊动县衙，皂班衙役都急忙赶向大堂。

值班衙役说："周主簿请稍等，来了诉冤告状的人，我先去看看。"他掉头朝衙门外鸣冤鼓处跑去。

"怎么又是你们？"值班衙役说。

"怎么不可以是我们？衙门是为草民做主的地方。家父蒙冤受屈打入大牢至今没有结果，难道我们鸣鼓诉冤讨个说法还不成？"他们心里憋着气，大声地说。

鸣鼓的是两兄弟，老大叫邓林，已成家，老二叫邓群。邓群以前过继到城里大户钱力家，且与钱家小女订立过婚约，因父亲邓名成受到官衙查办打入大牢，被退回邓家。他们每隔一段时日都来县衙打听父亲的事，邓林来得多一些。

“不是跟你们说过好多回，还要等。碰到这样的事也没有办法，就多耐烦一点吧。”值班衙役劝道。

“真是衙门老爷，官话说起来轻巧，张嘴就是。冤痛不在你身上怎么知道我们伤心。每次来都叫我们耐心等待，可家父无故受牢狱之灾三年之久，全县没有过的吧。要是你父亲被冤枉打入大牢，叫你等上三年还叫等等，你还能等吗？没完没了。跟你这等衙役说没有用，我们去找陈县令理论，讨说法。”邓林情绪激动，根本不听劝说，一股劲地往衙门里冲，值班衙役拦都拦不住。

陈县令听到鼓声去上堂，从公厅来到前衙。他看见邓林和值班衙役大声吵闹，旁边还有一个邓群帮腔，才知道刚才击鼓的就是他们，又是为他们父亲的事而来，他唉了一声。虽然他们父亲的事还没有搞清楚，不能告诉他们准确的结果，但选择回避不如面对面好，他走上前去。

“又是击鼓又是吵闹，你们不是要找我吗？本县令在此。”一身官服的陈县令不愠不恼地道。

“受奸邪小人所害，家父蒙受不明之冤，身陷牢笼好几个年头，全家人度日如年。老爷，您要为小民家父做主洗去沉冤，可怜我们已经为家父送三年牢饭还要送，就把家父放出来吧。人心都是肉长的，求求老爷。”相对刚才与衙役争吵，邓林也算知礼而克制，带着弟弟邓群跪下磕头，但脸相并不好看。

陈县令让他们起来。

按律此般击鼓，可直接上堂治他们的罪。可陈县令是性情中人，知道他们父亲邓名成的悬案实在难落下来，县衙也受困此案，只好亲自把他们带到公厅对话交心，免得他们时不时地来击鼓吵闹。在此情景之下，值班衙役没有来得及向陈县令禀报周敦颐来报到的事，陈县令也没顾上来了个新主簿，但周敦颐把一切都看在眼里，感受到底层衙门和以前在朝廷将作监就是不一样。那时见到的是朝廷官员，听到的是朝廷内外事情，而县衙里所见却是此般百姓极其不寻常之家事。

“你们父亲的案子确实复杂，还在加紧复核。他关在牢里已三年还没有结案，算是很长时间，本令也很着急。你们要知道一个看上去与人命案有关的人，还没有定死罪开斩，说明官衙重视这起案子，人命关天是何等的大事！如果草草定案早就没有人了，你们肯定不愿意看到如此结果。为慎重起见，县衙进一步查证。而最后的是与非，不会冤枉人。”陈县令如是说。

“我爹没有杀人。”邓林说。

“死的那个人与你爹有没有关系，或者说是不是你爹杀了他，不是你说不是就不是，也不是我说是就是，一定要查个清楚才知道。”陈县令晓之以理，动之以情。

他没有计较兄弟两人吵闹县衙，而是耐心地说服，特别是以实话相告，使他们态度有转变，话也说得和气些。

“一次又一次地叫我们等，几次说的都没有算数，我们不知道要等到猴年马月。您是县令，说话算数管用，告诉我们吧，还要等多久？”邓林较为平静地说。

“你们每次来问案情，衙役说得没有错，我现在还是要跟你们说，请再等等。不可能你们今天来，明天、后天就有结果告诉你们，就是过上一个月也难说一定可以，无疑还需要时间。”陈县令心想，悬而难决的人命案不只分宁有，别地方也有。现在，他还真不好说邓名成案一定如两兄弟说的能沉冤昭雪，反正先叫他们再等等，起码可得到暂时的安宁。

公厅里，陈县令和他们仍然在谈着。

周敦颐本来顺顺利利地向陈县令报到，可是遇到两兄弟找陈县令，他也就先让一让。

值班衙役见周敦颐站在县衙廊檐下，有些无所适从，快步走过来，尴尬地说：“周主簿，还要请您等一下。”

“无妨、无妨，事有急缓。”

周敦颐初次进县衙，趁陈县令一时没有空，就在衙署里随意走看。

亲民堂前。两边柱子上刻有“征输有度，民能养，廪能盈，职能尽，做几桩实事，乃称善政；刑赏无偏，恶得惩，冤得雪，善得彰，秉一颗公心，可谓好官。”周敦颐走进这大堂，照壁上挂有一块黑色匾额，上面刻有刚劲有力的“明镜高悬”，煞是醒目，尽显狱诉公断威严气氛。他仿佛看到，那匾额下端端正正坐着的官吏在审案中，断出一个个公正、人人平等，也断出法合理与情，无不守好官场之人的本分。他走到二堂又看见“勤政事，守清操，将身报国唯忠义；播春风，兴夏雨，以德化民自顺安。”周敦颐认真地看楹联匾额，细细品味衙门里的官者与官德。感到和以前舅舅和两年前范仲淹教给自己的几近相同，太活现了。他入列官场就立志做一个好官，今天在县衙公堂又感受到为官之道和为官使命。

周敦颐想，自己一定要站在官场的起点上，仰望苍天不负朝廷，俯视大地无愧百姓，公廉职守，以洗冤润物为己任。

那两兄弟平静地走了，值班衙役跑过来说："周主簿，陈县令在那等您。"周敦颐随他来到县令公厅。

"陈县令亲为表率，让下官周敦颐此来报到就学有榜样！"周敦颐如实陈述自己心中的想法，陈县令听后十分高兴，觉得周敦颐出语鲜有，不拘一格。

"欢迎周主簿！"陈县令刚处理一件烦心事，现在来了新主簿，人面也新鲜一点，心情好很多。他忧愁的脸开始露出笑意。

"在下从未涉及县衙之事，需从头学做，还望陈县令多多指教，以不愧千里前来履职之心。"周敦颐真诚道来。

"周主簿年轻，来得及时当用。"陈县令现在缺的就是生龙活虎、充满活力的年轻人。他见周敦颐儒雅，忍不住夸奖说："看样子读好些书，必是学富之人。"

"不敢当。"周敦颐道，"心有所遂，只不过是和其他年轻人一样，自幼读一些书，所涉初始，一知半解，实为肤浅，还需勤学才是。有陈县令指教，我会踏实做事，公余认真读书，不负陈县令所望。"周敦颐顺着陈县令的话说。

随后，陈县令简要介绍分宁的情况。特别地说："刚才那两兄弟已是多次来县衙，常来复访他们父亲邓名成案子的事，每次来都无功而返。也难怪他们，都拖好几年，人关在牢里都快不知道外边还有个世界。唉，对死者没有个交代，对邓名成也没有个了断，就是他们兄弟不来找我，我心上也难安。这样吧，你任主簿虽说是掌管县衙文书簿记、查抄登录钱财出纳之事，但现在县衙人手少，还经常要做一些职事之外的事情，你就先熟悉一下邓名成的案卷，等会去一下刑房，具体了解一下案情，接触一下实际案例，以后做起与案子有关的事就会顺手很多。"

"听陈县令的。"周敦颐说。

陈县令让书役把周敦颐带进衙署里的县官寓所。周敦颐和周通一起整理打扫，摆放必要的旧家什，三两下把寓所简单地整理好，安顿下来。

周敦颐来到刑房熟悉人员、相关职事程序，询问邓名成的案情，又借来案卷。如此忙乎，当天晚上就传到陈县令耳朵里。报到一天的初步接触，陈县令觉得周敦颐好学务实，勤勉谦虚，加上报到见面语言有新意，对他的到来很是满意。

是夜，衙院里很静，周敦颐伏案阅读邓名成的案卷。灯亮寓所，即便到深夜仍无睡意，他认真地看，一页页地过，记下一个个要记的。尽管前几天已打春，但还没有出九的分宁寒气依旧袭人。他搓搓手，继续看案卷。又过好一阵，他站起来歇一会儿，动动手脚，思绪也随之滑向今天在衙院所见的那一幕，室外阵阵疾风呼啸耳边。

周通也感到寒冷难耐，来到周敦颐房间，说：“老爷，还不睡呀？”

周敦颐：“你先去睡，我把案卷再看看。”

周通：“这案子县衙很长时间都没有搞清楚，恐怕一时也难搞得清楚，还是明天看吧。天冷，也很晚了。”

周敦颐：“邓名成的案子看似简单，但也不好拿定，难怪拖了几年。陈县令说得极是，让我看看案卷，在很大程度上也是熟悉县治狱讼，以后做事不能连起码的断案都不懂。否则，那还怎么做得成事。”

“依我看今天就不顺，碰上两个兄弟来县衙吵闹，搞得老爷报到半天才见上陈县令。现在连夜看的案卷竟然还是他们父亲的。”周通指着那案卷说。

“我们都听到了，他们父亲身受牢狱之灾三年，实在是太长，还没个说法，叫谁家人都一样难等。陈县令也在急，我再看一下。”周敦颐放下手里已经看过两遍的卷宗，稍稍休息一会儿。

他又在读那案卷：

县衙正在查找一起杀人案的凶手，几天都没有发现任何线索，就抓来平时爱打架、并打过死者顾诸充的两名街混问讯。他们都说那天下午看见邓名成挑着空菜筐，菜筐里有一把菜刀，和顾诸充一起在河边走。而当夜官衙就发现顾诸充死在河边，仵作验尸有刀伤。顺着这线索，官衙很快将城郊长年种菜、进城卖菜的邓名成逮捕。

邓名成被带到大堂。天降横祸，他根本不知道是怎么一回事。

当问及他什么时候与两个街混相识？邓名成说：“原本和他们不熟悉，是在城里卖菜常遇见他们东游西逛，相遇得多就认识；有一次他们还在我的菜筐里拿过两把菜，都没有给钱，也就算了。”

还问及那天下午两个街混看见他和死者顾诸充一起在河边走，是否事实？邓名成回答：“这没有错，可是什么事也没有发生。”又补充说，“我不认识顾诸充，话都没说一句，两个人各走各的，我比顾诸充走得快，走一段后就超顾诸充而去。后来顾诸充怎么样？我根本不知道。”

邓名成连声喊冤不招。可难耐一顿严刑皮肉之苦，他招认自己是凶手，画过押，审官老爷将他打入大牢。

关进大牢的邓名成第二天就翻供，又大声喊冤。再提审不招认，用酷刑就招认，如此反复。弄得案子不好定，县衙也只好将邓名成一直关在大牢里。

县衙几次重新调查此案，没有进展，以致成为一起悬案，衙门都易主换了现在的陈县令。

周敦颐对此案有疑问，罪犯邓名成先是满口喊冤，用刑就招认。过后翻供，再用刑又招认，如此反复多次，为什么？他一辈子种菜到城里卖菜，为什么要杀人，作案动机、目的何在？这样的案情要素案卷里看不出来，如此很难解释案子。说得直白一点，缺少它们，很难支撑案子成立。

周敦颐来向陈县令禀报、请教。

“陈县令，下官阅读了邓名成案卷，没有读懂。”周敦颐谦卑地说。

“哦，案卷可看完？”陈县令问。

“看过三遍。”

“案情可看明白？”

“看得明白。”

“既然看完看明白，何以说没有弄懂？”

“下官以为审讯罪犯时，罪犯先是喊冤，重刑之下招认，过后又翻供，再用重刑再认供，为什么会这样？没有搞清楚。案卷里有很多审讯材料，却看不出邓名成作案杀人的动机、目的。纵然说死者尸体上刀伤与邓名成菜筐里的刀有关系，也还应从其行为、目的上把两方面的疑问诠释得清楚。”周敦颐对案子提出质疑。事实上，他怀疑案子的合理性。

陈县令经历过很多案子，对周敦颐的说法似乎认同，又不完全认同。他知道在案子审讯上，有的罪犯做了坏事开始就是不招，但用刑就招。之后又翻供，有时还有反复。但也有人确实没有做坏事在重刑下也招。至于作案动机，也不是能直接看得出来，一般要建立在对招供材料的综合分析之上。而邓名成招供的那些材料，要么就是重刑下招供，要么就是否定翻供，也就无法看得出来，所以他对这案子一时也难以查清楚。便说：“是呀，此案确实给现在的县衙留下一道难题，骑虎难下。如今放人不是，不放人也不是，要怎样才是一个‘是’”？

陈县令到分宁后，几次派人重新审讯调查，但案子还是没有进展，落不到实处。虽说这是前任手上的事，却也成了他的心结，如坐针毡。怎么看，案子把他逼到了墙角，上头催得紧，家属隔三岔五地来衙门喊冤、探问。得想想办法，对上尽早报核结案，对下可平息家属吵闹，还能回应社会热议关切，给分宁人一个交代。经过一番思虑，陈县令决定让周敦颐来试试，换人就是换新思路。他想周敦颐来县衙报到说的话就和人家不一样，其实就是思维方向不一样，看看能否另辟蹊径，找到破解此案的突破口。

“周主簿，你说得有道理。不如这样，你来负责这起案子。新来上手，不会在前面人的老思路里兜圈子，手法出新，容易突破，说不定有所收获。”陈县令说。

周敦颐没有作声。他暗问自己，刚刚上任，对县衙之事不懂特别是不懂案子，行吗？要是拿不下岂不误了大事。可自己也不好直接拒绝，他不眨眼地望着陈县令，有些犹豫不决。

“我知道，让你来担当此任也许不合适。”陈县令想想又说，“不过你放心，我不会为难你，只要你尽心尽力一试，我看就可以。”

“那……那……我就试试。”周敦颐虽说试试，但还是有顾虑。

“如果案子万一搞不清楚也没有关系，它都悬三年，那就让它继续悬着。”陈县令看出周敦颐仍然有顾虑，理解地说。要是邓名成案还查不清楚，自己就多向上面说说客观理由，还是有悬的空间。

“有陈县令把关，我也没有什么担心。”周敦颐听完陈县令的话，思索一会儿，朝陈县令点头，把案子应承下来。

邓名成的案子先后有几个人办理过，都没拿下来。今天却落到周敦颐手上，虽说是正常的公事，但却十分棘手，现在既然答应就只能认真去做，他没有过多地想成与败。无论怎样，对初来县衙的周敦颐是压力，也是考验；是挑战，也是机遇；是任务，也是职责。

壮志不言愁，他接过案子，把心思全部用到破案上来，除此之外也别无选择。

夜里，他又专注地看起邓名成的案卷。

“老爷，您不是看过吗？”周通进来添茶水，见周敦颐还看这份案卷，有些不解地问道。

“陈县令现在把邓名成的案子交给我来办。多读案卷会有新的发现，对把握案子会好些。”周敦颐没有抬头地说。

“是真的，还是假的？”

“是真的。”

“您答应了？”

“答应了。”他仍是头也不抬，边看边说。

“我说老爷呀，您才来分宁，情况一点都不熟，从来没有查过案，陈县令怎么能把这么紧要之事交给您来做。您也没说自己的情况？”他在替周敦颐担心。

“陈县令交给我这件事时，我看到他那期许的眼神。当然，他也说有些不妥，叫我不要有太大压力，好让我轻松上手。”

说罢，周敦颐才抬起头对周通莞尔一笑。那笑容一半是自信，一半是自勉。

第五章　初试露锋芒

周敦颐向陈县令要来李树伦做协助，开始重查邓名成的悬案。李树伦是本地人，在刑房当差七年，办案熟练，办事干练，显得精干灵活。两个人想到一块，先不匆匆忙忙地审讯罪犯，而是为审讯先做些必要准备。

他们来到城郊邓名成家所在地，分别找邓名成左邻右舍了解情况。一天下来，听到的是邓名成从小与菜地打交道，即使上城里卖菜，一般都是赶着卯时进城，巳时前回家，上午还要到菜地劳作，经常傍晚还在菜地。若碰上天干，夜里还要给菜浇水做点事。其人勤劳朴实，不曾见和外人拉拉扯扯。他做人大方，与人友善，常送一些菜给邻里，品行操守都没有话可说，也没有听说与什么人结怨，谁都不相信他还会伤天害理地去杀人。

隔两天，他们又来到邓名成家查看家景家貌，也问问家人一些事情。而邓名成妻子，两个儿子邓林、邓群都喊冤。

邓林说："老爷，家父受牢狱的这些年，一家人的快乐心情都垮了。"他告诉周敦颐自己父亲是被冤枉的。

邓群是一个读过几年书的人，观察到周敦颐已走访过乡亲，又来到家里看得很仔细，问话也细致，甚用心。他把澄清父亲冤屈的希望寄托到这位年轻的官老爷身上。他提醒周敦颐，"县衙好几次来人，您不会跟他们一样又不了了之、再拖上个三年吧？县衙拖得起，我们家却拖不起，父亲更拖不起。"别看他文质彬彬，话语不多，但说起话来有点冲人。

周敦颐不便过早说什么，可又不能不回应他们："县衙派我重查你父亲一案，本官自当想应该所想、做应该所做。你爹邓名成是否行凶作案，希望皆由事实告诉你们，也告诉百姓。"他本想去掉"希望"的说法，但他才上手此案也就留有余地，然后带李树伦和周通去了别地方。

夜幕降临，他们回县衙经过邓名成家菜地，刚转过一个弯道，突然发现有人影在菜地闪动，便躲到地头菜棚一侧察看，三个人影正为菜浇水，是邓名成妻子和儿子邓林、邓群。邓名成妻子叹气诉说：“要是你们爹在，菜也不用干成这样。他总是白天黑夜在菜地里。”她难过地哭起来，两个儿子抚慰母亲：“娘，事情至此也没有更好办法，爹命冤，您也不要太伤心。相信天理，相信县衙公道，相信周主簿会搞清楚爹没有杀人的事实。”菜地里，一家人为邓名成祈祷。

周敦颐看到这情景，加上他对案子提出异议，还有在复查案件中耳听眼看的情况，不相信邓名成会害命他人，似乎有信心把案子告白天下。但同时也在提醒自己不可先入为主。

他苦思冥想，几天都没有想出个招来，心里还没有底数，该怎样突破案子的困局？怎能不急，他对周通说：“我现在去公厅，叫李树伦直接去公厅有事。”

他们又连夜商讨计策。

周敦颐对李树伦说：“你办过不少案子，各个案情不同，查办的具体做法也不尽相同。我们已经做些铺垫，说说看法，这案子怎样往下走。”

“办案要做的事不外乎审案、查案。审案无非是审罪犯，从中发现疑点，再澄清疑点；查案无非是调查找证据，让找来的证据说话，使事情一目了然。与杀死顾诸充似乎有关的邓名成已关押在牢里；为查清此案，两个街混也已收监。接下来可以审讯他们，希望能从中发现新情况。”李树伦看一眼周敦颐，胸有成竹地说。

周敦颐：“说得好，已到审讯时候。”

李树伦：“从目前情况看，两个街混以前的供词内容说是他们亲眼所见，那就先审问邓名成。”

在审讯的问题上，两个人看法不一致。周敦颐不止是在想先审讯谁，还要心里有数能够审出效果来，否则会重蹈覆辙。他说：“按一般做法应如你所考虑，也是捷径。我注意到前面办此案的人都这么做，看上去也没有错，但他们审案路径一样，结果也就必然一样。人人都在先审同一个人上兜圈子，案子始终没有拿下来，说明方法不适应办此案。我猜想还是没有抓到要害上来。”

李树伦：“那要害在哪？先审讯两个街混行不行？”他听周敦颐一说也觉得有情况，没有一举破获的把握。

周敦颐：“问题不在于先审讯谁，而应该在谁身上能针对性地打开口子，改变办案的被动局面。无论先审邓名成还是两个街混，假若他们招供的还和以前一样，那就是案子牵着办案人走，不是办案人牵着案子走，还能破得了案吗？”

为让李树伦明白，周敦颐把案卷给李树伦，说：“里面有些审讯笔录，你看看，想想。

李树伦看起里面一份审讯邓名成的笔录：

问：“罪犯邓名成，你为什么杀人？怎样杀人？从实招来。若有假供，死罪不赦。”

答：“冤枉——冤枉！如此陷害，真叫我有口难辩。”他低着头。

问：“你说冤枉，那说说是怎样被冤枉的。为什么用刑你就招，过后就翻供？”

答：“没有杀人，却叫我招，冤哪！如此我怎么招？又能招什么？还能招谁？那不是要我殃及无辜。”邓名成颤抖着声音说，“我不屈招，可谁能受得了皮肉之苦？”

问：“认识供出你的那两个街混吗？”

答“认识。”

问：“你什么时候与他们相识？”

答：“小人原本和他们不熟悉，是在城里卖菜常遇见他们东游西逛，多回相遇就认识。有一次他们还在我的菜筐里拿过两把菜，都没有给钱也就算了。他们说那天下午看见我和死者顾诸充一起在河边走，这没有错。可是什么事也没有发生。”又补充说，“我不认识顾诸充，话都没说一句。两个人各走各的，我比他走得快，超他而去，是赶回家下菜地干活。现在天干，经常给菜浇水至夜晚。”

问：“你那天下午怎么和顾诸充走在河边？”

答：“当天早晨我在城里卖菜，有个人叫住我说他家要办喜事，叫我下午送一担菜到他家，我就去了。回家经过河边时碰上顾诸充，就和他走在一起。”

问：“卖菜一般都不带刀，你挑着的菜筐里带刀干什么？”

答：“我卖菜从不带菜刀，真不知他们为什么要说我回家时空菜筐里有把菜刀。”

问：“当时是否看到还有别人和顾诸充在一起？”

答：“没有。是杀了人，还是无中生有；我生也罢，死也罢，现在任凭大人断定，但不想再这样下去。”他无奈又失望。

……

李树伦还看了另外几份笔录，除个别地方措辞、有的细小情节顺序有些不同外，其他并无二样，没有能够突破案子的地方。他再看两个街混几份不走样的、咬定邓名成菜筐里有把菜刀的审讯供词，更是没有一点漏洞。这时他才体悟到周敦颐强调案子有特殊性，无论是提审邓名成还是提审两个街混，都不会有什么作用，感到案子另有蹊跷。用周敦颐的话说就是案子的要害，但他们两个人还不知道蹊跷、要害在哪里。

已是子夜。又是一整天和晚上忙于案子，他们疲惫不堪了，很想睡。

李树伦回到住处，住同一间衙役屋子的傅世倪还没睡着。李树伦想到每次晚归，生活方面总受到傅世倪关照，过意不去，就轻声和他聊几句。

“我公差晚归，总让你受累。”

“没有关系，都住一起不用客气。”

“希望顺利，早点把案子落实下来，就不需要天天早晚忙活，少给你添事。”

“谁叫我们是兄弟。我以前也是这样，不也麻烦你，还麻烦别人。”

“嘿，真累。”

“我看你是累，可也不要把自己弄得太累，难搞清的事就算了，你说呢？”

说着说着，他们渐渐入睡。

时间一天天地过去，案子几乎没有进展。周敦颐满脸犯愁，心里闷得慌，泥塑般坐在那，而私底里却在绞尽脑汁，如何才能发觉想要的案眼。李树伦也略微地低头，拍了自己两下脑袋，还是一言不发。

周通瞧过李树伦，再看室外，然后劝周敦颐说：“老爷，陈县令不是告诉过您，万一案子搞不清楚也没有关系，不要把自己逼得太紧。不如到外面放放风，清醒清醒，再找适合的办法。”周敦颐没有作声，过了一会儿，他望了望外面。

周通领会到他愿意，便带头出门。周敦颐、李树伦也随他出门。周通道：“去那小山边吸吸新鲜空气，或者去那片平旷地走走。”如此倒也不错，可是周敦颐还是没有作声。周通再也不敢说话，李树伦自然不会说话，而是随周敦颐往东北方向走。他们来到三年前顾诸充被害的河边。周敦颐想象着还原当时的现场，看看还能不能发现案子的蛛丝马迹，找到破绽，或者受到什么启发能突破案子。

经过一棵树时李树伦不小心踩塌了，脚落到树叶遮盖的地洞里。他把脚抽出来，鞋却陷在洞里被树叶覆盖。周通帮他把树叶从洞里掏出来，再把鞋拿出来。他的脚有点痛，坐在地上揉起脚。

周敦颐也蹲下来看，见那些树叶形状相同，可细看却不同，并捡起两片树叶比一比，相差还很大。由此，他再联想到《吕氏春秋·博志》里的"极则必反"，道："这下踩到点子上了！"

李树伦和周通没有听懂他说什么。周敦颐索性地把话说得直接明白："两个街混那些供词太过于一致，印证'物极必反'的道理，因为世界上从来就没有两片相同的树叶。要么两个街混曾经商量过供词，甚至背下来；要么在两个街混和邓名成背后还有一个人。两个街混是分开关押，也是分别审讯，可供词却一模一样，结果或许前者，或许后者，还有可能两者都是。不管是哪一种情况，他们的供词定然有假！只是我们还没有找到证据。"

李树伦："那现在就审讯两个街混，再看他们的供词还是不是完全一样，和以前的供词有什么不同之处。"

周敦颐："我想过。他们三年来多次被审讯，谎供都过关了。若现在我们没有掌握一点东西地去审，他们还会照旧谎供，还是不能敲开他们的嘴。我看问题是第一次过了关，才有后面多次过关。如果照旧审下去，不仅案子破不了，反而让他们更能应付审讯，给我们破案带来难度。"

李树伦："那现在就去监狱？"他反应快，悟出周敦颐之意。

周通："问狱吏去？"他也反应过来。

周敦颐："走！"他把"走"字说得十分有力，声音很大。

以此为突破口，他们立即来到监狱问狱吏。

周敦颐："好好记记，三年前捕来两个街混，后又捕来邓名成，你是否在监狱当差？"

狱吏："当差快十年，至今都没有变动位置。"

周敦颐："在此案审讯前后，是否有人与两个街混接触过？"

狱吏："还真没发现。监狱管得紧，除捕捉他们的傅世倪接触外，再无别人接触过，也接触不到。"

李树伦："再想想。"

狱吏没有作声，当然是没有想起有这样的人和事。

周敦颐：“从现在开始，严加看管，不要让任何人接触他们，县衙的人也不行。凡前来探监的依规报批，对打听或无事游走此地的人予以登记，包括我们审讯他们。”他对狱吏交代得很认真。

周敦颐转身走出门，狱吏还在想自己当年看管两个街混的情况。忽然他向外跑去，喊道：

“周主簿，周主簿。”

周敦颐停下来，道：“怎么啦？”

狱吏：“您这么一说，倒是昨天傍晚傅世倪在监狱外晃过一下。因为是他，现在我记起那年开堂的前一天，他拿来鱼肉饭菜，还有酒进了监狱。”

周敦颐：“监狱外面也不是散步的地方，傅世倪到此晃什么？”

狱吏：“他也没有做什么。”

周敦颐：“有家人送饭，还需傅世倪提这些？”

狱吏：“他当时说明天开堂，来叫两个街混老实一点。听他说两个街混家人请他顺便带来饭菜和酒。其他我不知。”

前两天李树伦也告诉周敦颐，那天半夜回房，傅世倪没睡，因为近来办案忙，傅世倪总是照顾他。他心里过意不去就与傅世倪说几句话，傅世倪还叫他别把自己弄得太累，难搞清的事就算了。

三方面的信息凑到一起，周敦颐眼前出现一丝光亮。他紧锁两条剑眉，决定立即审讯两个街混，转身进监狱审讯他们。审讯内容明确而简单。

周敦颐：“邓名成那时种菜，天天挑菜到城里去卖，你吃过他的菜吗？”

分开审讯时，两个街混都说：“吃过。”

又问：“是他给的，还是你们买的？”

一个说：“曾从他菜筐里拿过两把菜，没有给钱，邓名成没有说什么。”另一个则说：“是一个早上碰到他卖菜，见菜新鲜，就从他菜筐里拿两把菜，给没给钱记不大清。”

两个街混都说拿过两把菜，而且还是从菜筐里拿的，与案卷里邓名成所供一致。而表述不一样就是一个说没有给钱，一个说给没给钱记不大清。两个街混说同一件事的供词就不一样，不如他们以前讯问的供词高度统一。

审完第二个街混没有退堂，接着再把第一个街混押来和第二个放在一起审。

周敦颐眼睛圆睁，威严地说：“你们招供邓名成的供词是假的，假三年之久，欺骗朝廷命官三年，陷害他人入狱三年，该当何罪？还不从实招来，难免皮肉之苦！”

两个街混吓得你望我，我望你。他们的表情告诉周敦颐，他们守口如瓶串供败露了，心里开始崩溃，口里不断地嘀咕着：“这……这……”

周敦颐进而点出其要害痛处。又问：“三年前开堂审讯你们的前一天，是谁提来鱼肉饭菜还有酒给你们吃喝，还要本官说下去吗？”

听到周敦颐的话，一个街混更是吓得瘫在地上，目瞪口呆地望向周敦颐。另一个倒是比较清醒，想到作假证诬陷邓名成的事周敦颐已经知道；现在不招也没用，招供了能免皮肉之苦。说：“老爷，小的该死，小的该死！小的愿从实招来。”

两个街混争着说：

“那年顾诸充被人杀害在河边，几天后官衙傅世倪带人捕捉我们问讯。在开堂审讯前一天，他提来鱼肉饭菜，还有一壶酒到监狱，叫我们喝酒、吃菜、吃饭，照顾我们。”

期间傅世倪突然问：“你们是不是得罪过邓名成，就是那个每天进城卖菜的？”

两个街混说：“没有。”

傅世倪：“那为什么你们上次打顾诸充，官衙把你们关在牢里时，他说你们打架斗殴，行恶多端，要官衙了结你们的性命？可你们只是打顾诸充，根本够不上死刑，他竟如此无情对待你们，简直是恨之入骨呢！”

两街混信以为真，依着傅世倪的话胡思乱想。一个说：“我们不过是顺手拿过他两把菜，能顶几个钱？就两把菜的事要我们去死！”他火气上来了，怒不可遏的样子。

傅世倪趁机鼓动：“就是拿他两把菜，何等小事一桩，他怎能怀恨在心，心肠太毒！”

另一个街混气愤地说：“你不仁，休怪我们不义。你不是要我们死吗？那我们更要你死！”他对着傅世倪大声喊，“大哥，你不说我们还不知道，你要帮我们报这个仇！”

傅世倪看一下两个街混，说：“要报仇也容易。顾诸充已死，官衙还没有找到凶手。因为你们上回打过死者，县衙现在把你们捕来就是盘问盘问，看看你们是不是与他的死有关。”

两个街混说：“我们还怀疑邓名成与死者有关呢。顾诸充死的那天下午，我们看见他肩挑空菜筐在河边和顾诸充走在一起。”

傅世倪一听，觉得他想要做的事好办了。说：“明天开堂审你们时，当场招认那天下午看到邓名成和死者在河边走在一起，但还要说他空菜筐里有把菜刀。你们一口咬定，千万不能改口，像真的一样，到时候他想推脱也推不掉，就是再传你们上堂当面对证也不能改口。”

两个街混惊愕一会，也许他们又有些害怕，有所不敢，说：“我们整天都在城里逛，他经常挑菜在城里走街串巷，都是熟人。熟人之间能这样说吗？说他空菜筐里有菜刀，那不就等于说他杀了顾诸充，他会死的。”

傅世倪：“就是熟人才好办。审你们的官老爷会问你们是不是认识邓名成，还会问邓名成印证。是熟人你们才能认得出他，审官老爷才相信你们的招供；不是熟人还容易认错人，审官老爷也不相信你们说的话。你们那次关在牢里邓名成都想要你们的性命，而你们不过是说他空菜筐里有一把菜刀。种菜卖菜的人有把菜刀很正常。再说，官衙也不会因他菜筐里有把菜刀就断他杀人，定死罪。在没有确凿证据的情况下，只会把他关押在牢里。”

两个街混便答应。

傅世倪还叮嘱：“你们招供要一样，切切不可忘记！”并教他们从头到尾怎样说。为做到滴水不漏，他们还预演几遍。

县衙开堂审两个街混。开始审第一个时，招供邓名成和死者那天下午一起走在河边，空菜筐里有一把菜刀；审第二个时，也招供邓名成和死者那天下午一起走在河边，空菜筐里有一把菜刀。

两个街混的招供一样，审官老爷信以为真，立即派衙役捉拿邓名成。

邓名成对飞来的横祸感到莫名其妙。公堂上，他如实说出那天早晨卖完菜早早回家，然后就下菜地干活。下午又送菜到城里，回家经过河边遇上顾诸充，走在一起。可就是不招菜筐里有把菜刀，更没有招他杀了死者。审官老爷见他不招就传两个街混做证，邓成名仍然不招。审官老爷气得下令用刑，四十刑杖打下来，还不见邓名成招。审官老爷不由得大怒，拍着惊堂木大声吼道，给我用重刑。酷刑之下，邓名成难受皮肉钻心地痛，只好先招供，可是第二天又翻供。如此折腾几次，也不好定他死罪，正如傅世倪所料，就把他关押到大牢里。

案情有新突破，周敦颐赶来禀报陈县令，县衙立即抓捕了傅世倪。

傅世倪知道自己走到这一步已是铁证如山，他供出受钱力大女婿鲁况之托，接受他的请吃，收受他的贿赂，唆使利用捕捉的两名街混招供邓名成，说他菜筐里有把菜刀的假供，帮鲁况达到陷害邓名成的目的。想到罪孽深重，甚至心知还有更深重的罪孽，当晚傅世倪在监狱撕衣拧绳自尽。

令周敦颐头痛的事还不只是傅世倪自尽了，这时鲁况也失踪。即便抓到鲁况，还须他招认印证傅世倪那些招供。况且傅世倪已死，无法对证，案子又陷入僵局。

周敦颐想着如何找到鲁况。他暗中派人调查鲁况，获知他爱财如命，相信鬼神，一遇到大一点的事，他总在夜里一个人到城西两里多路的石桥上祭鬼神，求保佑。周敦颐成竹在胸，不仅要抓捕鲁况，而且还要他不审先招。

李树伦带衙役每晚藏身值守在那石桥下，等待鲁况出现。官衙放出正在核查邓名成案子的消息，鲁况成了惊弓之鸟，心里紧张。这天夜里果然有个人来到桥上，焚纸祭鬼神。值守衙役借那焚纸的光看清鲁况跪在桥上大拜，头磕得桥面都有响声。此时刮起一阵风，把焚烧的纸吹得四散。他心里发麻，一阵胆怯，自言自语地说："各路鬼神莫害我鲁况，我也没有做别的坏事，只为了钱，听傅世倪的话杀害一个顾诸充，嫁祸一个邓名成，望保佑官衙不捉我。"

衙役已来到桥上，大声说："要捉的就是你！"

鲁况招供：

本地城郊农民邓名成两个儿子从小跟着他种菜卖菜。那年小儿子邓群十三岁，挑一担菜自东街至西街叫卖，路过大户人家钱力家门口。钱力夫人娄氏出门叫停他，在菜筐所剩不多的菜里挑一把菜买下。她见邓群长得清秀端正，说："明天来早点，可多买一些鲜菜。"邓群把娄氏的话记在心里。

翌晨，邓群又挑菜进城，自西街往东街叫卖，先经钱力家门口。娄氏听到邓群的叫卖声，就出门多买好几把菜，邓群便少收了她的钱。娄氏认为邓群有生意之道，诚实守信，淳厚为人，满意地与他拉一会儿家常，听说邓群还有个兄长。

她告诉钱力，说邓群英俊，招人喜欢，自家只有两个女儿，还想要个儿子。也许钱力打小从乡下进城做生意，情感上能接受邓群，夫人对邓群已有良好的面缘，他们都想过继邓群做儿子。

钱力托人到邓名成家里说过继邓群做儿子的事。邓名成想到自己有两个儿子，如果过继小儿子，那邓群也用不着跟自己种一辈子菜，卖一辈子菜。总之，他希望儿子的日子比自己好，也能成全钱力家之美，于是便同意。

钱力再亲自来到邓名成家，说："两家商定一个吉日让邓群过门，如此大的家事得以正办。"意思是要让外人瞧得起钱家，也瞧得起日后的邓群。

邓名成："当然，当然！这是有模有样的大事。"

半个月后，邓群过继到钱家，改姓钱，名程。钱力还请来一位颇有名望的先生教钱程读书。

钱程悟性好，又能勤学，学业长进很快，钱力和夫人很满意。教书先生说："钱家看人准，选得一棵好苗，家兴之根本所在。"钱家人高兴，当然也没少厚待先生。

朝夕相处几年，钱力和夫人对钱程越发喜欢，将年纪相仿的小女许配给他，一家人非常幸福。可是，钱程得宠，却打破钱家的平静，更为邓家招来一场人祸。

钱家已出嫁的大女儿丈夫鲁况嫉妒钱程，担心钱家丰厚的财产以后会落到钱程手里。他和妻子商量，略施小计，让妻子向其父亲钱力提出鲁况也改姓做大儿子。

钱力心里一惊，怎有此等不贤之女？气恼地说："亏你说得出口！"又劝道，"你已是出嫁之女，都生有小外甥，按你的意思外人会怎样看待你和鲁况，又怎样看待我？此事不宜回头。"钱力不同意，鲁况更加担心将来钱家的财产落到钱程手里。鲁况着急起来，想着法子伙同他人谋划实施一起杀人嫁祸陷害邓名成，以达到阻止钱程继承钱家财产的惊天大案。

他约酒肉朋友衙役傅世倪到酒店吃喝。称兄道弟间，鲁况说："遇到一个仇人，想请兄弟帮忙出口气。"他从袖筒里摸出六千钱给傅世倪，说："酒茶之用，事成之后再给一万钱。"

傅世倪满口答应："那人是谁？他妈的！"此时除朋友义气，他更是看到眼前那耀眼的钱。

本来鲁况是想陷害钱程去坐牢，但他观察好多天。钱程每天都在丈人家潜心读书，不出家门，加上丈人一家老小都在家，不便得逞。如让他爹邓名成坐牢，他的名声也随之扫地。而钱家是县城里大户人家，讲名分，就会解除过继他，也会解除他与小女的婚约，自己才有机会进入钱家，将来能得到钱家财产。鲁况打着如意算盘。

鲁况："一个种菜卖菜的，他叫邓名成。"

傅世倪："叫他蹲到牢里去！"

鲁况感到很合自己之意，他站着端起满满一杯酒敬傅世倪。说："那就先谢兄弟！”

恰在这时，名曰顾诸充的人也来酒店喝酒吃饭，无意间走到鲁况和傅世倪的餐间门口，听到他们说要让邓名成坐牢。尽管顾诸充不认识邓名成，但他还是吓得打寒战，转身走时把门碰了个响。鲁况赶快起身跑过来一看，顾诸充忙说：“走错餐间、走错餐间。”鲁况什么话都没有说，两眼死死盯着他，待顾诸充走后关上门。

傅世倪面无表情，坐在那一动不动，觉得事态严重，有第三者知道。说：“不可留后患，先把他除掉。否则你想做的事做不成。”

鲁况便答应。说：“怎样除掉他？”

傅世倪说：“你以为呢？”

鲁况思考一会儿，没有想出好的办法，说：“请教。”

傅世倪又说：“动动脑子。你不是要让邓名成坐牢吗？要找到邓名成和顾诸充两个人在一起的机会。还有，种菜卖菜之人总是有菜刀的，要在顾诸充身上留有刀痕。”

鲁况等待好多天，终于伺到机会。那天下午邓名成和顾诸充一起在河边走后，他便杀害了顾诸充。县衙查找凶手，后来才有傅世倪提鱼肉酒菜和饭到监狱，操纵两个街混陷害邓名成的事。

现在凶手已找到，邓名成得以昭雪。人们关注这件悬案的告破，周敦颐“一讯立辨”、洗冤泽民的名声迅速在分宁传开，也传到外地，贤名大噪。陈县令如释重负，满县官民交口称赞，连资历深老的官员都说：“老吏不如也！”

正当周敦颐职事上得心应手，上头一纸文书传到了分宁。

第六章　上任市征局

出仕分宁主簿不长的时间里，周敦颐进入江南西路高官视野，被派到税收前沿卢溪镇代理市征局事务，做一名监税官。

卢溪镇，为袁州之直属。藉以地处湘赣之要道，商业繁华，税收量大，朝廷如此专设市征局。周敦颐代理市征局事务，既是上头对卢溪税收的重视，也是对他的重视。

他告诉周通："近两天交接，尽快赴任卢溪。"自然是给周通打个招呼。

周通检点好马车，选定行走路线，图个道途顺利。周敦颐去卢溪，只待起程了。

"从京城来到老远分宁，现在又要去卢溪，而且还是镇，老爷便是从最高的上层下到最底层。"周通担心周敦颐心里不受用，可又不清楚他的想法，也就试探地说。

"大宋天下，哪个地方不是朝廷命官的家。出来为官，无论官级大小总不会长期在一地为官，何况是铁打的衙门流水的官。你看我在分宁时间不算长，现在要去卢溪，说不定什么时候又要去一个什么别地方，都得有准备，上方有令就得走。"周敦颐回应周通道。

"查那么多案，又不是遭贬。看别人越调越近，官越升越大，老爷既不是升官，也不是到便利的上等县。"

"我等主簿其实就是底层一个僚，在哪里都是为民做事，所以到哪里都一样。卢溪偏远，有的人不愿去我就去，升不升官不是做事的条件，也由不得自己，你说呢？"周敦颐淡然一笑。

"刚成家，夫人还在汴京哪。"

"是呀，可人在官场，很难做到家国两全其美。"周敦颐耐心讲道。

鬼精的周通说这么多，看到周敦颐对自己职事的变动没有什么想法，以泽民为要，以做事为重，他坦然了。

“老爷，放心吧。”周通心想，这人傻不傻的，有时候要看自己会不会装傻，他摸了摸脑袋憨笑。

和周通一起相伴长大的周敦颐，早把周通一举一动、一言一行看在眼里，听在耳里，明在心里。他觉得周通傻得可爱，或者说自己没有错选这个堂弟作随从。

庆历二年（1042）那天午后，一辆马车在小雨中进入卢溪镇，马车上坐着便装周敦颐。因为天下雨，路上行走得慢，他们到达卢溪镇比预计晚两个时辰，市征局里午餐已过。周敦颐道：“既然晚了，暂且不到市征局，免得伙房重起炉灶。就近找个地方吃点饭。”周通说：“是。”

在“吁——”的一声里，马车停在一家小饭店前，他们一下车，店小二接过马车。

周敦颐、周通走进饭店，选在一角坐下。

店中间那桌子坐三个人，他们在闹酒。还有一人围绕他们打转转倒酒，躬身忙个不停，有时他敬客人的酒，偶尔张罗店里的事。看得出他就是店主。

店小二过来向周敦颐、周通打招呼，给他们桌上的碗里满上茶，问：“客官，吃点什么？”

周通说：“来一碗豆腐，来……”还没有把菜饭点好，店小二就被中间那桌的店主喊过去，叫他帮着跑伙房给他们端这拿那，气得周通站起来要去找他们说个理。周敦颐扯扯他的衣角，他才坐下，两个人端碗喝起茶来。

“客官，还来点什么？”店小二过来接着刚才点菜饭。

“一碗豆腐，一碗白菜，两碗米饭。”周通脸色难看，语速很快地点好简单的午餐。

店小二有愧，不敢作声。其实，他也是在忍耐。

“都到下午还在闹酒。”周通实在看不惯，忍不住地唠叨。店小二对他摆摆手，示意他不要作声。

周敦颐也示意周通不再说。

店小二见他们碗里的茶喝干了再添上，让他们等待饭菜。中间那桌不断地上菜，热乎乎的，而这桌要的两个菜和米饭迟迟未上，周敦颐看出这里面定有玄机，静观中间那桌人的举动。

也算是酒足饭饱，中间那桌人结束午餐，个个面红耳赤。长得一脸横肉的人已经是说话不清楚，指着其左边那人："你的脸红了！"又指着其右边那人："你的脸也红了！"然后哈哈大笑，左右边的人也随他笑。为他们打转服务的店主，同样跟着哈哈地笑起来。

店主虽红着脸，但吐字还算清楚。他心明地迎合、讨好一脸横肉的人，说："喝酒不怕脸红！不怕脸红！"

一脸横肉的人说："对……对……对，喝酒就是不怕脸红，也不怕醉。"

他重复店主的话，并加上也不怕醉，其左右边两人立马奉承他说得好，道："酒醉英雄汉嘛！"

"你们是说我醉了？不……不……不，我根本就没有醉。"一脸横肉的人马上接话说。

"是是是。主子海量，哪有那么容易醉，这镇上有哪个能比我们的主子？"他们又赶紧奉承。

"我海量不海量，就看你们敢不敢陪我喝。喝酒就是要有人陪着喝，热闹才有味道。"他再冒出一句话来。

"哪怕是醉，也愿陪主子喝。"

"那就喝！"

店主心里苦闷，不好说不让他们喝，只好叫店小二又端来一坛酒，炒来几个菜，他们没完没了地重新喝起来。

终于，他们停嘴歇筷弃杯，身子有些摇晃地都站起来，头重脚轻，根本不觉得一角还有两个人。一脸横肉的人说："走……走……走，到集市看看。"托福求财，店主总算是恭送三个人踉踉跄跄、高一脚低一脚走出店门。如此丑态，自己不知不觉，可是旁人看得难受。

店小二来到周敦颐桌旁哈着腰，说："怠慢怠慢，让二位久等。"意思是为他们点的两个菜和饭还未上，而一心只顾中间桌子客人表示歉意。

"人家喝酒吃饭给钱，我们吃菜吃饭也给钱，却不一样对待，钱在卢溪、在你们店还能分出两样来？你看到我们是外地人吧！"周通不高兴的样子，此话自然透露出他们是外地人的信息。

"请息怒，请息怒。客官有所不知。不是我有意冷淡，是怕……怕刚才那三个人生事。"店小二见他们离开了说，但还是说得不爽快。

“我们都不认得他们，他们也不认得我们，谁也不欠谁的，还能生事？笑话。只要他们敢乱来，那我们也不怕。”周通见店小二说得遮遮掩掩，便一本正经地道。

“你们只有两个人敢说不怕，他们可是有很多人，还有打手。”

“有打手怎么啦？我们是……哦，是有理可以走遍天下。”就在周通差一点要说出周敦颐和自己是市征局的人时，周敦颐咳嗽了一下，周通醒悟过来，立马转移话题。

“他们不讲道理，如果不先侍候好他们，他们会为难小店。你们吃完饭走人，我们还要在这里生存。”店小二又说出心底里的话。

“原来是如此，真不知道有这么个情况，开家饭店还很不容易。不怪你们，不怪你们。”周敦颐说，“来来来，再加一壶酒，上一碗肉！”主客融洽了气氛。

店小二看向周敦颐和周通，说：“来卢溪商人多，你们是来卢溪做生意吧？可要尽量避开他们。”

“卢溪镇虽说不很大，但位置好，生意氛围浓，机会多。本想在卢溪做点小生意，你却说生意不好做，要避开他们，现在才知道。那我们吃过饭就走。”周敦颐说。

“那三个人已经走远，我跟你们说得清楚些也无妨。不是生意本身难做，而是难奈地头商霸，刚才吃喝的三人就是，还是小心为好。你们都看见，他们吃喝完就走了，店里赔了不轻的一桌酒菜和饭，一天的生意白做了，我的老板还要躬身奉笑脸，惹不起。”店小二向外再望一下，想到周敦颐、周通吃完饭要离开卢溪镇，更是放心。

“口吃肚装的事，怎么能吃完就走？”周通问。

“否则就会唆使他人到店里来闹事，弄得连客人都不敢来，生意会更惨。你们是外地人不知道，要是镇上人进来看到他们就会走的。”店小二告诉他们。

周敦颐想做深一点了解，说：“在我们那里可是不行，没有人这样蛮横。你是怕那个一脸……”

店小二：“哦，你是说那个一脸横肉的人吧，他叫冯南山。镇上人背后叫他‘冯霸道’，卢溪镇生意场上没有人敢和他较劲，躲他。”

周敦颐：“他是做什么的，是发了大财还是做了大官？”

店小二：“怎么说来着，他常带手下人欺行霸市。在东街，也就是镇上人居最密集地方，他把人家赶走自己却开一家米店，另一处也以同样手段开一家布店，听说生意都很好。现在人家开什么店铺，得先看看近处有没有‘冯霸道’开的店铺。若有，就不敢再做同样的生意。”

周通：“那刚才旁边两个人呢？”

店小二：“都是冯南山的乌合崽子，人们也不会去招惹他们，免得自找麻烦。”

店小二心里再也没有顾忌，问什么就说什么，甚至觉得说出来比憋在心里舒服。他们一来二去的，周敦颐便知道镇上许多情况，也是他下一步要采取措施予以治理的事。

东街最近又新开一家米店，顾客不断，店主祝平齐喜在脸上，乐在心里。不料就在今日，店里突然闯进两个人，狂打乱砸。祝平齐制止，就连他一起打一顿，白米撒满一地，打砸的两个人扬长而去。祝平齐忍着伤痛面对米店被他们打砸得乱糟糟的，满脸迷茫，惶惑不安。他是从外地来这里寻商机，看到东街人多只有一家米店，就租房子开起米店。没想到米店开张才火红几日就遭此厄运，却又不知道事因出在哪里。

他刨根究底地想，自己来卢溪没有与人结仇，米店没有一笔生意亏客人，价格随行就市，米品质好，把进来批量的米再卖出去，不过是赚点薄薄差价，怎么会出现这样的事？是谁干的？慢慢地他从隔壁鞋店听到一种说法，就是祝平齐新开的米店离冯南山的米店近了。他有所明白，要找冯南山说个清楚。鞋店店主劝他：“你一个外地人，才来卢溪，都不认识砸店打你那两个人，就算是‘冯霸道’指使他们干的，他不承认，你还有什么办法吗？镇上人人怕他，谁都让他三分，要是惹怒他会再讨苦吃。”无奈，祝平齐想到另一种办法，到市征局告发，但又没有证据，官方受理吗？他只有作罢。

米店被砸，祝平齐忍气吞声，可是民众不服，没过两天就把此事传到市征局，引起周敦颐重视。他在想，来卢溪那天在小饭店看到白吃白喝的人和事，现在又发生米店被砸的事情。他决意把扰乱秩序、欺行霸市的恶劣行径打下去，以正压邪。

周敦颐带周通寻访集市，专程来到祝平齐米店，见到米店内一片狼藉。周敦颐询问具体情况，祝平齐把米店被砸从头到尾诉说一遍，心忧米店能不能开下去。道：“与其让他们再来捣乱，不如早点关了米店好。”他愁眉苦脸，话语低沉。

“关店躲避不是办法。你躲过今天还有明天，你躲了别人还要躲，反而助长他们嚣张，没有公理可言，还是要敢于正视。我相信正定能压邪，善定能胜恶，美定能去丑。我说呀，现在更不能不开这米店。只要店一关，就达到他们砸店赶走你的目的，砸店打你的人也得不到应有惩罚。”周敦颐表明态度，并说理劝导他。

“事是这么个事，理是这么个理，我也想把米店开下去。听人说我家米店是冯南山指使两个人来砸的，可冯南山被人称为‘冯霸道’，镇上人都怕他，何况我一个外地人，才来卢溪不足两个月。如果再开米店，到时候还是逃脱不了被砸的厄运，我经受不起，也害怕。”

周敦颐为化解祝平齐的担忧，亮明身份。他告诉祝平齐：“本官今天就是专程来查明情况，寻找线索，看他们还能跑到哪里去。你要勇敢地站出来，支持市征局为老百姓伸张正义。”并嘱咐他要留心观察动静，拿到证据，以助市征局将他们绳之以法。

祝平齐即时跪下：“叩见周老爷，小人有眼不识泰山，不知高低地乱说错话，请老爷不计小人过。”

周敦颐：“起来吧，开好自家的店，看好自家的门。”

可是，连周敦颐自己意想不到的惊险一幕又在发生。

周敦颐和周通离开米店，走出东街，转弯进入一个小巷，发现有个人手持棍棒，跟在后面。周敦颐和周通加快脚步，以走出小巷。突然，前面又走来一个人手持棍棒迎面而来，前后夹击，把他们堵在小巷中间，往哪头走都不行。小巷冷静，连个人影都没有，难得外援。周敦颐和周通看得很清楚，前后两个人就是那天跟随冯南山在小饭店吃喝的那两个，但不知道他们的名字。

周通扫视小巷，前面十五六步处右边墙壁有一门洞，门是关上的。周通拉着周敦颐三步并两步来到门洞前，后面那人追上来了。周通又拉着周敦颐闪身跨上门洞的门槛石，转身紧贴门，并用脚反踢两下门。那人举起棍棒狠狠地使劲打来。所幸，棍棒前端打在门洞上方过桥的花岗岩上，从他手里震脱下来，掉到地上。周通跳下门槛石，向前大跨一步，和那人同时争抢棍棒，各执一端，用力拉扯两下，谁都没有完全掌控棍棒。周通机灵地朝那人拉的方向用力一推，那人仰倒在地。周通抢得棍棒横扫过去，那人倒在地上起不来。

从前面来的另一个人见状开始心慌畏缩，欲弃而逃。门洞这家人听到门响和小巷里打斗声，猛地打开门，大声喝道：“干什么！”那人立马丢下棍棒转身跑出小巷。

周通说明了眼前发生的事情，周敦颐也亮明身份。

开门的人叫巩湛，他跪地叩首："大人，小人巩湛晚到，还望恕罪。"

周敦颐道："事情已过去，一起收拾场地。"

巩湛说："是。"

他从家里推出手推车，协助周通把瘫在地上的打手弄到推车上，跟周敦颐来到市征局。

经过审讯，此人叫查一从，是冯南山鞍前马后的家丁。他招供：得知周敦颐调查祝平齐家米店被砸的事，冯南山指使他和吴其根跟踪，找机会教训周敦颐一顿，以迫使官方放弃调查。冯南山是镇上商霸，因为这家新开米店抢走他家米店的生意，就叫查一从和吴其根到这家米店捣弄一下，打了店主。那个弃棍棒而逃的人就是吴其根，也是冯南山家丁。

还招供周敦颐来卢溪那天，冯南山带查一从和吴其根在小饭店吃喝不给钱。

顺着招供的线索，周敦颐遣派衙役分头捉拿冯南山和吴其根。吴其根很快被押来市征局，倒是冯南山在事情刚败露时，就隐身他处。查一从、吴其根除了知道冯南山称霸镇上，还有他在镇上的住处，以及他家的米店、布店外，对他的去向和其他情况却一无所知。

周敦颐看着冯南山的案卷，翻来覆去，试图找到他可能去的地方或方向，但没有发现疑点。他面对案卷坐思良久，还是想不出冯南山的合理去处，也就随手合上案卷。

可就在合上案卷时，封面上"冯南山"三个大字十分醒目，刺激眼球，也引发他对冯南山名字的思考。很多人小时候取出生地为名作纪念，姓连着出生地名，成了姓名。由此看来，是不是有一座山的南面有个冯姓的村庄；或者有一座山叫南山，山近处有个姓冯的村庄；或者有一个叫南山村的地方，该村姓冯。这样众多的南山也许称南岭，说不定有一处就是冯南山老家，他出生在那里，现在是否躲藏在那里？而且离卢溪镇较远，就是不远也不好找到。不然，冯南山就不会去。

周敦颐查找冯南山。他找来卢溪志书，却不见上面记载有要找的村落。到镇上问老人，也无老人知晓。看来要抓捕冯南山，光坐在镇上是难有结果。

周通怀疑，说："本地志书上都没有记载，是不是有'南山'的山和村庄存在？”

周敦颐也在想，觉得应该有。冯南山之名，明显是姓氏和一个地名的结合，否则名字上很容易用这个“三”字，说明他在家里兄妹姐弟中排行老三，他觉得应该去找一找。

“走！去实地查找。”周敦颐对周通和几个衙役说。他们从五十里起，由近向远山区走访打听，两天下来涉足两百余里，不遂所愿，没有听到与之相关的消息。

翻山越岭，不停地走路，不停地探问，他们确实疲惫而且很渴。走到平阔地带一村庄前面，见有口塘，塘水清澈，岸边有几棵大树。他们停下来洗脸喝水，然后在树下坐一会，合计下一步该怎样找。

此时，村里有人来挑水，看他年纪大致三十出头。

“这位兄弟，挑水呀？”周通站起来，笑着向他打招呼。

“来挑担水，家里人多用水多。”挑水人也热络地说。

“你们村子所处地方真好，出门一脚平路，出行方便。村前又有一口好清水塘，还长上很粗的大树，看上去都舒服。请问叫什么村？”周通用着心事地往下问。

“叫南山村。”挑水人听到周通对村子夸奖，又说，“经常遇到和你们一样路过村上的人，他们也说我们村子好。”

“我说嘛，给人的感觉就是好。”周通和他说开来，他说的也是实话，村庄确实不错。

周通身边一个衙役搭上话，道：“我也是同样的感觉。”

“此处平坦，没有山，怎么叫南山村？”周通又问起挑水人，朝寻找的目标靠拢。

“是从远处老家那个村分迁过来的新村。说新算来也有三四十年，仍用老家村名。现在两个南山村很容易把人弄糊涂。”挑水人指向远处浅蓝色山影说，“老家南山村就在那里。”

“哦，那新村人尊姓呢？”周通再问。

“冯氏村，姓冯。”挑水人再答。

周敦颐开口了，问：“两个南山村都属于一个地方管辖吗？”

挑水人：“以前不是，后来划归到卢溪镇。”

周敦颐：“此处离卢溪还有多远？”这两天弯来拐去的来到这里，他也搞不清楚，特意问问顺便作个了解。

挑水人：“我没有去过卢溪，听说有些远，路也不好走。很少遇到卢溪人来，本地人去卢溪也不多。”

周敦颐：“看村子前面开阔，一定发达，出好多人吧？”

挑水人：“也没有出什么人。住在村里，出门比老村庄轻便，像我这样挑一担水也不累，算好地方。”又说，“要说出人嘛，还是老家那里曾经出过好些人，有过做官的，有过从商的，有过教书的，有过从艺的，村子享有名声。”他自谦又自豪。

周敦颐：“家族上的人官做到多大呀？”

挑水人：“史上曾有官至五品大官，也有七品知县小官。所以老村有很多人不愿出来，他们想的是那边风水好，为的是自家子孙发达。”

周敦颐竖起大拇指，道：“让人钦佩！让人钦佩！无论是五品还是七品，都是朝廷的官。如此出人很不容易，一个县两三年也难得出一个七品官，更甭说五品官，真是好村庄。那从商的家业又做到多大呢？”

挑水人：“有个叫冯有杰的，听长辈说他生意做得大，家业发展也大，可是富甲一方。”

周敦颐赞赏，说：“是一个能人。”

挑水人：“他是个儒商，攒钱而不看重钱，讲的是儒道，行的是仁义。他把赚来的钱用来济贫扶困，修路架桥，做很多好事，德行冯氏村内外，为后人敬崇。人们都记住他，连村里小孩都知道他。听说现在卢溪镇上的冯南山，生意也做得不错，他就是老家村的人。尽管他家业没有冯有杰的大，可在家族也算是个商界人物，他最近就在老南山村歇息。因为村里住得舒服，在外头的人经常回村住些日子。”

周敦颐：“可以说冯有杰赚的是德道之钱，那冯南山也是一样吧？”他有意再问问挑水人心中的冯南山。

挑水人：“他嘛，不清楚。”

周敦颐听到他最想听的话，说：“祖村和新村都属同一血脉，不分你我。祖村出人就是你这个新村出人，你这个新村好就是那祖村好。”他话说得中听。

挑水人心里舒服，道：“哪里、哪里。”又说，“倒也是。”并请他们到家里去喝杯茶。

周敦颐特别小心，为避免进村引起怀疑，在没抓捕到冯南山之前万一冒出个什么事来，就会影响案子的办理。回应道：“我们路经此处，在塘边洗洗歇歇，还要赶路就不去，谢谢你的盛情！”

挑水人挑一担水向村庄走去。

周敦颐吩咐班头：“你带人立即赶往老南山村，估计深夜才能到。你们对那里不熟，又是夜里，不便捕捉冯南山，可根据情况在最有利时机动手，但一定先在暗中围住他。”交代完，他、周通和一个衙役回市征局。

如周敦颐预料，他们深夜到达老南山村。班头想，黑灯瞎火里擒拿冯南山，万一出点差错，他逃出屋子即刻钻进林子，根本看不见，那还能抓到他吗？为稳妥起见，班头先布控好，静静地围住房子。天亮起来，老南山村依然宁静，冯南山还在梦中。衙役破门而入，顺利抓捕了冯南山。

市征局公堂上，稳稳地坐着身穿官服的周敦颐，前面两边纵向站立手持刑杖的衙役。很多市民站在公堂门外，气氛静穆严肃。随着那“威——武——”的吆喝声，周敦颐大声道：“带罪犯冯南山！”

冯南山被押到堂上。他扭头看一下四周，就是不跪。衙役将他按跪下来。

“啪”的一声，周敦颐手震惊堂木：“冯南山，你欺行霸市，横行市场，教唆殴人，还不把你所犯罪行一一从实招来！”

冯南山听到一个罪名接着一个罪名的，蒙了。他慢慢地静下来，心知肚明。事已至此，就看证据吧。说不定有的罪名还没有证据，可不能招认。说：“老爷所列小人之罪，就是要杀要剐总得让小人明白清楚，不受冤枉。很多人都在看在听，也会令公众信服。”

周敦颐看出冯南山在顽固抵赖，不见到举证就不会认罪。对他不在于如何如何地审问，而在于施以举证、攻心并行，直击痛处。

周敦颐威严地问：“教唆他人砸祝平齐新开的米店，殴打祝平齐，是你干的吗？”

冯南山不作声。他既不认罪，也不否认，像是没有事一样。

周敦颐喝道：“你放心，会有人让你知道自己做了些什么，你还会知道他们是谁。传原告祝平齐上堂指控，押罪犯查一从、吴其根上堂做证。”

祝平齐上来诉说那天他家米店遭查一从、吴其根捣砸，本人也遭殴打的事实。

查一从、吴其根又分别证实受冯南山教唆，他们砸了祝平齐新开的那家米店，殴打了他。并证实那家新开米店离冯南山家米店较近，影响冯家米店生意而受指使干出此等坏事。

查一从、吴其根还证实受冯南山教唆，在出东街的小巷围堵、殴打朝廷命官周敦颐及随从周通，用意是警告市征局，教训周敦颐。

冯南山心虚，脸色在变。

周敦颐两只眼睛像刀子直刺冯南山心窝："你一个不孝之子，冯氏家族出有不少人才，包括受人敬崇的儒商冯有杰，从商安分守道，用赚到的钱济贫扶困，修路建桥，做很多好事，德行冯家村内外，惠及万户千家。人们崇敬他怀念他，连小孩都知道他好。而你呢？机关算尽，唯利是图，强行打砸，害人不浅，实在是有辱冯氏先祖！"

听到这些，冯南山感到十分震惊。他万万没想到，周敦颐刚刚到任市征局，不但查实他的罪行，连他家族情况也了如指掌。如此精能，还有什么能够隐瞒？他头上雨淋似的冒汗，鸡啄米似的磕头，说："认罪，认罪。"

周敦颐道："还不从实招来！"

冯南山招认自己的罪行。

冯南山恶霸一镇，自以为是，扰乱卢溪市场，受到大法的制裁，人心大快。惩处冯南山，也在卢溪人心里敲响警钟，违法必须受到追究。人们敬重周敦颐，而周敦颐知道要治理好卢溪还任重道远。

第七章　相思两地愁

三年前，周敦颐在分宁自创景濂书院，亲自讲学，听学的士子喜欢，颇受当地人欢迎和尊重。这事被义门陈家族孪生兄弟陈任文、陈任武知道了，他们向父亲闹着要去分宁游学。其父亲说族长不同意，两兄弟没有去成。周敦颐到卢溪后，陈任文、陈任武又想去游学。可是，他们这回绕过父亲直接找族长，甜着嘴儿要族长同意他们去卢溪，拜见读书、讲学都有名声的周敦颐。族长看到两个孩子可爱，为开阔眼界去游学，且是第一次找他，便同意。第二天陈任文、陈任武去卢溪镇。

时已至亥，卢溪市征局周敦颐的寓所有人敲门。

周通开门，朦胧中两个人站在门口。一个拱手道："我们是江州义门陈家族两兄弟，远道赶来拜见周大人。"

"进屋吧。"周通说，他转身推开周敦颐书房的门："老爷，江州义门陈家族来两个年轻人，说是专程拜见您。"

江州义门陈周敦颐在分宁时就有耳闻，当年太宗皇帝赵光义赐联"家族三千口天下第一，同居五百年世上无双"。他搁下手中书本起身来到堂前。

"周大人，临夜冒昧拜见，多有打扰，实有不恭。"两个人躬身。

"请坐。"周敦颐看了又看判若一人的两兄弟，似乎要说或是要问什么。

陈任文介绍，说："我们是一对孪生兄弟。我是兄长，叫陈任文，弟叫陈任武。"

周敦颐："义门陈人才辈出，又有一双文武兄弟！"

陈任文："谢大人夸奖。任文、任武之名乃家父所起。小时候父亲觉得我生性好读，希望我读书长知识，若得造化，以后服务社稷，由原来的乳名改为任文。觉得弟弟生性好习骑射，希望弟弟学好武艺，若得出息，以后卫国保家，由原来的乳名改名任武。”

周敦颐：“天赐生性，父命所望；家国情怀，盼得企及。难得一家文武双全，堪负重任，好啊！”他笑道。

陈任文：“我们早听家族人说周大人从小笃志读书，切问近思，为学之范，仰慕已久，盼有一天拜见到您。今日夙愿已尝，实乃我们兄弟有福气。”

一阵寒暄过后，周敦颐明白两兄弟为求学问道而来。当夜，他就和两兄弟开始交流探讨儒家经典，连续几天。两兄弟不断提出读书过程中遇到的疑惑，周敦颐一一予以释疑，并提示要“广博涉猎，丰儒正说”。

陈任文、陈任武还说起家族之事。义门陈经过几百年繁衍生息，已有人丁三千一百一十七口，聚居连片，家园纵横，田地数百处。农工商士循其道，人崇忠义守其行，门风孝悌，秩序井然，样样有条不紊，兴旺着偌大的一个家族。

周敦颐听后问：“何以把如此大的家族治得这样好，让家族不缺‘五常’仁义礼智信？”

陈任武说：“东佳论大道，家有三尺法，二者并行以正家风。”

周敦颐道：“何为‘东佳论大道’，又何谓‘家有三尺法’？”

陈任文解释说：“义门陈的东佳山上建有一所家族书院，曰‘东佳书院’。书院高聘大儒授教，学子长年四百有余。家族儿孙逐考进入书院念书，从小读儒家经义，明儒道事理，养优良风气，惠及家族历世同居子复孙，人生常理不须论。一代又一代家族人有精神有良知，讲求至公、崇义守信、行取伦常，助推代代兴旺。”

又说，祖上早就有治家眼光，看到了长久之治。《义门陈家法并序奏表》告诫：“治家不可不立乎纲纪，纲纪不举，则条目不张；纲纪一正，则条目铁然。还在诸多方面‘设之以家务，绳之以规程，推功任能、惩恶扬善，公私出纳之式，男女婚嫁之仪，蚕事衣妆、货财饮食，必令均等，务要和同’。详尽订有《家法三十三条》《家范十二条》《家训十六条》，庶令子子孙孙遵家法，守家范，从家训，以此管好家、治好家。”

周敦颐听得连连点头。

陈任文、陈任武所请假期快到了，得按时而归。他们又策马回义门陈。

两兄弟来拜学求教收获大，对周敦颐触动也大，引发他在想一件事情。义门陈家族兴旺发达，独居天下第一，治理上无论是东佳书院教书育人，还是《家法》《家范》《家训》，都是净化人的思想，匡正人的行为，归结起来是对人的教与养、惩与戒，可鉴一用。

白天的喧嚣渐渐宁息，夜色已降临。市征局院子一间普通官舍里灯光摇曳，书案一头摞有几本书，还有一本书开页平放在案面上。

主人周敦颐并没有伏案读书，而是在房间踱来踱去。他在想，依法办事，秉公办案，虽然能够除奸剪弊，但受伤的仍然是人，受害的仍然是社稷，不为治理良策，只能算是暂时治标。而要达到最为理想是教化民众，让百姓慎独自律。他走到窗前，拨开帘子望向那漆黑夜空。尽管什么也看不见，但宁静的卢溪镇在他眼下，更在他心中。

他思量镇上出现欺行霸市、偷税漏税、扰乱市场商贸秩序的冯南山之流，均属人所思而为。物欲横流，人心市侩，这夜静的镇上同样深藏着白日的奸商狡诈，唯利是图，只不过是淹没在看不见的夜幕里。看不见，不等于没有；自然静，不等于人心静。只有人心静，所思所想纯洁，才能弃恶从道，才有平等公正交易，才有长久安定发展。他在酝酿，酝酿一个举动，便是传道教化民众，建设一方道德秩序。

当朝推行以文治国，地方官员治理一方也有讲学化民之责。他感到应唤醒人们弃恶念，从善行，此乃当务之急。

因陋就简，周敦颐安排人员把空余一间官舍打扫整理干净，在里面用砖砌成墩，找来木板放置其上，做成一排排条台，再配些凳子，官舍成为简朴的讲学场所，还在近处水域种下莲花。除自己本性所爱，也让来听学的人渐入学境，静心地听得进，学得好。

经过准备，周敦颐开启传道讲学、授业解惑之举，不断地授以孔孟修身之道，也推广个人学术思想和观点。他授教来者熟读经典，领会其要，以达融会践行，让不可或缺的儒家学说精神在这里传承发展，照亮人的心灵世界。

授学中，他引导大家追求圣人修身之本，实现人的、自然的、本质的“仁义中正”。倡导人在“中正”之框架内至“仁”、至“义”以至“诚”，谋求“圣希天，贤希圣，士希贤”的通达，实现与天地合其德，与日月合其明，与四时合其序，达到和谐。他读书备课，撰写讲稿。据说，此时的讲稿后来被整理成其重要著作《通书》的部分内容。

周敦颐讲学名声在卢溪越来越大，参加他面授的人越来越多，由最初寥寥十几人发展到后来几十人。学风清正，气氛活跃，听学者明事理，知规范，还触动旁人跟着修身立德。一段时间后，他欣慰地发现征税难度在减小，市场秩序有所好转。

周敦颐离开汴京的家已三载有余，先后职事两地，理政、讲学几乎占据他所有时间，哪怕夜晚也是治学读写。而今夜，周敦颐时而到周通房间说说话，时而坐在书房把书翻得哗哗作响，一伏案就走神发呆，他反常地想起家来。

虽说平时那样充实，但一想起家，他于心里有一种难耐的孤独。

周通觉得周敦颐状态不对，平日他专心夜读，落座定性，此时却静不下，坐不住，躁动难安。周通不知道为啥，走进书房陪他说起话来。

“老爷，很多人说当官好，官好当，我看未必，最多说对一半。要是不思为民做事，只顾到时拿俸钱，这样的官好当。可要当个心中装着百姓的好官，没那么容易。”

“怎么说起当官来？”

“跟您几年，才有对当官的感觉和认识，说说而已。”

“是呀，别人可以想自己之所想，做自己之愿做，而当官不行。特别是当个好官得为他人想，为他人做，如此官不好当，当个好官就更难。”

“您说朝廷规定三百里不能为官，绝大多数人像老爷一样在千里之外做官。做官的人离家都老远，和家人不能在一起，省一次亲都难。官场外面的人只看到当官好，却不知道他们职事、家事的难。”周通无意说到了周敦颐此刻所想，引得周敦颐把心思给说出来。

“本来打算趁现在市征局事情不多，抽空回汴京省一次亲。现在看来回不去，今天接到调任南安军司理参军文书。官场上，也有很多人趁调动时专门或绕道回家一聚，看望亲人，处理家务，可是国家朝廷的事再小也是大事，家庭个人的事再大也是小事。我想，省亲之事还是下步再说。”周敦颐道。

“职事要紧，现在不便走，那就给夫人和家里写封信吧。”

“也只好这样。”

他们在书房聊好大一会，周敦颐心神也安宁下来。周通帮他再添茶水，便离开书房。

周敦颐提笔给家里写信，问问家情，告诉家人自己职事又有变动，并商量携陆文翠随衙署生活的事，却又放下笔。他想到近几天就要去南安军上任，还是等到了那里再把情况写信告诉陆文翠和家人。

而汴京的家人对他也是思念有加，舅妈念叨他，陆文翠总是放不下对他的惦记。前几天，在家人提议和劝说下，陆文翠同意近期去卢溪陪伴周敦颐，打理自己的小家。

她心有所向，日有所盼，希望时间过得快一些。为此她在照顾舅妈的同时，连着日夜为周敦颐赶做衣衫鞋帽去卢溪。谁知就在这个时候，舅妈身体连日不适，生病卧床。陆文翠只好停下针线活照顾舅妈，每天细心地熬汤药，陪在舅妈床前，话语聊慰。病中的舅妈有什么话都愿跟陆文翠说，要什么都叫她拿，两个人犹如母女，老人甚至喊她儿。陆文翠把老人照料得十分顺心，未及两旬她的病已好，也让陆文翠感知舅妈已经离不开自己。她明白，舅妈是上了年纪之人，自己一直照顾她，若自己离开家谁来照顾好舅妈，她放心不下老人，去陪伴周敦颐的打算也就只好先搁下。说实话，她是在纠结中定下来的。

她想起那年周敦颐居丧去服上任分宁前夜说过的一席话。

周敦颐："现在父亲母亲不在，舅舅也不在，家里长辈只有舅妈。我在汴京许多年，舅舅、舅妈对我关心无微不至。没有舅舅就没有我的今天，没有舅妈同样也没有我的今天。如今舅妈年迈，照顾舅妈的重担就落到你肩上。"

陆文翠："请放心，家里的事就是我俩的事，你的事就是我的事。"

周敦颐看到陆文翠为他又多承担一份家庭责任，他既牵挂舅妈，又牵挂陆文翠。说："只是让你一人在家受累，我于心难忍哪！"

陆文翠："相公千万别这样说，为你做什么我都愿意。"

周敦颐："我去家千里，你独自在家也要照顾好自己。"

陆文翠："你放心去吧。"

如此回想，陆文翠只能放弃这次随署的机会，可她心里更加想念周敦颐。

"文翠，今天是什么日子？"眼看又到月底，陆文翠去卢溪还不见一点动静，老人心里掐着日子，明知故问。

"舅妈，已是月底三十，月份大。"陆文翠发现舅妈从来不问时序日子，今天是怎么啦？

"不是商定好你去卢溪吗？已过很长时间，你去敦颐那里随署生活怎么还没动静？"老人又问。

"舅妈，不去了，我还是跟在您身边。"

“傻儿呀！我们有家传，家人一起说好的事是不能够变，你定个日子赶快过去。”

“敦颐在外头多年，会照顾好自己，舅妈您就放心。”陆文翠走到舅妈身边坐下，轻轻地拉着老人的手，边笑边说。其实，她何尝不想去过自己的小家庭生活。

“不行，家传规矩不能变，此事不能变。”舅妈没有多余的话，只有肯定的态度和语气。

“舅妈，您想呀，我在家里打理，知晓您的生活习惯，对家里情况熟，早已适应。要是换一个人又得从头开始，多费劲哪，您说是不？”陆文翠嘻嘻地笑。

“儿呀，你成家都七年，年纪也不算小，应该有自己的小家，名符其实的小家，更该有自己的孩子！”舅妈知道陆文翠一片孝心，但不得不面对陆文翠和周敦颐成家以来的家庭现实，为他们着想，她深情地把心里话道了出来。

陆文翠想过此事，所以当家人提议让她去周敦颐身边生活时，她当即就同意了。舅妈所说又何尝不是陆文翠的心声，可面对年迈的舅妈身体欠安，她只有泪水在眼里打转转。

“敦颐去外地这几年，你不容易，一个人独守着我，为我做了很多很多，我心痛。我是离不开你，但将心比心，你们小家更需要你，想留你也不行哪。现在家里还有其他人，你就放心前去，陪陪敦颐，否则以后我去见你舅舅不知怎么说，他都要骂我！那年敦颐到我家时，你舅舅就对我说要照顾好他；你来到我们家，你舅舅又对我说娶来这么好的外甥媳妇。后来他去杭州时一再叮嘱我要照顾好你。现如今，为照顾我，反倒拖累你，叫我怎么能忍得了心啊！”说着，舅妈也流出眼泪。

舅妈一番肺腑之言，听得陆文翠满眼泪汪汪，直往下掉，不知是思念的泪，感激的泪，还是幸福的泪，抑或三者皆是。她感激舅妈，更是离不开汴京的家。

舅妈坚持要陆文翠去随署，陆文翠才答应去周敦颐那里省亲，在那儿过上一阵再回来，只是时间再往后推一推，她还要一边继续准备，一边等待周敦颐来信。至于正式随署生活，下一步再说。

一个月又过去，舅妈又想起周敦颐。有一天，陆文翠一早来向舅妈请安，老人问：“儿呀，敦颐来信了吗？”

“前不久写的去信，还不见回。”陆文翠在等待周敦颐回信，有时疑惑他是否收到那封信，或者是什么别的原因。现在舅妈一问，她更是有所不安，心里空荡起来。

“以前你舅舅出使在外，因官府事多，也长时间不来信。你别太着急，过几天就会来。”尽管老人也想周敦颐，她只好转过来劝慰陆文翠。

自从陆文翠和周敦颐成家以来，两个人开始都在汴京过日子，朝夕相处，陆文翠心里踏实。后来因周敦颐扶母灵柩到润州，居丧鹤林寺三年；接下来他从朝廷将作监迁调到分宁、到卢溪至今又三年多，让他们分居两地，天各一方，她无时不惦念周敦颐。而现在书信不畅，她不知道周敦颐过得怎么样，甚至不断地想象周敦颐的情形，心神不定，寝食难安，一种孤独感向她袭来。

她打听到周敦颐的消息，周敦颐刚从卢溪镇又去了南安军，不仅比分宁县偏远，而且比卢溪镇还偏远。可令她更不安心的是，还有言传周敦颐被贬到南安。她想，周敦颐不是在卢溪过得好好的，把事情理得井井有条，还讲学教化民众吗？怎么也不相信他会被贬去南安。舅妈家里人也在外头打听，得来同样消息，她不知道周敦颐现在到底怎样？

陆文翠为此很着急，恨不能插上双翅飞到南安，来到周敦颐身边，好好地看看他、慰藉他。

人一旦对另一个人有担心和牵挂，其所思所想只能是让自己更加担心和牵挂对方，而且越陷越深。陆文翠牵挂周敦颐便深陷其中，已到非弄个明白不可的地步。

她在想办法找熟悉官员情况的人，以便能直接打听到周敦颐的事。否则，她无法安宁。

听说与父亲曾经相交甚好、看着自己长大的祁明忠现在还供职吏部，而且他是一个为人忠厚、乐于助人的长辈。况且陆文翠未出嫁之前，祁明忠把陆文翠当作干女儿一样关心，陆文翠也以叔辈尊之。陆文翠成家后却没有见过他，不管怎样，她决定去找他讨个实信。女家佣陪陆文翠几经周折找到祁府的新址。祁明忠很高兴，笑嘻嘻的，很热情，吩咐家佣端来上等茶果。

祁明忠先是问陆文翠成家以来的情况，又慢慢说起以前陆文翠小时候的事，就是没问她有什么事。而陆文翠心中有事，哪能一一应之。她对他耗时地说那些陈旧之事，就轻描淡答，接着她向祁明忠问起周敦颐近况。

陆文翠：“祁叔，外头传说我家相公现在被贬去南安，家里近来不见他来信，不是他有什么事吧？”

祁明忠：“好事！好事！孩子。外头人见风就是雨，切莫听之。叔来告诉你。”他慈祥地笑着说。

陆文翠：“到底是怎么回事？前次从分宁到卢溪他很快来信告诉我，可这次去南安到现在还没有来信，我实在是急！”

祁明忠：“孩子，周敦颐做事公廉严谨，学有所用。在分宁，陈县令交给他一件悬上几年而难办的老旧案子。他重新审问，从两个街混招供诬陷别人的一致供词中觉察到漏洞，查出了凶手，为受陷害人洗去冤屈，昭雪天下。你说是一件多么不容易的事！影响不小。”

陆文翠：“叔说的这个我知道。”

祁明忠又说：“周敦颐前两年重用到卢溪市征局，是历练他。他对卢溪那里为非作歹、偷税漏税、欺行霸市、百姓痛恨的不仁奸商先行治标，重拳出击；后又教化民众，遵守理道，有效地管控好市场，稳定卢溪，现在商人依规纳税。皇上得知龙颜大悦，称赞‘年纪尚轻的周敦颐脑袋还挺好用’。皇上一高兴，又说到他在分宁的办案表现，‘若不是周敦颐一讯立辨，那拖了三年的案子还在拖着，受冤屈的人还在受着，犯人命案的人还在逍遥法外，世人还不骂朕是昏君’。还说‘我朝以文立国，遵循孔孟之道，大出人才，江南西路提出来把他放到卢溪临时主政一阵，收的税比以前还多。’皇上恩典，现在吏部结合例行考核底层主官，两个多月前就派人去分宁、卢溪对周敦颐履职进行考核。”

陆文翠：“这些具体事情我不关心。”

祁明忠再说：“说简单点，吏部对州县底层官员例行考核的内容标准是‘四善三最’。‘四善’就是德义有闻、清谨明著、公平可称、恪勤匪懈。而‘三最’就是狱讼无冤、催科不扰、赋役均平，为治事之最；农桑垦殖、水利兴修，为勤课之最；屏除奸盗、人获安处、赈恤困穷、不致流移，为抚养之最。例行考核是为了掌握底层官员表现之优劣，也是为了从底层发现优秀官员，以便合理地使用好他们。”

陆文翠已无耐心听下去，打断祁明忠的话，道：“祁叔，朝政人事我不懂，我一妇道之人，只想知道我相公现在去南安的情况，否则我哪能给您添麻烦。”

祁明忠这才说：“这不，吏部已考核完周敦颐，获得优等，又得地方官员举荐。据此，周敦颐被重用到南安军担任司理参军，任职文书已发出，应该说他已知道此事。如果快一点，他可能已报到上任。”

陆文翠听后说：“感恩皇上！”又说，“谢祁叔！”祁明忠听得乐呵。但陆文翠不知周敦颐换一个地方生活得怎样？仍然有些惦记，而祁明忠对此也不知道。

与祁明忠询问、交谈后，陆文翠心里较为踏实，亮堂很多。回到家里，又正好收到周敦颐的来信，她不由得兴奋起来，急不可待地拆封展信。周敦颐在信里把从卢溪到南安的事情详尽地告诉她。还说他迁调南安没有把这一段情况告诉陆文翠，是因为定下来要去南安而没有到南安，情况不明信上说不清，以免陆文翠惦念，等到南安后好把事情一起细说，也就没有及时回信。

陆文翠悬着的一颗心才真正落到实处。手捧书信，她仿佛闻到周敦颐身上的气息，似乎感觉到两个人在一起的家庭温度。于她而言，莫不是极大慰藉。

庆历四年（1044），已上任南安司理参军的周敦颐，依然公事之余读书著文。他翻开唐诗，无意中读到《献始兴公》：“侧闻大君子，安问党与雠。所不卖公器，动为苍生谋。”王维投文献公谒张九龄之作，正合周敦颐心意。他对着诗忍不住地道：“好一个张曲江，文献公！”

周敦颐早前读史书时就知道远隔朝代的韶州张九龄，字子寿，一名博物，谥文献，十年内连登三第，夺得状元。因人品之高，才学出众，成为唐开元年间宰相。

周敦颐钦佩他读书做人做事，哪怕是为官受到排挤赋闲居家，也一如既往地关心民生，热心公益。唐开元四年（716）他因“封章直言，不协时宰”，招致姚崇不满，便去官归养。在老家他不安闲居，深感通行庾岭梅关“人苦峻极”，上奏朝廷，并趁农闲时募集民夫开凿大庾岭驿道，使南北交通大为改观。

就在到任两天后，周敦颐带周通踏上古驿道，体验文人高士从中原经虔州南安到岭南带来的文化传播，文明进步。古驿道上商旅络绎不绝，道旁客栈、茶坊、酒楼之多。周通感慨地说：“当时张相国把狭窄的羊肠小道拓展得如此宽好，不是一件容易事。”

周敦颐道：“是一件很不容易的事。开凿驿道时，张相国到现场踏勘，登陡险山道，穿荆棘灌丛，不辞劳苦，亲自指挥施工，受很多苦累啊！”

周通：“您看现在好通行啦。”

周敦颐：“是呀，改变了那个时候五岭阻隔，山路陡峭，举步维艰，下有深渊，常出人畜伤亡之祸，常有强盗劫掠的情状。想一想从前交通不便，经济文化落后于中原，而现在发生了很大变化，驿道上行人、车货之多，有驿亭可宿可息，十分方便，所以人们怀念他。”

走在三十余里长、两丈有余宽的古驿道上，周敦颐感受颇多，心生愉悦，所想的总是一方民生改善，百姓福祉。当然，他也联想到张九龄贤能正直、不避利害，敢于谏诤地维护开元盛世，对他无不充满敬仰和向往。

也就是在敬仰和向往中，周敦颐险些与这位名相一样，走在几近去官的路上，只是一个在前代的朝廷，一个在现在的南安军城。

第八章　狱囚不当死

掌管南安军转运使王逵，是当地最高行政长官。他性格一向倔强专制，恣意行事，个人说出的话，定下来的事，属下只有照办，绝不可打折扣。而周敦颐是军衙内设办事机构诸曹中一个司理参军，掌管案件复核事务，是王逵的手下，职事上理应服从王逵。

王逵坐在公厅阅处公文。他打开一个公文袋，取出一张文书，是刑部的批复，同意对上报的杀人犯刘子安处以死刑，由南安军衙择日执行，上报结果。

手拿公文，他看过两遍，想着这个案子情况简单明了，但案外掺和许多人为复杂因素，办得不容易，甚至觉得办得不是他一向做事的风格。

他嘘一口长气，把批复叠起来装进公文袋，单独放在一边，继续做他的事。

阅完案桌上的公文，王逵喊来书役，除刑部批复外，把其他公文交给书役，顺便叫他把周敦颐找来。

一杯茶工夫，周敦颐叩门而进。“大人，您找我？”

王逵指着对面那张椅子，示意他坐下。王逵拿起案桌一边的那个公文袋，然后说起话来。

“你来本军之前，军衙断杀人犯刘子安死罪。等了很长时间，现在此案总算是可以落地了结。”王逵把公文袋递给周敦颐，说：“这是刑部批复。”

“何时执行？”周敦颐看完批复问。

“案子原告比较麻烦，你先拿出方案，做个周到利落、各司其职的安排，把时间、地点、执行、护卫措施等等都明确下来，我审后按方案施行，以免漏洞，再生事端。”又说，“你监斩，时间上不宜久拖，执行得越快越好。”王逵提出相应要求。

“好的，参照以往做法，按大人所说去认真做好。”

“去准备吧，要把事情办得严密、干练。”

周敦颐回到自己的公厅，想起他来南安军是第二个年头，上司首次以这种方式交办事情，可见上司足够重视，一定要把它办得完整漂亮。如此还得先了解一下案子，否则自己监斩了刘子安，还不知道刘子安犯的是什么罪，岂不是笑话，他略微地摇摆两下头。

事情往往一认真，就容易发现情况。

周敦颐看完刘子安的案卷，觉得不对，认为断刘子安死刑，于法、理、情不符，依照法典刘子安法不当死，怎能这样草率，他困惑。

囚犯刘子安妻子长得漂亮，当地恶霸张道强对她早已垂涎三尺，心怀不轨，趁刘子安外出施暴玷污了她。她感到无地自容，上吊自尽。妻子受辱而死，刘子安在痛苦的憎恨中把张道强告到南安军衙。军衙对此案不作为，无动于衷，任其搁置。刘子安多次到军衙催问，总是无消息。他极其失望，一怒之下持刀闯入张道强家，把张道强杀了。案发后，军衙将他捉拿归案，并处其死刑。案情无不刺痛周敦颐的心。

刘子安由一个受害者变成杀人犯的过程和事实，是非常清楚的。原告有钱有势，于官司中施以打点，加之京城还有人为原告关注案情，更是在王逵主持下，军衙断刘子安死罪，上报到刑部。军衙其他人认为量刑过重，不适以死罪，但他们慑于王逵霸道，谁也不敢提出异议，说出不同意见，更不敢为之申辩，刘子安被打进死牢。

周敦颐想，如此断定，岂不草菅人命！

生性不畏权贵、正气凛然的周敦颐脑海里浮现一幅幅画面，那年到分宁上任，在县衙亲民堂一眼看到“明镜高悬”匾额，还有那些传承官德官风楹联，一种敬畏法律的严肃和公正油然而生。甚至还想起年少时在楼田村，营道县张县令一行歇息“五星墩”，马踩坏植被，自己硬是拦着张县令要依村规赔偿的事。现在刘子安被定死罪，就要处斩，天理何在？公正何在？他不断地拷问自己。做人为官要忠于朝廷，对得起民众，不践踏法律，不愧于自心。在别人不想讲、不敢讲的情况下，他决意挺身而出，不管风险有多大，哪怕是挨骂受训，或招致打击，也要让王逵把错误的断定改正过来，废除处斩。

周敦颐来向王逵禀报。

王逵以为方案已做好，和悦地道：“周参军把方案做得如此之快，好！”

周敦颐看着王逵，说：“还没动手。我反复看过案卷，断定刘子安死罪有失公正。”他把案情从头到尾简要说一遍，提出先不执行刘子安的死刑，建议案子重审定罪。

王逵脸上阴云陡生，十分不快，有所失望。他硬着嗓子道：“我不知道刘子安的案子，还需你来讲案情？还需开堂重审？笑话！”言罢，一副让人感到不悦的样子。

周敦颐仍耐心解释，可王逵性急，坐不住了。

“你不知道刘子安持刀杀了人？”

“刘子安杀人也是事出有因。”

“杀人偿命，天经地义，人人都懂的事。你是司理参军，不懂吗？”王逵拍一下案桌说。

“当然懂这条刑律。可也应看具体情况，既要看怎样杀人，还要看为什么杀人。”周敦颐语言平和，但也不妥协。

“自发生这凶案，张道强家人和亲友弄得鸡犬不宁，还不够吗？还要把快了结的案子再挑出来闹闹？岂非儿戏！”王逵很不客气地质问。

“当然不是儿戏。可是，对案子量刑的轻重是看案子本身，以及直接关联因素，与案外人和事无关。不可因张道强家人吵闹就草率断定，何况富贵也不能淫。”周敦颐辩解说。

“你怀疑案子断错了？”

“断案子一定要看案子的事实，尤其要看案子背后的动机，前因后果，然后匡于法典。”周敦颐仍然据理力争。

“刑部已经核准批复，你只管去做！”王逵很是生气。

周敦颐继续开口往下说，王逵手一摆地阻止：“唯令执行！你回去，赶快把方案做好，送我审定。”他严肃地责令，开始逐客。

话又到嘴边还想往下说的周敦颐，只有不快地离去。他先到公厅坐一会，然后回寓所。

军衙的人很快知道，周敦颐和王逵对刘子安杀人案的断定、执行有分歧，随后外面人也知道。

同僚来看周敦颐，也是来劝说他。道：“断定刘子安死罪，尽管参与查办的人都认为断得有失偏颇，但当时没有一人提出意见。就是案子断得不准，也不是你的事。你不管就是，别节外生枝了。”同僚也是出于好心，劝周敦颐不吃眼前亏。

周敦颐：“节外生枝？你要知道人命关天、王法之治是最大的事情，讲求的是公正，不可偏废。他们不说不提意见，那是他们为官为人的事，我却难以违心，更难执行。”

同僚：“执行刘子安死刑都有上头批复，再说也不是你手上办的案子，那时你还没有来军衙。万一以后追究断错，将来也不会牵连到你。”

周敦颐：“食君之禄，忠君之事。对待庶民，岂能草菅。我不是怕负这个责，就是要负这个责才这样。”又说，“现在我是司理参军，别人可以不管，我不能不管！”

同僚：“就算你不同意也没有什么用，王大人一句话就可以换上别人来监斩刘子安，他还不是要死在刀下。”

周敦颐：“没那么容易！”他说得十分坚定。

同僚：“为一桩案子得罪自己顶头上司，对你也没有好处，何况在南安军王大人手里握有最大权力。你来南安军时间不长也就不知道，但应该感受到他生性容不得别人改变他的决定。”

“我坚持不杀刘子安，既不是跟王大人过意不去，也不是跟我自己过意不去，而是不循法理断案子在我心里过意不去。”周敦颐瞧一下同僚，低沉道：“本来得一官不易，如此失一官也不辱。”

话都说到这分上，同僚见周敦颐决心已铁定，再劝也无用，便改换一种方式。他们喝起茶来，换轻松话说，谈起读书、山水。虽说周敦颐没有好心情，但不平静的心在谈论中还是略微平静一点，同僚希望周敦颐平静后改变想法。

张道强弟弟张道满和他的总管家楚怀非早就在门外候着，他们是来找周敦颐的，见里面有人说话，两个人又在门前晃一下，用身影告诉室内人，外面还有人找周敦颐。同僚觉察出来了，赶紧说了两句相劝的话，便起身出门。

周通看到周敦颐情绪不好，便拦住张道满、楚怀非进寓所。

“回避来人找，不是我的性格。”周敦颐已看出他们的动机。他对周通说：“让他们进来。”

“进吧。”周通板起脸道。

“周参军来南安这么长时间，今日看望，为时晚矣，请谅不恭！”他们拱手向周敦颐施礼，之后介绍自己。

“哪里、哪里，请坐。”周敦颐道。

“周参军行治有声，来南安任职乃邑人之福……”张道满先说些好听的话。

“我只不过是职责所在，不足邑人之福，实在惭愧，还须监督才是。若无监督、提示、警觉，将会导致有法不依，冤情横生，有负百姓，当然更愧对二位前来看望。”周敦颐表明自己的态度，封住他们拍马行私的嘴。

张道满看到案桌上有两个半杯茶，是周敦颐和同僚刚才喝茶时留下的。他看得很清楚，茶叶不好，便有意地问：“周参军喝什么好茶？”

周敦颐端起自己那半杯茶说：“是从市场上买来的，一定要叫出个名字来，就叫普通茶吧，它有普通人的人生口味。要不，你们也来一杯。”

周通很不情愿地泡两杯茶来，张道满喝上一口，楚怀非不想喝，但还是陪主子喝了一口。

“嗯，还真有普通人的苦涩味道，真真实实‘普通茶’，名字叫得好。不过，喝过这味道的茶，就一定会知道不普通的茶确实不普通。”张道满有些牛气。

“当然苦涩，可苦得心里清凉，也苦得心里坦荡。二位是不是第一次尝到普通茶味道？”周敦颐道。

“不过，我还是愿喝更好口味的茶，也就是不普通的茶，周参军也可以喝到。比如西湖龙井、武夷山大红袍、黄山毛尖之类。下次来拜访带上一点，以后我再来看望周参军也能喝到，这叫给人方便就是给自己方便。”张道满用心思暗示自己的来意，并说，“交个朋友以后来往”。一旁的楚怀非似唱双簧一样，从袖子里取出一个小布包，带笑地躬着腰，不快不慢地把小布包放到周敦颐案桌上。

周敦颐眼里泛出憎恨的光，但还是拿起那小布包掂量掂量，想着一条人命在他们心里就是这个分量。然后，他抿嘴藐视一笑，把小布包推回到他们面前，什么话都没有说。

“还是有分量的，过些时候定当再拜。”张道满以为周敦颐嫌小布包轻了，便道。然后双手相合告别。

“请把布包拿走！尊重他人就是尊重自己。”周敦颐喊住他们。

周通很快地上前一步，从案桌上拿起小布包丢给楚怀非，送客到门外。张道满一脸尴尬，楚怀非一边把小布包往袖子里塞，一边随张道满向外疾走。

周通对着他们的背影瞪眼，说：“哼，以小人之心来度君子之腹。”他转身进屋。

王逵两天来心里很不舒服，见人火气大，独坐发闷不语。有人求见，要么不见，要么爱理不理，即便说话也是面无表情，这回真是生气了。或许他在生气中也在思考事情的前前后后，是是非非，或者更多……

张道满也在想，自己费尽心思，花费不少钱财使得案子好不容易走到今天的地步，离最终执行只一步之遥，也算是板上钉铁钉，刘子安已是活在刑场刀下的死囚之罢。可是，他想不通怎么到最后阴差阳错遇上一个好管事、不食人间烟火、不畏上司命令的周敦颐从中作梗，恨不能在刚才退回钱包时用钱包砸向周敦颐。

现在看来，他一方面担心案子断定的结果万一有变。另一方面又不相信，一个转运使属下司理参军，怎能左右得了执行刘子安的死刑，不用说专制的王逵是他上司，何况京城还有亲戚。但为稳妥起见，他决定还是去县衙听听情况，以防万一。

张道满急奔军衙，一探究竟。

"转运使大人真是为民父母官，无片刻停息，敬佩！佩服！"张道满见王逵忙着，借机找话恭维。

"说父母官，我没有做好，有差距。但手上事确实一件接一件做不完。"王逵冷淡地道。

他当然明白张道满为什么来，无疑是打听风声，但他绝对不会对张道满说起执行刘子安死刑受阻的事。两个人说几句不咸不淡的话后，张道满终于忍不住开口问："听外头说执行刘子安死刑有变数？"

"是吗？"王逵淡定的样子，既不肯定，也不否定。

"刑部都已批复，连我一个不做官之人都知道是遵令执行的事。"他说，"差一点忘记，我家京城亲戚又来信问案子是否执行？"张道满用心计向王逵再施压。

"狱讼之事属军衙。"刘子安之死罪并不是王逵看张道满那脸面断定的。他觉得张道满在压自己，马上不客气地说。

"案子的事还需转运使大人费心安排。"张道满本想还要说该断时还是要断，决断执行。但他听着王逵的话，看一下王逵只好改变口气，脸上挂着伪笑。

"近期择日执行吧。"王逵仍然没有放弃自己的想法，也绝非因为张道满来了，而是他还没有改变念头。

不管怎么样，张道满觉得军衙一趟没有白跑，尽管王逵没有说出怎样一个受阻，但得知王逵的态度没有变。可他还是有点担心事情生变，怕周敦颐那里通不过。

张道满坐在堂前陷入沉思，因为成为自家主子后，他出手办这件事就遇上麻烦，连钱想送都送不出去，实在是不顺，兄长的仇还怎么报？那以后的事还怎么办？脸往哪搁？

楚怀非似乎想到什么，来到院子里，眼睛先盯着那一棵槐树，随后环视院墙。他站在那叹一声，再进屋。

张道满喊住他。道："说说看，去周敦颐寓所事情没有搞定不说，还弄成一副狼狈相，十分难堪，你有办法吗？"

楚怀非："依我看，周敦颐当我们的面用手掂量钱包，就是告诉我们钱送得少，所以把钱退回来。不过主子和他交谈时说下次再去看他，他应该明白主子的意思。"

张道满："当然明白。只是不相信我们会再送。是呀，他把钱拿到手里一试轻重后又退回来，也是好让我们悟出他的意思。"又说，"当官的一个比一个贪，一个比一个狠！真他妈的。出手这么多钱，还少吗？不，他是要更多，不好对付。"

楚怀非："说得极是。要不怎么会有谚说'蛇总是想着吞大象'。"

张道满："世上哪有不爱钱财的人，更没有不爱钱财的官！"。

楚怀非附和："不是有一句俗话吗？叫作千里做官只为财，有钱能使鬼推磨。"

张道满："对，就是这个理！你看，死去的兄长手上办成的事，有哪一件不是用钱打点来的。"尽管碰了壁，但他心里不服，"我就不信搞不定周敦颐。"

楚怀非："现在我们是被动的，周敦颐说怎样就怎样，他一阻拦，就是一向说了算的王逵，也只有把事情拖着。"

张道满："怎样才能主动？"

楚怀非素来喜欢装神弄鬼，见张道满找自己讨主意，又开始捣鼓起来："你看咱们院里那棵槐树……"他轻声慢说，才吐出几个字就停下来。

张道满："家院那棵槐树咋啦，又不是今天才有，神神秘秘，故弄玄虚。都到什么时候，有话快说，事总不能不办，而且要办好，哪怕是付出代价。"

楚怀非："最好是砍掉那棵树。"他听了张道满的话，再也无顾忌地把丢下引子的话说出来。

张道满："可那树当年也是你要栽的，它好不容易长得又高又大，现在倒要把它砍掉，什么意思？"他没有想到楚怀非竟然说出要砍树的话。

楚怀非："那时房子刚刚造起来，房前是光光的土地。栽上树就不缺少绿意，也显生机，一家人也好乘乘'凉'，得得势。现在有院墙与屋包围着槐树，院落不就成了个'困'字嘛。身在困局里怎不被动？砍树是为破'困'局。"

憋着一口气的张道满站起来，望向院子里那棵槐树，觉得楚怀非所言不无道理。他大声喊来家丁把槐树给砍掉，带着楚怀非再上周敦颐寓所。周通已出去办事，门是敞开的，他们直接走进来，感觉比上次进来顺利。

张道满："周参军，前次我说下次拜访。这不，又来看您！"

周敦颐："依然欢迎，也依然谢谢！"

张道满见周敦颐还是客气，还真认为树砍了，困局已破。但他也变刁了，有意扯来别话说，不提执行刘子安死刑的事。良久，楚怀非把比前次还要重的小布包又放到桌上，还有意碰到桌面响，再把两斤大红袍茶叶放到桌上，然后笑嘻嘻地退到张道满后面。

到现在，里外都知道周敦颐坚持不杀刘子安，张道满更是知道。周敦颐干脆表明自己的看法，也好让他们死了这条心，不再干扰军衙狱讼。

"收你这么多钱，我也只值这么多钱。可我读那么多书、明那么多事理，是不能用钱来衡量、交换、买卖的。就是想卖，我也卖不出去，都装在心里头。"

"我只想交个朋友，不说钱的事。"刚刚张道满心头还升腾起一点希望，经周敦颐一说又跌落下去。张道满极力地忍耐，并说出调和气氛的话。

"钱可买来很多东西，但买不到公正，买不到道理！你来看我欢迎。但拿钱上门是什么道理？我何以向百姓交代，何以向良心交代？"周敦颐义正词严令他把钱收回去。

张道满终于忍耐不住，气呼呼地说："给人过意不去就是给自己过意不去！"

周敦颐镇静沉着，警告他："吓唬别人就是吓唬自己！"

张道满和楚怀非还是和上次一样狼狈，带着拿来的小布包和茶叶，气急败坏地走出周敦颐寓所，几乎与回来的周通撞个满怀。周通看到他们一副难堪模样，自然明白是为啥，大声道："二位好走！"然后"呸"的一声，"什么东西！"

周敦颐来找王逵，再说自己的想法："大人，断案子要合乎大宋法典、民心大道，要在情理之中。杀与不杀刘子安都是大事，背后深处是更大的事，关乎人心向背。还望大人三思再三思呀！”

越是这样说，王逵越是感到周敦颐在教训自己，就越是听不进去。他很严肃地说：“你要知道你是司理参军，休得如此傲慢！”

周敦颐：“以公而论不应杀刘子安，我如此坚持是为了刘子安，也是为了军衙，同样是为了大人您，更是为了大宋王法！”

“不要再说，按我说的去办！”王逵下命令。

“不可以呀，大人！”

“你不从令，好。我叫别人监斩。”

周敦颐不能说服王逵，但没有丝毫退让。他非常气愤，但无奈自己是下级，只有依着本性地选择。他说：“不讲法、理、情，不分曲直是非，用杀人来取悦上司，我不干！”并把记事本甩在地上，头也不回地愤然而去。

王逵心里“咯噔”一下，坐在那愣了好久。

与上司正面发生顶撞冲突，周敦颐不后悔。他写下辞职报告，连同告身，还有官服一起拿来，都交给王逵并撂下狠话：“人命关天，公道我朝，我将向朝廷告发您。”说完，转身走出那公厅。

王逵很是尴尬，拿起周敦颐的辞职报告、告身慢慢地看着，再看那叠好的官服，心里极其复杂。几十年来，他的官宦生涯算是一帆风顺，决定的事情从来没有人打过折扣，没有遇到过像周敦颐这样的下属敢顶撞自己，还以辞职要挟，他越发生气。他突然冒出一个想法，对着周敦颐的背影大声喊道：“有刑部批复，现在就把刘子安拉出去给斩了！”

刚好，张道满出现在他面前，哈哈大笑道：“这才是王大人一向的风格，执行一个死刑犯还需听下属僚官说不吗？不！你是他的上司，好比是爹；他是你的下属，好比是子。”张道满在周敦颐那里再次碰壁又来到王逵公厅煽动，想借王逵把周敦颐的气焰压下去。

王逵正在气头上，根本没有心思理睬张道满，任他无趣地摇摆着身子离去。

一阵清风吹过。王逵倒是从张道满“上司好比爹”的话中想起父亲曾给自己说过的一段话。

那是王逵出来做官时，父亲感到儿子生性刚强固执，特意赠言说：“性格过于刚强的人容易走向极端。做官之人往往高高在上，听不到别人的意见，更难听进别人的意见。正确处理事情是百姓之幸，胡乱断案时是百姓之灾难。如果有人在你过度兴奋时宠你赞你，多半是在利用你；如果有人在你固执时敢说不同意见，多半是在帮助你。有些事情在不清醒时做过去就回不来，过后就是知错也无法去改，到那时才知什么叫追悔莫及。”

父亲的话猛戳他的心。为杀与不杀刘子安和周敦颐发生这么大争执，已到不可调和程度。他回想前次和周敦颐争执后，张道满来了，说一大堆好话，以致自己当时没有把事情想下去；现在张道满又来了，还说执斩死刑犯根本不需要听僚属的话。

王逵警醒过来，觉得周敦颐说的那些话真诚实在，思来不无道理。正如他所说：“杀与不杀刘子安都是大事，背后深处是更大的事，关乎人心向背。”刘子安杀了张道强，确实有罪。但刘子安是在其妻子自杀后多次到军衙告发张道强，军衙却没有主持狱讼公正，特别是在张道强家人亲友干扰下，大事化小，小事化为没有事，自己有责任。他从这件事情上看到周敦颐为民请命的职业操守；他感念周敦颐为官为人有气度，可贵可敬。自问如今还有几人能够做到？于是，他改变主意。

身边的衙役见王逵还在静坐，过来为他添茶水，看见周敦颐留下的辞职报告、告身、记事本、官服，忍不住地斗胆道：

“大人，您真要收走这些，让周参军辞职？”

“什么辞职不辞职的，找周参军去。”

“那还是我去吧，大人不必亲自去。”

“公事以谏，忠言逆耳利于行。事在谁身上发生，就让它在谁身上结束。”

衙役听出王逵改变自己的态度，心里轻松起来。

“走！上周参军寓所。”王逵起身说。

王逵一百八十度大转弯，亲自带衙役来向周敦颐致歉，退还了辞职报告、告身、记事本、官服，与周敦颐深入交谈，并确定刘子安杀人一案重新断定上报，事情正在发生戏剧性的变化。

张道满得知王逵改变想法，不只是把周敦颐亲自挽留下来，还与周敦颐商定重断案子。他为兄报仇要杀刘子安的计策眼看功败垂成，顿时恼羞成怒，暴跳如雷，他叫家丁找来楚怀非。

楚怀非进来，老老实实地候立在张道满身边，再也不敢说什么，但眼睛隔不大一会瞧瞧张道满。

“怎么啦，不说话？”

“听主子的。”

“荒唐！你说家院和槐树形成困局，伐树破‘困’，可事败如此。”他破口大骂楚怀非。

楚怀非还想说这件事，却见张道满窝一肚子的火，只好受着不作声。尔后他又吞吞吐吐。

“还是吞吞吐吐，怪不得你成事不足，败事有余。”张道满还没有解气。

“我看还是算……算……”

“算，算什么？！”

“我看算了。”

“算了！自食苦果为止？我对周敦颐说过，给人过意不去就是给自己过意不去！听懂了吗？”

“听懂了。可是家院的树已砍，剩下的是家人。院子里只有人，便是‘囚’局，仍然是被动的。再拼下去说不定还有危险。”

“砍树时怎么不说？”

“当时没有接着往下想。”

张道满干脆又叫来人把院墙拆掉，只要刘子安还活着，他绝对不会放过杀死他的念头。

就在他们上京城再次不惜重金打点亲友一起给南安军施压时，杀人囚犯刘子安已改断逐放，去了边远地方。

人们敬佩周敦颐公正无私，不趋炎附势，但又担心往后王逵会不会打击报复，收拾周敦颐。若如此，周敦颐将来的日子何以过？都不禁为他捏一大把汗。

可喜的是，经过这件大事，王逵不仅更加认识、信任、敬佩周敦颐，而且在他的推荐下，周敦颐后来得到朝廷的擢用。

第九章　讲学授门徒

程珦在虔州下辖的兴国任知县，他两个少年儿子相隔一岁，一个叫程颢，一个叫程颐，随他在衙署生活。

超出腰高的儿子常在眼前晃着，事情忙时程珦顾不上他们，只有很少的空闲教他们读些儒家书。程珦觉得如此下去会耽误两个儿子，想为他们选一个中意的授业儒师。

别看程珦不是科举出身的官员，他以荫庇得官，但他对读书、学术之师者及传道受业作过研究，认识到位，要求高，由此对儒师的要求也高。

他深信好先生才能教出好弟子。考虑再三，他确定了为两个儿子聘请儒师的三个条件：首善之要是人品好，守儒道；关键之事是有儒家和诸子百家的博学功底，有授教弟子的才华；重要之处是学术圈内有名声。三者不可缺一，关系弟子成人、成才和将来的影响力。可是他一直没有找到合适的儒师，为此着急。

没过多久，他调来南安军代理副职，与司理参军周敦颐在同一军衙为官。公务上两个人接触频繁，闲暇常在一起，相互有所了解。因平时程珦在家要教辅两个儿子读书，他总是以请教的口吻和周敦颐常聊起读书。

“周参军少学名声，你说读书有何奥妙可寻？”

“说有也无，说无也有。”

“此话怎讲？”

“你看小孩子读书都一样，一开始就是读、背、写，可以看得到，谁都知道这是不可逾越的过程。待积淀到一定火候，慢慢对书有体会，形成自己的心得，别人看不到也不知道，这是化为自己的悟。读后有悟才可以说把书读进去了。”

“那孰重孰轻呢？”

“读悟皆重要。”

“天性呢？”

“寓于读和悟中，读是手段、途径，悟是贯通、目的。二者融合大概叫天性吧。”

程珦觉得周敦颐所说精准到位，十分有道理。

又经一段时间接触，程珦渐渐发现周敦颐思品纯正，学识气貌不凡，对读书弘扬圣贤之道有见地，为人做事有遵循，不仅仅是一个能吏，更具有儒师风范。

尽管周敦颐还不是名声很响的学者，程珦却见识到他的治学态度严谨、学识渊博，不仅学术思想和学术观点独特，而且年轻，往后学术上一定有非凡之发展，认定周敦颐可以为教授二子的儒师。珍贵时光学少年，他认定了周敦颐，就不再等。

周敦颐收到一张帖子，是程珦约见他。周敦颐感到意外，不知所为何事。如果是公务之事用不着帖子，而作为同僚或朋友，几乎天天相见也用不着帖子。既然上司以帖邀请，那就要以礼相还。作为下属，就去一趟他家，必须讲个礼节。

周敦颐掸去身上灰尘，整了整衣冠，准备前往程珦家拜谒，一旁的周通看见。

“老爷，您要去哪里？”周通问。

“也不知道是什么事。”周敦颐答。

他答非所问地让周通处于云里雾里，一脸困惑。其实，周敦颐还沉浸在琢磨程珦何以帖邀他的疑惑里，便随口说出心中所思，并没有说是去程珦家。

“老爷好玩，自己正装出去，却不知是去哪，为的是什么事。”

周敦颐出门，周通这句话点得不是时候。可话一说出去就是泼洒的水，谁都没有办法收回来。周通有些不自在，摸了摸脑袋憨笑。

周敦颐也意识到自己所说不是周通要问的，便把去处告诉周通，道：“去程珦大人家。这不，他派人送来的帖子。”

程珦早在家里等候，见周敦颐来了就上前几步，以礼相迎，十分热情，不同于往常。程珦自己亲自上茶，自然而然，他们在用茶中谈起读书、学术。两个人起于孔孟，渐入百家。引得周敦颐打开话匣子，开宗明义，口若悬河，儒、道、释相融，见地时下。

程珦又切身地见识到周敦颐满腹经纶，富有学问，且有追求和品位，不仅感受到他对当朝倡导熟读的《六经》滚瓜烂熟，而且对诸子百家也了如指掌，特别是他对时势、对学术发展，以及时势与学术发展关系有清醒认识，阐说有理有据，思维独树一帜。周敦颐的论说、表达，使得程珦从内心发出惊叹和赞赏，超过他平时对周敦颐的了解，十分符合他心中儒师的要求。这是程珦帖请他的第一步，他对周敦颐更是高看一眼。

接下来，程珦放心地开始实施他的第二步想法。

“周参军读书广博，学术如此造诣，实在令我敬佩。今天请你来，是有一件重要的事情与你商量，我想将二子程颢、程颐托付于你，拜你为师读书，让他们在你的教导下明理从道，不惑人生，还望收为弟子。”程珦看着周敦颐，话说得十分诚恳，也很直白。

“下官才疏学浅，定是难以胜任。”事情来得突然，周敦颐心底里没有丝毫准备，推托道。

“参军不必过谦。不瞒你说，此事我深思熟虑过。今日听君一席高论，我大开眼界，觉得两个孩子真是有福气，非常幸运地与你在南安相逢，我才有机会帮他们寻觅到你。实则早想送二子从师周参军，只是我来军衙不久，不好意思草率说起此事，也就等到今日。平时与你谈读书，特别是谈孩子怎样读书多，或许你能感觉到我这个意思。告诉你吧，有你授学他们，我才放心！”程珦凝望周敦颐进一步说。

“公事之余我只是读书思考，直至现在从未想过为师他人，只怕是贻误二子。不可，不可。”周敦颐想为师教书育人，非一般受托之事，需要慎重，暂不收徒。

“凡事总有第一回。依你的学问，可见读书功底深厚，又秉承儒道师范。曾在分宁、卢溪讲学都受赞许，便是从师积淀。对你，我已是信心百倍，只企盼收二子为徒。”程珦怎能放弃看好的儒师。

“还真没有这个准备。”周敦颐如实说。

“周参军从小读书一路走来，就是足够的准备。都几年了，我一直留心为二子物色先生，难以如愿，着急呀。到南安后遇到你这位儒者高才，心里顿觉轻松。说实在的，那天我把请帖发出去，就深觉两个儿子有幸，有了人生的方向标。”

听完程珦所说，周敦颐才知道他在为儿子读书选先生上十分严肃认真，而且有些时间，都从兴国找到南安，不容易。也体会到程珦对自己信任，周敦颐有所动心。自己是一位官员，也是有梦想的读书人，从来没有放弃一直坚守发展孔孟之道、以正人心、辟邪说的理想。道不行，百世无善治；学不传，千载无真儒。特别是在时下学术思想非常活跃、学派纷呈的背景下，要使自己学术思想有一席之地，不仅要治学创新，还要传道弟子，才有学术传承，才能形成学术气候，扩大门派学术影响。若收程颢、程颐为徒，授学他们，也能光大自己的学术思想，他思考着这样的未来。

于是他向程珦询问二子的读书情况。

程珦随即叫出程颢、程颐，两兄弟聪明伶俐，明慧端庄，言行有儒气。他们齐崭崭地躬身拜见周敦颐。周敦颐见之满意，十分喜欢，并与他们做简单交流。

问及孔孟之道，也能够对答一些，周敦颐看得出他们有读书潜力。这时除程珦有意，周敦颐也觉得授学此般后生是人生里的机缘。他认为只要自己用心教授，两少年用心读书，将来也许中举出道官场，不忘先圣教诲，服务社稷。若再诚于深造，说不定他们在学术上会走得更远。他决定收程颢、程颐为弟子。

第二天，程珦带程颢、程颐来到周敦颐寓所行了拜师礼。周敦颐第一次有了弟子，而且是程家两少年兄弟。是年兄长程颢十五岁，弟弟程颐十四岁。

程颢，字伯淳，十岁能写诗作赋，人称明道先生。程颐，字正叔，人称伊川先生。两个人均生于湖北黄陂县，祖籍河南洛阳。

兄弟俩同时从师周敦颐，后来不仅学术思想相近，而且教育思想基本一致，世称二程。

谁也不会想到，对程颢、程颐兄弟而言，他们这天上门叩拜在周敦颐膝下称先生，却拜出他们学术的无限前程，日后双双在学术上横空出世，跻身哲人行列。对周敦颐来说，接受他们为弟子，传教他们，培养出学术成就巨大的人才，也使他的学术思想和学术观点得到传承，发扬光大。而程珦则是慧眼识儒师，用心托付二子，为他们搭建好一座通往一代理学宗师的桥梁。

一句话，他们在对的时候，对的地方，对路地从学好儒师，做了一件十分对路的事，也是人意天成。

周敦颐授学程颢、程颐。除每天必须按规定读书、背诵、默写外，释义、谈论充满师生间的教与学，有时还就身边事适时传教，由开始死板枯燥构筑读书基础，到后来自然性道濡养，程颢和程颐有了不一样的感受。

二程又来到周敦颐寓所上课，看到窗前长出茂盛的野草。

问道："先生，您家窗前乱草丛生，怎么不清理一下？先生整天忙于公务、读书、思考，还教授我们，没有时间打理，不妨让我们帮您把这些草除去。"说着，他们动起手来。

答曰："且慢！这是一件很可爱的事情。不拔除它们，是任它们自然生长，天性使然。正好，你们现在好好看看丛生草的样子，待明天后天再看，与此时肯定不一样，要从中体悟天地间的生机，敬崇生机。”

“先生经常看吗？”程颢问。

“我每天观察，有时或许还在夜间。”

“哦。”程颢感到先生深邃的用心，程颐亦有同感。

这把二程给震动了。他们根本没有想到先生竟然以此平常、微小事物，授予他们旷世大道理的仁德，感触到在先生身边，不仅有有字的书，也有无字的书，随时随地要学的东西太多。他们敬畏先生学问广博，以致对待读书格物不敢半点马虎。

闲暇，周敦颐带两位少年弟子游山川，看日月风云，观溪流鱼跃，察草长鸢飞，给他们讲万物共存的道理。

严实读书本，活泼读自然。周敦颐的授学深入到二程内在修养上，他们顶礼膜拜。

课后，二程回到家。程颢心里有些激动，绘声绘色地把先生有趣味的授教告诉父亲。然后说：

“爹，我已对科举不感兴趣，将来不参加科考。”

“为何呀？说说看。”

“先生学问海深，授学神奇。我和弟弟在听学中常常为之倾倒，以后随先生深学悟道便是。”

“好啊！我看行。”

程珦不觉意外，很高兴地发现儿子师从周敦颐读书已入佳境，更加放心。和许多父亲不一样，他欣然接受儿子的志趣所好，不但不劝儿子为考取功名读书，今后处为名臣，而且鼓励儿子读书格物，处为硕儒。他认为，周敦颐授学能够让儿子放弃谁都看重的科举，说明周敦颐在教授弟子上高人一筹，独创性强，教对学的引力非常大，不同于一般，只有顶级儒师方能做到，真正的好先生。而儿子有自己所好喜欢，此般读书容易成功，会有更大的发展，更好的前景。他舒心地看好两个儿子这样地把书读下去。

程珦两手反扣在背后，露出十分满意的表情，一边踱步，一边得意地念着《老子》开篇首语：“道可道，非常道。”

庆历六年（1046）冬，下了一场雪，这是一个瑞冬。周敦颐得到晋升，擢迁郴县县令。该县是一地二名州郡连称的郴州桂阳郡之下辖县，属荆湖南路。

上任初始，周敦颐先行处理影响社稷民生诸多方面的事情，尤其是不停地查办一些关乎百姓生命财产狱讼的案子。经过一段时期努力，社会秩序好转，县治已走上正轨。

近些日子，周敦颐脑子里总是不由自主地想着《周易》要义，反反复复地读看《参同契》的《水火匡廓图》《三五至精图》，以及《太极先天之图》，意会、体悟天道自创无穷之生生妙妙。又融儒、释、道地思考其中的变化规律，酝酿以图式表达如此不息的过程。他记起那最早提出的："知其白，守其黑，为天下式。常得不忒，复归于无极。""《易》有太极，是生两仪……""无，名天地之始；有，名万物之母。"还记起这些论说之后那些见之于诸多儒、释、道有关论说。比较、琢磨，周敦颐领会宇宙间从无到有，从有到无，无不贯穿静动之特点、变异之规定性，以全新视角构想宇宙生成和万物化生的过程。

他内心翻江倒海地冲动，在意念的碰撞里融合、借鉴、吸收，已经有了自己的认识观点。周敦颐走向窗前，朝外面看天看地、看山看水、看人看物，还望向不远处的刀耕火种，想到天候之晴雨、昼夜之白黑、人类之男女……更是豁然开朗，丰满起来，脑子里形成一幅图的轮廓——依序"无极—太极—阴阳—五行—男女—万物"的思想构成。激情里他意涌而出，信笔自如地画出一张图，脸上泛出悦色，有了从未有过的释放、轻松、舒服，一种强烈获得感油然而生。

周通提一壶开水进书房，为周敦颐续茶。他见案面有张图，自上至下由五个圆圈串在一起，上下和两边均标有横竖写着一十六个字。平时他进来看到的都是书，只有这次看到的是图，颇感意外、新鲜。

周通："老爷，画的是什么呀？"

周敦颐："刚刚画成的《太极图》草稿，还需修改。你也看看，是不是看得明白，好不好懂。"

周通两手拿起图，顺看看是一串圆圈，倒看看还是一串圆圈。中间那大圆圈上写有金、木、水、火、土五个小圆圈。第二个圈里半黑半白依次套有几个小圆圈，第一、第四和第五个圆圈里面还空着。他又把图放回案面，思索地看看周敦颐。

他有些迷糊，如入迷宫。说："老爷，你得先说说，否则我闹不清楚。"

周敦颐对着图细说一番。周通倒是认真地听，但听后更是搞不清楚。什么阴阳之动，五行生焉，乾男坤女，化生万物焉。还有更玄的无极、太极，简直让他摸不着边际。他是真搞不懂，一时也没有办法搞懂。如果说其中单个圆圈所涉概念内容也许能成，可是把它们连到一起说，就不好懂了。

他脑子机灵一转，不懂就出去，免得在书房里难受。道："读书人就是高明！老爷一张图说尽天地、阴阳、五行、男女和万物。"然后他拿上提进来的水壶走出书房。

周敦颐知道他没有搞懂，也就作罢。可周敦颐又煞费苦心地琢磨修改、重誊，以求图在描述、示意上做得更为精准。毕竟他费尽了心思，从小到现在多少冬去春来的读思、积累，以及体悟、酝酿，从不松懈地坚持。

其后，程颢、程颐二度受教于周敦颐。

周敦颐拿出《太极图》，独授予他们。细释一串圆圈表达宇宙变化，万物生生而变化无穷。一阴一阳之谓道，阴阳之变，五气顺焉，四时行焉。无极而太极，无极不是无形，更不是无，是宇宙本源。太极不是极致，是化生万物次第，亦为生状，依循宇宙间的"理"，是"理"的集成。

与周通不同，二程听得津津有味，兴趣浓厚，目不转睛地看图，左思右想，不断地提问和反复追问。

程颢、程颐读着变化妙趣横生的《太极图》，有如醍醐灌顶，是快欢愉，周敦颐无比开心。

周敦颐回想自己作《太极图》的情形，非常清楚地记得周通在书房没有看懂《太极图》，他找来托词，说出一句恭维的话，"一张图说尽天地、阴阳、五行、男女和万物"，便提水壶而去。他琢磨周通之所以这样，是周通当时回避看不懂《太极图》所表现出来的行为，可见他所说和所行是有自己的一定道理。或许有些人对《太极图》一下看不大懂，如果对它做个导读说明，提示提示，就好读很多。

他又伏案简要写下一份《太极图》说明，只有二百四十九个字，它就是《太极图说》，并把它交给二程。道："《太极图》为《太极图说》立像，《太极图说》为《太极图》释义，相辅相成，以便理解和把握。"

其文曰：

无极而太极。太极动而生阳，动极而静，静而生阴，静极复动。一动一静，互为其根。分阴分阳，两仪立焉。阳变阴合，而生水、火、木、金、土，五气顺布，四时行焉。五行一阴阳也，阴阳一太极也，太极本无极也。

五行之生，各一其性。无极之真，二五之精，妙合而凝。乾道成男，坤道成女，二气交感，化生万物。万物生生而变化无穷焉，惟人也得其秀而最灵。形既生矣，神发知矣，五性感动而善恶分，万事出矣。圣人定之以中正仁义而主静，立人极焉。故圣人与天地合其德，日月合其明，四时合其序，鬼神合其吉凶。君子修之吉，小人悖之凶。故曰立天之道曰阴与阳，立地之道曰柔与刚，立人之道曰仁与义。又曰原始反终，故知死生之说。大哉《易》也，斯其至矣。

二程对着《太极图》不断地读《太极图说》，再品思每一句话、每一个字，还看看《太极图》。突然，他们打了一个愣。

程颐道："无极而太极乃天道自创序列之道。太极动而生阳，动极而静；静而生阴，静极复动，何以道理之说？"

周敦颐："须知运动时就只有运动，而没有静止；而静止时就只静止，而没有运动，都是物质的外部形态。还须知动中有静，静中有动是物质内部固有属性。动中有静，静中有动，并非不运动不静止。只看到物质外部形态运动或静止，就难以通达事理。懂得物质内部性质变化，才能妙合万物。"

程颐道："天下之事，没有不动却能恒常。"

程颢道："恒常者，并不是不动。只是其于恒常且有依序趋之，而居也。"

他们俩说完，都凝望周敦颐。

周敦颐笑了。

自东汉以后，儒学在同释道的长期论战较量中，以其本体论不足实逐步处于下风。而周敦颐的《太极图》和《太极图说》破暗面世，提出"无极而太极"的哲学命题，建立起具有时代意义的宇宙生成论，"明天理之根源，究万物之终始"，构建了理学本体论，使理学得以繁荣发展，成为中国哲学史上的重要历史事件，也是里程碑。

周敦颐与二程一起谈学论道，惊人相似地演绎出春秋战国时期师生间的论道场景。

周敦颐说："有一次，孔子与门生子路、曾皙、冉有、公西华谈论。孔子说，如果有人了解赏识你们，你们将何以施展自己的志向呢？"

子路、冉有、公西华各自表达自己的志趣是治理国家有所作为，使人懂道义，过富足日子等。

孔子见曾皙不作声，便问他。他说：“在这暮春时节，我想的是带上新衣服，和五六个成年人、六七个少年郎一起去沂水洗个澡，再去舞雩台沐迎春风，然后一路欢歌而归。”

“我赞成你这个主张！也是我所想的。”孔子动情地大声喊起来。

于孔子，他赞赏的是曾皙向往天人合一、道出自然以及寡欲快乐的人生态度，达观精神。

这时候，二程完全适应了周敦颐授学。无论周敦颐讲到哪，他们就能领会到哪，由此及彼，由表及里。他们听后说：“真且道焉！”

二程又暂且离开周敦颐，回到了家。程珦看到两个儿子有爽好满足的心情，问道：“你们此行求学何所得焉？”他们说：“从先生那里学到了‘吟风弄月以归’的人生理想境界。”程颢还想起那天课后，他们走进近午时候的春日，深有感触地作诗吟之：“云淡风轻近午天，傍花随柳过前川。时人不识余心乐，将谓偷闲学少年。”

周敦颐用着心思让二程在立志中读书，还能快乐地在读书中明道，于是又谈经读史地授学。周敦颐道：

“伊尹出身寒微，躬耕乐道，聪颖上进，其烹饪技巧很高，能将一桌酒菜演示为治国方略。后来他任以右相，辅佐成汤攻灭夏桀，建立起商朝。汤王去世之后，伊尹辅佐太甲。新君太甲即位，昏庸无道，不遵汤法，非励精图治。伊尹耻其君不为尧舜，将太甲放逐到汤王墓地去居忧思过，并作《伊训》启悟他如何体察天命，自检其身，自新其德，无愧于宗祖神祇。三年后太甲悔悟，说：‘天作孽，犹可违；自作孽，不可逃。’伊尹又接太甲回朝复位，从此善道临政。”

周敦颐问二程：“何得也？”

答曰：“以天下国家为己任，上以辅君，下以济民。”

周敦颐曰：“当志伊尹之所志矣。”又授道，“颜回跟随孔子读书，孔子日渐感到他好学，专心听自己传道受业。中午放学颜回总是最晚回家，而饭后又是最早回学堂诵读的弟子。随后孔子了解得知颜回中午回到那陋巷的家，拿碗盛母亲清早为他做的菜汤喝，吃点冷馒头。不饱就用瓢舀井水喝，之后依然高兴地上学堂。孔子既心酸怜悯，又十分叹服。曰：‘贤哉，回也！一箪食，一瓢饮，在陋巷，人不堪其忧，回也不改其乐。贤哉，回也！’”

有问：“夫富贵，人所爱也。颜子不爱不求，而乐于贫者，独何心哉？”

二程记住先生的授学，又答曰：“何来不是‘安贫乐道’！可见，比富贵更珍贵更可爱的东西，那就是‘道’。颜回寻道，即便一箪食，一瓢饮，在陋巷，却乐于学，向往的是学道境界，心泰之至，固能乐也。”

周敦颐又满意地说：“所以，我们当学颜子之所学。”

二程体会先生的教诲，说：“只要确定目标潜心读书修养，都可以成为贤人圣人也。即使成不了圣贤，对提高自己道德水准也有所裨益。”

周敦颐：“正是如此。”

时过数年，二程的外甥侯师圣跟随程颐读书。课后他愁眉苦脸地回家，心里不愉快。

父亲问：“每次去师舅那里读书都高高兴兴，今天为什么不高兴呀？”

侯师圣：“心有不解之疑惑。”

父亲问：“师舅是否为你释惑？”

侯师圣：“讲授过，每次都释我所疑，可这次……欠悟欠悟。”

父亲道：“你还可以去问问师舅，也可以问问大师舅，或者别的教书先生。多问总会得到指点，不就释惑了嘛。”

听了父亲的话，侯师圣想到去问师舅的先生。

衙院那间寓所里，周敦颐才坐靠在躺椅上，心里释然，正静静地歇息。

可堂前的门被敲响几声。

周通去开门。一看，是二程的外甥、程颐的弟子侯师圣。遂引其见于周敦颐。

“师爷安好！”他躬身施礼。

“坐吧。”

“很久不见师爷，想念而来。”

“近来读书有何长进？说来听听。”

“唉！学有不悟，急于心且来求教师爷。”

“读书循序渐进，得慢点才是呀。”

“读思连连，尚未释我疑惑，不畅快。”

周敦颐听明白侯师圣的意思，与他交谈半天，侯师圣开始有所萌悟。周敦颐接着说：“我虽然老矣，但解说不能不慢点，不能不详细点。”其实他是告诉侯师圣读书要细细嚼慢慢品，理道出焉。

夜来临。周敦颐留侯师圣过夜，两个人对榻共语，以致接连两天漫谈至深夜。第三天，侯师圣茅塞顿开，把疑惑弄得清清楚楚，人也感觉清爽。他想，师爷传教高超，以后遇到实在难悟的疑惑，还是来问教师爷。

侯师圣回到程颐处。程颐发现侯师圣提高很多，十分惊诧，猜他一定是向周敦颐请教过。

程颐为此欣慰，一脸笑意地问："你莫不是从我的恩师那里来？"

侯师圣也以笑代答。

事过一旬，还有人问起侯师圣："你拜学师爷周敦颐是一个怎样的感受？"

候师圣只说一句话："如在春风里沐浴半年。"

在场的人为之咋舌。

名师出高徒，二程学有所成，日后影响如日中天。

嘉祐二年（1057）程颢科试中举进士，两年后又撰著哲学论文《定性书》，在京师相国寺与张载等人开坛讲学。他历官鄠县、上元县主簿，泽州晋城令，授太子中允，权监察御史里行；一生大部分时间读书讲学、授徒，构建和发展"洛学"学派及其思想。他上疏《请修学校尊师儒取士札子》等，说："宋兴百余年，而教化未大醇，人情未尽美，士人微谦退之节，乡闾无廉耻之行，刑虽繁而奸不止，官虽冗而材不足者，此盖学校之不修，师儒之不尊，无以风劝养励之使然耳。"主张治理天下要以正风俗，得贤才为本，而醇教化、正风俗、得贤才，又需从修学校着手。

一年前的嘉祐元年（1056），二十四岁的程颐随父进京师，入国子监读书，准备来年考进士。国子监直讲胡瑗尝以《颜子所好何学论》试诸生。程颐作答曰："然则颜子所独好者，何学也？学以至圣人之道也。"认为"凡学之道，正其心，养其性而已。中正而诚，则圣矣"。胡瑗得程颐试卷，大惊异之，即请相见，遂以学职，程颐一举出名。三年后赐进士出身，与程颢共创"洛学"，为理学奠定了基础；年轻时撰《上仁宋皇帝书》，自称"草莽贱臣"，上陈库空民贫，狄强弱宋，切中时弊。提出：窃惟固本之道，在于安民；安民之道，在于足衣食；天下治与不治，在于得贤臣或失贤臣。其历官地方主簿、知县，一生也大部分时间读书、讲学、授徒。

兄弟二人名噪一时，周敦颐也因二程名声大振享誉四方。二程深受周敦颐思想影响，继承发展了周敦颐学术灵魂，成为北宋大儒、理学家、教育家。

第十章　想起那子曰

坐落苏仙岭下的古老郴县，始置于秦代。这里一直流传一个美丽传说。

西汉文帝年间，郴江静静，薄雾笼罩，自然有几分神秘。有个女孩在江边浣衣，不知不觉水中漂来一根红丝线，缠住女孩捣衣的棒槌，女孩用手扯也扯不下，就用嘴去咬，可丝线从女孩嘴里溜进肚子里。过上一阵子，女孩居然有了身孕。一时议论纷纷，为避闲言碎语，女孩离家住进苏仙岭石洞里，后来生下一男婴。没有衣服，洞外水池边一只白鹤飞来用翅羽为婴儿暖身；没有奶水，洞里一头白鹿用奶汁喂养婴儿。婴儿长成男童，一日进山砍柴，得异人老翁喜欢，传授仙术。十三岁时他修道成仙，跨骑白鹤飞去。他不忘故地和母亲，一直护佑该片土地上人们的安康。

听着动人的传说，周敦颐感慨万千。一个人称父母官的县令，理应不负社稷百姓。可他也是百姓之子，更应不忘民养之恩。无论从哪方面说，为官当心系民众，勤恳职事，励精图治，他在思考郴县的长治久安，百姓安居乐业。

周敦颐在酝酿，但还没有理出头绪。带着这心思，他走出县衙，来到街市察看，接接地气，寻找县治的活水源头。经过那条人流密集街道时，他见旁边有位老人，其身边地上铺一块白布，布上写有“不与非闲人下棋，只下一局”。字写得很好，正统规范，笔墨劲道，非三四十年以上练就不出此等书写功力。只是意思怪怪的，周敦颐过来看看。

老人正在和一个人下棋，四五个人围观。那下棋人心浮气躁，自乱方阵，老人利用几颗小卒子逼死了他的棋。他不服气，道：“再下一局。”老人手指了指那块布。

“别老想打吃对方棋子，光靠领头子儿跳几下没有用。还是走稳自己的棋步，做实自己应该做的事。”老人严厉又带有温和地说。听上去就是不给面子以教训，细想起来又是忠言逆耳以教导。

那下棋人红着脸，不声不响地离去。围观的人七嘴八舌，谈论该局棋输赢得失，说出其中好几步棋的如果……只有老人坐在那一句话也没说，静听他们那些不存在的如果，一种伪棋论。

“可否请教一局？”周敦颐站过一会才说。他想换上自己，老人定会和他下一局。

“心思不定，就是高手也难尽展棋艺，何必走过场冤下一局，我也该收棋摊了。”老人刚才下棋时觉察到周敦颐几次张望街市。他收完棋子，正收折那张地上的布。

“且慢！还有讨教。”周敦颐问，“为何只与闲人下棋？”

“下棋者什么人都有，总之是两个字，‘闲人’。我没有遇到过，也没有听说有多少非闲者还能专心于下棋。”

“可棋艺高深者大有人在，棋艺高手也不一定全都落到闲人头上，所以嘛……”

“所以应和你说的此等高手下棋便可以，是吗？倘若这样，那我看他更不是闲人，当数其实忙虚闲，深谋博弈人生，费尽心机之人。以下棋而论，何来不是闲者？老夫摆棋摊数十年，少见有人把有限人生搭在赋闲的棋局上，乱其所思所谋。”他含笑两声。

“还需求教。恕我浅陋，棋局就是人生，演绎世间‘你’和‘我’的成与败。而成败之常，即使平局，也还是有很多下棋人不断地重来。又何以‘只下一局’？”

“你说棋局就是人生，定知草木一秋。一局棋下来无论是胜与负，还是和，没有不舍弃自身的伤痕累累。下棋不可以连局来，就是重下一局那是‘重生’，而人重生就不是原来的自己，过去了就永远回不来。所以在下棋时我只希望看重、尊重没有后来的一局棋。”

听罢老人言，周敦颐知道老人是以棋道告诉人们下棋而不困于棋，不可无休止地闲适自己，同时也不可无度地去闲适别人，不枉过人生。事实上周敦颐在很大程度上，就是走在这样的棋道上，他大致认同老人之“棋论”，并记起小时候父亲曾给自己讲到道州史上第一位叫象的州官。那是舜继帝位，孝从父母，仁爱同父异母兄弟象，不计他少小蛮行之前嫌，封象于有庳。受封后，象诚服舜的宽仁，感恩悔过，从中悟到共处之道，并用到职事上。他带领当地人走出三苗地区，开启与中原部落交往和文化交流，泽加于其民。象还发明了“象戏”，为人娱乐，多少年后演变成象棋。

周敦颐沉思片刻说：“在下不谙棋道，只为看看热闹，岂能在您老面前胡言乱语，唯恐于象不恭，于您老不敬。”他很熟练又达礼地把象和象棋说到一起；因为老人摆棋，也把老人说在其中。

老人听出周敦颐为学不浅，以棋说人地追溯到古时道州史上第一位州官，把曾受封潇湘二水有庳的象都说出来了，更觉得周敦颐不是一个闲人，心里装着很多事。他之所以提出请教一局，只怕是以此放松紧绷着的心弦，活活脑子。

“本人今日心思难定，路经此处，看见您老摆棋下棋。我思量，如果游走游走在方寸棋盘里，不失于静静心，也就想和您老下一局，老实说我并不常下棋。”周敦颐坦言，但没有说明身份，继续和老人说话。

“我也就是摆摆棋，有条件地陪人下一局棋。人生只有一次，下棋也一样，输赢都该结束。”

周敦颐一听，觉得以前在哪儿听到过这话。他回想，舅舅郑向曾跟自己说到过一个人，是他早年的朋友，年轻举进士，总以“人生只有一次”告诫自己。其读书惊人，满腹经纶，正直助人，大有仙风道气，可就是不入朝列，还喜欢下象棋，棋艺骄好。那时他们之间常有诗文往来，偶尔探望一聚下棋，后来不知其云游何方。于是周敦颐念诵：“推枰忘却日迟迟，策马驱车得所怡。俯仰乾坤棋一局，输赢着着有玄机。”

听到自己很久以前作的诗，竟被开始心不在焉、刚才还要和自己下棋、现在又论棋道的此人给吟出来，老人大惊。他审视周敦颐良久，探言道：“此乃官人所作？”

“您看这首诗写得怎样？”周敦颐反问。

“不怎么样。”

“我可是作不出此等好诗，它是晚辈娘舅郑向生前一好友所作。”

“你是那位龙图阁直学士郑向的外甥？已是很多年，自那回和他下棋别后，再也没有见过他，后来听说他永远地去了杭州。我赶过去，在他最后任上那地方摆一段时间的棋，又去丹徒那里看他。”老人有些伤感，抹一下眼睛。

“今日得遇前辈，是我想都不敢想的事。若非察看街市经过此处，还真错失前辈，少了聆听大教的机会。”

有郑向这个连结点，他们之间的距离在拉近，两个人就没有再谈棋事，而是说一会私家话。在一再恭请和劝说下，周敦颐领老人来到县衙，老人现在当然知道他是县令。他们以读书切入，慢慢谈到一方之治，越谈越投机，周敦颐才说自己来郴州为官之事，正在寻求郴州长治久安之策。

“文以载道，读书人还得用书。”老人说。

“书海浩瀚，何求才是？”

“历朝历代，少有越过儒家安邦之道。”老人接着说，“儒学是智慧的根系，治理的命脉。宋太祖立大宋以来尊儒道，重儒宦，去恶扬善治理天下。无论何处，我听到人们吟诵众多的‘子曰……’”

在县衙仅过半天，老人还是留不住，走了。

老人的话传递出治理一个地方可以从书上找到智慧，特别点到儒学“子曰”，还有儒家重教明德，养善去恶。顺着他的提示，周敦颐记起《论语·颜渊》里面的话：“子曰：‘听讼，吾犹人也。必也使无讼乎！’”此乃大智慧。使人知法律己，让诉讼之事渐渐消失，实现“无违”而治，走向治理最高境界，不正是郴州之治所需要的吗？何等重要！他想以前在卢溪讲学教化民众，得来较好的治理秩序，便产生立县学，行教化，使人知理从道的意念又在他脑子里冒出来。

周敦颐马上叫人找来县里举人王教谕，商定开办县学要事。

“从郴县情况看，虽然已将影响百姓生产生活的公害乱象打压下去，但不和谐事情还时有发生，县衙不能等闲视之。须从长远计议，兴学教人，使人行仁义、重孝悌、守诚信，立诚正己，敦厚安详。”周敦颐说。

“办县学是牧万民之根本。周县令，在下一直盼着有这一天到来。”王教谕高兴地说。

“只要把办学的事情做好，坚持下去，懂道理的人逐渐会多起来，取良行的人也会逐渐多起来，就不会出乱子。人人专其事，互不干扰，何愁一地不安稳，何愁百姓无衣食。希望你能领衔尽快把县学办起来。”

王教谕听得兴奋激动。他任教谕以来，始终坚持推行办县学、教书以育人的想法，可是他的理想受困于县衙财力薄弱，一直没有实现，深感遗憾，常怀纠结。如今周县令把他找来商讨办县学，他倍受鼓舞，充满信心。

“办学育人，百姓之福，德政哉。投身其中，我当担无可推卸之责，一定不负周县令重望。”

再经过县衙酝酿，办县学正式确定下来。周敦颐把建校、招生、聘教、管理之事都交给王教谕，并说县学建起来那天，他将亲自讲学。还明确提出此事进程越快越好，不可误时而误学子读书。

办县学激起王教谕满腔热情，一身的劲。可王教谕还不见周敦颐说到办学的钱，又有忧虑，话少了。他害怕如以前两次办县学化为泡影，必须问问。他选择一个角度和方法探问钱的事：“周县令出钱建县学，乃育人、治穷、正乱，真善也！”

周敦颐早已想好，开诚布公地告诉王教谕：“依当前财力不足以建县学，当以社会出力办学为主，县衙补助为辅。”一条务实的兴学之举展现在王教谕眼前。

王教谕正在给县里开明乡绅、富商大贾、文人学士发请帖，说周县令邀请他们到县衙谏言，请他们献计献策办县学。说是献计献策，事实上主要是希望他们捐钱助学，也听听他们的想法，聚智集力办教育。

谏言会成功与否决定与会者支持与否，也决定办县学顺利与否。周敦颐对此有准备。

藉着周敦颐上任郴县以来治理的名声，与会者齐全到会。

会开得别致，一开始周敦颐正视现实，先回应大家对当地穷、乱的关切。他再拉高嗓门说：

“乱起于贫之始，贫来于乱之祸，这都是折磨百姓的劣根。办县学就是要断劣根。”

听罢周县令的大义要言，有人问：“穷乱互因互果，怎能走得出多少年来囿于二者的困扰？”

周敦颐答：“治贫治乱重在治人，治人重在兴教。”

又有人问：“何以兴教？”

周敦颐答：“办县学以教人，让人知书达礼地既务本，又求末，各得其是。”

再有人问：“是否只是少幼者学读？”

周敦颐答：“大人亦可听学。”

大家点头。

精短的回应，给会场上带来了静思，稍过片刻大家又相互点头，但没有掌声，而是用心继续聆听。

周敦颐往下说："这项有益长远之事，县府牵头大家办，再不办与已办县学地方的差距将会越来越大，不可耽误。眼下县衙财力吃紧，请各位前来，无论多少，自愿捐助。"他戛然而止，起身带头捐出自己省下的一千钱。

会场喧嚣起来，大家感动莫名，觉得一县兴在于教育兴，谏言助力县衙克服困难，邑人出力，并纷纷响应捐助。你一百钱，我两百钱，他一千钱，更有多捐者三千钱……把修建县学的钱凑得足够。开心的义举，周敦颐始料未及，王教谕开怀。

趁热打铁。王教谕初步选得两处校址，禀周敦颐好中择优，最后确定在县城旁边鱼鲜山东北的大土冈上。此处茂林修竹，空旷幽静，出行方便，乃办学佳选。

学校奠基这天，天空晴朗，太阳升起，万丈光芒照耀大地，周敦颐铲下第一锹土，县学建设破土动工。

王教谕身负压力，吃住在工地，赶着时间和晴好天气把沙石、木料、砖瓦一一购买运来。周敦颐来工地看到眼前一切，表示满意。他与大家一起在工地用起简易午餐，十几人坐在砖、木上边吃边聊。他们看到齐全的建县学材料，抱有信心地你一句我一句。

工匠说："沙石、木料、砖瓦，从开采或制作，到运来都很顺利。现在就要筑基砌墙，构建屋架，完工就是漂漂亮亮的新房子。"他们意爽心畅。

王教谕说："沙石、木料、砖瓦组合聚变，厮磨一些时间，很快是一所漂亮的县学，将有许许多多小孩大人入学受教，一桩美丽的事情。"他乐见其成。

大家有说有笑，周敦颐也欢言道："十年树木，百年树人。这些材料将筑起人才高楼，天乾地坤，成就郴县之未来。"他无不流露出喜悦和憧憬。

屋基垒出地面，砖砌其上，县学建设一天一个样地长出模样。七月底，县学顺利建成完工。周敦颐又来到现场，想到县学很快就是学堂满座，先生专注于教，学子潜心于读的一幅景象，诞生着希望。

八月里的一天，新县学正式开学，喜气洋洋，王教谕兼任学长。周敦颐在欢乐气氛里怀有敬重天地，尊崇孔孟之道，写下那《修学记》，寄语学校和学子，感谢那些助学的人们。应王教谕之邀，他兑现诺言，当天讲学，又兼得众多弟子。

郴县是州郡治所所在地，州县两级公务往来频繁密切。时为二任知州李初平看到周敦颐办事用心，实具才华，清正廉洁，很是喜欢，对他兴学、传道、教人心底里佩服。他几次来县学听过周敦颐讲学，每次听学都享受着快乐，心中有了向往，萌发读书的想法。

周敦颐公干来到州府，办完事后去知州公厅看李初平。

李初平说："怎么这么巧，我正想着这几天去找你。"他接过书役泡的茶端给周敦颐。周敦颐忙说："使不得，使不得。"李初平又说："今天使得使得。"弄得周敦颐不知道是什么意思，知州大人要亲自奉茶。

周敦颐用着茶，李初平饶有兴趣地谈起自己想读书之事。

"周县令，我想拜你为师读书，你看行吗？"李初平一脸微笑地问起周敦颐。

"知州大人乃一州之长，名分有别，下属岂敢放肆。"周敦颐感到突然，他以官场讲名分拒之。

"我本是行伍出身，卫国戍边，以武官转任知州。书读得少，对儒家典籍所知浅薄，自惭形秽，只想补上这一课。还需从基础开始，不可枉过，以求厚实渐进。听过你几次讲学，得读书怡养之痛快，才有今日的决定。"李初平直爽坦诚地说。

周敦颐听完李初平的话，心里有些复杂，但还是强调上司从师下级之碍。道："大人此般雅志实在难得，听您道来深受感动。可官场就是官场，不可越此人人皆知的潜在规则。若如此，岂不折杀属下。"

李初平："所谓折杀一说，怕是另有人不愿请教下属的理由，没有必要看得那么复杂。读书使人知理明道，怡养让人心诚快乐。教人读书是一件至善至高的好事。能者为师，释惑他人，何尚不好不可呢？"

周敦颐："读书路径广多，可与兴趣相投者共读，也可以在家里自己读，不一定非要拜师。"他没有说行与不行，却说出另外方式，希望李初平取这样的方式读书。

李初平："没有底子，又无名师传教，怕是难得把书读好。我看拜师读书有别于官场上令下从，是师长与学生间的事，是授教与受学间的事，大可不必拘于此束。太子至高，是未来的皇帝，还从师硕儒而学，也不以地位论分说。"又道，"我观遍同僚能称师者是你周夫子。你也不要为难，我们两面都顾到，不如打开衙门我还是你的上司，公事该怎样办就怎样办；关起衙门你就是我的尊师，我该怎样从师就怎样从师，你看如何？”

见李初平说得诚恳，也有道理，周敦颐道：“大人放下身架而不放弃读书，从学修养，本身就是践行儒道，从您身上我已看到儒者之风，圣贤之范。”他言褒李初平，再也没有说不便教授他读书。

虽说周敦颐还没有答应，可见他口气有所松动，李初平看到了拜师的希望，进一步说：“品级高低不说明学问有无，官职大小不等于学问深浅。只有受教读书修养，才能日渐提高自己遵循大地道德，力图一方安稳与济民。”

周敦颐被他的话所感染，体会到李初平对读书的渴望。略过一会，周敦颐说：“您年纪也大，不必亲自去县学听讲，有空我上您家与您共读，讲给您听。”他以这种特殊方式收李初平为徒。

周敦颐为李初平制定好一份读书计划，争取在有限的时间里，尽可能让李初平读到读好想读的书。

周敦颐授学，李初平正襟而坐，听得认真，也严肃，有如当初征战的姿态表情。周敦颐读着讲着，他听着记着。系统地深读《论语》，李初平便有正规读书的获得感，更加自信，不惧年龄大，也不畏读书难，以读书得来愉快和充实。

李初平读完《论语》又读《礼记》等其他儒家经典。在读书中，他感受至深，道：“很难相信这些经典对人的立身之本、伦常之纲、齐家报国、社稷之治……看得准，说得好，真是知之不如好之，好之不如乐之。乐在其中，乃读书要诀。”李初平能有读书收获，当然离不开周敦颐用心的合理安排。

课后，李初平温习课程，把心得记下来，哪怕一丁点儿，严格学行；哪怕有时职事耽搁温习，他也会自觉补上。

周敦颐观察李初平的读书，见他认真、严密，还有自律。可他更看重李初平每上一课都记下读后感，有自己的所得，他消除了原有的担心。不过，他还是发现李初平学力不够，也操之过急，吃力所累，想为他调整读书计划。

“知州大人，您公务繁多，加上读书，您的时间更紧。不要太性急，我看每次读书内容不宜过多，消化、吸收、适应其中，方能收到好效果。可否把每次授学内容减少一点？”周敦颐说。

“悉听安排。”

周敦颐针对性地减少讲授内容，整体上也就减慢读书进度，李初平学起来轻快很多。

考虑不能同县学生员一样要求李初平，周敦颐邀请他到自己家读书。两个人在一起，既方便李初平随时问学，也好给他及时解答。

“已是别样优待，实在过意不去。怎能为了我再添上这样的读书之事。”李初平说。

周敦颐理解李初平的心情，就自主地把它给定下来。

李初平坚持不懈地读书又有长进。然而，他年纪大而身体又不大好，正当他继续往下读书的时候，疾病夺去他的生命。他临终前说：“朝闻道，夕死可矣。”说罢一笑而逝。周敦颐深感儒道的力量，想着对李初平而言，尽管其所学没有完成，但在生命最后的时间里读书滋养，心灵得到呵护；李初平知足而去，走得很安然，这就是读书给了他终极关怀吧。

李初平夫人拿出一个本子，交给周敦颐。他打开一看，里面全都是李初平记下的读书心得、收获。周敦颐沉默片刻，说：“这个只属于李知州。”他把本子放到李初平遗体边，让读书的快乐永远伴随他。

此后二程谈起李初平读书，说他特别自律。惊叹道：“异乎！异乎！”

周敦颐道：“诚心最重要。李初平都那么大年纪，坚持读书有收获，得而快乐。他觉得没有白来人世一遭，更没有白读书，以致临终前不舍弃读书成为明白人，可谓朝闻道而夕死，学而未晚矣！”

第十一章　百姓和土地

朝廷有规定，县令在一地任满三年如没有升迁，也需要改任，或者异地交流。周敦颐在郴县任职已超过四年，皇祐二年（1050）超期改任桂阳县令。

周通："老爷，去桂阳治所有两条路可走：一是坐马车到桂阳治所对面的耒水边，再坐船横渡耒水直接到达。此路要倒一次船，用时短。二是渡郴水入耒水，再南渡至桂阳治所。走此路要弯好多路程，概为前条路的两倍，全程水路坐船时间长，可人舒服些。"

周敦颐："我们走第三条路。"

周通："哪有第三条路走？"

周敦颐："有。取两条路的中间，先坐马车东向到耒水边，接着坐船直线至桂阳北面地域，再坐马车向东走一点，然后南去治所。虽说两头坐车、中间坐船有些不便，但沿途能看看百姓、山水和土地。路不长不短，时间也不会长，你看怎么样？"

周通："如此选择线路，好主意，还是老爷想得周到。"

三天后赴任。周敦颐已过耒水，坐上马车行进在桂阳地域。

他看车外，蓝蓝的天，青青的山，绿绿的水，还有那地热田。桂阳县，一方天赐风水宝地，但也是一处较为贫穷的地方。

山区的路特别难走，一不小心马车陷入泥沟。周通在前面一边大声地驱马使劲，一边用力助马拉车，周敦颐也在后面推车。人马一起用力，几经推拉，马车仍无动于衷。周通嘴里念叨："这地方真难走！"他在着急。

遇上这事急也没有用。周通犯愁地望路的前面，见一瘦高个头的年轻人从对面而来，想请他帮推一下车。

年轻人看到陷在泥沟的马车上有两个箱子，心里窃喜。他停下脚步盘算着，然后镇静地走近周敦颐和周通。

如周通所愿，还未等他开口，年轻人很利索地挽起裤腿，趁周敦颐、周通还没有就位自个用力一试，马车没动，更合他意。接着，他们三个人共同推车，可马车仅仅在泥沟里动一下，但不可能推出泥沟。年轻人出主意，商量地说：“车身重，陷的泥沟有些深，不便推出来。是不是可以把箱子抬下来，车身轻了才好推些，等会再把箱子抬上去。”

周敦颐认为有道理，觉得他脑子还挺活。周通也说：“可以。”便和他抬箱子。抬第二个箱子时年轻人脚打滑，箱子从手上脱落掉下，正好砸到地面一块石头，与此同时，他身子也倒压在箱子上。箱子裂开手指宽的缝，他从缝隙看到里面全是书。

周敦颐问：“有没有伤到你？”

年轻人：“没有没有。没有抬好，箱子裂开一条缝。”

周敦颐：“没有伤到就好。”

年轻人看一眼周敦颐，说：“对不起，怪我不小心，还帮了个倒忙。”

周敦颐：“不要紧，箱子裂缝可以修好。”

空着的马车轻了很多，年轻人和周通轻松地把车推出泥沟，再装上那两只箱子。

周敦颐说：“谢谢啊，请问何方人氏？”

“不用谢。奶奶和娘都说做一点小事不足挂齿，我也只是顺路出点小力，无须留名，谁没有一个不便利的时候。”年轻人再看周敦颐和周通，还看那马车。

“感激！感激！”周通抱拳以谢。

年轻人断定，这个老爷模样的人，要么是个教书的穷先生，要么是个简朴的儒官。他刚转身离去时，又回过头告诉说：“前面也不是很好走，路上还有泥沟，路面又窄又有积水，多留心注意，慢一点就可以。”

周敦颐、周通望着他身影，记在心上。

走马上任，周敦颐面对的是全新情况，压力始料未及，包括少有地安排他从二等县改任四等县，别人疑问，自己当时也疑问过。现在他调整了心态，和当初从朝廷降落到分宁一样，心境平静，无怨无悔，只愿自己能给百姓带来福祉。

桂阳县三千余户人家散居在山区，境内山峰纵横，一半以上面积是山坡地，良田较少，交通闭塞，灾害频发，经济较贫穷，区域问题也较多。周敦颐心里纠结，更纠结如何出手应对桂阳的现状。

“老爷，您怎么总是到偏远而且贫穷的地方做官？”周通一想，自己随老爷几次都是到条件差的地方，心里空落，这次他可是说出自己真实的想法。

“民为国之本，国为民之邦。偏僻贫穷之地，更需要掌管百姓吃穿的命官多做事情，也应该多为百姓做事情，哪怕是条件不够好。你看我们来桂阳的路上，不用请，那年轻人就帮着把车推出泥沟，多好的百姓啊！我看到他身着有几块补丁，甚至还在想他是不是只有奶奶和娘，家里日子过得怎么样？何况兴邦为民是为官之本，更有朝廷派我而来。”以前周通有什么不妥，周敦颐批评多，而现在却说理疏导，安慰他。

“老爷，我知道。”

“知道就好。”周敦颐释怀。

“以前那么多县令一茬一茬的，多少个县令三年地连续，此地怎么还是一个穷？”周通不解地问。

“山区状况不同，山涧田地好种不好管，庄稼有种薄收，或有种无收，百姓肚子挨饿，人心不稳，村户难治，以致衍生一些不良事情。说一句实在话，在这样的地方为官定是要想得多，做得多，吃苦也多，我们得有所准备。至于一个接一个县令在当地相继以治，形成一道官治历史的长河，而桂阳还是较穷，可要知道如果没有他们，也许百姓的生活比现在还要艰难。”周敦颐说。

“我也是如此想，民离不开官，官就是为民的。”周通说。

听到周通心明道理的话，周敦颐感觉到他在进步，说：“能如此想，说明你知道为政之治，会想到桂阳的过去，看到现在，还想到将来，就一定有信心。”

尽管周敦颐心里千头万绪，似乎很乱，却深知当好这个县令绝非容易，治理好桂阳也绝非简单。条件差，困难多，情况复杂，但自己来桂阳为官主政，也是天降大任于斯人，必先苦其心志。在困难面前不能不作为，他身感那一张为官告身更加沉甸甸的。

他带着周通，一天接一天地察县情，访农户，双脚踏遍这方土地。

翻过一座山，他们走在坡地间。看到庄稼黄瘦瘦、干瘪瘪，勉强长在地里，周敦颐泛出一阵心酸，沉默不语。在坡地走动察看，两个人隐隐约约听到有人哭泣。周敦颐说：“去看看。”他们又沿哭泣声走进山谷，见一妇人跪在坡地的坟墓前哭得伤心，身旁还跪一个人。

少顷，跪着的那人拜几下坟墓，再转过来向妇人磕头，起身而去。就在他起身间，周敦颐看清了他，就是周敦颐那天来桂阳路上马车陷入泥沟，帮推车的年轻人。

“老爷，真是他。”周通也辨认出来。

周敦颐正要喊他，他已走远。

周通迈出两步要追上去，周敦颐说：“不用，现在不一定是时候，等会问问这妇人。”

他们走近哭着的妇人，周通上去劝慰。

“慢。一个妇道人家在山地坟前放声痛哭，肯定有伤心之事，才会伤心地哭。哭是释放积压，让她哭一会，我们等等。”周敦颐又阻拦他。

妇人还在哭诉：“狠心的你怎么不管管家里，也不管管儿子，他现在又从地头外去了……”

哭过一阵，她没有力气，情绪稍稳。周敦颐走到离她还有几步路的地方停下。轻声道：“请问这位妇人，你一个人在荒郊野外的坟墓前失声痛哭，想必有无奈之事。可人死不能复生，还是身子要紧。”

妇人叫易云秀。她听到后面突如其来的抚慰声，用手擦去眼里的泪水，往后一看，两个男人站在身后，她泛着疑惑而审视的目光。坟地无语。

周敦颐问：“你家住哪里？”

她仍直视周敦颐。稍过一会儿才说：“就住山脚下。”

周通看出她有防备之意，为免其误会，说：“我们看山坡地来到此处，听到哭声寻来。这是我的老爷。”他指一下周敦颐。

才平静一些的易云秀，听到“看山坡地”“老爷”之类的话，反倒认为他们不是什么好人，更是警惕起来，用驱逐眼光斜视周敦颐和周通。然后她声音生硬地说：“我是在和死去的丈夫说说话，你们走！”

周敦颐感觉她在害怕，说：“我是新来的周县令，来察看百姓山坡地有种而歉收的实情，心里并不好受。你无须害怕，尽管放心，我们不是坏人，更不是来征粮要地的。

易云秀才知道，原来眼前就是县令大人。她跪地叩拜，又哭起来。周通忙扶起她，说：“莫哭莫哭，伤心事可慢慢说。”

“老爷，误会您了！”她一吐心里之痛。说，“以前和丈夫勤劳吃苦，每年下来粮食可以够一家人过日子。后来丈夫积劳成疾，无钱诊治，很早就去世，家里变得难起来。儿子饱受苦难长大，决意外出谋生，那天临走时跟我说要为穷人做好事。未归两年有余，我和娘都日夜盼他回家。他也放心不下他奶奶和我，有时回家看看。昨天回来，他要把奶奶和我带走，说外头日子好过一些。可是我娘年纪大，行动不方便不能出远门，为照顾娘我不愿也不可能去。今天拉他来到他爹坟前，要他对爹说从此以后不再走，在家守护奶奶，耕种养家，成家立业。可他就是不听，刚刚还是从这里走了。”

周敦颐：“儿子叫什么名字？在外做什么？”

易云秀：“叫尤超。问他在外头做什么，他也不说，娘和我都为他担心。”

周敦颐：“听你说来，家里现在只住着你和你娘，老人怎样？”

易云秀：“唉，三人三代只有两人在家。没法子，娘的身子时好时坏。迫于生计，我一边要照看娘，一边还要下田种地，所以劝儿子回家。而现在不知道该哪样他才能回家。”

周敦颐已知道，来桂阳路上帮他推车的那年轻人，就是她儿子尤超。可尤超的情况不明朗又挂在他心里，得过些时候帮她找回家，让一家人亲亲近近地在一起。周敦颐能体会她这个家比较难，说：“山里条件不好，一个女人持家养老人，日子不好过。”他看周通，周通意会地摸摸随身带的布包，把仅有的五十钱递给易云秀。

“拿着，买点粮什么的，应应家急。往后日子会慢慢好起来。”周通说。

“谢谢！”

易云秀接过钱，磕头拜谢。周敦颐劝她回家，然后离开。

他们一处接一处地察看，人也有些累了饿了，席草地而坐，吃起自带的玉米饼。看到临近村庄冒起炊烟，周敦颐说：“下山去村户人家找点热水喝，顺便看看他们过的日子。”

来到村庄乔莘夫家。家里人正在喝粥。大人碗里比小孩的还稀，人影碗中。有人来，一家人起身让座，乔莘夫端上自家制的粗茶。无须开口，倒也合他们的来意。

周敦颐环视，家境一般。道：“老乡，家人六口，三代同堂，人齐健好！”

乔莘夫：“多谢吉言。”

周敦颐：“午餐都用粥？”

乔莘夫：“粮紧啊。”

周敦颐：“田地种得少？”

乔莘夫：“倒也不是。”

周敦颐：“那是何故？”

乔莘夫：“嘿，别谈，田地不生福气。”

周敦颐：“你是说？”

乔莘夫：“该做的农事都做了，而且做得苦，可日子过得难喽，一天吃不上两顿饭。”

周敦颐：“那是收成不好？”

乔莘夫：“祖上留有十二亩田地，还开垦五亩多，加在一起不算少，可是田地不中用。山沟沟里地势悬殊，不是水冲毁田地，就是旱干枯庄稼，三年两头灾的，土地又瘦，长不出好庄稼。眼下青苗抽穗，没有雨水滋长，坡地又难有收成。”说完他重重叹息一声。

周敦颐：“咋不筑坝造池塘蓄水，可留住雨水浇灌庄稼，还能减少下雨过多冲毁田地？”

乔莘夫：“哪是一家一人能够做的事。不过家家受益，谁家都愿意出力筑造池塘。”

一旁的小孩不眨眼地看着粥碗，挑起一小勺粥又放到碗里去，哭着喊爹：“不要粥，要吃饭。”乔莘夫又从自己稀稀的碗里，用筷子拨捞出一撮煮得开了花的米粒给小孩，说：“先把粥喝了，明天做饭吃。”他哄住小孩的嘴，对周敦颐说：“常常喝粥，小孩生厌。”

周敦颐又是一阵心酸。周通打开那随身布包，把余下两块玉米饼给小孩。小孩高兴地接下咬一大口，嗫嚅着小嘴，嫩嫩的脸上嘻嘻地笑。

乔莘夫：“哪能使得。”

周敦颐：“使得，使得。孩子尚小，不能老是喝粥不饱，就让他吃好啦，何况是两块实在不值一提的干饼。我们一进你家手里就端上热茶。”

乔莘夫：“你们将就喝点稀粥吧？”

周通：“刚才都吃过玉米饼，有茶水再润一润就可以，还要谢谢你。”

周敦颐慢慢地喝茶，随乔莘夫用午餐慢聊，听他细说家事家境、村民日子，知道百姓生活都过得不容易，也知道百姓心里所盼。

连续半月察看民情后，周敦颐坐在公厅心里久久不能平静。那山坡地里庄稼黄瘦瘦、干瘪瘪；易云秀无奈家庭景况在坟前哭泣；乔莘夫家孩子端一碗稀粥哭闹着要吃饭……都一件件浮现眼前。他想了很多，也有很多话想说要说，可又能告诉谁呢？虽说皇上管天下，但皇上离得太远管不到；庄稼人自己想管，却松散无力量，非一两人、一两家人能管的事。而县令只要走出衙门，就置身百姓中。吃喝用说起来是朝廷俸禄，还不是来自百姓的赋税，理应管。他有一个初步想法，但还需完善成为具体实施计划。

县丞桑朝瑞敲门进来，觉察到周敦颐脸色抑郁，心情不大好，抢先道一声："周县令回来啦！"

周敦颐说："回来啦。到几个地方察看，大块的坡地庄稼干得没有收成，得有水一解旱情，可是没有水。越往山里头走越是这样，百姓日子难，看得不是滋味。"

本来桑朝瑞是来向周敦颐禀报县里发生的一件事，还没有开口，就听到周敦颐说出心里不是滋味。他摸不清新来县令的性格，就没有急着向周敦颐说什么，而是依周敦颐的话往下说。

"桂阳这地方山连山，只要出去走一趟，视觉上会感到青山、绿水、地热田……，可更能感到这里生产生活之难。近年来县衙采取过一些办法，还是少见改善，日子苦的百姓还是多。长期下来多种恶习萌生，常发生争田地，抢庄稼用水，有时还有劫匪出没，都源于贫穷。"

"要思变，大活人不能被山里穷难所困。百姓说山区田地收成不好，不生福气，多是说水旱连年。可自古以来就有治理水患、干旱的务本，很多福音除了天赐，还要有人为。要建造水利设施以治，改善基础条件，才能渐渐好起来。你说的那些恶习也将随山区人日子好转渐渐减少。"周敦颐道出他治理该县的新想法。

桑朝瑞听懂了，接下来县衙要治水治旱，建造水利设施，改善生产条件，提高田地收成，让百姓生活能够过得好一些。他说："兴修水利，百姓所盼，此为兴一地之本哪！"然后说话有点吞吐支吾。

"怎么啦，县丞有高见？好哇，我正在想着此事怎么干，不妨说来听听，出出主意，把事情办得好些。"周敦颐道。

"没有没有。我是想把一桩离奇事禀报周县令，听周县令吩咐。"桑朝瑞说。

"哦，还有一桩离奇事，那也说来听听。"

"三天前，离城不远的山里，一富户人家正收割粮食，遭遇几个劫匪骑马抢走两担，劫匪跑得无影无踪。离奇的是第二天，当地一户穷困家人清早起来开门，发现自家门口放了一担新收割的粮食。家人先是喜，有粮食悄然送上门，可增补家里粮食严重不足；后是忧，粮食来得太容易，唯恐招来麻烦。家里主人说："哪有天上掉馅饼，更多的是掉砖头砸人，不知来历的粮食咱家不要。"想来想去，以不招是非为好，把粮食送来县衙，取一张字据回去了。有人说这家人不仅没有得到，反倒还费神劳力把粮食送去县衙。

"离奇，有点离奇。夜里不见人影人踪，翌晨有粮食献于门前。要么是不愿留名的人做好事，也有可能是前一天那帮劫匪干的，他们劫富济贫。"周敦颐说。

"直到今天，还没有人来县衙告发被抢走那两担粮食的事，不好断定这担粮食来自劫富济贫。民不告，官不究，是否把粮食还给那穷困家庭！"桑朝瑞说出自己的想法。

"粮食已到县衙公堂，就不是民间随便处置的事，就算无人告发讨要，也得有何来何去的公信说法。把那粮食封存，注意霉烂，等事情有着落，再以法以情以理适处。"周敦颐又说，"作个了解，看看送粮来的那人家里生活贫困到什么地步，把情况告诉我。"

"是。"桑朝瑞回应道。

事情说完后，周敦颐请桑朝瑞找来同僚，商量他来桂阳后一直思考的水利设施建造计划。可是，没等周敦颐动手兴建水利设施，另一件头等大事却迫不得已地摆在他面前。

第十二章　一场大山洪

山涧里村庄以小见多，十几户一庄或几户一村，甚至更小的一两户一舍，掩隐在山坳里。

已过去大半天数的雨季，云层依然时薄时厚地遮盖太阳，笼罩山区，常下起小雨，也有几次短暂的中雨。山里人都估计今年又能平安度过眼前湿润的节气，不会再下那种滂沱大雨。可是，天不遂人愿，就在这夜大雨倾盆而下，一场山洪眼看就要来临。

县衙院落忽地风急雨骤，惊扰灯下看书的周敦颐。他放下书来到寓所大门口，打开门向外一望，什么也看不见，只听到哗哗的大雨声。尽管下午去山区没有发现危急汛情，可他还是担心夜雨会引发灾害，于是他率官员衙役又赶往山区。

路上，雨已把他们淋成落汤的鸡。到了白天巡查汛情的附近，猛然间，一个湿漉漉的人迎面跑来，大声地喊："山洪！山洪！发山洪啦！"喊声突兀而起，急切传来，格外地骇人。周敦颐他们打着避雨的灯笼，加快步伐迎上去。

"原来是你！有话慢点说，有话慢点说。"周敦颐看到他有些说不出话来的样子。

"慢不得！慢不得！周县令。"他上气不接下气，"山洪暴发，正在危及村庄。"他就是周敦颐那次察看山坡地去过他家里的乔莘夫，是里正葛清派来报信的，葛清在集合人抢险。

"快！"周敦颐一声号令，他们随乔莘夫很快赶到受山洪威胁最大的村子。

来势迅猛的洪流滚滚而下，轰然作响，已冲毁一些坡地，吞没低处稻田，直逼山下村庄。不容多想，官吏和民众立刻转移灾民，抢救财产，周敦颐奔忙在抢险中。经过一阵与山洪激烈的搏斗后，葛清赶紧清点农户和人数，发现少一家两口人。再核对时，从一间漫进洪水的土坯屋里传来呼救声。

“救命，救命啊！我娘还在屋里。”一个女人大声疾呼。

“不好，易云秀和她娘还在家里！”葛清大声喊。

说时迟，那时快。两个衙役冲进那间屋救人，黑暗里他们边呼边找。一个衙役手触碰到老人，将她背起，铆足劲探步走出屋。另一个衙役也来到易云秀跟前，趁闪电刹那间看到易云秀，便一手接过她手上的包袱，拉她往外走。才走几步，屋里一段内墙被水浸泡倒了，溅得他们满身的水，吓得他们不知怎样走才能出去。屋里水位在上升，他们也探着脚步急急前行，辨得门路，才快快地出屋。这时“轰”的一声响，整座屋倒塌下来。前面背在衙役身上的老人听到屋倒塌声，喊：“云秀！云秀！”因为看不见，外面人心都跳到喉咙上，不知道两衙役、易云秀和她娘是否出来，焦急地屏气以待。

所幸，人得救了。

在外谋生的尤超因山区天气忽阴忽雨，而且这夜下起雨来还很大，惦记他奶奶和娘，一种不祥之感使他连夜策马赶路，天亮时来到村前。站在高处一看，村里几间房屋浸泡在水里，自家房屋被淹没，残墙上端现于水中，几根烟黑木料横七竖八浮在浊水上。败落的灾情给他败落的心情。他没有见到奶奶和娘，心里发急，一遍又一遍地放声喊：“奶奶！娘！”

尤超奶奶和娘被临时安住在堂叔家，听到尤超的声音，说：“尤超，是尤超！”她们不断地呼喊尤超。

尤超奔跑过来，见到奶奶和娘，一时不知所措，跪地搂抱她们，嘴里重复叫着：“奶奶！娘！”他松开手站起来，走向堂叔深深鞠一躬。回到奶奶和娘身边细细询问，才知道夜里受灾的详情。

周敦颐逐户地看望灾民，刚进这间屋就看到尤超。尤超长跪揖拜：“深谢大人救命之恩！”

周敦颐：“你就是尤超吧。起来！我来桂阳的路上就和你见过面，也是认得的第一个桂阳人。你帮我搬箱子，推马车，后来在你父亲坟地里又看到你娘和你，听你娘说起你的名字、说起你的家。”

尤超：“小人尤超知道。那天我从父亲坟前出走时看到大人，就隐于旁边庄稼地里，听您与我娘说话，还知道您给我娘钱，救助我家。大人体恤之恩尤超永世不忘。”

周敦颐：“人在家就在。奶奶和娘想你，不只是现在。”

尤超："小人不孝，请大人治罪。"

可周敦颐想，此等不孝，按律规当施杖刑。可痛在尤超身上，而伤在尤超奶奶和娘心里。便道："岂是你一句不孝能够说得清，又岂是一句治罪就能够安慰你奶奶和娘啊！"

尤超愧疚地说："小人谋生在外，有事于身，身不由己。"

周敦颐："何事之有，可否告诉本县令？"

尤超："做自己的事。"他似答非答地搪塞周敦颐。

周敦颐见他不愿说，就把话题转到眼前现实上劝说尤超："洪水无情，是自然之灾；家人散去，则是违背人合天伦。你家十分需要你，不要再走。"

尤超："现在连屋都没有，无居所，奶奶、娘、小人怎能奈何？"他还是想带奶奶和娘上外头去。

周敦颐听出尤超的意思，说："你觉得奶奶和娘会跟你外出吗？你想想，奶奶这般年纪人即便在外都向往回家。就说你一家三代人，奶奶、娘天天想你，盼你回家，而你在外心里也放不下她们。因为血脉亲情割舍不断，你才会在雨夜赶来看望、陪伴奶奶和娘。这里是你的根系之地，情感归宿的地方，你才有心中牵挂。"

听闻周敦颐讲着人伦之道，尤超久久无语。

周敦颐继续道："房屋冲倒了，田地冲毁了，但山洪冲不垮人的真诚，无以能淹没人的心灵相通和相助，就像昨晚把你奶奶、娘抢救出来一样，共渡难关。"

尤超："我能做点什么？"

周敦颐："奶奶和娘在，不远游，不能不遵孝道。尤超哇，刚才听到你大声而急切地呼喊奶奶和娘，我的心都要被震碎。可那呼喊声也是一种折磨。为不折磨你奶奶和娘，也不折磨你自己，回家吧！"

在周敦颐劝说下，尤超心有所动，想着不再出去，但没有吭声。他静静地陪奶奶和娘。

周敦颐回县衙公厅，一幕幕灾情凝结在周敦颐脑海，他无法坐食。心忧灾民断炊粮，身单缺衣，攸关生存。他拖着累得有些瘫的身子伏案上疏，为民请命：

> 梅雨之末，桂阳山区夜来大雨连绵，引发山洪，席卷田地，淹毁民舍，财物瞬间殆尽，灾情堪忧。本县抢险救民抚民，所幸无人亡之痛。却不免

灾民挨饿受寒，本令愁肠百结。恳请开仓放赈，深加悯恤，予饥者以食，予寒者以衣，予患者以药，此必积其德义，上合天心，下安社稷，此圣上之美泽也。是为急。

他再看一遍文稿，叫来衙役五百里加急报送京师。

过两日天晴。周敦颐又到灾区，察看淹没处的水情，有明显退去痕迹，便向水里扔一颗小石子，试探得水比开始浅，心里希望水尽快泄逝。他走向安置灾民的地方，几个人在外面谈论，周敦颐也与他们同坐一起，聆听他们说起这次洪灾。

一个人说："山洪前无大雨，眼看雨季像一张张皇历似的就要翻过去。唉，天灾难逃！"

又一个人说："如此凶猛山洪，没有死人已是不幸中的万幸。想想这回遭灾没死人，就是有官员衙役抢险在前。"

还有一个人心有余悸地说："好险哪，尤超奶奶和娘都命悬一线，要不是那两个衙役不顾一切地救她们，哪会还有人呢？"

……

他们七嘴八舌说起山洪。又对周敦颐说："山区人在危急危难之时享受您的大福气，还真要谢周县令！"

周敦颐："要谢还是谢你们自己。尽管我们那雨夜正赶往村庄，但当时不知道山洪告急的具体位置。如果不是遇上乔莘夫报汛情，就不能争分夺秒到达现场。稍误片刻，必定失去抢险救人的最宝贵时机。还有，抢险过程中要不是大家同心协力，默契配合，抢险也不会如此快捷顺利。无论是哪一种情况，后果都不敢设想。"

他们连连点头。

周敦颐又说："山洪让大家遭受重大灾害，心里伤痛，我心里也难过。山洪是天灾，不一定年年有，可也出现连着年头有。长远看不可避免，但并不可怕。从现在起就要有所准备，要在山涧筑坝造池塘，开渠导洪。虽说难避大洪灾，至少灾情也会轻很多。就是遇上干旱年头，也能备上水灌溉田地。人靠天靠地吃饭，也要靠自己的智慧吃饭，我们要先做好灾后急需做的事，再做好往后长远防灾之事，应对此类之灾。"

大家回想几十年来山里的情形，说："是这么回事。"

择此时机，周敦颐道："现在房屋要重建，田地要重修，庄稼要重种，不能妄自菲薄，不可以在灾害面前一事无成。等把这些更要紧的事做完做好，就可以腾出手来从长计议。”大家听了周敦颐的话，心里忧愁有所散去。

易云秀天天都到淹没她家的水边来看看，今天她从那夜抢拿出来的包袱里取出娘家陪嫁首饰，在岸上站好久。望着自家的屋倒塌在水里，觉得现在什么都没有，极为难受，但她坚强地挺着。她要去城里一趟，才拔腿就遇上周敦颐、葛清、周通。

周敦颐见她，问：“尤超现在还稳定吗？”

“不，他又走了。”

“到底还是走了！”周敦颐声音略为低沉。

“他走时跟我说山里人有福气，遇上周县令。还是留下和以前同样的话，要为穷人做好事，并给我一些钱。但钱我不会动用，帮他留着。”

“别太急，看他近期回家啵。”周敦颐想起那天跟尤超说那么多话，讲齐家讲孝道，还是没有管用。当时他感觉尤超心里有所萌动，认为尤超再也不会出去，怎么生变？年轻人讲豪气讲感情，是不是还要出去作个告别就回来，他还是往好处想。又问：“你要上哪？”

“现在吃住在尤超堂叔家，看能不能弄点粮食，我出去想想办法。”

“你上哪里能想到办法？县衙已安排好，今天开仓赈济救助灾民。”

“我还是出去一趟。”

她把首饰给当了，本来是买一点粮，现在把当来的钱备用到水退后盖房屋用。

山洪来得很快，去得也迅速。

周敦颐再来灾区，见水退露出来的倒塌房屋，积有山土淤泥的良田，塌陷的坡地，满目疮痍，重建任务实在是重。他紧锁两条剑眉，边走边看，边看边想。本来桂阳贫穷，财力维艰，无力助民，怎样才能找到帮百姓重建倒塌的房屋，修复受损田地的好办法？他一时难得其解。

接着，他去另一个受灾地方。

翻过一道山，周敦颐眺望远处山峦，郁郁葱葱。俯视山下，可见村民进进出出，往来村里村外。周敦颐说：“上那儿看看。”他们在山道弯来弯去，来到一村庄，他兴奋不已。村里人忙着挑土平基，担石扛树，运砖运瓦。这热烈、共为的场面也是他到桂阳主政以来首次见到。

走近一位扛树在路边歇息擦汗的村民。

“你这是……”周敦颐问道。

“盖房子。”

“自家盖房子？”

“不，别人家。”

“好啊！好啊！”他感叹地道。

“咱村里人都是这样走过来，一家有难村族人担当。”

“怎样能够做到这样呢？”

“山里人生长在山里头，从儿时到老相伴，足见情深义重，总是你帮我，我帮你。建一间房屋需要很多砖石、很多瓦、很多树，全靠一家人去挑、去扛不容易，有村族人帮就好很多。我家也曾得到过帮助，刻骨铭心。苦难中得到过帮助的人更会怀有报恩之感。”那人说。

“天地之间至尊的是道，至贵的是德，道德天下还有什么过不去的坎！”周敦颐为眼前情景发出感叹。

他在该村庄没有看到悲观失望和无奈情绪，心结也随之解开。周敦颐凝视村里人的一举一动，由此想来要扬山里人之可贵，用山里之可取，依靠乡里村族人，自己动手，重建家园。

县衙力推，乡里家族相助，又过一段时间灾区水毁的房屋重新盖起来了。而且新房比老房盖得还宽大稳固，灾民喜迁新居，喜笑颜开。

从那夜赶往灾区抢险起，周敦颐和县衙的人都没有休息过，今天他们休息。周敦颐本是去金凤岭眺望观赏那天造地设、意蕴乾坤、有太极之意的予乐湾。他走着走着，怎么又走到去灾区的路上。

“老爷，我们是上哪里去呀？”周通见状提醒道。

“上金凤岭呀。”

“您看，我们现在是去灾区。”

周敦颐一看，还真是，觉得可笑。道：“嘿，走神了。”他当然是说去金凤岭，却走向灾区。

“老爷走的是记在心上的路。”

“是呀，县衙长时间忙乎救灾之事，把我弄得走路都心神不定。既然上了去灾区的路，那就去灾区，改日再去看予乐湾。”

“好嘞。”

户房衙役昨天得县衙通知，他回县衙了，今天休息。和往日一样，他醒得早，想来难得一歇，再好好睡上一大会，可怎么也睡不着，翻来覆去，很难受。他起来想想，还是应该去灾区，似乎自己更需要灾区，甚至认为要是昨天有这种感觉就不回来，省得多跑一趟。他也走在去灾区的路上，看到周敦颐在前面，离他不远，赶上去。

“周县令！”衙役喊道。

“你也来啦，今天不休息？”周敦颐回头一望，是一直身驻灾区的户房衙役。

“周县令都来，我更应该来。”户房衙役答曰。

“来了也好，就带我走走。今天去我还没有到过的受灾田地看看。”周敦颐说。

三个人来到一处田间地头，看到一些田破地裂，山洪过后留下的水殇。

户房衙役同情山里人说：“我长住山里，真是感受到山里人纯朴，容易安逸。他们没有惊天动地之想法，更没有索取之要求。可是老天还是没有照应开门见山，闭门是户，终其一生也难出一回大山的人。”

周敦颐环顾四周，好一阵才说：“这山上山下，地势落差大，雨骤成洪。倘若还不痛定思痛以治，来日再遇山洪冲毁的不仅仅是房屋田地，将是山区里人的信念和人心。水能载舟，亦能覆舟。到那时山洪还会冲倒县衙，冲倒……决不能让洪灾继续下去。”

户房衙役：“不可小视，不可小视。”他以往认为发山洪是平常里遇到的不平常，从来没有如周县令想得深，看得远，心里十分折服。

周敦颐：“庄稼田地长，百姓口味香。水患溅肆溢，岂不痛断肠！”行走在灾区，他怎不痛心。

户房衙役：“周县令，山洪坑害了百姓，但也冲醒很多人，我看时机成熟，我们接着山洪前的治水计划干吧，开始筑造要紧的水利设施。”

周敦颐：“是呀，不放弃初始。还要把修复田地、开凿溢洪道与筑造塘池一起谋划，一道修筑，这样就可以管好水，用好水。水漫时就放它走，干旱时就以水泽润田地庄稼。”

于是，县衙为此忙乎起来。

第十三章　天灾未尽头

县衙议事厅。

周敦颐和同僚在谋划因山洪搁置下来的水利设施建设。洪灾让与会者开了窍，对此事有清醒认知，形成共识。个别同僚从以前静观转向现在支持，表现得积极热心。议事中，大家言无不尽，谈想法，提建议，把原来的计划补充得更合理可行，信心百倍地要把这件大事办好。

就在这时，议事厅的门被猛然推开，一个衙役神态紧张地闯进来。

“周县令，山里来人急报，发瘟疫了。”衙役禀报。

“什么？！”周敦颐十分惊讶。

“山里来人急报，发瘟疫了。”衙役又重复一遍。

“来者何处？”周敦颐问。

“就在外面。”衙役答。

“快，快把他叫进来！”周敦颐说。

里正葛清几乎是跑进议事厅，慌张地禀道：“周县令，不好不好，有的村近日病倒些人，病情有轻有重。都说是瘟疫，民众惊恐，情绪不稳。”

突如其来的疫情讯息顷刻笼罩议事厅。众人受惊，一个个地愣着，气氛凝重。如果对瘟疫控制不好，其结果不可想象，十分可悲可怕。真是祸不单行，大家把目光集中到周敦颐脸上。

周敦颐清楚地知道，这个时候他是一座山。越是在百姓恐慌之时，越要深入百姓中间，让他们心有所依，消除恐惧。越是疫情紧急越要置身前沿，调度治控，直至消灭疫情。他即时调整县衙公事，把精力转移到治控瘟疫上来，全力以赴，赶赴疫区。

周敦颐来到疫情重的村庄，看到好好的人无故、无奈地经受热和冷的异常折磨。患者热时单衣附身，如坐火炕热锅满身是汗，时有昏迷；冷时厚棉裹体，如入冰雪冷窟，身蜷龟缩，发出呻吟，病魔一冷一热地折腾病人。他面对眼前一幕，不禁满心寂然，愁肠百结。不一会儿，又看到几个人踉跄出村躲避，他们恐慌、焦虑、害怕。

问道："何往？"

答曰："去村外。"

目睹患者生死痛苦，百姓惶惶，初有流离，周敦颐痛在心里，急在心里。他交代县衙户房合理安置、稳定他们，自己又去另一个村。

巡察完疫情，周敦颐夜宿村里一户人家。这是一间老屋，地势较高，与周边房屋隔着空地相邻，相距四五十步远。看上去老旧，可它依然在村庄屋舍间鹤立鸡群。屋主人姓余，名仁署。余仁署人到中年，是当年房屋主人的第五代子孙，一家无一人患疫病。

眼看到了戌时，派出访医问药的人还没有消息，周敦颐焦躁不安。屋里的人谁也没有过多地说话，气氛沉闷。余仁署不知道怎样才好，就泡来家里的槟榔茶，送一杯周敦颐，给一杯周通，自己也有一杯。余仁署和周通陪伴周敦颐，不敢离开，以应随时吩咐。周通前前后后跟随周敦颐忙碌到现在，整天都没有喝上水，急急地喝起茶，三两下把茶喝干了。余仁署赶紧为他续上水。

周通有一句无一句地与余仁署说起话来。听上去，有些话说得与治控瘟疫毫不相干。

周通说："在你家进进出出，白天觉得屋外观显眼，现在看屋里头也考究，很不错。它有好些年岁吧，那时能够造此屋不简单。"

余仁署："屋是爷爷的爷爷当年带一家人从百里外山村来此村所建。此地方圆村落多，老爷爷花大价钱买得屋基地，包括前面和两边空处。那时空处都建有辅屋，和现在这间屋构成独立院落，很气派，当然我也是听上辈传说，没有见过。"

周敦颐根本没有心思听他们闲言碎语，便去房间。余仁署又把他的茶送到房间，好让他休息一下。余仁署回到堂前和周通继续聊着。

周通："莫非你爷爷的爷爷是大官，或者富豪乡绅？"

余仁署："都不是，一个乡里郎中而已。但他在山区从医得信任、有名声，还收有几个徒弟。平时家里有人行医，外头有人采药。当时东边辅屋用作住人，西边辅屋用作药铺，院子里常晒很多草药。"

周通："后来呢？"

余仁署："老爷爷去世后，家族医技就渐代失传，留下来只有两样东西。"

周通："什么好宝贝？"

余仁署："什么宝贝也不是。你看，一样是这间祖屋，还有一样是老爷爷喜欢饮用的这槟榔茶。直至现在，我们家大人还喝槟榔茶，小孩啃着槟榔，也偶尔凑到大人茶杯里喝一两口。"

周敦颐那房间的门没有完全关上，他还是听得见余仁署和周通说话。当听到余仁署说一家人日常饮槟榔茶，他联想到此屋前后左右人家都有人患疫病，而余仁署家人人安好，莫非槟榔茶和瘟疫相克？他把自己那杯茶端来堂前，和他们俩坐到一起。

"周知县，茶不及市面的好，是自家碾压槟榔，掺和茶叶制成，可品得纯正槟榔茶味。"余仁署见周敦颐不眨眼地注视杯里的茶说。

周敦颐品一小口。

余仁署："怎样？"

周敦颐："淡淡的槟榔甜酸味。"

周通刚才喝出这味道，但没有作声。他又慢喝一口，才说："真是老爷说的味道。"

周敦颐问余仁署："你家几代人传承制作槟榔茶，可知道槟榔茶有何说法吗？比如效用，有何等好处？"

余仁署："不曾听得祖上说过。"

周敦颐："是否有记载？"

余仁署："也不曾有。"

周敦颐："依你所知，以前那从医老爷爷辈是否治过今天这样的疫病？"

余仁署知道周敦颐想知道什么，是怀疑槟榔茶汤克制此瘟疫。他马上从楼上端来一个很旧的小箱子，里面有几个发黄的簿本。周敦颐连忙逐本逐页翻阅，没有看到他想要的记载，便有失望。

周通想出一招："没有关系，把槟榔茶叶用水煮成药汤，拿给患者一试，饮后便知。"

余仁署："没有了，今年做得不多。我们这三杯茶是家人饮用剩下的最后一点点。本来只能泡两杯，我把它分成三杯泡，人各一杯。"

周敦颐看那快喝干了的茶杯，道："槟榔茶汤是否能治瘟疫只是猜测，现在又没有茶给患者一试。”他问，“还有什么办法找来槟榔茶吗？”

余仁署说：“别人家都不喝它。”

周通道：“那怎么办？”

余仁署也出招：“老家族人有饮槟榔茶习惯，而且一代人一代人往下传，不妨去一趟老家族。那里还有人传承祖医，还有少量的槟榔林，肯定有槟榔茶。”他说得非常自信。

周敦颐急切地问：“多远？”

余仁署说：“来回两百里有余，再加上拜访、问药，或者还需收购槟榔茶，至少也得两天半才行。”

周敦颐念着：“两天半，两天半。”

眼睁睁地看到患者经受痛苦和生死考验，担心摸不着、看不见的疫病又急又快大面积蔓延，未来两天将会发生什么？他没法说得准。就算是槟榔茶能治瘟疫病，现在派人去，时间上对深度患者可能来得及也可能来不及，但有益于轻度患者，还有利于未感染者预防。若不派人去，那会耽搁整个疫情治控。再退一步说，槟榔茶若不能治瘟疫病，也就是派人跑过一趟。权衡之下，去比不去好，他决定派人去。又派谁去？

余仁署：“小时候我去过，对老家族记得大概的路，还能找老家族人说上话，何况是问药救人。我去，现在就走，夜以兼程，把时间尽量往前赶，早去早回来。”

周敦颐：“不行。一个人去不行，山高路远，又是黑夜连着白天，我不放心。县衙派个人一起去，路途相伴照应。”

有好几个衙役跟周敦颐来到疫区，他从中挑得年轻力壮、功夫较好、办事放心的应贺申去。周通备好两匹马，余仁署、应贺申就要出发。周敦颐拿出一些钱交给余仁署，说：“如果槟榔茶有医治之功效，多带一些为好。”两个人跨上马，周敦颐抱拳拜托。灰蒙的月光里他们快马奋蹄。

一整夜快行，他们来到淡淡的山峰下。凭着记忆，余仁署说：“快到老家族村庄。你看，这山峰就是标记，沿山走很快就会到。”话音刚落，天突然暗下来，暗得连那山峰影子都看不见。

“看不见路，怎么走哇？”应贺申问。

“是黎明前的黑暗，每天从夜里过渡到白天都这样，很正常。经常后半夜在外面行走的人一遇到天忽地变暗，就知道很快会亮起来。”

“知道。我是说偏在我们快到达的时候赶上一阵暗，要不要停下来等天亮？也就一会儿。”

“不用，不可把时间浪费在路上。听我爹说以前祖上经常在下半夜出诊，往回也经常遇到这种情况。现在疫情告急不能等，周县令还在急盼我们赶回去呢。”

“看不大清，你走得来吗？”

“不要紧，走慢点就可以。”

“快要到达，却碰上这种情况，唉！”

应贺申一次比一次说得明白，余仁署才知道他担心看不清会走错路。可余仁署认为不会，并让应贺申不失心情和信心，道：“放心吧，我记得比较清楚。还有我们连夜赶路，老天知道我们在急，会眷顾受病苦的百姓，我们只管往前走。”

说话间马嘶一声。余仁署接着道：“马是不是奔跑一夜累了饿了。”因为他和应贺申也累也饿。

走好长一段路，还没有走到去余仁署老家族那个分岔路口。他们还在向前走。

天完全亮起来，路又渐渐地清晰在眼前，他们发现绕山峰转一大圈。应贺申笑着看余仁署，余仁署相对一笑。

两个人重新跑在绕山的路上。再经过那一片茂密树林时马又嘶一声，余仁署勒住马仔细一看，树枝遮住进村的分岔路口。他们下来牵马穿过树林，开阔见远，一个村庄映入眼前。余仁署稍有激动地手一指，说：“那就是我老家族村。”应贺申跟着他向村里走去。

大清早，余仁署带应贺申先拜访族长，感到族长特别亲切热情。他们说明连夜赶来的情况，急迫地问药。族长已是近八十的老乡医。告诉他们：“用山泉水细火煮熬槟榔的汤有治人体冷热功效。”听到这话，两个人浑身都是高兴劲，看不出一夜未停息的疲倦。

余仁署：“谢族长解救远处百姓患疫疾的功德，小辈铭记在心。”

族长：“天下一家，救人命为大，何况你一家移居外地近百年，遇到困难能回家族询问，理所应当。”又说，“这个时节槟榔早就下树，自家仅剩小半袋槟榔，等会叫孙儿到其他人家帮忙收购，他们会让出自家的槟榔，估计也不会有很多。”

余仁署，“我们多带些回去。”

族长：“尽量吧。和过去不一样，槟榔树如今少很多，但各家还是存有一点槟榔。”

余仁署：“那就收购多少算多少。”

族长还告诉他们医治此疫病的“七枣散”药方，并把方剂组成、炮制和服法详细书于纸上：“川乌头大者一个，炮良久，移一处再炮，凡七处炮满，去皮脐，为细末。都作一服，用大枣七个，生姜十片，葱白七寸，水一碗，同煎至一盏。先食枣，次温服，只一服瘥。”据说此方曾在两浙流行此病时，它起了很好的治疗作用，余仁署接过药方将它紧紧地揣在怀里。

忙了半个上午，他们歇息一会后匆匆拜谢族长，告别族人，把收到的两袋槟榔系于马背，一心赶路回程，尽快把药方和槟榔送回家，好让所有患疾者好起来。两个人心轻很多，路上话也多起来。

余仁署：“记得那年来老家住上一个月，吃很多槟榔，回去还带一些。这回若不是要事在身，还真想多住几天。”

应贺申：“是呀，别说是你，我都想做短暂歇息，哪怕是一天都行，而现在连半天都不可以，那么多人的病情系在我们身上。”

余仁署：“不过那年捎回的槟榔全是自家食用，大人饮槟榔茶，小孩吃槟榔，现在常想起那淡酸甜味。”

应贺申：“可今天也喝了你老家族槟榔茶，尝到不错的茶味。要是有槟榔我也会把槟榔做成茶喝，比把槟榔含在口里吃更有味道。”

余仁署：“口舌所品，心有味长。此回是不行，待乡亲疫疾好了，下次来拜谢多带些槟榔和槟榔茶回去。到时槟榔可以吃个够，槟榔茶可以喝个够。”

应贺申：“但愿。”

余仁署：“现在看来可以按时回家。”

可是，在他们说话间，前面忽有几个手持剑斧刀枪的彪汉，挡住去路，看似不妙。

最前头那人大声念着：“此山是我开，此树是我栽，要想从此过，留下买路财！”

应贺申两手抖一下马缰绳，马往前走了几步。他拱手道：“不知是哪方好汉，先拜谢了！此行确实身无钱财，只带有两袋槟榔，系着百里之外正患疫病百姓的生死，我等急需赶路把它送回救人，还请好汉行天地大道，让我们借路过去。”

那人也抬手：“好一个身系患疫病百姓的生死。少废话，无钱就把槟榔留下。我告诉你们，就是拿下这两袋槟榔，我们一只都不会吃，最多也就是闻闻槟榔味，都会给穷人。我的话你们信吗？当然不信。你们的话我们能信吗？让鬼去信吧！”

其后几个人一同起哄：“鬼信！鬼信！”

应贺申：“好汉！我们昨晚连夜兼程，从老远赶至前方山里余氏家族问药，得老家族人相助，才谋到这点槟榔。听好汉所言，也心怀贫弱者，还是请让道通行。”

那人哈哈大笑。道：“别说瞎话。有钱给钱，无钱就把马背上两袋槟榔留下，不要再废话。”

余仁署：“这是急需治病的药，可不是平日可有可无的槟榔啊！”

那人：“如此听来你们还挺仁慈！”他嘲弄一声，又张扬手上的长刀，“想过去还要看它答应不答应。”

这把应贺申的火气逼上来了，大声道：“此乃大宋天下，休得无理蛮动，何况人世间处处大路朝天，各行一边。”

那人又哈哈大笑，说：“好大口气，还把自己当成皇上，出口大宋天下。你不是要讲理吗？请问你知道大宋天下还有贫弱者日子过得非常难吗？没有饭吃，你饿两天试试，看是否还有力气说得出各行一边？不过我大爷喜欢你的性格，正好两天没有动身子，好难受。”

的确，双方所说都不假，却因道不同无可调和。

刹那间，一场剑搏斧斗。余仁署被打下马，胸前衣服已被刺破，他摸摸那贴胸的药方还在。一劫匪正在抢夺槟榔，应贺申一剑刺倒他。与此同时又上来两个人，几个回合，毕竟寡不敌众，应贺申也被打下马来。眼看劫匪抢走槟榔，他气得大声吼道：“快把槟榔还回来！快把槟榔还回来！你们光天化日抢劫桂阳县衙解救百姓瘟疫病的槟榔，我们受县令周敦颐所派而来，周县令决不会放过你们，等着瞧吧！”

那人：“呵呵，还挺硬气，有种。你们不是说为穷苦百姓吗？那好哇，跟我们干。不伤人毙命，只劫富济贫，多好的一桩买卖，现在你知道我们是干什么的吧。你们愿干，就留下；不愿干，可以走人。槟榔就留在这里。”

尤超从山上匪寨下来，见同寨劫匪正截劫两个过路人，他没有上去帮忙，而是隐身路边听听情况。当他听到应贺申说桂阳百姓闹瘟疫，是县令周敦颐派他们老远来问药，即刻冲到路上，举手大声喊："停！"

因他也是匪寨里的小头头，几个劫匪听到喊声便停下来，场面上相持着。一小个子把两袋槟榔提放到尤超面前，耸耸肩说："两个穷鬼，就这么点槟榔，还说是用来解救百姓瘟疫病的。"他眼看尤超。

尤超却朝余仁署、应贺申拱手："得罪！得罪！但他们也是在行善事。"言罢，命令手下，"把两袋槟榔还回去。"手下一帮人也没弄明白是怎么回事。

应贺申："都跟你们说了让我们过去，看你们还能要我们的槟榔。"他脸带讥笑对几个抢槟榔的劫匪说。

余仁署："槟榔还回来就行了，不说不说。"

尤超大声道："今天大水冲了龙王庙，我们冲撞了周县令手下。我尤超一生只服周县令，我应亲自去见周县令，当面向他赔罪。"说完，尤超对几个劫匪交代几句，骑上马亲自护送余仁署、应贺申而去。

连头带尾，白天黑夜都算在一起，已是余仁署、应贺申走后第二天下半夜，圆月洒下亮光。周敦颐坐在堂前八仙桌旁，手搁在桌上，手指敲着桌面发出急促的响声道："若顺利，现在差不多是他们回来的时候，不知他们情况怎样。"他焦急地等待余仁署、应贺申回来，感觉时间过得特别慢。

周通出门伸长脖子张望那入村的路。少时，前方有模糊人影跳动，可那不是两个而是三个。他突发疑问，应该是余仁署和应贺申，好生生两个人怎么多出一个来，是他们吗？他目不转睛地还在望，有点清楚，前面是应贺申、中间是余仁署的模样，后面那人还是看不清，他跑进屋子。

"老爷，他们骑马回来了，有三个人。"

"还有谁？"

"看不清。"

周敦颐起身来到门外，他们快到门口。周敦颐意外地发现尤超居然在其中。三个人来到周敦颐面前，可见他们很疲惫。

"快、快、快，扶他们下马！"周敦颐说。

余仁署、应贺申、尤超异口同声道："周县令，让您等得急。"

"怎样？"周敦颐急切地问。

"槟榔汤可治防冷热病，还意外地访到'七枣散'有效良方。"余仁署禀报。卸下槟榔，他从刺破衣衫那怀里取出一张药方交给周敦颐。

“上天垂怜，有救！”周敦颐听到了福音，看到了希望，连声喊道。又对余仁署、应贺申说，“谢谢你们！”

余仁署：“还要谢一个人。”

周敦颐：“谁？”

余仁署：“尤超。”

应贺申向周敦颐点头。

周敦颐：“从何说起？”

余仁署、应贺申把他们在回来路上遇到济贫劫匪，幸亏尤超及时到场解救说一遍。

“谢谢！尤超。你也算是在紧要关头为家乡百姓做一件大好事。”周敦颐说。

“周县令，在下实在不敢当。此事紧急重要，路途上多一个人就多一分安全，故此我相伴而来。一路上，我只想患疫疾者快快康复。”尤超急忙回禀。他知道周县令时间宝贵，没有多说别的。

现在周敦颐放心一些，他手上有两种治控瘟疫的药方。

余仁署、应贺申先休息。周敦颐特意叫尤超先回家休息，便于看看奶奶和娘，尤超即去。周敦颐想，就要为患者发药，自己还要察看夜间情况。时间很紧，明天找个时间去尤超家再一次劝他不要外去。

又是通宵达旦，葛清、周通，还有一衙役，分头把带来的槟榔发到患者家庭，并告诉他们用山泉水把槟榔煎成汤药，让患者饮用，日夜以治。

第二天一早，他们来向周敦颐禀报分发槟榔药的情况。

“有患者及家人拒药治。”葛清说。

“怎样一个拒药？”周敦颐问。

“昨晚把药发到一个患者家，患者刚热过略微减轻病情，其本人和家人说是神灵保佑，不能用药。经劝告，他们才接受治药，但夜里还是没有及时煎服。”

“这样的患者及家人信的不是药，而是神灵。密切关注动向，后续力促用药，不可疏忽。”

“是！”又说，“槟榔全发完，‘七枣散’又没有现成的配药。”

“用药治控瘟疫才开始，不可断药。”周敦颐说，“昨晚就想到此事，已安排应贺申带人去寻购槟榔和‘七枣散’，药会有保障。大家一定要细心查看，督促那些不愿用药的患者把药服用下去。”

周通和那个发药的衙役说，发药中也遇到同样情况。

周敦颐觉得他们都遇到拒药治的事，是值得注意的信号和动向，得亲自去看看症结在哪，有什么解决办法。

三个分发药的人领路，周敦颐来到一拒药患者的屋前，大门关着。葛清说：“屋里应该有巫师作法治病，为患者驱病邪。”

周通推一下门，没有人理睬。但观察到间或有人从侧门出入该屋。

周敦颐让周通进屋一探究竟。

周通也从侧门进屋，里面小桌台上点着灯和香。纸符封闭门窗，墙挂兽头，乌烟瘴气。穿一身巫服的巫师装神弄鬼，在堂前、患者房间转来转去，嘴里念念诵诵，咒语不断。他手持桃树枝，偶尔随其拍打床桌发出尖叫声，患者依然呻吟。周通闷得难受，又从侧门出来。

“老爷，里面哪是治疫病救人，就是一个好人闭在烟雾缭绕、沉闷闭塞的屋子里，也会被弄个半死不活。”周通把看到的说一遍。

周敦颐对身边葛清和其他人说，“再耐心劝说，直到患者用药。”

又来到一拒药治患者家。周敦颐见患者房门也贴有咒符，床边留有一个空碗，碗底有黑灰灰的残渣，明明是喝过巫治仙丹留下的，可见有巫师作法治过。

施药不领，领药不用，却行巫治，不仅贻误患者治病，也影响治控瘟疫。周敦颐再三叮嘱要对这家患者劝其服药，葛清点头。葛清履职里正与民众接触多，告诉说：“是呀，自古以来当地人沿袭习俗，眼界不开阔，认为患病包括患疫疾是鬼神作祟，尚巫以治，陋俗难改。”

瘟疫可怕，可此等陋俗更可怕。周敦颐细细琢磨，认为这是影响治控瘟疫的重要根源。可他仍有困惑，是不是还有别原因。

周敦颐回到住处，有人来找他，说：“周县令，谢谢您的救治，家人患疫疾服药见好转，现在不用担心了。”又说，“见您身不离疫区，为我等百姓寻医问药，施药救治。可是有患者及其家人听巫师的，避医讳药，背着县衙人从巫治，慷慨以奉。而巫师得势以张，妖言惑众，恐吓病人，令患者不能服药，实则是巫师与官衙争夺病人，从中谋取钱财。故有官府施药而不领，领药而不煎服，受害倒是病人。”

周敦颐猛然一惊，巫邪竟然如此猖獗。看来患疾者弃药不仅是简单陋俗所致，还有更为复杂的暗流涌动，无视疫疾危害患者生命。他痛心疾首，火冒三丈，一拳砸在桌子上，大声说："如此荒唐，何等可恶！"

"不能任其下去。"周通在一旁坦言。

"要知道这是多少年来的自欺欺人，又是多少年来的愚昧，顽症难纠哇！看来在特殊时候处理特殊事情，还得有特殊办法。"周敦颐说。

"如何是好？"周通问。

"回县衙。"周敦颐道。

"老爷，您不管？"

"怎能不管！"

现在情况明朗，周敦颐在县衙公厅愤懑道：巫魔邪道，伤天害理，狂敛民财，何来天理？此恶不除，难去疫疾。匡正俗习，当由此始！他揣摩着，要实施救治患者，治控疫情，必须除去巫治干扰，让所有患者顺利服药，实现无一患者不药治，无一患者不康复，如此才能消除疫情。他已下定决心，治巫、治疫疾并举。

考虑到巫治由来已久，且成为山里风俗陋习，怎样使其退出，他来到邢县尉公厅。

邢县尉："周县令回来啦。"

周敦颐："是呀，治控疫情正处施药克患关键时候，有的患者弃药求神，让巫师治疗。巫师也暗中唆使患者不受药，或者受药不服用，或者当官衙人的面煎药而背后倒掉，甚至还有巫师在暗里愚弄、恐吓患者及其家人，直接危及瘟疫治控。任其下去不仅不能治好病人，难以除去疫情，还会使得瘟疫发展蔓延。"

邢县尉："斩断巫手，取缔巫治。"

周敦颐："说的是，没有错。但巫治盛行久矣，还是先尽量引导，使其自行退去，患者配合用药。"

邢县尉："若行巫者不听从呢？"

周敦颐："特别时候用特别办法，禁止巫师行治，让患者无巫治可投，转过来服药治病，消除疫情。"他说得斩钉截铁。

邢县尉率衙役查看疫区，劝告巫师退去，又劝患者和家人接受药治。经过耐心说服，绝大多患者和家人配合，但还有巫师不听劝告，躲躲闪闪给有的患者行治。

“发现一巫师正在患者家作法治病，劝其不退。”有衙役跑来禀报邢县尉。

“抓捕！”邢县尉发令。

衙役立刻包围行巫治病的屋，敲开门。他们冲进去声令屋里人不许动，捉拿了巫师，收缴了巫具。接着邢县尉来到另一个村，驱赶了两名巫师。

捉拿巫师和驱赶巫师很快传遍山村，行巫者纷纷更衣离去。所有患者及其家人掉过头来，寻药用药。

地方治控瘟疫，朝廷划拨专项资金支持，周敦颐心里有底气。他吩咐县丞桑朝瑞给疫区打招呼，告诉所有患疾者及家人，一心配合县衙用药治疗，所需用药全由县衙无偿供给，衙役分发，并给没有患疾者发预防药。

个多月以后，所有患者康复，整个疫情得到有效治控。

第十四章　冬去复春来

连遭山洪、瘟疫不测之灾，给桂阳重创之伤，使山区县本来比较困难的境况雪上加霜。无须说受灾民众，就连县衙也捉襟见肘，经济低迷。奏报朝廷后县衙及时减免赋税，以利百姓休养生息，度过时艰。

深冬，衙院里草木枯槁，北风凛冽，萧条冷落。周敦颐想着自己上任以来发生许多事情，往后要做许多事情，结果还是回到当下，最要紧的是消除人们心理阴影，恢复元气。他知道这也许比山洪时抢险、瘟疫时治控还要难，但必须增强官民克难干事的信心，激发重振一方精神力量。他在寻求灾后人心思变，战胜自我的突破。

周敦颐带周通在衙院架起两条长凳，做起身边一件小事，也是灾后想做的事。

“老爷，只有这么一点。”周通找来几块木板说。

“那就先做一个。”周敦颐道。

他们做起较为简单的木工活。

周通：“一点小活老爷就别干，您以前在京城时我在家学过木匠，现在做个木箱准成，也快，免得院子里人看见有失体统，也失体面。”

“我在衙院做事就不体统不体面？胡言。”周敦颐知道周通顾及他知县身份，但还是不肯离去。

两个人操锯下料，刨板找平，凿槽削榫，惹来官吏围观。两个时辰后，一口高四尺、宽五尺的木箱做起来了。箱子虽说不如娴熟木匠做得那么好，但也看得过去，还挺结实，看他们做箱子的官吏都说好，并没有夸张。

周通收拾工具，要把箱子搬进寓所。周敦颐叫停他，说：“不忙搬，还没有完，拿笔墨来。”周通赶快拿来笔墨，见周敦颐拍搓着手看木箱，自我欣赏，有些得意。

“老爷要写字？”周通问。

“我要在箱子上写字，等会你把字刻出来。”

“还这么重要？做一个普通箱子哪用得着在上面写字，又不是建房子，造桥梁，或者别的什么大事做纪念，难道要刻上是县令做的箱子？”周通没有见过有人如此做，还是不解地说。

“你还真说准了，就是要在箱子上刻这样的字，比写什么字都重要。”

“我是随口说说，老爷还当真？”周通摸不清周敦颐是什么意思，忙解释道。

“不，今天我在意你的实在话。”周敦颐说得认真，“你想啊，困难之时，从县衙官吏到乡村百姓情绪低落，士气不振，怎能如此下去。我从小事做起是让他们看看，愿能引发他们以小事见大事，勿以事小而不为，不等不靠，尤其是现在。”

周通才领悟到周敦颐俭朴力行，潜移默化地影响衙门里的官员和衙役，唤醒他们在时艰面前振作精神，自己动手，从身边事做起，哪怕是小事。

少顷，周敦颐提笔在箱子上写下“皇祐四年置，桂阳县令周”十个小孩手掌大小的字。周通又拿起斧凿，把字一一刻下来。观者指点字写得刚劲有力，入木三分，折射出刚性，看的人凝神以观。

周敦颐大声念一遍，说：“好了。”周通把箱子搬进寓所，把公文和书籍有条理放入木箱，屋里也变得利索，感觉舒展。

做箱子已事过一旬，县衙里的人还在议论。两个衙役路过周敦颐寓所时，不由得说起它。

衙役甲：“你说，这地方是有点穷，但也不至于县衙连一口木箱都买不起，还要周县令自己亲自动手做。要是知道他缺箱子我愿为他做一口大的。”

衙役乙：“可见你就不懂。你以为周县令仅仅是为做一口木箱放文书用，太小看不是？”

衙役甲：“那是为什么？”

衙役乙：“是让大家以小见大。你没有觉得现在和灾前相比，县衙的人颓唐萎靡，情绪低沉，照此下去还怎么做事？现在最要紧的是精神、干劲、坚强，遇上灾害有了精神可以重来，精神倒了什么都不去干，那就要完蛋。别看周县令做个木箱，里面乾坤大着哪。”

衙役甲：“还一套一套的，你怎么知道这么深？”

衙役乙：“开始我也不知道，是听班头说的。”

衙役甲："周县令真有高招，很自然地做一口木箱影响人，怪不得现在大家都各自忙开，一心做事。"

又有僚官来寓所，看到周敦颐正要把一本书放进新做的木箱，说："挺好。"还看到木箱上面刻的那字，体悟地说，"箱子做得好，宝贵、及时。"

周敦颐点头道："是呀，眼下赋税之少，极不利县衙改善民生，这样小事可以自己动手，节约开支，大事需要上下合谋。无论大事小事都要意志力量，不畏时艰，在困苦中谋事做事，走出现在的低谷。"

"洪水、瘟疫耗费县衙民众很大精力，很多钱财，大家穷干一场，但不能穷精神。"僚官说。

"灾难并非一地特有，今年特别，两重灾难不仅冲毁家园，威胁生命，也击倒不少人的精神状态。要知道在困难时候，看不到前途会失去信心，不正视困难会失去勇气。我希望大家有好状态，把心理情绪调整好，把自信找回来，也就无难不克。"周敦颐说到前面时有了沉重，说到后面时有了坚定。

"有个建议。"

"但说无妨。"

"现在看，县衙里的官员衙役总体上都有所行动，是可喜的变化，来之不易。趁此您再给大家讲一讲道理，鼓励鼓励大家，把县衙上下的高昂激情调动起来，我想这样更显励志之效果。"

"不错，这主意不错。"周敦颐接受建议。主簿向新谷安排，周敦颐在县衙给大家又及时讲上一课。他不回避现实，以理服人，面对面地鼓舞士气。官员衙役听得起劲，情绪激昂。

天变得更冷。夜间鹅毛般雪花漫天飘落，覆盖山地。

白雪映照的光亮透射到屋内，让周敦颐较往日早醒早起。打开门，大地银装素裹，异常洁白，他近些年未见大雪的心结此时被打开。他要独赏，没有叫起周通，一人出门，咔吱咔吱地踩着雪走到县城边山冈上，身后留下一串串脚印。寒风刺骨，侵袭着脸和手，他并不觉得冷，一心看白净、旷达、无痕的世界，一扫上任以来的苦和累、忧和愁，他微微地醉了。

苍穹之下，于无声处，他对话心灵。冬天，尤其这寒冷冬天，并非人人都能理解它的深沉、冷峻和严酷。试想，假如没有了冬，自然世界会变得单薄起来，就会失去时令分明；假如没有了冬，人世间会缺失多少风姿，增添多少无奈，又会多几分担忧。正是有冬，才让一切经受不可逾越的历练，与冷酷抗衡，与寒流较量，练就铁打的脊梁，钢铸的筋骨，积聚能量和力量，蓄势待发，这就是大雪兆丰年之起点吧。此时，他又想到雪天里挣扎的百姓……

周通沿着周敦颐出门踩下那深深浅浅、不断前行的脚印寻找过来。说：“老爷，您起得早来看雪，也不叫上我？”

周敦颐：“下雪做不成什么事，让你多睡一会。”

周通站在那看远远近近的雪山雪地，觉得美丽新鲜。说：“真是漂亮！”

周敦颐：“雪天本来漂亮，远看是风景，可近看是苦困。走，咱们去山冈下人家看看。”

两个人又深一脚浅一脚地来到山冈下面村庄，屋舍门都是关的。该村处在出入县城通道上，平时人来人往，而雪天却不见人踪人影。周通说：“天气太冷，没有人进出县城。”

他们走向一户房屋有些低旧的人家。那关着的屋门恰在这时打开，一个人挑一担炭从屋里出来。他见周敦颐和周通便停下来。

“请问，你是要去卖炭？”周敦颐上前一步问道。

“是。下雪天炭好卖，价钱也好一些。”他又说，“你们来买炭？”

“买炭，买炭。”周敦颐打量他，见其衣单，点头说。

“买几篓？”

“你一担炭四篓，就全买吧。”

“虽说是大冷天，买两篓的人多。”他年年卖炭，多见买的人是这样节省着用，觉得咬咬牙，冬天也就过去了。

“我怕冷，还是多买两篓。”周敦颐问他，“你家里烧炭烤火吗？”

“没有，哪舍得。家人都没起床，雪天躲在被窝里暖和。”

周通插话说，“现在也不早，还不起来做饭吃饭？”

他说：“雪天不下田地做事，睡比起来无事好。家里一天吃两餐，可以节省一点，别的人家也一样。”

周敦颐本想先到他家看看，再看几家人，可家家差不多，也不方便去。周敦颐再问：“家里炭多吗？”

他告诉说：“平时农活不忙时烧一些炭，补贴一家人生活。”此时一阵冷风吹来，他缩一下脖子。

周通把炭钱给到他手里。

他看到周敦颐买得多，也不像是一个挑拿之人。说："雪天挑炭不好走，家住哪里？我把炭送过去。"

周敦颐边回走边微笑地说："你就帮我把炭卖了吧。"

他呆呆地站在雪地，望着周敦颐离开，顿生敬意和谢意，自语："好人哪！"

汴京也在下雪，而且比桂阳下的雪还要大。陆文翠正好是下雪前一天收到周敦颐的来信。她在想，要是雪早几天下，这封信还不知道要被雪阻隔多少天。否则，看到下大雪会更牵挂周敦颐，她感谢上苍。信中，周敦颐告诉她，到桂阳一年又半载，百姓经受着难以承受的两次灾害，县衙现在想办法帮助百姓克服生产生活困难，因此灾后事情仍然很多，一时难抽身回汴京接她随署。又与她商量，随署之事再往后拖一拖。她写回信说，百姓的事重要，即便是再等些时候也愿意。陆文翠还随信寄去对周敦颐的祝福，也寄去对桂阳百姓的祝福，心愿上天降福人间。

还有三天就是立春日。一年之计在于春，当地官民十分看重这一天。

主簿向新谷来到县令公厅。

向新谷："周县令，立春在即，每年县衙官员和民众都聚集神农庙，例行祭祀神农炎帝，得做些准备。"

周敦颐："较之往年，这更是县衙今年迎春的一件大事。灾后人们信心受挫，把自己囿于命运，把农事完全归于天时，缺少奋发作为。官吏近来有所改观，百姓依然如是。立春日祭祀神农，祈福新的一年，是提振信心的绝好机会。时不再来，不可枉失，一定要认真对待。通过祭祀祈福活动让官民情绪高涨起来，振作状态，此事很重要。可把声势造大一点，热烈一点，但要节省，好好筹划。"

向新谷："往年举办祭祀活动县令参加多，也有过没有参加。周县令，您参加吗？"

周敦颐："'神农氏作，斫木为耜，揉木为耒，耒耨之利，以教天下'；'日中为市，致天下之民，聚天下之货，交易而退，各得其所'。古有官民祭之，当今我朝祭祀，缅怀先祖，寄托对炎帝崇敬之情，祈福为民，当去。"

向新谷："那我就做好相关事项准备。"

周敦颐："百姓受了难，吃了苦，好不容易熬到又一年立春日，人人希冀春开新年，风调雨顺，五谷丰登，民众安泰，此为县衙应该做好的事。安排一些祭品，依祭规以送，到时县衙能去的人全去，我看也是接触、融和民众的好机会。”

向新谷：“祭祀有两大项内容，先是在神农庙叩拜追思，为百姓新年祈福；之后您在庙前牵牛下田，扶犁以耕，范以劝农。”

周敦颐：“好，我知道。”

立春这一天还真是好日子。下了许多天的冬雪，前几天就停下来，地上积雪消融，风一吹路也干爽，还出了太阳。人们心里觉得暖洋洋，感到老天降瑞，好兆头。

附近百姓充满希望从四方而来，早早地聚集到那神农庙。他们赶的是春祭，朝拜的是炎帝，希望的是福及人间，人人安康，粮食满仓。

庙堂里，前面是祀台，一尊双手合抱谷穗的神农石像立在高台上。另有条台摆满祭品，油灯火烛，香炉紫烟。人们有序地从庙堂里排列到庙堂外，气氛浓厚。经受一年困苦的百姓十分看重这一天。周敦颐带领官员衙役按时而至，他站在前面。

立春时分到，向新谷庄严宣布祭祀开始。爆竹、古乐响起一阵，来者向先祖神农炎帝三跪九叩首，祈求降福山区，福及家家人人。

周敦颐宣读祭文，慷慨陈词，祀崇炎帝，缅怀始祖，祈福万民，更是道出大家对开启祥和丰收新春的祝福。

周敦颐再来到庙堂前面，牵着头上扎有一朵大红花的牛，走向还有残雪的田里，扶犁耕作一圈，以此劝农。周围的人们和声相互呼应，涌起人间春晓春潮，震天动地，福音四方。周敦颐感受到一股春天里的力量，它来自官吏百姓，来自所有人心间。祭祀的人也同样感到这股力量，他们笃信立春日开启全新的一年。

祭祀后人们满怀信心地散去。

而周敦颐踩着春的脚步又来到县城旁边那山冈，心怀对冬日里的记忆，眺望山腰山下那些高地低田，心里泛起曾两度要启动而被迫中断水利设施建设的波澜——就是他刚到桂阳县访农户、爬山坡、风餐雨淋地了解县情后想定要做的大事。他今天特别感受民众颇具精神力量，要借助天时、人和，在百姓自己的土地上再一次开启水利设施建造的高潮，以达固本强基，惠及民生，造福百姓。

县衙发出告示，利用春好时光抢建水利设施，筑塘池，开山渠，防避旱涝之灾。

周敦颐来到六七里的城外，工房衙役、里正葛清、随从周通……随他勘察地形，选址建一方水塘。他们走了一处又一处，虽说早春里还有些冷，但他们在山地忙上忙下，身上的热盖过山里的冷。

工房衙役："怎样选得合适之处？"

周敦颐："要考虑的事项多，便于收聚山上雨水，便于发挥灌溉之用，便于取土筑堤，便于应急泄洪，保障下方村庄安全。"

工房衙役："都考虑吗？"

周敦颐："都必须考虑。"

工房衙役："条件多，可有轻重之分？"

周敦颐："综合衡量，利取其重，弊取其轻。应急泄洪、灌溉之用并为首要。"

周敦颐释疑解惑，实地施教。里正葛清、工房衙役、周通等感觉是一堂课，深受教益。

他们下到那开阔山谷，两边小有余脉八字形渐低延伸，谷的一边山下有村庄，地势较高。要是在谷地上方造一口塘可多收集山间之水，就能灌溉谷地下面的稻田，乃至两边坡地亦可引水防旱，筑坝取土也近。有了共识，他们确定在此处造一口水塘，标线定位地动起手来。

很快调集附近受益民众开工造塘，工地上许多人出力忙乎着。又过几日，周敦颐来到工地。负责造塘的葛清跑过来陪周敦颐细察工事。周敦颐先看坝底两边砌石，见它做得宽厚扎实，甚是放心。

"待坝基砌好，中间还要用土填充筑实，就是以后水塘囤水浸泡也动摇不了坝体。"周敦颐叮嘱葛清。

"周县令放心，定当按您的要求筑坝，层层夯实填充的坝土。"葛清回禀道。

周敦颐又来到取石区察看，见上方有几块细小石头慢慢往下滑落，一块大石头像是有所松动，他即刻朝几个开采、搬运石头的人大声喊："快让开！有石头落下来。"大家闻声避让，大石头滚落下来。若慢一点就会砸到人，真险！

"得千万小心才是！"周敦颐对他们说。又提醒葛清要注重安全，"细行工事，切勿疏忽，不可大意。"

“在下谨记。”葛清说。

造水塘虽说是很重的力气活，可大家很投入，吃苦耐劳，心里高兴。他们知道是为自己做事，有一种说不出的痛快，便在这朴质场面释放出来。周敦颐看着甚感欣慰。

太阳快要落山，红红的晚霞映照下有牧童骑牛而归，从工地山边而过，牧童放声牧曲。周敦颐注视，一幅鲜活的“春牛图”跃然眼前。此情此景，他即时吟来：

东风放牧出长坡，谁识阿童乐趣多。

归路转鞭牛背上，笛声吹老太平歌。

晚上，周敦颐还沉浸在这样情景里，心情激荡，把诗定名《牧童》，书于纸上。

多少年后，《桂阳县志》载：县内最早建成的官塘是泉塘池，“在县东六里许，尖岗岭下，亦说是宋濂溪凿，灌田数十顷，今湮。”

第十五章　劝得尤超归

尤超奶奶病好些日子，病在床上的老人除承受病痛外，一直想着独苗孙子尤超，不时念叨孙儿名字。换句话说，老人想到了自己的死，十分盼望浪迹在外的孙子能回来，哪怕是见上一面。

“娘，您会好起来，超儿也会回来，说不定他这两天就回家。您现在不要乱想别事，安心把身子养好。您好起来，超儿到家就可以陪您坐坐，说说话，还可以陪您在村里走走，看看其他老人，你说是一件多好的事情啊！”易云秀劝道。

“现在就是想看到孙儿，其他什么都不在乎，都这把年纪。他每次出去都要回来看我，上次出去到现在好久了，是不是他在外面有很多事要做，怎么还不回来，也不挂牵我？我心里可是挂牵他，就他一个孙儿。”老人等得急。

“娘，哪能呢，别着急。我就去找人叫他回，可您一定要好起来才是。”易云秀听到娘的话非常难过，心里比娘还急，怕等不到尤超回来，娘就走了。

“难哪！”老人低声呻吟道。

“不难！不难！”易云秀安慰说。

话容易说出口，但要兑现可是难。易云秀清楚，发瘟疫时儿子回来看过她们，可到现在再也没有回来过，好长时间哪，何止是床上奶奶想，她一样地想，常常暗自流泪。她着急如果事出万一，老人将会含恨而终，尤超也将抱憾终身，她必须尽快地把尤超找回来。

易云秀来到尤超的堂叔家，托付堂叔帮忙照顾两天老人，便去县衙。路上，她走得很急。

值班衙役走过来，见她忧愁的样子，认为她有冤屈，问道：“你是来告状？”

易云秀忍着心上的痛说：“不，我是有急事来找周县令。”

值班衙役又问："你认识周县令？"

易云秀说："认识。"

值班衙役告诉她："周县令不在，刚出衙门，估计晚些时候会回。不过也难说，周县令有时候出去是这样，有时候出去又不是这样。"

听到等于没有说的话，她想到周通，肯定他一定随周敦颐出去，但还是问道："那周通在吗？"

值班衙役："一起出去的。"

她坐在衙门外想：自己特地为娘能见到尤超来找周县令，要是见不到怎么办？来一次很不容易，又没有别的办法。要见上周县令，只有硬等，一直等到周县令回来，不见到他就不离开衙门。

到吃饭的时候，一辆马车向衙门驶来，周通一眼就看见她。说："老爷，尤超娘坐在那。"周敦颐拨开车帘，看到她心事重重。马车停下来，她赶快起身朝周敦颐喊道："周县令！"

"你什么时候来的？饿了吧，进去吃饭。"周敦颐说。

"是没有吃饭，可我有急事找您。"她说。

"急也得吃饭。"周敦颐不忍心让她饿着走。

"还是耽误你一会，说几句我就回去。"她低沉地道。

"你别急。"

"我哪能不急呢。"

"那就边吃边说，也不会耽误时间。"周敦颐怎能不理解她。

用餐时，她把情况告诉周敦颐，说娘病有些天了，不停地念尤超。她担心娘时日无多，也担心尤超在他奶奶走之前不一定回得来。希望周知县能帮她找到尤超，劝他回家，家里需要他，奶奶需要他，她也需要他，尤其现在。

周敦颐曾说过要把尤超找回来，只是公务太忙，加上尤超的情况不很明朗，没有顾及此事。看来此事紧要，否则没有办法兑现自己的诺言。

尤超在外且有些年，他偶尔回家。周敦颐脑子里检索到共四次见过尤超，其中有两次给了他线索。一次是在尤超父亲坟前看见他离去，没过两天出现一富人家收割粮食被抢，次日早晨一穷人家门口无缘无故地放上一担粮食，加上尤超多次告诉娘在外为穷人做好事，还有外面言词议论他行劫，周敦颐那时就猜他十有八九劫富济贫。另有一次是治控瘟疫时，余仁署、应贺申外地问药回程，遇上自称劫富济贫的劫匪，随后尤超突然赶到现场叫停打斗，并毫无迟疑地护送他们深夜赶回来，并听余仁署、应贺申说尤超是那匪寨里的小头头。至现在，时隔年计，他还是不是劫富济贫？人在哪里？但无论如何，要把尤超找回来，于其家里不可或缺，更重要的是使他弃邪道，走正道。

多方面打听，周敦颐终于得知尤超还在行劫，出没周边，地点时有变化，叫人捉摸不透，难以说得准在哪里可以找到他。

一时无法确定他在什么地方，周敦颐还是想到上次余仁署、应贺申外去问药，在回来路上遇劫那件事，就派熟悉地点、认识尤超的他们去那个地方，看看能否找到尤超。行在路上，余仁署、应贺申感觉和上次问药不一样。上次时间紧急，但去的地方明确，要找的人明确，事情好办。这次时间紧，地方也明确，但尤超在与不在那里很难说，事情不一定好办。两人边走边讨论，都在想怎样才能找到尤超。

“你说尤超还会在那里吗？”应贺申问。

“说不定。我想，只要那些劫匪还没有散，尤超就会在。倒不一定是在上回那路段上，却也应该在那附近的地方。”余仁署说。

“若遇不到他怎么办？”

“遇不到他，我们就在附近问问他的下落。他在与不在那里，附近人应该晓得，等到那里看情况再说。实在是见不着他，我们就多换几个地方找找。”

“我听周通说过，治控瘟疫时尤超护送我们回来，因那天晚上太忙，第二天周县令去他家劝他不要外去，可是他清早就走了，人都没见上，可见他心里还是想在外面干以前同样的事。要是找到他，而他不愿回家又怎么办？”

“那我们想想办法。他是一个重情义之人，多说道理，我看他会回家。”

“不一定哟，早在抗山洪时周县令就劝过他，他没有听。”

“先不管那么多，只管去找他。”

余仁署、应贺申来到上次遇劫地点，未见有人，就骑马来回游荡。不要说没碰上尤超，连个过路人都难看到。他们下马，四方观察，愿那帮劫匪尤其是尤超能够出现。

在苦苦等待中，好不容易有个挑担的人远远进入他们视线。那人也发现前面有两个人牵马走着，赶紧掉头回走。应贺申对余仁署说：“看样子，他一定认为我俩是劫匪而躲避。既然如此，劫匪很可能还在。找到尤超有希望，先追上去问问。”

他们骑马追过来，那人挑着担也跑起来，被他们追得实在跑不动，那人就弃担而逃。追上后一看，他们才知是个挑货郎担的小商贩。

应贺申：“你为何要回头跑？”

小商贩：“这里是一块是非之地，常出劫匪，但近一段时间不见他们出没，我才敢走这里。当我看到你们，以为是劫匪又回来了，就往回走，免得遭劫。谁知你们还老远地追来，我就跑。”

应贺申：“你曾在这被劫过？”

小商贩：“没有。”

余仁署:“我们是来找劫匪里的一个人,劝他回家,你知道那些劫匪去哪吗？”

小商贩：“听人说他们散了。山上还有个匪寨，以前劫匪就住在那里，常下山到此拦路行劫。”

应贺申：“你知道匪寨？”

小商贩指向匪寨，说：“你们往顺手边山上看，那里就是。”他们都看不见匪寨，他指的是大致地方。

余仁署：“你要上哪里去？”

小商贩：“往前走些路有个大村庄，上那儿叫卖。”说完，他挑起货郎担再掉头而去。

“上回不想遇到劫匪却偏遭遇他们，还缠着不让走，留我们一起劫富济贫。现在特意找他们却不见踪影，不知何方去寻，世事还真是玩味。”应贺申说。

“去山上匪寨，看看那里能有什么线索。”余仁署说。

两个人面山而行，路上杂草丛生，无人迹出入。来到匪寨，枯黄树叶落一地。这里很久没有住人，匪去寨空，凌乱不堪，可见劫匪走时捣毁印迹。他们仔细察看，应贺申的头不小心碰到插在柱子上的刀柄，以为柱子上面有人，下意识地后退蹲下避让。不见动静，他再向上一看，柱子上歪歪斜斜刻着“人思不同任我去”，虚惊一场，此处再也没有劫匪。

下山后，他们来到货郎小商贩去的那个村庄询问。听村庄人说有个好汉叫尤超，他多次放走路过的穷人，因此与匪寨多数劫匪不相谋，带几个人另奔他处，剩下其他劫匪不久也走了，各奔东西。又问尤超的去向，没有人知道。他们在附近又找过一些地方，还是不见其人，也无他的消息。

没有找到尤超，余仁署、应贺申茫然，只有回去。但他们来一趟也不是一点收获都没有，总算确切地知道尤超已经不在这个地方，也听说他还在劫富济贫。

在余仁署、应贺申外去找尤超时，桂阳西北面、两县相邻处发生一起劫富济贫的事。一直以来，两个县对那里都不管，常有劫匪扰民。

邢县尉闻讯来到知县公厅，问："对那里的劫匪管不管？"

周敦颐答："县域内的就管。"

邢县尉再问："怎么管？"

周敦颐再答："劫匪是社稷公害，也是家庭患痛。捣毁匪寨抓人并不完美，尽量劝归，此等扫去公害，圆满其家庭。"

邢县尉说："两全办法，可行"

周敦颐道："但也要对归顺的劫匪进行相应处理，重在教化、改造改变他们，使他们回归正道。"

邢县尉说："我先派人去侦探，把事发地、劫匪搞清楚，再报周县令。"

周敦颐："好。"

余仁署、应贺申回来了。他们禀报没有找到尤超，说尤超与匪寨多数劫匪见人就抢不合，带几个人另谋他处，尚不知其行迹。周敦颐自然想到与邻县交界处最近发生劫富济贫的事情，大致离他上任进入桂阳、马车陷入泥沟那个地方不远。尤超以前在那里出现过，还帮他推马车。他猜想尤超很有可能又回到那里。猜想归猜想，周敦颐在等待准确讯息。

邢县尉得到消息，他正进周敦颐公厅，禀报说："劫富济贫之事已搞清楚，在靠近邻县的本县治域；劫匪居在近处山中匪寨，人不足十，为头者叫尤超。"

周敦颐听后道："果然是他。我亲自去找尤超，劝他改邪归正，回家。"

邢县尉见周敦颐去，他当然要去，便选些精干衙役随从，应贺申也在其列，一队人马开往西北面山区。来时周敦颐特意带来易云秀给他的一只小手镯，是尤超出生那年奶奶给打的，尤超小时候戴过。

值守山寨的劫匪站在那山腰之上，看到一支官衙队伍直奔而来，并闻讯县令周敦颐来了。他慌忙跑进匪寨向尤超急报："县令周敦颐带领衙役来了，邢县尉也来了，正在上山，看样子是要围剿我们，离寨子已经很近。"

尤超问："来多少人？"

劫匪："有十来个人。"

闻此讯，尤超首先想到的是要剿伐他们。忽而又想，来的人不算多，而且周县令亲临上阵，加上以前劝过他回家，也可能是来劝他们归顺。无论是剿伐还是劝归，周县令来，他这条路算是走到尽头。他没有害怕，但放不下几个跟随他的兄弟。思量一会，他说：“到这里才四个月多一点，想为穷人做一点事还不行，就在今日，就在此时。”

“老大，你从来不畏惧，现在你害怕？”有劫匪问。

“不，你们不了解周县令，他是爱民如子的好父母官，我亲眼看到他当官只有自己的两箱书，没有钱财。我白天和你们在一起，晚上却总是想着他来桂阳怜爱百姓，要不是顾及你们，我早听他的话投案归顺。”

“现在怎么办？”

“大家兄弟一场，过去我们在一起行劫，罪过我来顶。山后有一条小路，趁周县令人马未到之前你们赶紧走，现在就走，我决不阻拦。”话说得干脆，但他脸色异常凝重。

几个劫匪面面相觑，没有一个人说走或者说不走。实际上他们还是想跟从尤超，无论是走或者是留。

见他们还不走，尤超只好说：“兄弟们，天下没有不散的筵席。现在官兵压来，你们还是快走吧！再不走就来不及……”他眼里含泪，几乎是哀求。

可兄弟们仍然看向他，没有一个人挪脚转身。

尤超仰天长叹，悲凉地说：“兄弟们，何必如此？等一会要发生什么谁都不知道，生死难定，就是死我尤超也不足惜，奈何你们也跟着我命丧此处！”

就在这时，周敦颐大声一喊：“谁让你们命丧此处！”尤超没想到周敦颐来得如此之快，和邢县尉带领衙役已经冲进寨院前门，进了寨屋。

寨屋里气氛紧张，两边的人都拿刀拔剑相持。只要一方令下，一场生死搏斗即刻上演。

周敦颐见尤超光着手，没有要下令打起来的样子，伸手往下一划，衙役把刀剑落入鞘中。他说：“今天来不是要打掉你们，要打掉你们根本用不上我亲自来，而是劝你们归顺，回家。”

尤超知道事已至此，兄弟们现在想走也没有办法走得出去。他朝周敦颐双膝一跪，道：“请周县令开恩，放过我一干兄弟。行劫之事皆我尤超指使，应是我一人所为，所有罪过我愿一人承担，或杀或剐任由周县令，我决不喊一个冤字。”

尤超说完，劫匪都弃刀枪跪下，异口同声：“请周县令放过尤超大哥，所犯罪过由我等兄弟承当。”

周敦颐没有理尤超和他们，而是环视寨屋厅堂，看见墙上有一面旌旗，旌旗上写着“劫富济贫，替天行道”八个大字。他走过去扯下旌旗，冷笑说：“好一个替天行道，何为替天行道？”且以威严冷峻目光逼视尤超。

尤超思忖半天，说：“天道者，能使贫者安。”他说的是劫富济贫使贫困者能安。

周敦颐仍正色厉声：“你等啸聚山林，伤害社稷，又是何道？”

“这个，我知道。”

“你带他们抢夺富人钱财再帮助穷人所需，同样违反大宋律规。你要忏悔自省，趁早改过，不要逆道而行。否则，越走越远，无可挽救。”

“这个，我也知道。”

“尤超，不要以为你救济的是穷人，他们都安心受拿你们的给予，反倒给他们添上麻烦。你不会忘记吧，两年多前收割粮食的那天，是你吩咐手下劫走富人两担粮食，当夜又吩咐手下送一担粮食到一穷人家，放在他家门口。可是那担粮食就让他家人感到不安，怕招是非，第二天家里主人就把粮食送到县衙，这不是给穷人添乱吗？”还有，你回去看奶奶和娘给的那些钱，你娘没敢用，她不知道你在外头做什么，感到用了那些钱心里不踏实。她说钱来得太容易不能要，都留在那里。”

“这个嘛……我还真没有想过。”

“现在是第三次劝你回头回家，你要劝几次才行？”

“第三次？”尤超只记得发山洪时劝过一次，现在一次，所以他疑问。

“治控瘟疫时，你送余仁署、应贺申回来，我当夜叫你回家休息，也好让你看奶奶和娘。第二天我在那么紧张的情况下抽出时间，赶去你家劝你再也不要外出，可你在家只待大半个晚上，又出来劫富济贫，连你的人影都没见上。你真的不想你奶奶和娘？天下少有。”周敦颐告诉他。

“无须再劝。”尤超哀叹一声。他现在才知道周敦颐一直没有放弃自己，今天还亲自来山寨劝归，用心良苦。他感到有愧于周敦颐，更坚信周敦颐是一个好官，想着这回听他的，但他先如此回答，不直接说归顺回家。

“既然不需要再劝，就跟我回去。道理第一次就给你说过很多，你置若罔闻，难道你连好坏都分不清吗？”

“周县令那次劝我，我也想过回家，洗手不干。您说的那些话都记在心里，不会忘，更不敢忘。”他还没有说归顺回家。

“那为什么时至今日你还漂流在外干丑恶事情，既害人，又糟蹋自己，还拆散了你的家？”

尤超听着，没有作声。

邢县尉见他还没说回家，按捺不住地道：“怎么啦，还要讨价还价？没有的事，不要妄想！”

“听从周知县、邢县尉的。”尤超说。

“这就回去！”邢县尉又说。

周敦颐把小手镯拿出来给尤超。问：“认识它吗？”

尤超接过手镯一瞧，说：“认识。”他看到上面还有被他啃过的两个小牙印，眼泪不断地涌出来。他喃喃道：“周县令，我现在跟您走。”又加大声音，“跟您走！回家！”

“手下呢？”

“都回家。但还是请周县令对他们网开一面，法外开恩。”他才说出心里顾虑。

“县衙自然会依规适情罚处。”

尤超跟周敦颐下山，走出那简陋的山寨时，他稍停看了看寨屋。突然，他一脚把一根立柱踢倒，寨屋垮塌下来，然后大声说：“回家！回家！回家！”

县衙视他们劫富济贫与见人抢劫归已相区别；还有尤超在官衙治控瘟疫时，果断解救余仁署、应贺申问药返回途中遇劫，并护送他们带药回程；这次又受劝带手下投归，罚尤超到县衙当差三个月，其他人当差一个月。

期满，尤超感到当差能光明正大为穷人做事，也能在家陪奶奶和娘，请求继续当差，其他人回了家。

第十六章　声威镇南昌

朝堂上，宋仁宗皇帝与大臣们议事毕，正要宣布退朝。吏部尚书文彦博还是上前一步，说："启奏吾皇，臣还有一本要奏。"

"哦，还有奏本，快快奏来。"仁宗皇帝说。

今天朝会奏本多，时间也长，仁宗皇帝脸上有些疲惫。但文彦博不能不奏，他前两天收到来自桂阳县乡绅民众的举荐信，昨天又收到当地君守的奏本。

文彦博朗声奏道："今有桂阳郡守受多位官员、乡绅民众所托，举荐桂阳县令周敦颐。臣这里有桂阳郡守奏本及当地多位官员、乡绅民众举荐信，请吾皇御览。"

仁宗皇帝听到桂阳郡守和乡绅民众举荐桂阳县令，便来了兴趣。笑道："快呈上来朕看看。"

文彦博将那奏本和附带举荐信呈上去。仁宗皇帝看罢，站起来，他疲惫的感觉也没有了。道："好！好！没想到桂阳县令能干出令人兴叹的业绩。"又说，"从周敦颐受到桂阳官员、乡绅民众的举荐来看，是以爱还爱。如官员都能济民平天下，做到忠于职守，亲民为民，与民同甘共苦，润泽斯民，还愁我大宋基底不实、社稷不兴、江山不稳吗！"

见仁宗皇帝一脸喜色，文彦博赶紧附和道："吾皇明鉴。我朝能出如周敦颐这样的好官，一乃吾皇平昔重道明德，官员效法，范以光大我朝国治之义要；二乃周敦颐同心同德，尊崇吾皇仁政爱民之谆谆教导，不忘民本，才立得此功业呀！"

"底层官民举荐，怎可枉费他们的意愿。好！好！"仁宗皇帝又连说两个好。

"周敦颐从郴县改任桂阳县，是从大县到小县。他任桂阳县令已三年，满职事期限，通过了此等官员考核，职绩之优，可晋升大理寺丞，转为京官。"

文彦博道。

“山地桂阳贫困，还当能吏治之。先加冕周敦颐大理寺丞，待挑得合适人选接替，再安排他的职事官，如何？”仁宗皇帝不仅是对文彦博说，也是说给堂上大臣们听。让他们知道哪怕是底层一个县，同样要合理用好人，朝廷就是要用好直面百姓的主官来治理好县。

“吾皇爱才、惜才、擢才，才之所幸。还从用好县官上关照到县事百姓，民之所福。”文彦博回禀。

“快办就是。”仁宗皇帝说得干脆。

“遵旨。”文彦博道。

周敦颐在桂阳任上的第三年，朝廷授予他大理寺丞，由地方官进入京官序列，获得定俸禄、品序的寄禄官。至和元年（1054），周敦颐以大理寺丞京官头衔知江南西路洪州南昌县。而南昌是路、州治所的所在地，位置相对重要，从用人的角度来说，又是一次重用。

十三年前，周敦颐在分宁任主簿办那些案子，特别是查清惩办了多年没有破获的那起悬案，名声传到同属洪州的南昌县。南昌人希望也有他一样的能吏治县。今天周敦颐出人意料来南昌上任，人们为此庆幸，奔走相告，说当年分宁主簿周敦颐已到南昌做知县，对他敬畏有加，其声威震南昌。大家最关注这件新鲜事，街巷皆知。

方立秋在土豪万吉艮家做了几年长工，熊四开是一个月前来万吉艮家做长工的，他们同命相连，互为要好。昨天收工他们回自己家，今天清早一起去万吉艮家田里干活。路上，他们说起回家的听闻。

方立秋：“昨晚听家人讲起新来知县周敦颐，说他是正直为民的清官。如今，人有冤屈可以去找他申诉，再也不愁冤沉海底。”

熊四开：“我也听说，以前百姓是盼，还真把他盼来了。有这样能干正直的知县，就会把南昌治理得有正气，穷人就不会受人欺负。”

方立秋：“还听说南昌人都知道周知县善政，明断官司，那些恶人害怕，开始收敛，都告诫自家子弟从今往后不可胡乱惹事，否则会受到严厉惩罚，自食恶果。现在他们也老实很多，这周知县真行。”

熊四开：“是呀，还是要有能吏治理，一个地方才会有安定祥和，我看南昌会有希望。”

话多不觉走路快，两个人到了干活的田里，做起事来。方立秋还要和熊四开说一件事，可他看到万吉艮也来到田间，又把话吞回去，低头干活。万吉艮语气平和地喊他们，说一些手下活。熊四开应答两声，万吉艮说完离去。

熊四开："他今天和我们说话语气变得温和，你没看出来？"

方立秋："我怎么没有看出来，但他心里歪歪的。以往对我们说话时板起一副讨厌面孔，硬生生地说要怎样做，不要怎样做，生怕做不好，拿他冤给的长工钱。可现在周知县一来，南昌风气在变，他就见风使舵，装模作样，我不信他骨子里还能变到哪里去。"

尽管万吉艮不在，但一说到万吉艮方立秋还是不大开心，特别是在这块田里干活，他心里藏有痛苦，原来这块田是自己家的。准确地说现在还归他家所有，他忍受不了在自家田里帮万吉艮打长工，收的粮食还要肩挑背驮送到万吉艮家里去。方立秋越想越不是滋味，恨不得现在就找万吉艮把自己家的田要回来。

话说田主姓方，怎么看上去像是姓万？

方立秋家里田地本来不多，前几年租万吉艮家土地耕种，所收粮食缴税后就没剩多少，勉强维持家人生计。如此欠下万吉艮家一笔地租，年复一年滚雪球似的滚大了，更是无力以还。万吉艮早就看上他家这块良田，提出用此田抵欠地租，方立秋一家人都不同意，万吉艮就逼方立秋交地租。

"我去你家打长工还地租。"为保全家生计，必须保住自家的田，方立秋迫不得已，违心地做出选择。

"你先把这块田反租给我家抵押才可以做长工，用反租的地租和打工钱，还欠下我家那些地租。如果四年内还清就把田还给你方家，否则田就是我万家的。当然喽，到时我会退回反租的地租和你打工的钱。"万吉艮提出条件。

已是第三个年头，这田仍由万吉艮家掌管使用。

去年方立秋想要回田找过万吉艮，好说歹说，万吉艮还是不同意，他继续受着煎熬。现在方立秋只要来到这田里，心里总是纠结、痛苦、憎恨。不过，他也想到自己还欠万吉艮家的地租钱。

万吉艮心思也是不定，有些坐立不安。他想，还有一年那田就可以完全归属他家，偏偏来了个新知县周敦颐。要是方立秋无休止地闹，也不是一个事儿，毕竟田是他家的。万一他告到官衙那就更糟，田就会被要回去。如此不仅田保不住，还有他脸面也不保，一股压力向他袭来。有什么办法吗？夜里他不能安睡，反反复复琢磨，可时下也只好暂且收敛，不宜妄为。

万吉艮不甘心，还在搜尽枯肠，他有一个大胆想法，打算去拜见周敦颐。只要扯上周敦颐衣角，不要说是田的事，还有什么事不能随心所欲。但周敦颐也不是想见就能见得到，说扯他衣角就能够扯得上，他又拿不定主意。

明天正好是月中十五，万吉艮要去十多里外香火旺盛的庙里烧香拜佛。为烧到第一炷香，未等天亮他摸黑来到了庙前，庙门还关着，他才放心，第一炷香就是自己的。坐在门边条石上候到天亮，庙门打开，他进庙烧香，往功德箱里重重投下一千二百钱。许说他心里太急，叩拜许愿时不小心脱口说出大实话，把托菩萨保佑他能见到周敦颐、保佑他能得到方立秋家那块田给念出来了。走的时候他说："下次来还愿。"

禅师见他烧得头炷香，捐功德大气，本来祝福他，但听到他许愿，怀疑他拜佛祈求与佛心不合，便双手合十，道："佛祖慈悲为怀，善哉！善哉！"表面上禅师是诵佛语，背地里是提醒他，让他去悟。

万吉艮高兴地回来，走到家门口，听到上私塾的儿子万希继晨读后也到家，正和他娘杜林芳在屋里说话。儿子今年十六岁。

万希继："爹不在家？"

杜林芳："赶暗早上庙里烧香去了，那会你还在睡。"

万希继："日子过得好就可以，还起早摸黑干吗？"

杜林芳："说是为见到新来知县，还有一块田的事去拜佛祖。"

万希继："怎不顺其自然？"

虽说万吉艮听到儿子的话有点不舒服，但一进家门还是满脸地笑。因为烧香拜佛顺利，儿子又恰逢其时回家，这不叫圆满吗！圆满何意？就是如人意，那拜访周敦颐的事以及想得到那块田不就也能如愿。他如此想。

万希继见万吉艮进门叫一声爹，道："现在家境已经是很好，以后就不要赶早摸黑，如此辛苦。"

杜林芳："你看，儿子读书懂事，知道心疼你。"

万吉艮："是呀。要是怕辛苦，让家里的事都顺其自然，何时能得到方立秋那块田。我还不是想多创点家产家业，以后还不是你的。"他看儿子一下说。

万希继："家里土地已经足够，那块田能得到就得，若不能就不强求，人家一家人还要吃饭。"

万希继说得不遮不掩，也不转弯，万吉良更不舒服。

万吉良："田地是根本，谁家怕田多？为那块田你爹费多少心思，已经历三年多时间，不强求怎么会得到它？你不当家不知日子怎么过，不孝之子。"他不同意儿子的说法。甚至在想，儿子也有十几岁，还不懂世事，连田都不晓得要。

万希继："爹，我是想你别做得辛苦，有时候也为别人想想，自己也落得轻松，书上也这么说。"

杜林芳："儿子呀，你爹是为你好，不再说不再说。"儿子的话她是听得进，但她也只有圆好场面，调节好家庭氛围，化解父子言语上的不快。

万希继："爹送我读书，也是为我好，我也会勤学感恩。先生告诉我，新来周知县是一个读书有很大成就的人，还知道我读书的情况，以后我要参加科举。书里自有黄金屋，不一定非多置田地不可。"说完，万希继爱理不理地去自己房间。万吉良没想到他赶早烧香拜佛得来的好心情，回到家里却打折扣，嘴里说："儿子读书读傻了，只知道书上说、先生说。"

杜林芳说："儿子已不是小孩，有自己的想法。说了两句就行，消消气。"她劝万吉良，但对万吉良想得到那块田只字不提。

万吉良："儿子有志读书做官，是很好。可要知道既有名又有利更好。那块田的事已到这个分上，难道就放弃？不。"

儿子有不同看法，也使得万吉良慎重。他串门造访几个信得过的豪绅，把为得到那块田去见周敦颐的想法告诉他们。所造访豪绅差不多都关注那田的最终归属，希望他如愿，但在是否去拜访周敦颐上，压倒性认为不去为好，说没有一个合适事由也难见到他，还免得在衙门问来问去，点头弯腰找来罪受。但有一人认为不妨一试。

可就是这个人支持，让他找到一定要去拜访周敦颐的理由。他认定，也许少数人更能把握事情走向。退一步说，即使周敦颐不理睬也没有什么，最多那块田不要，本来也不是自家的。要是不去拜访，怎么知道见不到周敦颐，又怎么直接了解周敦颐，那田将何以处置。为此，他还是决定一试，以邀请周敦颐参加家宴为由拜见，连见周敦颐时要说哪些话已想在心里。

他带上请帖来到县衙，值班衙役去禀报周敦颐，他等待结果。周敦颐传话请进，他很意外，心里兴奋，少有地两手抖拉衣服后，走进衙门。

万吉良："周知县好！在下万吉良，是万希继父亲。"

周敦颐："你好。你家有一个会读书的后生，他先生与我谈过他会读书，夸奖不少。看势头你儿子日后可参加科考，南昌有望又出个进士。真为你高兴，也是南昌的好事。"他喜欢读书的年轻人，希望本县出人才。

万吉艮："犬子什么也不懂，不过好书而已，承蒙周知县关心抬爱，甚为感激。"他打着儿子名声拉近与周敦颐的距离，还要行大礼，被周敦颐制止。

周敦颐："过谦过谦了。你儿子万希继读书本知县还没有来南昌，我也是一月前听闻这好讯。是你家养育得好，先生教授得好，他自己把书读得好，怎不是你家的好事，教书先生的好事，我们大家的好事呢。"

万吉艮："不管怎么说，还是要谢谢知县大人看重。"又说，"本人继家业土地做一点生意，听说周知县来南昌，心里早有盼望。只是想拜见而又不敢冒昧，今日而来惶惶不安。"

周敦颐："言重言重。做生意富己利民，好哇。依令而行，本衙提倡支持。若投机取巧，坑害百姓，就不合法理，怎能任其下去。"

万吉艮："必须，必须。"

他觉得周敦颐还是很平易近人，便从袖口里取出请帖，双手呈上。道："在下择本月十九日在寒舍家门设宴，特拜邀周知县莅临赐教，届时商界朋友亦会作陪。"他本想转个弯，用谈别人的方式侧面探问田的事，看看周敦颐是什么态度。可他觉得一边宴请周敦颐，又一边谈别人的事不好，更有周敦颐说若投机取巧，坑害百姓，就是不从法理，怎能任其下去。稍思量，还是缓一步。只要周敦颐答应参加宴请，到时候让他高高兴兴，再说田的事就会顺理成章。

周敦颐接过帖子一看。认为趁此机会见一下工商业界人士也有必要，说："如无特别公务，定会前往。"

不出意外，万吉艮将请到周敦颐。这下业界对他投以佩服的目光，使得他坚定地要把十九日宴请办好。

十九日那天，周敦颐带周通、户房衙役来到万吉艮家。万吉艮很是感动，觉得脸上有光彩，坐满桌子的豪绅起身笑迎。好菜好酒摆满一桌子，等待周敦颐到来训话开席。看到这样场面，周敦颐心里早就有应对。

他没有落座，赶在酒还没有打开坛盖，就先说："各位都是商界精要，南昌工商之发展要靠诸位引领，还需依法经营，把生意做得更好，利民利己，不可损人利己。本知县虽今日要务在身，因想把工商事情办好，前来一见，拜托各位！”他重复那天县衙里说给万吉良听的那些意思，说完转身上轿离去。

万吉良措手不及。周敦颐茶酒未喝，菜饭未吃，没有落座，以致万吉良为他准备丰厚的礼物来不及送，于万吉良不能不说是遗憾。在场的人得机会与周敦颐有个照面，近距离接触到他。他们心知肚明，并不认为周敦颐如此有什么不妥，反倒敬佩他处事智慧的风格。

方立秋今天去田里干活，经过自家那块田时心里又不好受。看到他那个愁样，性格直、且灵活、为人好的熊四开也难受，忍不住地开腔。说：

“田你要还是不要？”

“谁说不要？是万吉良霸占我家良田，我心里非常气愤。可我还欠他家的地租，现在找他要田，他就会要我还清地租。这事还要等一等，但一定把那块田要回来，因为田原本就是我家的，当初我也是为田来打长工。”

“可如此打工下去还需好长时间，总不能一边打工一边把要回田的事老是挂在脸上。你心里苦，我一看到你就难受。”

“你也帮我想想，看看有没有好办法。”

“我们是为衣食打工之人，无权无钱无人帮助，我想过。一想就很茫然，不要说好办法，就是普通办法也没有。先按约定走吧，说不定什么时候有转机，所以劝你不要总是愁着。”

“唉，要是有办法有转机真好啊。”

“我相信还是有的。”

话好说，可哪有那么容易。两个多月后一个晚上，方立秋没有睡好，翻来覆去，弄得熊四开难入睡。

“很晚了，还不睡？明天还要干活。”

方立秋没有钱还万吉良，心里又在发急，他忍不住所盼所想，说：“是呀，睡不着，现在是我要回那块田的时候！”

像是自己的事儿一样，熊四开听到他的话，认为方立秋凑满了钱，来劲地坐起来。道：“你说说，打算怎么要？”

方立秋：“没有想好。”

熊四开：“放心吧，有了钱只管找万吉良要田。我们虽然为万家做长工，进出他家抬头碰不到门上框，低头不会碰到门槛，该怎么做就怎么做。但要知道一味地想万吉良对你开恩是做梦，占有是他的本性。有一点你须把握，现在要对你有利。”他告诉方立秋的难度，也点破是时机。

方立秋也坐起来，话意、语调一转，说：“可是哪有那么多钱来还万吉良。”他叹一声。

熊四开：“话白说了。”略思一会又说，“自家田没有要不回来的，直接开口，当仁不让。周知县主政，万吉良强硬不到哪里去。当然，话要说在理上，是你在求他，不是他求你。如果他把田还你，并不是因为你家的田就一定要还你，而是周知县肃患政令给逼的。他是土豪乡绅中的头面人物，不会因小而失大弄得自己难堪，懂不？”

方立秋总是想着要回自家的田，却没有想别的。他一听熊四开的话心里明朗，也受到鼓励，说：“哪一天去找他。”

熊四开：“我可告诉你啊，过了这个村就没有这家店，事情宜早不宜迟。”他再提醒方立秋。

至深夜，两个人蒙头而睡。

第二天，他们来到这块田里干活。万吉良稍晚于他们走来，说了几句话，可是他们一个都没有应声。万吉良觉得不对劲，重复他的话，他们还是不作声。

突然，方立秋说：“老爷，我要赎回这块田。”

“哦，原来是为田。想要回田，为什么？”万吉良平和地问，并没有问起方立秋有没有钱还他。

“家口多，需要养活。老爷土地多，也不在乎缺少我家这一块，就把田还给我吧，谢您啰。”

方立秋提此要求，万吉良固然知道是依周敦颐治势，他还算是笑嘻嘻地说：“干活吧，把田种好。”谁都听得出话说得有戏。

方立秋：“老爷，您给我一个准信。”

方立秋一句实话没有说好，万吉良感到是在逼自己，说重一点叫威胁，心里很不舒服。忽然他改变主意，说：“那你先还清地租。”

方立秋：“我会还。”

万吉良：“那好，现在还清就现在把田还你，什么时候还清就什么时候把田还你，在道理上不算过分吧！你几次找我还田，欠下那么多地租我未催过一次。你说会还，就算是扣去你这块田返租和打长工的钱，还欠不少呢？”

熊四开：“老爷、老爷！方立秋不会说话，惹您生气。您好人好心，名声高大，就不和他一般见识。”熊四开一说才让他心里好受些，他狠狠横方立秋一眼转身而去。

方立秋还是要找万吉艮还田。熊四开说："你跟万吉艮好好说，如果一定要你把欠的地租还清，就答应他，不够把我打工的钱先一起算上。"

万吉艮又见方立秋开口要田，看来这块田的事很难拖到明年，煮熟的鸭子就要飞回去。万吉艮也想明白了，特别是他宴请周敦颐，也不过是来了马上就走，不吃不喝不落座，可见他来是展现姿态，去是表明态度。万吉艮决定还是不惹是非，放弃方立秋家的田，而且很快表明态度，做出姿态，脸面也好看。

等到月底，方立秋与万吉艮结清账，以余欠加息方式他才要回自家的田，但还要继续为万吉艮打长工到明年。

第十七章　家钱不满百

南昌县城临江街道一家店铺前，几个人在谈论南昌变化大。他们说周敦颐来南昌做知县就是不一样，为政严格精密，办事依规合理，除奸剪弊，南昌闻风而治，百姓日子过得安顺，民众欣喜。

城外潘兴嗣也听闻治声，想和相交甚笃、远在星子县的任大中一起进城看看，有必要就造访周敦颐。他却不知任大中已乘船正经鄱阳湖，前往南昌去他家的途中；更不会想到任大中此去不完全是探看他，而是和他想法大致一样，先到南昌城感受感受，如果和听来的南昌之治一样，再造访周敦颐。因为任大中同乡从南昌回星子为南昌之治叫好，大赞风清气正；前些日他去江州也听说南昌治理得好，才有这样举动。

此二者生来一副傲骨，读书作诗，寄情山水，愤世嫉俗，不愿做官隐而居之，就是官员邀请他们进官衙也不从。然而，正是周敦颐行治南昌有声，惹得他们萌发拜会的想法。

潘兴嗣，字延之，洪州新建县人。通经史，工诗文，为世所重。与王安石、曾巩、周敦颐相友善。以父荫授将作监主簿。任德化县尉时拜见在江州做官的同乡上司。不料上司竟不起身相迎，官气十足。他拂袖而出，后辞官归隐，不再为官。他到南昌城外买田建屋读书，退隐著述，自号清逸居士。

任大中，南康军星子县人，善诗，好山水。受东晋陶渊明不为五斗米折腰隐于星子县栗里村的影响，归于家舍田园。与潘兴嗣性情相投，结为好友。

潘兴嗣见到任大中，笑道："想你来，你还真的来了。两百多里水路，这'想'比邀请还来得快，难以想象。"

任大中："这叫什么？"

潘兴嗣："心召。"

任大中："还要加上两个字'心应'，否则我们怎会走到一起。若非心召心应，哪有此时登延之家门。"他亦笑了。

潘兴嗣："外头都说知县周敦颐勤政为民，公正明断，在他的治理下南昌发生很大变化，我们进城去看看如何？"

任大中："我此来便是此意。"

潘兴嗣和任大中进了南昌城。说是来看看，其实是考察。两个人在一食铺坐下小吃，见人和好，主人和来客相融乐呵，还话语不断地提到周知县。他们又走一些别的地方，果真有一番新感受，遂来县衙。

值班衙役禀报："周知县，外面来了两个人拜见您，一个叫潘兴嗣，一个叫任大中，言吐儒雅，好似读书做学问之辈。"

周敦颐说："哦，听说此二人都是名士，我去迎接。"

潘兴嗣、任大中站在门外打量，看见周敦颐走来，亲临以迎，而不是传令让他们进县衙。两人即时拱手："潘兴嗣、任大中专程造访周知县。"并递上名刺。

周敦颐还礼，道："久仰二位大名，请进，请进。"

二人随周敦颐进县衙，周通很快端上茶。潘兴嗣、任大中来拜访，首先说起南昌变化不小，周敦颐为便于他们了解情况把事情说得详细，潘、任二人欢心。身在衙门，又说起官场政事，周敦颐没有讲更多的官场规则，无论何事不假大空，话语不见官腔官调，从实而谈，潘、任二人又感舒心。虽说初次见面，彼此间一见如故。

周敦颐："去年初来南昌，听知二位名噪江南，敬佩敬佩。"

潘兴嗣："早闻周知县主政南昌，全县安定，百姓乐业，不负民众所望，实乃南昌之福。"

任大中："我们也曾行走官场，见污秽之多，不适而去，再未进过衙门。近来多听人说南昌之治，抱一颗感受之心来到城中，目睹商埠繁荣，秩序井然，才不揣冒昧前来拜会周知县。"

周敦颐："哪里哪里，还望指出尚存不到之处，民众诉求，以利本县调整治理方略，多做些百姓需要之事。"

潘兴嗣、任大中把看到的顺眼事，听到的好话，还有需要改进的方面真切相告。周敦颐听后觉得实在诚恳，没有做作，心中感激，感觉爽快。

儒士相交，总是不忘谈论读书，有时也掺和一些政言。

“周知县不仅治得一方，为学也甚有造诣。早在分宁创办景濂书院讲学，作《论语序》；在卢溪开堂讲学化民，后又在郴州首修学校以教人，何时何地都做到研习读书。还须请教，何以作得《太极图》，注《太极图说》，以致《通书》四十章？学界关注声音可不小！”潘兴嗣说。

“犹如二位所好，读过一些典籍，做过一些讲学。深受启发，才有立太极、立人极的启示。”周敦颐简要地介绍自己的读书、学术看法。

“听闻周知县治学，令我等大开眼界。”任大中觉得周敦颐读书悟道，心性论述独树一帜，继承发展孔孟之道，并且代表了孔孟之道发展的新方向，影响深远，不可估量。

“二位高贤可是不逊读书名声。我所知道，你们著述也不少哇。”周敦颐说。

“我俩情趣相投，交流诗文为多，每当看到底层不合朝规律理，偶尔议论官场，发发牢骚，有失读书风范，惭愧惭愧。不过对周知县南昌之治十分钦佩，只有德、廉、公的人才有如此声威，才能立得起，正得住。我们也是百姓，和大家一样希望这个地方安稳有秩序，家家人人日子过得好些。”潘兴嗣道出向往的心声。

“抬爱抬爱，尚需努力。”周敦颐说。

融洽交谈，率直真言，交心对方，且无陌生。他们默契地建起信任感，从此成为常来常往、论学讲学、相赠诗文、山水旅伴的挚友。

职事中的周敦颐夜以继日理事履职，虽说他年轻体壮，但还是没有抵挡住一场重病，而且病情来得异常吓人。请来郎中诊治，不见疗效，长时间陷入深度昏迷。

得此讯，潘兴嗣赶来探望。他守在床边看到周敦颐不省人事，十分担心出现可怕的结果。

“周知县病重至此，不容乐观。现在能够做的也只有再请良医续治，盼生奇迹。也需以防不测，做些准备吧。”潘兴嗣痛心地与周通商量。

“诸大人与您看法相同，有的说得直接，有的说得委婉，莫非老爷真难渡此劫不成。”周通凄戚而无奈地说。

“说得直接是让你能明白，或许有不测之事；说得委婉是提醒你也要有承受痛苦的心理准备。”

他们开始为周敦颐准备后事。在寓所清点周敦颐物品时，周通当大家的面打开一只随行木箱，在场人惊呆了，里面除一些书籍和几件衣服外，只有几十钱在箱底。大家怎么也没有想到一个当十几年县官、七八年主官的人，竟然寒酸到如此地步，让人无法相信，他们泪满双眼，道："真是清廉知县！"

潘兴嗣后来在《濂溪先生墓志铭》里写道：

> 在南昌时，得疾暴卒，更一日一夜始苏。视其家，服御之物，止一敝箧，钱不满百，人莫不叹服。此予之亲见也。

任大中被周敦颐清廉为官所感动，作《濂溪隐斋》赞道：

> 溪绕门流出翠岑，主人廉不让溪深。
>
> 若教变作崇朝雨，天下贪夫洗却心。

地方底层官员薪水并不高，大县县令每月才四五千钱，小县县令只有三四千钱，收入无多。苏轼曾贬任黄州团练副使，感到生活困难，他给秦少游写信说："初到黄，廪入既绝，人口不少，私甚忧之。但痛自俭，日用不得过百五十。"

如此薪水于周敦颐而言，既要养家，又要帮助需要帮助的人，有时还要用俸禄接待来客，以致自己平时就没有钱。濂溪先生墓志铭里说：

> 君奉养至廉，所得俸禄，分给宗族，其余以待宾客。不知者以为好名，君处之裕如也。

奇迹果真出现，周敦颐苏醒过来。周通高兴得跳起来喊："老爷醒啦！老爷醒啦！"寓所外都能听到。

大家兴奋地围过来，深情地看着周敦颐，喊道："周知县！"

"放心吧，便是辛苦你们。"周敦颐无力气地说得很慢。

周通端来开水，用小勺送到他口里，润一润嘴。

潘兴嗣脸色的沉重一扫而光，调侃地说："茂叔，你真吓人哪，我们认识才一年多，倘若你真的离去，那是对我们相识的不公平。"

"有你们在我不会走，那边也不要，说我还有很多事没有做完呢。"病中周敦颐也打趣附和。

守在他身边的人，无不感谢上苍。

周敦颐日渐康复，他又忙起被耽搁的事。

而南昌已传开他家底钱不满百的感人故事，人们更是明白周敦颐的声威声望除来自他一心为百姓外，还有他常说的"公生明，廉生威"，"吏不畏我严，而畏我廉"，这就是南昌何当闻风而治的原因所在。

没过多久，潘兴嗣和任大中又来县衙，他们还是心系周敦颐病后的身体再来探望。

“现在感觉如何？”任大中问。

“你们看，我都做很多事情，就不用说吧。”周敦颐很轻松地道。

“还是要注重身体，我们都不是最壮实的时候。王勃在《滕王阁序》里说‘老当益壮’，那时他才二十六岁，你以为我们还很年轻？不。”潘兴嗣当然知道以此作比有不切实际之荒谬，但他所说是请周敦颐要保重身体，也是调节说话的氛围，而且周敦颐也明白他的话意。

“你这大才子可不能曲解王勃，人家说的是怀才不遇，是当时的心情心境，是……”

“不及茂叔，不及茂叔。”潘兴嗣摆手而笑。

周敦颐：“不提王勃也罢，一提就想起滕王阁。来南昌已三年，还未登临过此阁。人嘛，对平时近在眼前的东西和事情总是熟视无睹，或者认为以后有的是时间，不急。”

任大中：“时已唯秋，王子安当年这时令在滕王阁作《滕王阁序》，文、阁均名传天下，茂叔何不去一次观看观看，考察考察？”

潘兴嗣：“当去当去，我俩作陪重游。”

任大中：“三年来，我想你一定说过要去滕王阁的话，至今还没有到过滕王阁。说去不如说了就去，别再拖。现在还早，就安排在上午好啦。”

周敦颐望向潘兴嗣，当然是看他的意思如何。

潘兴嗣：“大中说得对，就别等。或许再等再拖，又不知要什么时候才能够登临。”

周敦颐：“好好好，听你们的。你们稍等，我把手上一点事情先交待属下，要不了很长时间就回来，再去滕王阁。怠慢了。”他让潘兴嗣、任大中在家里等一会，任他们喝喝茶、说说话、看看书，自己便去公厅，并吩咐周通在家里陪伺二位。

潘兴嗣、任大中消磨时间地闲谈，周通烧好开水为二位泡茶，任大中先品用一口。

潘兴嗣问；“味道怎么样？”

任大中说：“两种味道：淡味，浓味。”

潘兴嗣又问：“这是什么话？一杯茶里竟有两种不相同而且截然相反的味道？”

任大中又说：“我是说茂叔家的茶是淡茶味，浓情味，我们三个人家里都是一样的茶。”

潘兴嗣：“哦，是是是。”他们爽声地笑，周通也笑。

笑过声尽，两个人问周通：“你老爷自上回重病以来，身体恢复如他开始告诉我们的那样吗？”两个人还是想到周敦颐的身体。

周通说：“老爷说的是真话，放心吧。”

潘兴嗣、任大中：“那就好，那就好。”他们心里才有数。

说话中，却不知外面什么时候刮起风，潘兴嗣似乎听到风声站起来，看向窗外，晴好的南昌城已下起雨来。说：“大中你看，就这一会外面怎么就下雨啦？”

任大中来到窗前看。“嘿，秋天变得像夏日，雨来也不告知人，一点迹象都没有。”

潘兴嗣：“清早我观望了天气，看上去整日会晴好。天候还真不好说，有时晴得太早太好反而还会下雨。”他仍看外面。

雨天自然去不成滕王阁。他们想，和周敦颐定好的事老天却让人费解。

也就在这时周敦颐冒雨跑着回家，潘兴嗣说：“快快，擦擦身上的雨水，不要受寒。”

周通一边用毛巾为老爷擦拭，周敦颐也一边说：“我身体没那么强壮，可也没那么单薄。告诉你们十多天前我上梅岭乡村，路途遇雨湿透身子，也没有事。”

任大中说：“不影响身体就好。”

周通为周敦颐端来茶，他们都说现在不宜去滕王阁，潘兴嗣和任大中感到有点遗憾。其实，要去也是可以的，只是用上雨具身觉不轻便，再说雨天视线暗淡些，观赏效果感觉不一定很好。周敦颐说：“虽说天变一时，但也说不定，尤其在较为干爽的金秋，或许还会晴，我们喝茶说话，等着。”

如他们所愿，是日下午转晴，天高云淡，秋爽风轻。他们来到赣水岸边滕王阁。触摸高阁，想起滕王李元婴唐贞观年间曾封于滕州，筑有滕王阁。调任洪州都督，次年于赣江东岸筑豪阁仍冠名滕王阁。有曰：“都督滕王，两地同阁。”

居高极目，晴空万里，雁群翔飞，城郭尽收眼底。眺望赣江，水光浩天，孤鹜落霞，秋色长空，眼前一幅壮美画卷。瞬间，周敦颐内心得有自然洗礼，蓦然感动。

登滕王阁，必定想起《滕王阁序》，读《滕王阁序》必定想起王勃。

周敦颐道："王勃真是天生的才子，自幼聪颖好学，十分惊人。传说他六岁就能作得好文章，九岁读颜师古注的《汉书》，撰《指瑕》十卷纠正其错，不到二十岁科试及第，谁不望尘莫及。可后来命运不济。"

潘兴嗣接上道："是啊，其才华横溢，令人仰慕，其命运曲折也令人心酸。他作《斗鸡檄》被逐出王府去京，私杀罪犯官奴免死二次被贬。是祸躲不过，上元二年他往交趾省亲，路过南昌，闻讯赶来参加阎公设于悬赏的滕王阁宴会。他感怀时事，慨叹身世，挥笔作下千古名篇《滕王阁序》，可谁又能想到，不久后他在渡海路途落水，惊悸而死，悲哉！"

任大中也说："悲哉！初唐四杰之冠，只是天也妒英才。"

他们对序文看得出奇，读得认真。这时滕王阁里游者不断，来来往往，擦身而过。

潘兴嗣："美哉！妙哉！序为阁所作，阁随序驰名。人为阁而来，读序人折腰。"

而周敦颐想的是一篇序文几百年经久不衰，通今致远。表面上看是文字美丽致远，而文字致远是思想、灵魂长存。也许后人还会崇序文将有过之而无不及，因为人总向往不死的光芒，总是在希望。尽管王勃落魄时说"时运不济，命途多舛。冯唐易老，李广难封"，"关山难越，谁悲失路之人"，颇有人生无常、命运偃蹇、怀才不遇的怨叹。换一个角度，触摸其内心，可见他不失对美好人生的盼望和期待。

潘兴嗣："茂叔，你在想什么？"

周敦颐："我呀，在想王勃当年心中还是有大气象，'落霞与孤鹜齐飞，秋水共长天一色'，有多少古今之人为之倾倒，对它赞叹，可他心意岂止如此。你们看'老当益壮，宁移白首之心？穷且益坚，不坠青云之志'，'酌贪泉而觉爽，处涸辙以犹欢'，怎不例同曹丞相'老骥伏枥，志在千里'的豪迈壮怀！命运之下，他有感而发，如此绝妙佳句，仅仅是对此处秋时之美的景咏吗？"

潘兴嗣、任大中几乎异口同声："当然不是。自然为借景一喻心中所向。人总是有憧憬的，何况他那种经历之人更是如此。"

周敦颐："失望里兼有希望，痛苦中交织追求，何不皆世人生命与共，哪怕是已腾达显赫之人。有起无落不是自然，也不是人生，于王勃短暂一生也不例外。”

游历一番，周敦颐接到衙役送来朝廷吏部的公文。他没有急着拆封即看，而是瞧一下后便顺手把公文交给周通。他们走出滕王阁。

送走潘兴嗣、任大中已是初夜，周敦颐回味今天登滕王阁的前因后果。若不是他们来探望自己谈及王勃，恐怕还不会登临滕王阁。来南昌第三个年头才成行此事，真是有点对不住驰名天下的名阁，还有王勃及其所作的序文。现在，他再也不用想去登滕王阁的心事了。

衙院里，距周敦颐寓所百来步是金县丞家。金县丞在官场起步早，年纪不大可资历深，人亦精明。下午他看到吏部发给周敦颐的公文，就断定县衙里的人有好事喜事，或者升迁，或者加冕，当然他更希望是自己。他想了一下，便即时安排衙役将公文送给周敦颐。现在他吃过晚饭，借此事去周敦颐寓所探听情况。

“金县丞，您来啦！”门被敲得响，周通开门道。

“来看看周知县。”金县丞笑眯眯地说。

“老爷，金县丞来看您！”周通习惯性地朝书房喊一声。

“县丞都忙一天，晚上还来看我，请坐。”周敦颐来到堂前道。

“就一脚路，来看周县令，应该应该。”金县丞忙说。

“下午和友人去江边看过滕王阁。修建得宏大亮丽，豪华精美，还有那杰作序文。南昌有这么好的高阁，荣幸。”周敦颐自然说到去滕王阁的事。

“听说周知县还是第一次登滕王阁。”

“一直想去但总没有去成，要不是潘兴嗣、任大中两位朋友来看我，反复劝我，肯定不会去的。今天总算如愿。”

“周县令那次把自己都累病了，现在想起来属下还心有余悸。”

“当时我自己都不知道世事，大家很紧张，都被吓得着手准备后事。”他又道，“人活着，自己大致可以把握自己。可病与死不是那么好把握的，由不得自己。”

“也是人生里的一难，常言说难过去的人必有后福，我相信周知县定有好事在后头。”

“要说有好事，我可是享受到南昌养人之福，大家关心关爱之福。否则，我哪能差不多死去还能活过来，真是要谢谢!”

坐这么久，说这么多，却不见周敦颐提及收到吏部公文的事，金县丞按捺不住，先入话题。

“下午收到吏部发给您的公文，怕耽误事就叫衙役及时送呈，周知县看到了吧？”

“收到，谢谢县丞用心。当时人杂事多，我看不是急件，所以没有拆开，交周通带回。”

周通听到他们说起公文，赶快把它拿过来。下午从滕王阁回来的路上，周敦颐就估计是县衙官员有变动。现在县丞在，他又是副手也应该知道，他打开封袋。

“朝廷变动我的职事，改授太子中舍签书，署合州判官事。”周敦颐很平静地说，并把任命公文递给金县丞一阅。时值嘉祐元年（1056），周敦颐四十岁。

“恭喜、恭喜！刚才说有后福，今天福就来了，周知县又得升迁，我一来就听到高兴事儿!”金县丞道贺。

“皇恩浩荡！皇恩浩荡!”周敦颐道。

“不知新知县是何人？”金县丞接着问。

“我也是现在知道自己职事变动，确实不知道新知县是谁。你我皆底层命官，县丞科举进士出身，年纪又较轻，优于我也，定会当享皇恩。”周敦颐意识到金县丞下午用着心思派衙役送公文，现在只问新知县是谁，他是关注自己来探听此事，就说上两句，真心真言真祝福他。

“应当遵循周知县好意，谨记谨记。”金县丞客气道。可他在想，好事又没有自己。随后敷衍几句，带着失落告辞。

金县丞走后，周通说：“老爷，我高兴!”

周敦颐：“你刚才把公文拿过来，不回避金县丞反倒好一些，不做背后人，可还是不免影响他心情。”

周通：“我没有想那么多，否则老爷不叫拿，我不会拿。”

周敦颐：“好了，不说这事。”

周通：“那什么时候上任？从南昌去合州也不一定比当初从桂阳来南昌近。”

此时，周敦颐想的不单单是上任之事。

第十八章　悠游长江行

周敦颐坐在书房，从书案抽屉拿出夫人陆文翠前不久寄来的书信，又细看一遍，不禁唏嘘。他默默地想，陆文翠在汴京一直过得很不容易。

舅妈去世后，舅舅的家实际上已经不存在。表兄们在外为官，各携其家眷离开了家。家里只有夫人承担平日里零零碎碎的家事，寂寞而孤单度日，可她依旧坚守着。周敦颐自责只专注职事和读书讲学，心里泛起一丝惆怅和痛楚。他决心已定，再也不能让夫人过一个人的日子，一定把她接来随署生活。三天前还打算先去汴京接陆文翠一起去合州。可现在自己没有时间接陆文翠，此事要做调整。

周通刚才在书房听周敦颐说很快赴任合州，还说了一些别的事情，却没有听到已说过接陆文翠随署的事。他觉得不对头，是老爷忘记安排这件大事，还是事情有了新的变化？周通拿不准，来到书房木讷地站着。

“赴任方面的安排还有什么不妥吗？”周敦颐见他又来书房问道。

周通仍然没有作声，呆呆地站一下便要走出书房，周敦颐叫住他。

“你怎么啦？进来什么也不说，问你也不作声，又要走。”

“老爷不管在哪里，对县衙大事小事都能想得周全，不会忘，说好的事也不会变。可是……”周通把话停下来。周敦颐没见过周通如此吞吞吐吐。

“什么事情让你话说半句留半句？神神秘秘，婆婆妈妈。”又道，“天天同吃同居一家人，无论是好与不好之事，还用得上跟我打肚皮官司？”

“随老爷在官场常听说家国天下。有国才有家，国是千万家。虽说您是做官之人，可做官之人也得有自己的家，把夫人接到合州随署吧！”周通终于把话说出来。

“哦，我以为是什么事，还绕个弯子，直接问我夫人去不去合州随署不就可以了。情况你是知道的，以前我在外地为官时间不够携夫人生活，等到任县官满三年后又多地调动，而且遇上那么多不平凡事，中间也写信和夫人商量过。最近在考虑夫人随署的大事，也跟你说过。我以为才说几天的事，也就没有提及接夫人随署一事，现在是该做这件事的时候，不能再拖。”

“是我误会了老爷，我只是想提醒老爷。如此，等老爷到了合州，就拥有自己真正的家。”周通说。

“我出来为官十五六年，没有个完整的家也不成体统。”周敦颐说，“好啦。朝廷任命不能耽搁。你刚才出去后我就在想，我时间很紧，安排不过来，这里有几件只做一半的事要抓紧做完，不给新来的知县留烂尾巴，去合州不如做个调整。你赶快整理好行李，后天动身直接去汴京帮我接夫人到合州。我在这里交接完就去上任，争取先于你们到达，也好有点时间在合州做必要的家居准备，夫人来时就有个像样的家。”

周通说：“是。”

周敦颐还告诉周通接夫人随署的一些具体事。

时序进入冬季。周通已走很多天，周敦颐做完手头上那些事，来到潘兴嗣家看他，把自己调任合州的事告诉他，作个告别。

潘兴嗣：“我就知道你会升迁会调外地，你在南昌做的事都摆在那，变化大家有目共睹，只是我们相处日子短一点。”

周敦颐：“是啊，平时不觉得，到了要分开时就不一样了。近处相见便利，远处心里想念，往后我们就多写信吧。”

潘兴嗣：“什么时候走？”

周敦颐：“后天。”

潘兴嗣：“你现在是客人，过几天再走。”

周敦颐：“为做完手上的事情，已经拖了不少时间，我也想再多住几天，可是不方便再延期了，还是后天走。”

潘兴嗣：“那明天我去你家过夜，后天送你。”

周敦颐：“现在我俩就在一起，你就别来回跑。外边还不知道我什么时候去合州，不和他人说及为好。”

周敦颐动身回南昌。潘兴嗣一看时间上来不及，没有办法等到任大中来，就赶到湖边码头托人搭信给他。

翌日中午，潘兴嗣来到南昌县衙，才进周敦颐家。周敦颐说：“你还是来了。也好，我们再说说话。”

“昨天在我家，你说我们见面在一起，叫我别来，还叫我不要把你去合州时日告诉别人。现在你不知衙门外的情况吗？”

“衙外还有什么事和我有关？”

“你去合州的消息已走漏，很多百姓都晓得你周知县明天去合州上任，舍不得。我刚才路过爆竹店，看到很多人自买爆竹，说是为你送行用。我把事情告诉你，你觉得我还是该来吧。”

“要说我调合州的事有些百姓知道不奇怪，可是我明天去上任，县衙里很少有人知道，而且都跟他们打过招呼不外传，可是衙外人怎么会知道呢，奇怪了？”

“只能说明他们心里有你。”

周敦颐问身边衙役：“听说有人明天要来送行？”

“我也听说，衙内衙外人都知道。”

“听说了怎么不告诉我？”

“我想是南昌人对你的感激之情，也就没有禀报。”

“我们明天起个大早，天亮之前启程，不惊扰官民。你检查检查，看看还有什么要做的就赶紧办好，免得明早来不及，也能避免急中出错。”周敦颐说。

“只有简单行李，都已打包捆好，随时走都行，就是书多。虽说重一点，但没有关系，我有力可以搬上车。”

“我们一起搬。”潘兴嗣说。

又是一天黎明时。衙门前驶去一辆马车，车声划破清早的宁静，周敦颐悄然离开南昌，行进在去江州的路途上。他留给了南昌人对他的崇敬、怀念，也留给了南昌人最后相送未成的遗憾。

第三天浔阳江头。晨曦照在江面，细浪追腾，江花似火。码头上人又开始多起来。不管是入港来还是离港去的，都迎来新的一天，他们心爽意快地往来穿行。

与庐陵人蒋概、洪崖人彭德纯共同包好了船，周敦颐就要由此坐船上行合州。

没有赶上南昌送行的任大中现在赶来码头，忽然出现在周敦颐面前。周敦颐没有想到但也并不觉得意外。他们离情别绪，情真如江水，一泻永流长。任大中吟出一天前写给周敦颐的《送周茂叔赴合州佥判》：

一帆风雪别南昌，路出涪陵莫恨长。

绿水泛莲无与秀，蜀中何处不闻香。

周敦颐在任大中吟唱里走上船。艄公用桨掉好船头，缓慢调整好方向，起航西去。

水载舟，舟渡人。

船裸露江面，沿江而上。坐在微微摇晃的船舱里，周敦颐仰望天高云淡，平视江面广阔，两岸村庄相对掠过，发觉人与天与地、与山与水同在，比起坐马车要舒适很多。加上有人同行互伴，不失锦上添花，无旅途之寂寞。他心旷神怡，蒋概、彭德纯亦如是。

水路长长，乘船人显得特别闲暇。他们说话消磨时光，艄公有时也掺和几句。

蒋概："坐船荡悠悠，慢悠悠。我们逆流去合州，旅程之长，恐怕也少不了三十几日吧。"

艄公："客官急着赶往合州？若途中天帮忙不耽搁，一般要个三十五六日。若碰上天气不顺，就会多几日。"

蒋概："不急不急，说说而已。行船得慢一点没关系，安稳为好。平时事多难得歇息，现在我还想躺下睡一个长觉，舒舒服服。"

艄公："客官放心，我在江州至合州航渡上驾十多年船，情况很熟悉，哪里水流深急，哪里暗礁险滩，哪里停泊栖息，都清清楚楚。坐我的船，你们想睡就睡。到了沿途泊岸的地方、重要景点的地方我都会招呼，让你们不虚长江之行。"

彭德纯："话都实在。慢则悠，悠则适，又想舒适又想船快的好事，不可兼得。"

周敦颐："我看逆水行舟有其本身可贵之处，特别是在长江行船逆流而上，不仅要有摆渡技能，更需有力量品格，何不是一种至高世事操手，度于人。"

艄公听得高兴，行船更是用心。

蒋概："周判官说的是。不过人嘛，大都不愿在逆境里向前，太苦也太累。"

彭德纯："如此行者，不无胸怀、心智、大勇，可歌可泣。"

艄公有感今日遇高人，想着自己有多少次遇到风吹浪打时就抱怨，气有不顺时还骂两句老天，尽管无济于事。于此看来，我渡人于江河，人却度我于风浪，这毛病还得改改，以后也好心平气顺在风浪里楫舟。

蒋概："有理，有理。"

彭德纯："其中可否加得一个'道'字？"

周敦颐："人坐船无非是从这个码头到那个码头，无非是从这个地方到那个地方，说来也无非是一句话，从此岸去彼岸，都是人想去、必去，本身却无以能去得了。而船渡人来成全，世事人间哪能少得了如此的'渡'啊！"

他们纷纷点头，包括艄公。

船到秭归。艄公说："此处风景优美，每次经过时客人都泊船游览，感觉很好。"

三人商定不以误时过多，择龙昌洞峡谷几个主要景点，前往一游。

顺峡进洞，便是山于水中立，水绕山谷流，幽深浓翠。其舟随景而至，人遂意而欢。行到精致处，他们无不叹服大自然的美丽和深奥。

蒋概见上天把这方美好山水赋予巴人，情不自禁地吟起前贤诗作："迢迢水出走长蛇，怀抱江村在野牙。一叶兰舟龙洞府，数间茅屋野人家。冬来纯绿松杉树，春到间红桃李花。山下青莲遗故址，时时常有白云遮。"

彭德纯注意到周敦颐看得投入，问："周判官有何发现，必有心得吧。"

周敦颐："如此山美水美，怎不放飞生命灵魂！"

至峡东岸。那绝壁上高处洞穴，放置一具具悬棺，是古代巴人老去将其棺木凿岩以葬，以其永生天地山水间。当地习俗曰此为"高棺为孝"的特别葬法，更是后辈对先人的尊崇和祭奠，有"雪飞巫峡山戴孝，树动明月照灵台"之说。

蒋概："听说春秋末就有为之，何能举得上悬崖孝葬？可见行此孝道真不容易，需要智慧。"

彭德纯："可观矣。"

周敦颐："可思欤。"

他们续去合州。船进入瞿塘峡搏击激流慢行一段，天色有些暗淡，艄公把船靠在码头。他告诉说："已到白帝城啦，今晚就在这码头过夜。"周敦颐出舱一望，北面山上树间透出土红的墙，楼阁隐于其中。他先下船在岸上稍做走动，伸一下筋骨，等待蒋概和彭德纯，却不见他们有所动静，就自个登山去白帝城。

周敦颐对白帝城早有耳闻，对其来历亦有所知。

史上王莽篡位，其手下大将公孙述割据四川，自称蜀王，于此招兵买马，厚积屯粮，势力渐长。他视察该城来到瞿塘峡口北岸，看到此处地势险要，易守难攻，便扩筑城垒，严加防守。后来听说城里有一口白鹤井，腾出白色雾气，宛如白龙直冲九霄，不失神秘。他以为是“白龙出井”，预示他日后登基征兆，就自称“白帝”，在此建都，取名“白帝城”，还将此山改称“白帝山”。后刘秀入川，白帝城毁于战火，公孙述战死。在公孙述称帝年间，各地战乱频繁，而白帝城一带安宁，后人怀念他，在白帝山上建白帝庙，立其像祭祀。

到了蜀汉章武二年（222），刘备伐吴，夷陵一战刘备退守白帝城。他积忧愤成病，一卧不起，急召丞相诸葛亮赶来白帝城，在城中永安宫托孤。刘备死后诸葛亮不忘先帝“三顾茅庐”之恩，又受先帝临终托孤，励精图治，鞠躬尽瘁，死而后已。

在山上的城里，周敦颐礼拜白帝庙、永安宫托孤堂。出来时他俯视山下，峡谷水面上空映出湛蓝的历史天光。仰视苍穹，明亮的宇宙无穷无尽。于是他想：造福一方者得长远，力国事者得精神。历史功过是非永远是一面镜子，从不同视角照亮后人不停地前行。

他还在沉思。遇一老僧朝他双手合十：“施主，善哉善哉！”

周敦颐：“禅师，请赐教。”

老僧：“善不负众生，如佛门普度；忠不负帝王，如佛门无我。”

周敦颐：“禅师怎么知道我去了白帝庙、托孤堂，还有我思我想？”

老僧：“不不不。老衲是说佛门、佛者，不知施主去了哪，又从哪里来，还要到哪里去。只知道自己和往日一样定时在此一望，见峡上空聚有一团霞蔚，然后淡裂，又聚复原状，西向移去，自然生成。”

周敦颐：“谢禅师。”他想到停在山下那船和同伴将概、彭德纯，没有纠缠老僧说的天象，便下山。

老僧：“船行峡谷，山高水深，常有风寒之侵，保重。善哉善哉！”

再行过一段里程，船到接近巴川地界，他们又停船来到温泉寺，这也是名流学士常来的地方。三人信步到寺壁，见壁上刻有彭推官《宿崇圣院》一首：“公程天暇日，暂得宿清幽。始觉空门客，不生浮世愁。温泉喧古洞，寒磬度危楼。彻晓都忘寝，心疑在沃州。”

“好诗，好诗，想不到此处看到彭推官的诗。”周敦颐饶有兴趣地说，并将诗抄录下来。

“好题咏不少，周判官怎么只抄彭推官一首？”蒋概问。

“莫非周判官与我家门前辈还有什么渊源？”彭德纯也问。

“二位有所不知。”周敦颐悉事相告。

那年，周敦颐从分宁主簿被派到卢溪代理市征局事务，设简易讲堂授学化民，风生水起，袁州进士多来讲堂论学。平时士人常集此唱和谈诗。一天，周敦颐讲学过后，几个士人自发地吟诵吉州彭推官的诗篇，大家听后都说推官的诗写得好，技艺高超，周敦颐也就接触到了推官的诗。他们谈及彭推官的诗时不免谈到其人，说他行善为乐，有为人做官之道。周敦颐听到这些褒奖之辞，对这位前辈心生敬意。也就在那个时候，分宁来了新县令彭思永，上任不满月，声名鹊起，一知情者告诉周敦颐，他就是彭推官儿子。稍后，周敦颐与彭思永相识成为朋友，因此读到彭推官更多的诗，并从诗中品读到其人其品，十分景仰，心里更加敬重彭推官。

早在景德与大中祥符年间，推官彭应求出任渠阳幕吏，也是来上任，他夜宿温泉寺，次日之游题下《宿崇圣院》诗。而今周敦颐此来也是上任，偶遇其诗。还有，彭思永已是周敦颐学生程颢的岳父，升为刑部郎中，在益州路任转运使，合州是梓州路，与益州是邻路，他们两人又一同在大西南做官。

蒋概说：“还真是渊源不浅，岂不唯美故事。”

彭德纯说：“上天安排，极美之缘。”

是年十一月初，周敦颐一到合州就忙起职事。实际上他代理判官，属幕职僚官，职事上转变适应快。他勤勉履新，笃行己责，把事情做得方方圆圆，条理清楚，受到他人敬崇。

人肯做事又会做事，无论在哪里他总归是忙。有说此时知州暂时缺位，这种情况下周敦颐事情更多。他于忙中干练担当，以致大小事务不经他的手，官员不敢决断。不然哪怕是把事情吩咐下去，百姓也不听从。

今日周敦颐有空闲，整理来合州路途所涉，通过他人把自己在温泉寺抄录下来的彭推官那首诗转交彭思永。

彭思永写来回信道：收到周判官转来家父的诗，又拾一遗，幸于所得，多有谢意。予思之来日将诗刻于石，如能请你在诗后再写一篇短序，那就尤承你的厚意。”

周敦颐伏案书房，作得《彭推官宿崇胜院诗序》：

惇实庆历初为洪州分宁县主簿，被外台檄，承乏袁州卢溪镇市征之局。

局鲜事，袁之进士多来讲学于公斋，因谈及今朝江左律诗之工。坐间，诵吉州彭推官篇者六七人，其句字信乎能觑天巧而脍炙人口矣。俄闻分宁新邑宰上未逾月，而才明之誉已飞数百里。有谓惇实曰：“邑宰太博思永，即向所诵推官之子也。吉与袁邻郡，父兄辈皆识推官，第为善内乐，殊忘官之高卑，齿之壮老，以至于没。其庆将发于是乎！”惇实故又知推官之德。暨还邑局，闻推官之诗益多，亦能诵不忘。

十五年，而太博由刑部郎中直史馆、益州路转运使，惇实自南昌知县就移佥署巴川郡判官厅公事。益、梓，邻路也。沂流赴局，过渝州，越三舍，接巴川境。间有温泉寺，舣舟游览。忽睹榜诗，乃推官之作。喜豁读讫，录本纳于转运公。公复书重谢，且曰愿刻一石，若蒙继以短序，尤荷厚意。故序于诗后，而命工刻石，置寺之堂焉。实嘉祐二年正月十五日云。承奉郎守太子中舍、佥署合州军事判官厅公事周惇实撰。

他转着提笔的手腕，用笔头一端倒指序文字句，认真看一遍，然后抄上一份。并将此序一份寄彭思永，应其所请；另一份叫人刻石放到温泉寺以作纪念，将仕郎守合州石照县令王萝易题额。

第十九章　家圆合州城

温泉寺内。去益宁县上任的常柏祺进得佛堂，拜完佛后观赏寺院。有一块石碑刻着《彭推官宿崇胜院诗序》，引起他的注意。

序文一开始，记述他的先生周敦颐从分宁到卢溪，往下读是推崇彭推官的为人和官德。当他读到落款见到先生的名字，且为此时的合州判官，发现先生就在合州。他把一只手置于胸前：“先生，弟子总算可以找到您！”昔日，周敦颐在郴州办县学讲学，常柏祺就读县学。

十年没有见先生，他决定探望周敦颐，心想总不能空着一双手进师门吧。可是先生一向清廉，更不用说钱财，就是正常人情薄礼也不会收。带点什么去呢？他犯愁了。

怎样让自己不失礼节又能够表达心意，先生高兴而且能够收下？他站在温泉寺一棵树下为此发呆。苦思冥想中，有两只小鸟追逐地飞到树梢上，不停地跳动，发出谐有“好而受之”的模糊叫唤声。常柏祺仰头望去，无意地念出好似小鸟的叫唤声。鸟惊，又带着叫唤嗖地飞去。他还在念着那叫唤声音，不知不觉而较为清楚地念出“好而受之”。有了，先生最爱莲。

常柏祺来到合州府，走进周敦颐家。

“常柏祺拜见先生！”他伏地以拜。

“快起快起。柏祺呀，坐、坐、坐。”

“十载不见，先生别来无恙？”

“无恙无恙。柏祺呀，少长三日变，要不是你报上姓名，我都认不出来。”周敦颐很开心。

常柏祺见到先生愉悦，激动的心情难以言表。

“想想从那时少小到现在长大成人，多蒙先生讲学教诲，弟子深受鼓励、启发，十年读书不辍，中得科举，此去益宁县赴任主簿。”他禀道。

“读贵有恒，破卷新生，有出息有出息。”周敦颐看到弟子功名成就，到了为国效力的时候，欣喜。

“弟子一直为自己那时懵懂而惭愧，幸遇恩师指点，才有后来醒悟，受益终身。”

“心悟至妙，好哇！”周敦颐问，“你怎么知道我在合州，又如何找到我家的？”

“此去益宁经过合州，顺游温泉寺看到先生才作的《彭推官宿崇胜院诗序》，就找来师门，拜见先生，便是弟子没有想到的一喜。自从先生最后一次给我们讲学离开郴州，常常念及，每次读书遇到困惑尤为如此。后来外出游学特意弯道桂阳拜见先生，得知先生迁调南昌，一直为没有见到先生抱憾。今天意外地实现了心愿。”

“很多事情是一半明一半不明，人与人相见也是这样。你游学弯道桂阳我们没有见面，现在见了。我已是没有见到你们中大多数人，估计往后还会见到一些，也想知道你们如今怎么样，都近而立之年，是挥洒人生的好时候，希望人人有所作为。”

周敦颐说罢，常柏祺将一个精致光亮的小纸盒放到桌子上，向周敦颐鞠一躬，说：“微薄之礼，略表弟子心意。”

“有于心中，无亦即有，何须身外之物。”周敦颐看到常柏祺拿来礼物马上不悦，低声道。

“弟子知道先生一生清白，不收一丝一粒、一厘一毫。今择之孝敬，愧不成礼。”

见他还找来理由说愧不成礼，周敦颐想教训他一顿，可还是忍耐地道：“我仰望长空，看见残叶飞扬，如有沙粒侵入眼中。还听人说泉无一尘之染，才得以透亮，则人见其生欢，饮以止渴地体味清爽甘甜。”

常柏祺听出先生拒收之意，本想把礼物告诉先生，可心里一急偏偏出错，言不由衷，只说了要说的半句话：“先生，您的教导弟子铭记在心。”却没有把礼物是什么说出来。

周敦颐看常柏祺，可常柏祺还没有收回礼盒。周敦颐直接开口：“把纸盒拿下去，等会带走就是。”

常柏祺越发紧张，低头把纸盒拿在手上。他本是动着心思给先生送个惊喜，却惹得先生生气。他意识到是自己轻薄带来误会，必须让先生知道这份薄礼是什么。他打开纸盒，什么话都没有说，甚至不敢看先生。

周敦颐用那蔑视眼光一瞧，里边竟是几段藕节，正是他的所爱。眼见误会常柏祺，他定眼地愣一下。

常柏祺还在惶恐中低着头，说："弟子轻薄，惹来先生不快，恕弟子学修不成。"

很快，周敦颐转过弯来，轻轻一笑，道："为师收了，为师收了。"

常柏祺悬起来的心才开始放下来。

周敦颐接过礼盒，语重心长地说："你此去益宁上任，要走的路很长。官场是为民报国的疆场，也是五颜六色的染缸；是权力的天堂，也是权力的地狱。有人进入官场忧国忧民，以身许国，实现抱负理想，永垂青史；有人考取功名后却忘乎所以，腐化堕落，遗臭万年。为师也没有什么送你，你就把它带到任所种在身边池塘里，可以看到它的美丽，清香宜人。"

常柏祺接过先生回馈的藕节，感激万千，深深体悟到先生对自己厚爱与厚望，便向周敦颐深深一揖。他由衷地道："谢先生，弟子一定不会辜负先生，清白做人，清白为官。"

周敦颐来到书房，在书案上铺开纸，提笔写下"莲性见真"，又把它送给常柏祺。

常柏祺再拜先生，周敦颐把他送出州衙，前往益宁。

长江中游，鹦鹉洲船来船往，人流上下不断。

一艘从京城汴河起航月满有余的客船到达码头，船一靠岸，众人拥挤地走出船舱，然后走出一身材窈窕、气质温雅的夫人，她就是陆文翠。她提一件小行李走在前面，周通背两件行李跟在后面。他们下船后，还需转船西上。

周通："老爷给我交代过，路上不要太节省，尽量和少些人租船。夫人，从汴京来时您就不同意租坐人少的船。我们现在到合州仍有很长水路要走，还是约几个人租一艘船舒适，省得和众人坐船沿途大小码头都停靠，到合州时间也长。"

陆文翠："如此当然便捷舒适，但价格也高，还是随众坐船便宜。人多也有热闹的好处，听大家说说笑笑，轻松愉快，还能知了外面一些事，不失所得。至于快与慢也隔不上七八天，就是十几天也不算什么。"

周通："恐怕老爷早就到了合州，在念着盼着，等待夫人。"

陆文翠："不要紧，我们成家十六年，分居两地也十六年，他在外面尽心职事，我也安心居家。多年都已过去，剩下些路程，还用得上计较早一天晚一天到？算了吧。"

周通："老爷也是要经过鹦鹉洲西行合州。夫人，您猜他会是租人少的船，还是合伙众人坐船？"

陆文翠："你与他从小相伴，如今跟随他这么多年，比我和他在一起时间长很多，还用问我。他朴质、俭用，除非官方安排租人少的船，否则就和众人一起坐船。对于他，无论是和谁一起坐船，官员、商贾、读书人、种田人……都能找到话题，说不定有意外收获，你认为呢？"

周通稍有尴尬，摸了摸脑袋憨笑。心里想：到底是夫妻，一床被子不盖两样人。接着他去找船，说："请夫人等待一会"。

江水滔滔，哗然作响。陆文翠站在码头，任江风撩拂秀发、吹动衣襟，她目不转睛地望向西南远处的合州。

周通见一艘大船靠岸，还下来几个人。他赶上前去向艄公招呼。

"请问，去合州吗？"

"去合州。"

"可搭乘两个人吗？"

"可以。"

周通跑来告诉陆文翠，他们又上船去合州。

周敦颐确实在想陆文翠此行是否顺利。周通先他去汴京，怎么现在也该进长江水域。他经历过这回上行长江，特别是过那水流湍急的三峡，浪遏飞舟。若遇上起风，船被浪托起一般，颠簸得厉害，小船尤甚，他担心夫人晕船。无论是坐人少的船还是坐人多的船，希望陆文翠乘坐的船还是大一点好，颠簸也会好很多。

陆文翠已到白帝城，船也在城下码头靠岸。坐船的人都说去白帝城玩个一时半会，他们前前后后登临白帝山。开始陆文翠和同伴们走在一起，慢慢地稍落后头。登临到一块大石壁时，她向下一望，心潮澎湃，南北两山高高对峙，深深峡谷里江水奔腾东泄。忽然传来一阵艄公号子声，穿透峡谷，响彻云霄。她看到山脚岸边的岩石上，七八个纤夫用那裸露臂膀挽住长长纤绳，弓身前行，拖拉一条逆流而上的船。船上、岸边号子声时分时合，节奏呼应分明，雄壮有力：

领：船行峡中，

合：峭壁瞿塘。

领：纤绳挽身，

合：劲力鼓荡。

领：波涛翻滚，

合：踏碎礁浪。

领：千难万险，

合：溯流而上。

……

陆文翠被他们不惧艰难的动人场景、气概浩然的不凡号子声吸引住，震撼着。她不仅看到这里山河壮丽，也见识这里的人不屈服命运与自然抗争，久久地凝视。

不知不觉，陆文翠脱离了同伴。她追踪同伴，上到白帝城找过好几个地方，没有看见他们，她仍在寻找。

那蒲团上打坐已久的老僧走出寺庙，观看天象。他发现一个多月前天上出现的那一团霞蔚再次出现。这时，陆文翠便走进他的视线。

待陆文翠走近，老僧双手合十："女施主，善哉善哉！"

陆文翠一时不知所措，惊愕心慌。道："禅师有礼！"

老僧："女施主不必惊慌，老衲乃此庙一僧，处山水之上，隔绝凡尘，静心修炼。"

陆文翠："请禅师赐教。"

老僧："不不不。因缘而果，西行而合。"

陆文翠镇静下来。道："我与禅师从未谋面，也从未来过此庙。禅师确料事如神，何以知道我去合州团聚相公？"

老僧："老衲不知女施主从哪里来，又要到哪里去。只不过每天于此高处一望，忽地看到上空一团霞蔚，然后淡裂，又聚复原状，西向移去，自然生成。"

同伴寻来，周通疾走在前，急急地抬手向老僧有礼，插上一句话："夫人，赶快回船续航。"

陆文翠连忙道一声："谢禅师！"

老僧临急不乱，把他一个多月前说给周敦颐听的话，一字不漏地又说一遍：

“船行峡谷，山高水深，常有风寒之侵，保重，善哉善哉！”

山峡里的天说变就变，他们下山时刮起风，下起雨，淋湿陆文翠的头发。她在船舱抖落头发上的雨水，小咳两声。风已熄，雨已停，船在湍流中离开白帝城。

陆文翠想着与那老僧一面偶遇，对他所说的话有些懂，也有些不懂，干脆就不去想。船马上就到合州，越是接近合州她越是显得急迫，这“合”字对她最重要，一种情感上的生发，派生出完全不同于鹦鹉洲租船时的心情。而且相反，她在企盼，只想快快见到周敦颐。

周敦颐来到合州码头，展眼一望，在下半年干枯季节里，长江之水回落很多，长长地伸向江水里的石阶露在眼前。他沿石阶而下，来到山势码头脚下。

透过水上晨雾，周敦颐看见有艘大船由远而近，帆下站满许多人，都把目光投向岸上，而岸上人也把目光投向船上，他们都在相互寻找对方。船落下帆，周敦颐看到陆文翠，向她招手；陆文翠看见他，也向他招手。

就在招手间，两个人相向传递渴望已久的笑。

船靠岸，他们久别重逢，要说的太多。马车上周敦颐先问几句关心陆文翠的话，也是挂在他心间一时想知道的事，然后不断地打量陆文翠。

“路途还顺利吧？”周敦颐问陆文翠。

“顺利，有劳堂弟。”陆文翠说。

周通坐在车夫旁边，背对周敦颐和陆文翠。他习惯性地望向车前面的路，如实地说：“这是我本分之事，唯恐路途有所不周。”

“我看你现在也变得能说会道。”周敦颐笑着道，陆文翠也笑。

“老爷、夫人，现在不用受远隔两地之苦，可好啦！”

“是呀，现在有照应，家中事情就会顺很多。以前日子已成为记忆，有如此记忆就会更加珍惜夫人的到来。”周敦颐应声说。

陆文翠听得开心。

马车已进合州府院，他们到了家。周敦颐和陆文翠真正团聚，已结束长期以来分离的孤独、牵挂、思念和忧伤，终算过上正常家庭生活。

来周敦颐家看望的人接连不断，他们送来问候。至夜，灯下周敦颐和陆文翠细说衷肠。他走近灯盏，撩去灯芯上燋垢，陆文翠凝神地看，他们倒是有“共剪西窗烛”之感觉。灯光明亮地照着二人世界，温馨静然，两个人相互听到对方心的跳动。

“来，让我好好看看。”周敦颐拉着陆文翠的手，陆文翠也就站起来。

“你都看十好几年，还没有看够？”陆文翠甜笑里透视出自觉的心愿。

“不不不，纠正一下，十六年来我们离多聚少。哦，不准确，应该是成家十六年分离十六年。”周敦颐滑稽地说。

“那今天你都看了一天吧？”陆文翠轻声道。

“不不不，纠正一下。本来是可以看一整天，却人来人往，最少占去我一大半时间，我只不过在没有人时看你。至于有人在也有时瞟上一眼，不能记到我头上，如此也算合理吧。”周敦颐耍着嘴皮。

“说不过你。读多了书，你怎么说来都是。”陆文翠欢心。

“我这不是高兴嘛，你一来我就激动。”周敦颐真真切切地说。

从头到脚，周敦颐认真地瞧陆文翠。陆文翠又稍稍地转身，好让他看个够。他慢慢地看着，沉默一会，说：“你瘦很多，一个人在家长时间受苦，好让我心痛，对不起。”

陆文翠忽地眼泪盈眶，扑倒在周敦颐怀里，微微抽泣。说：“咱们再也不分离。”周敦颐说：“不分离，不分离。”他一手轻拍陆文翠后背，两个人沐浴在彼此息息相通、生命与共、谁也不能离开谁的幸福里。

周敦颐在府衙忙一整上午，回家见门前的小簸箕里有一朵白色丝绸莲花，上面晒些莲子。他一数，共十六颗。白丝绸莲花是周敦颐曾经送给陆文翠的，莲子是陆文翠带来的。他先捡起一粒莲子闻有清香，龇着牙：“好漂亮的莲子！”又弯腰细看白丝绸莲花，很是惊讶，都这么长时间，保存得这么好！陆文翠在堂前透过敞开的大门，望见周敦颐此般举动，抿嘴笑笑地走过来。

“从老家带来的？”周敦颐美滋滋地问。

“不行吗？”陆文翠柔声反问。

“解我所需，解我所需也！前些日子，我在郴州时的弟子常柏祺去益宁赴任，经过合州，带一盒藕节来探望。我收下打算把藕节种到府衙前面的水塘里去。一想，他才走进看不很清的官场，就把藕节回赠他，好让他见莲自悟自省，保持身洁。他走后，我想等你来一起到集市看看，买点莲子或藕节，现在有你带来些莲子，真是想要就会有，求之不得，求之不得！”

“你认得这朵丝绸白莲花吗？”

“当然知道，清清楚楚。”

“知道、清楚就说说，不说就是不知道、不清楚。”周敦颐笑嘻嘻地定眼看陆文翠。

“你还真忘了？”

“哪敢，又哪能忘。”

“不说就是忘了。”

“好好好，我说！”

“那就快说。”

“它不是我送你的那朵丝绸白莲花嘛，一直都在包着莲子，太好啦！”周敦颐说得清清楚楚。

那是二十岁时，舅舅郑向带周敦颐造访好友兵部职方郎中陆参。陆参叫陆文翠带周敦颐去花园看看，两个人心有灵犀，一见钟情。周敦颐喜欢莲尤其白莲，他把用白丝绸折成并粘合好的莲花从衣袖里取出来，送给陆文翠。陆文翠生性素雅，把它一直保存在身边。

陆文翠：“自成婚那年开始我一人在家，丝绸莲花就伴着我。也是从当年开始，我用一口小陶缸种下白莲。莲长得茂盛芳香，总觉得你在身边，哪怕是孤独长夜。莲结子了，我采下来晒干，每年从中选一颗，将它放在丝绸莲花上包起来，逐年积聚，好好保管珍藏。今天太阳好就拿出来晒晒，让它们一起尽享阳光。”

“夫人如此用心！”他感动地说。

“待还有些腊味的春头一过，就是一年种植的最好时光，该让这些莲子发芽、生长、开花，再结子。就在我们寓所旁边，开一方莲池，你看呢？”

周敦颐：“荷叶罗裙，芙蓉向脸。到时这里就是一脉清香的莲塘家园。人嘛，也得像莲一样在有土有水的地方活得精精神神，不失根基源泉；活得清清白白，不损自身本色。”

陆文翠：“听说一颗莲子即便在地下沉睡千年，一经挖出，只要有水分和阳光，就会苏醒过来，奇迹般发芽生长。人哪，也得像莲一样不甘泯灭，顽强永生！”

第二十章　欣喜与伤悲

陆文翠坐在堂前火盆旁，一针一线地缝做婴儿鞋袜，心无旁骛。也不知道做多久针线，她感觉有点累，但还是乐此不疲，甚至一直在等待这个时候的到来。

再做一会儿针线，她抬头看，躲在云层里的太阳影子当顶，整上午已过去，稍微收捡针线活，便去做饭。

周敦颐又到家了，周通上前去灶屋，要换下陆文翠，说："夫人，您也去堂前歇歇，我来做饭，包您和老爷都说做得好吃。"陆文翠说："还是我来，你们整天忙着累。"未说服周通，她又说，"那就搭把手，做起来快点。"

周敦颐坐在火盆边小椅子上，见右边荷篮里有一只做得漂亮的婴儿鞋，另一只做一半，还连着针线。他挪动荷篮，把两只鞋都拿到手上看看，比比，立刻放下，跑来灶屋拉陆文翠到堂前火盆旁坐下，说："歇歇吧，火盆暖和。饭，让周通做就是。"

陆文翠："上午我已经坐很长时间，而且一坐就不知道到什么时分，弄得饭都没有做。"她发现荷篮被挪动，里面的针线布和那婴儿鞋也被翻动，脸在微微地发红，嗔道："相公，谁叫你翻我的荷篮？"

周敦颐："怎么不告诉我？"

陆文翠："告诉什么？"

周敦颐："还说告诉什么，是不是……"他把眼光从她脸上移到她腹部，再看荷篮的婴儿鞋。

陆文翠："昨……昨天上街不是告诉了你吗？"她说得拐弯含蓄，应答也有点不顺畅。

周敦颐："我怎么不知道？"

陆文翠："昨天的事就不记得？还是在那布店，我当你的面瞧那可爱小男孩，然后拉小男孩的手，还跟小男孩说童语，你都看到听见。"

周敦颐："这就叫告诉我？"

陆文翠："好啦好啦，别闹，现在我正式告诉你。相公，你要做爹啦！"她脸带笑容，望一下灶屋，轻声地道。

周敦颐着实兴奋，要不是怕周通在灶屋做饭扭头能看到，他恐怕要跳起来。说："从现在起，你不要干活，好好养身子。"

当天夜里，周敦颐没有看多长时间的书，早早地来陪陆文翠，他几乎从未这么早休息。可是他们都无法入睡，孩子成了他们唯一的话题。

周敦颐把头靠近陆文翠的腹部，说："我来听听儿子。"

陆文翠："才几天，能听出什么？还没有生哪知道是儿子还是女儿。"

周敦颐："我就是这样的感觉。"

陆文翠："我怀孩子都不知道，你还能感觉？"

其实无论是周敦颐还是陆文翠，年龄都不小，他们迫切想要孩子，尤其是男孩。

周敦颐："好、好、好，我先不说，等儿子生出来就是。"

陆文翠："你看，嘴里还是说儿子。要是给你生个女儿呢？"她脸上现出两个小酒窝，随后咳过一声。

周敦颐："怎么，咳啦？"

陆文翠："没什么，天有点冷，没事。"

周敦颐："是不是有点累？你来合州的第二天我就请家佣。你却说在汴京十多年都做惯了，坚决不要。不行不行，明天重新请一家佣来。你呢，就是照顾好自己，还有孩子。"

陆文翠想，自己怀有孩子，肚子将是一天比一天大，相公白天忙公务，晚上还要读书著文，没有别的人帮得上手，看来还真需要请一个。说："那就请吧。"

周敦颐："是请年纪大一点的，还是年纪轻一点的？"

陆文翠："关键是要人好，会操持家务。有合适的先考虑一位大姐，你看怎么样？"

周敦颐："好。"

如他们所愿，府衙里的本地同僚帮忙，请来一位年近五十的大姐李景岚，人品好，做过家佣，凡事为主人着想，还灵当。她住进周敦颐家。

李景岚陪陆文翠来到后院花园。春风吹拂，草木繁盛，一片生机。园中的花都长满花蕾，月季、杜鹃、丁香花……不需两三日就会开放，陆文翠却觉得比置身万花丛中更有一番新意，心中更是燃起一直珍藏的希望之光。她想到带来的莲子，趁现在身子动起来还方便，得赶在清明节前把那包莲子发芽种下去，夏季就可以开出莲花。

“李姐，我们回家吧。”

“夫人，刚刚来就多看一会，在花园呼吸清新空气，晒晒太阳，可补阳气，对你对孩子都有好处。”

“你看，草木、花卉长得如此之好，适时生和长是定律。春以时计，不可错过宝贵时光。家里有一包莲子，正是种植之时，我们回去把它发芽，为后面栽种作点准备，再过上半月就可移植到池子里去。”

两个人到了家。陆文翠打开箱子，拿出那裹得圆圆的白丝绸莲花小包，然后解开系在上面的红绳，取莲子一颗一颗地在石面上磨去有凹点的那端，放进盛水盆里浸泡催芽。她们细心照看，每天换水，有时候也放在太阳底下晒一晒。几天后，莲子磨去的那端发出嫩黄芽嘴，向外线形伸长。

陆文翠自第一天带李景岚上集市买菜后，再也没有和她一起去集市，今天说要去，并叫李景岚提上大篮子，顺便买两口小陶缸。这不，那些已长成的莲苗根系初成，很快会长出大一点圆叶，就可以把莲苗栽到池里去。依她的经验，莲也可用小陶缸植养，她想用小陶缸栽上莲放在家里作盆景。

路上，她们走得慢。李景岚说：

“夫人，想吃什么？我到菜市找。”李景岚说得陆文翠满脸笑容。

“李姐，这几天的菜你都买得不错，味道好，我满口地吃。”陆文翠说。

“现在你需要多吃菜多吃饭，为自己吃，为肚子里孩子吃。”

“好的，谢你。”

来到菜市，她们先转一圈，菜的花样很多，陆文翠反而觉得不知道要吃什么菜。李景岚再问陆文翠买什么菜好，陆文翠说：“还是你买两样就可以。”

李景岚想给夫人补补身子，换换口味，买了一点肉，再买了些近两天没有吃过的时令菜。接下来他们去盆、钵、缸陶器摊点，李景岚熟悉地与卖家打招呼，卖家也认得她。

李景岚：“老板，买两口小陶缸。”

卖家："你挑。"

李景岚挑两口较为精致的小陶缸。说："夫人，您看怎样？"

陆文翠觉得不错，道："可以。"

李景岚把小陶缸往篮子里放，可篮子装不下，也不好拿。她大声说："哎呀，篮子装不下小陶缸，还不好拿，下回再说。"

陆文翠不知道她说这话另有用意。靠微利生活的卖家怕她真不买，又是早晨生意讲究一天顺，还看到她们确实不好拿，说："我给你们送回去。"李景岚说："那还是买两口。"

陶缸送到家，陆文翠让李景岚补点钱，卖家就是不肯收。陆文翠想到时候送些莲苗给卖家，可以放在摊位的小陶缸里做做装点，说不定还有人连小陶缸带莲花一起买走。

十多天后，莲苗移栽到寓所旁边小池子里，小陶缸也栽上莲。周敦颐把一个搬进书房，一个放在堂前，绿意点缀他们家，更显生机。

周敦颐巡察来到下辖县，和以往不同是他还带来一申诉状子。

县衙客厅里，周敦颐与新任的年轻于县令隔桌对坐，悉听他叙说该县治情，谈到一个小案子。

"有个家主庄逸巴，见他家原先买来的仆佣邱自立日子比自己好过，要邱自立拿钱赎回自身。邱自立平时给过庄逸巴不少钱，而这次庄逸巴提出这样的要求，邱自立便不肯，两个人吵起来。庄逸巴把邱自立告上县衙公堂，坚持要他赎回自己。县衙断邱自立出钱赎回自己，也好有了自由，以后两人谁也不占有谁，谁也不欠谁的。邱自立不服县衙所断，继续吵闹不休。闹来闹去，民众对此案有议论。本来是主、仆两个人可以私下自行商量了结的一桩小纠纷，由于他们互不相让，至现在还没有平息。被告邱自立还扬言要到府衙里去申诉，现在是闹得风声不小，大家都知道，县衙被动。"于县令说。

"你看是不是这个案子，被告邱自立已经申诉到州府。我下来巡察是来看看县里的情况，也是为此案而来。"周敦颐把带来那状子递给于县令。

"是是是，就是这案子。"于县令一看状子又说，"周判官道途辛苦，多谢为下官指点迷津。"

此般纠纷案上诉到州府，一般是发回到县衙重审断定完事。周敦颐下县巡察把它带来，于县令没有想到。他见周敦颐恭身亲为，礼贤下士，感到事情就好办，可以知道州府态度，并依州府态度尽早平息它。

“请周判官训示？”于县令给周敦颐添过茶，说。

“没有训示。”周敦颐道。

听到周敦颐说“没有训示”，于县令不摸底周敦颐是真谦虚，还是不高兴，他有点着急。

“别看是小案，它既是公事也是家事，得有个依规、依理、依据进行裁断，否则还是一个不服。要不，于县令重审案子，我也听听。”周敦颐与他商量，但也在想清官断家务事的难，不知道将是什么结果，还要看审讯具体情况。

而于县令也有此担心。说：“周判官，还是您来审好，我在旁边学学。”

周敦颐看出于县令的心思，干脆亲自重审此案。因为是庄逸巴状告邱自立，就先审他，以便完整了解案情始末，再审邱自立。

周敦颐问：“庄逸巴，你为什么要告邱自立？”

庄逸巴说：“他是一个孤儿，小时候走投无路，跪在街头卖身，家父把他买来养大做仆人，像自家人一样对待他，还帮他成了家。不瞒大人，说来惭愧。家父去世后家道逐渐衰落，我们一家人生活难维持，无法再养邱自立。邱自立便在城里跟人家做起生意，日子现在反比我家好很多。生活所迫我向他借钱，他不给还和我吵闹。世道变了，好心不得好报，所以我想他赎回自己，我也好用赎钱做点生意，以应自家日子所需。”

周敦颐：“你父亲怎样把邱自立买来做仆人的？”

庄逸巴：“那时我小记不大清，只记得家院很大，田地也多。家父把邱自立买来后，他经常在家院和田地做事。”

周敦颐：“那时你小，他会带你玩吗？”

庄逸巴：“也带过。”

周敦颐：“玩些什么？”

庄逸巴：“在院子里追着跑什么的，有时还唱民谣、儿歌。”

周敦颐：“教你唱民谣儿歌，也教你写过字吗？”

庄逸巴：“没有。”他知道邱自立没读过书，根本不会写字，他小心回着这样的问讯。

周敦颐：“他到你家有卖身契约否？”

庄逸巴：“有。”

周敦颐：“呈上来。”

契约呈到周敦颐手上。他看后又问："你从哪里得来的契约？"

庄逸巴："我爹留下的。"

周敦颐："你爹认识字吗？"

庄逸巴："爹读过书，认得。"

周敦颐眼睛紧盯契约，有点陈旧，内容规规矩矩，字写得堂堂正正，落款"邱自立"，姓名上还按有模糊的手印。邱自立不会写字，契约当然是别人帮写的。他再细看契约字句，发现落款署名的"邱"字写得别扭，无论是字的构架乃至笔法和契约所有字完全不一样。他琢磨一会，可见原本落款的名字为"丘自立"，之后有人给丘字加了右耳旁，此契约分明有假。他眼看庄逸巴，道："这是一张假契约！"

"白纸黑字，都写得清清楚楚，怎么可能假？"庄逸巴做了亏心事，虽说他表面镇静，但心里慌张。

"就是因为白纸黑字，写得清清楚楚，才证明它是一张假卖身契约。"

"怎么可能，怎么假法？"

"不是怎么可能，而且一定是。你自己看，'邱'字两边写得也不协调，左右边笔锋走出的线条不一样，此'邱'非同一人所写。"又道，"契约落款姓氏先是无耳旁丘，后来有人给它添加了耳旁，变成现在的邱，不是吗？"

"加耳旁，为何要添耳旁？没有人加耳旁。"庄逸巴当然是说自己没有篡改契约。

周敦颐道："丘与邱音同而字不相同。早在汉武帝时期刘彻纳董仲舒提谏，推行罢黜百家，独尊儒术。为避圣人孔丘讳，他特地颁诏，令姓氏之'丘'加右耳旁改为'邱'。当有人看见契约上的'丘'不是如今姓氏时，便把它改成姓氏'邱'，这就是为什么。"周敦颐眼睛直盯庄逸巴。

庄逸巴对周敦颐的话有所感觉，说："我一个字也没有改写。"他就是不招认。

周敦颐："是不是你改的，还是另有人改，你心里清楚，马上就知道。拿纸笔来，让庄逸巴当场写姓氏'邱'字！"

庄逸巴不愿写，但在公堂他无奈地写了。班头将他写的字呈给周敦颐。周敦颐一对比，发现他写的"邱"字左边"丘"与契约上字的构架和笔锋线条不一样，分明两人所写；而右耳旁和契约上署名邱姓耳旁完全相同，为同一人所写，出自庄逸巴之笔。

周敦颐："编造假证据索要钱财，你自己说该当何罪？杖刑二十！"

庄逸巴："我招我招，望大人恕罪！望大人恕罪！"

周敦颐叫停杖刑，再问："何处得来契约？"

庄逸巴："是请街头帮人写字据的老先生写的。开始找他就是不愿写，给钱他不要。我几次好说，他才写了。那天我去拿契约，他把写好折好的契约给我。回家一看，落款姓氏丘与邱自立的邱不相符，就拿笔加上右耳旁。现在，没有看到过他出来帮人写字据。"

周敦颐："契约上的手印呢？"

庄逸巴："为了不好辨认，花钱叫路人随意按一个不清楚的。"

周敦颐："那契约怎么有些陈旧？"

庄逸巴："我把它揉过，便呈旧色。"

其实，帮人写字据那老先生知道邱自立的所谓卖身。庄逸巴父亲当年见邱自立卖身，同情地收养他，并非买。老先生也知道，庄逸巴父亲死后一个富有的家被庄逸巴败掉，邱自立被迫出去谋生，从帮人家磨豆腐开始，后来自己做起豆腐生意。他念庄家收养之情，几次给庄逸巴钱，但还是被庄逸巴挥霍掉。庄逸巴再要钱邱自立就不给，两个人吵起来。庄逸巴就把邱自立告上公堂，迫使他赎回自己。老先生实在看不过去，在庄逸巴一再找他写契约的情况下，三思后就写了，落上那"丘自立"。即便添加右耳旁，只要细察，可知契约是假的，不添加更能看出契约是假的。

于县令看到还没有传邱自立到堂，就把事情搞清楚了。他对周敦颐无不佩服，倍加敬重。而周敦颐为于县令化解一难，心里高兴。让人想不到的是，在弄清案情、说清事理后，邱自立当周敦颐、于县令的面主动和庄逸巴和好，又给庄逸巴一些钱做生意。周敦颐劝庄逸巴说："你一定要用好这钱，更要看重邱自立对你的情义。"庄逸巴感动地回应说："一定一定。是自己不好，痛改前非，看重家人情义。"

周敦颐回到家，陆文翠见他很开心。问："为何高兴，相公下县一趟遇上好事？"

他说："是一件坏事变成好事。"并和她聊起下县平息庄逸巴和邱自立的家事小案。她也为周敦颐明断这家事小案感到欣慰。

周敦颐家里请来接生婆，陆文翠要生了。他高兴又有些紧张，看到大家不停地忙，自己却顶不上用场，很不自在。

耐心地等待。就在周敦颐焦急不安时，一个婴儿来到人间。

“恭喜老爷，夫人顺利生下小少爷！”李景岚嘴合不拢地从房里出来报喜。

“夫人和小孩都好吧？”别看周敦颐平时说话逻辑严密，滴水不漏，可在他心急时想着陆文翠和孩子，就顾不上仔细听李景岚的话，只管自己问。

“看把老爷急得，顺利就是母子平安呢！”李景岚笑。

“谢谢！谢谢！”周敦颐道。

他进得房来，看夫人，抱儿子，笑笑地对陆文翠说：“夫人，辛苦了！”陆文翠觉得很幸福，也泛出微微的笑意，道：“还是相公说得对，是儿子！”

周敦颐到合州一年多，确是喜事连连。结婚十六年与夫人陆文翠团圆；自己已由太子中舍转升殿中丞，赐五品服；现在又得子，可谓喜上加喜再添喜，对他来说实在是太舒心。一贯从简俭朴的他，在儿子三朝这天办薄酒家宴，同僚好友纷纷前来道贺。下属知县吕陶还特意作《贺周茂叔弄璋》：

仁厚阴功素所施，熊罴佳梦此何迟。
蓝田宝璞真稀世，丹穴仙雏亦为时。
善庆源流归显报，崇高堂构袭初基。
他年若许林泉老，却看儿孙振羽仪。

喜庆中，周敦颐高兴地敬客人满满的一杯酒，表示谢意。此时李景岚抱着白胖的小少爷来到堂前，周敦颐接过儿子抱在怀里，为他取名周寿。大家都祝福他家，祝福小周寿！

送走一个个来客，周敦颐又来看夫人和儿子。他端来稍凉一会的开水送到她嘴里，再抱儿子陪陆文翠，他们依然沉浸在甜蜜喜悦里。

小周寿一天一个样地长大，一家人过得开开心心。

可是生活就是生活，有时幸福美满，有时残酷无情。陆文翠自生周寿以来身体更为虚弱，比以前咳得厉害，她咳着咳着，觉得心里隐隐作痛。虽说有周敦颐无微不至的照顾，勤问医药治疗，还是不见好。

陆文翠变得敏感起来，想起那年来合州过三峡上白帝城，突遇老僧告诉她那团霞蔚由聚集而淡裂，又复聚原状，自然生成的话，是不是说她家，说她自己？果若如此，只怕是命运多舛。周敦颐也想过这事，却不相信与陆文翠和自己有什么关系，他一心帮她治病，开导她按时服药，期望她早日康复。

不幸的是，陆文翠没有好起来，去世了，对周敦颐是一个沉重打击。好不容易两个人团聚在一起，病魔却无情地把他们永远分隔开来，特别是想到陆文翠为人善良，一个人守在汴京的家那么多年，为他真情地付出，却没有得到生活和命运的回报，没有得到他的回报，周敦颐深感自己亏欠她太多。无论怎样劝说，一种无法接受的伤痛郁结于心，他一时变得沉默寡言，状态不好，令人担心。李景岚叫来自己家人帮忙，一起尽力照看好小周寿，暂时帮着管好这个家。

以前在街上摆棋点拨周敦颐的那个老人来到合州府衙前，他铺开那张写有“不与非闲人下棋，只下一局”的布，又摆起棋摊。值班衙役见老人有些怪异，上来赶他走。

“府衙前不是大街上，更不是消遣娱乐处任你所为。快收拾东西，现在就离开!”

“等会有人要来，说不定我还要进到府衙里去，真是走不了。”

“要是不走，就叫皂班把你抓起来，看你走还是不走？”值班衙役不信他的话说。

“不要这么说。大宋律规可没写不能在府衙前摆棋摊，总不能说抓就抓吧。府衙是讲法讲理的地方，要是随便抓人，还有什么公理可言。”他不快不慢地说。

“你是在扰乱府衙秩序，律规上没有写也可以同样治你的罪。”

“要不，你先去问问府衙里当官的。如果说是扰乱府衙秩序，我立马就走。”事实上是老人不愿进府衙，他如此摆棋摊是好让周敦颐出来见他。

值班衙役真去向周敦颐禀报，周敦颐听后赶来。道：“您怎么在这里，也不进去？您看是到公厅还是去家里？”周敦颐没有说能或者不能在此处摆棋摊，可老人收起棋和那张铺在地上的布。

“今天为你而来，既不去公厅，也不去你家，就在这说上几句话。”

“不去公厅也不去家里，叫什么为我而来，还是进去吧。”

“那就去家里。”

老人刀子嘴豆腐心。说：“我心肠太硬，见人快乐时劝人悠着点，见人忧愁时又劝人乐着点。尊夫人早逝，是一件非常不幸的事。可人生在世，生死无常。只是这样的事不知道会发生在哪个家里，谁的身上。死者在病痛中挣扎而去要受很多痛苦，可生者却更是有绕不开、躲不过的切肤之痛，心头之苦，当然劝你心里放开点。你还要公行职事，还要抚养小儿，还要读书著述，还要……

我是一个闲来江湖摆棋下棋的人，几年前你问我摆棋为什么只和人家下一局，并说到棋局就是人生。当你说到人生就是棋局时，我说犹如草木一秋。下棋无一局不是丢車弃卒，伤痕累累地往前走，走到最后才有胜负之分，人生的过程本是如此。不但不能停止，而且更要坚强坚定地走下去。”老人劝周敦颐，即使现在遇到人生困惑，也不能受困于人生，束缚自己。

又说：“每次摆棋不管是我输还是对方输，大都因棋局中错走一步而全盘皆输。你一蹶不振，黄泉下的尊夫人，还有我的好友你舅舅郑向要是知道也不会同意，你得好好想明白。我来可是赶不少路程，就为和你说这些话，现在该走了。”

周敦颐：“您不辞辛苦专程赶路来府衙。按年龄您比我大两轮，按辈分您又是我舅舅好友。现在，我就叫您一声叔。叔啊，请您别走，留下来，我还有很多话想跟您说。”见周敦颐说得真诚，留得诚心，甚至老人分明看见周敦颐眼里漾满泪水。

老人破例留宿一夜。准确地说他并没有宿息，而是与周敦颐又交谈一夜，周敦颐阴郁的心结终于被老人慢慢打开，他知道只有把对夫人的爱深藏在心里，才是对她最好的深爱怀念。

天拂晓时，老人心轻地走出府衙。和郴州那次走时不一样，他拒绝送行，临别对周敦颐一笑。据说，他后来去了岭南山里，再后来又去了庐山。周敦颐试图找过他，却再也没有找到。

第二十一章　六妹来续弦

嘉祐四年（1059），巴蜀夔州观察推官蒲宗孟回阆州故里省亲。

船行长江上游，两岸高山耸立，满山花红。好久没有回家的蒲宗孟心情格外炽热，急盼快一点见到家人。到了合州他本是转道续行，却听到合州人赞誉周敦颐，他突发地想认识周敦颐，决定拜访这位判官，来到合州府。

“蒲宗孟拜访周判官。哦，我乃夔州观察推官。”

“欣闻观察推官驾到，合州之幸！”周敦颐道。

“哪里哪里。本人回阆州省亲。闻众言赞誉判官，心动前来拜访，今日得见，不胜荣幸。”蒲宗孟道。

“观察推官奔于道途，挤出时间前来探望，受宠若惊，心存感激。”

“此来请教判官亲民之治，请教亲民之治。”

“先圣曰，有朋自远方来不亦乐乎！合州、夔州共江水之上，近以为邻，邻以为亲。今有邻亲来更是亲切，有请观察推官客厅里座，请！”周敦颐手指向客厅。

两个人走进客厅。

蒲宗孟感受到周敦颐的热情客气，且见他气质高雅，话语自如，心生敬意。

同为州府官员，话不离本行，他们不忘职事重要，谈起两州之治、经济民生、地域风情……不一而足，相互取彼之长补己之短，以利两地域靖民安。交谈中，周敦颐便知道蒲宗孟是太常丞蒲师道之子，字传正，举进士，学识渊博，能诗善文。而蒲宗孟也知道周敦颐非一般人读书的经历和学识，讲学、著书受人瞩目。两个人有了共同所好，进而又说到读书上来。

他们谈及当朝倡导重读《六经》时，感悟之多，一吐为快，互为问答，入耳觉新，相互走进对方心里境地，自由而愉悦。

到午餐时分，周通在客厅外等很久，稍稍推一下门，从缝隙看见他们谈兴正浓，滔滔不绝。他只好把门推开进来，周敦颐、蒲宗孟似乎还未觉察，仍然叙说。周通止步又站过一会，道："老爷，还是先用餐吧。要不，等一会饭菜都凉了。"

两个人恍然一笑，周敦颐道："民以食为天！"他们意犹未尽地去用餐。

餐后回到客厅，他们不由自主地又谈起来。蒲宗孟极为欣赏周敦颐立太极、立人极等独到的学术见解，认为大有发展孔孟之道之势。两个人已进入彼此交流的佳境，欲罢不休，晚上还废寝书房，夜去晨来地论学。蒲宗孟深感周敦颐学知丰富，思想深邃，感叹他竟得如此造诣，当今学界屈指可数。道："世有斯人欤！"

蒲宗孟还得知周敦颐夫人陆文翠生下儿子后，身体一直不好，不久去世，为其痛惜。看到周敦颐要抚养襁褓里的小周寿，无不拖累其身，力尽交瘁，对他平日里职事公务、读书讲学都极为不利，需要有个女人和他一起来操持家。依他与周敦颐这般接触，认识到周敦颐公廉做人、济世为民、严谨治学，很放心地想到自家至今还没有找到合适婆家的六妹。

他对六妹十分疼爱和关心。而六妹也天生地敬重、喜欢这个兄长，直到现在一见面还小孩似的黏着他，时有顽皮撒娇，但在大事情上毫不含糊地听他的。如果六妹继室周敦颐，也算是门当户对，两相般配，他有意将六妹嫁给周敦颐，正在想怎样跟周敦颐开口。

入夜，月行中天，微风徐徐。周敦颐和蒲宗孟在府衙外漫步，走在不很平坦的江边山城小道，所见朦胧夜色里万家灯火，别有一番风味。他们宛若读书般深入其境，领略自然而美丽的山城夜色。

蒲宗孟："昨晚还在下雨，现在却夜空云开，乳光莹透。你看圆圆的月、闪闪的星挂在天空。两个不同气象的夜却给人不一样心情，何也？"

周敦颐："天之阴晴，月之圆缺，星之有无，乃夜之常态。人容易触景生情，方有悲欢。观察推官明日回故里，将见到家人，更会有此等感慨。"他此时也不由得怀念起故妻陆文翠。

有周敦颐的话为引子，蒲宗孟很自然地说："吾家二姊五妹，六妹年方二十，才貌皆俱，待家闺中，因心高气傲，不愿轻薄苟嫁，尚未择婚，我一直挂在心怀。两天来我们闭门畅谈，无暇顾及别的，可我发现上苍告诉我，原来六妹在等一个人。"

“或许……或许……”周敦颐听出蒲宗孟话里有话，可他没有心理准备。心想太常丞的千金小姐，观察推官的妹妹，一个大家闺秀，若给自己做继室，恐怕是委屈其六妹。再说也是蒲宗孟一己之愿，其六妹是否愿意下嫁，尚且不知。算了吧，周敦颐只有“或许”连着“或许”地支支吾吾。

“依我看，吾六妹看重你这样的人，愿意嫁给你。”蒲宗孟看出周敦颐的心事，顾虑重重，干脆把话挑明。

“这个嘛……这个……”周敦颐仍然支支吾吾。

“我家六妹我知道，只要你愿意，她与周君的婚事定能成。”蒲宗孟给周敦颐吃一颗定心丸。

事实上，蒲宗孟多年来一直留心为六妹物色贤夫，是他眼高过顶，谁都没有看上，倒是遇到周敦颐才有此想法。当周敦颐担心六妹是否愿意嫁与他作继室时，蒲宗孟又不得不把底数托出来，打消周敦颐顾虑。周敦颐考虑到自己虽已有家却不完整，在蒲宗孟劝说下同意这桩婚事。

下船后转过小山，蒲宗孟到了阆州新井。走近家时被站在家门口的蒲六妹看见。她有些激动，大声地向还在老远的他喊：“哥！哥！”再向家里人喊，“哥回来啦！”她跑上去迎接，帮蒲宗孟提拿行李。

看到六妹欢心，蒲宗孟也欢心。他用着心思，亲切而风趣地道：“都长成大人，还疯疯癫癫的，小心嫁不出去。”这第一句话就往六妹的婚事上说。

蒲六妹：“我不是想哥吗！”

蒲宗孟：“读书可有长进？”

蒲六妹：“没有，我又不要去参加科考举进士，以后当官做大事情。”

蒲宗孟：“嘿！不参加科考就可以不读书修行？那针线活呢？”

蒲六妹：“也没有，我现在又不是没有衣鞋穿嘛，有哥在还怕嫂子不帮我做。”

蒲宗孟：“你看你看……这妹子！我不是在信上对你说过，要多读书，背下来，得体会，学涵自己；要勤穿针引线，练就过日子的手艺。你呀，迟早是要嫁出去，不读书不做针线以后怎么办？现在一切都有，并不等于今后就一定会有，要靠自己。”

蒲六妹狡黠一笑：“两项都做了哇，都小有进步。要不，哥检查检查。”又说，“哥的话我哪回敢不听从。”

蒲宗孟：“这还差不多，像我六妹。”

家人也都出门迎看。蒲宗孟才进门，门外响起爆竹声，蒲宗孟荣归故里，他和他的家又风光一回。

一家人聚坐堂前，看看、说说、笑笑，慢慢地各自忙各的走开，去准备家宴欢聚。人去声静，可六妹还在。看得出她在蒲宗孟面前有点特殊，而蒲宗孟也愿和六妹多说一会话。

“哥，你来信不是说早一点回家吗？却在路上走了好些天？”

“如期动身出夔州，到合州转道时，听到当地人说周敦颐的好，就顺便去合州府衙拜访他，耽搁三天。”

“他是你的好朋友？”

“以前不认识，拜访他就成为好朋友，比好朋友还要好的朋友。没想到和他十分投缘，与他交谈有启于始而难有于终，彼此忘我，先是不知不觉地过去一天，后来在他家连续两天两夜说个不停，出乎我的意料与想象，我自己都不知道为什么。”

“你们真能说，他是个什么官？”

“现在他是合州判官，是一个大才子、好判官、真高人。”

“什么大才子，好判官，真高人，有什么了不起，怎能比我哥呢！”

“你可不要乱说，哥有自知之明，不及他。”

“那你说说他是何等大才子，何等好判官，又是何等真高人？”她想那个周敦颐在哥心中这么崇高，他到底是一个什么样的人，便一阵追问。

蒲宗孟把他与周敦颐相见的过程，通过此回交结对周敦颐的认识，以及拜访周敦颐的感受全告诉六妹。六妹听着听着，脸上先是肃穆的疑惑，随之又被一种敬慕神色所取代。

“那么有德、有才、博学！你没有白去拜访他。”六妹说道。

“可惜，遗憾哪！”蒲宗孟故意加重语气，卖着关子，偷偷观察六妹会有什么反应。

“可惜、遗憾什么？”她关切地往下问。

“他夫人前不久生下一子，几个月后她病故了。现在他是忙里忙外，日子过得不容易。”蒲宗孟声音低沉地道。

“你是说他既要躬行职事，又要照顾家小，还要读书做学问吧。天天如此事多，而且都是重要事情缠身，很辛苦。周判官还真不容易，就没有别人帮他？哥！”六妹有点不放心地问，话还说得急切。

“是呀。你着啥急，我的朋友我都不着急。”蒲宗孟有意刺激她，再观六妹。

“是你说到这个人，还是你现在的好朋友，我根本不认得他，与我何干。不过是问问而已，你家都不急着回，而自作多情去拜会他，在他家先过上三天，还说我为他着急。”虽然蒲六妹嘴里说得很生硬，心里却又是另一番想法。她说话方式、语气和神情都告诉蒲宗孟，六妹对周敦颐有关切之意，蒲宗孟一眼看出她口是心非。可见，他还没有把婚事说出来，就有眉目。

大约是蒲宗孟回家第六天，蒲六妹陪蒲宗孟室外一走，两人又说起周敦颐，他见她对周敦颐有爱慕之意，觉得他们的婚事已趋成熟，不必再遮掩。蒲宗孟直接说：“六妹，实话告诉你。哥看周敦颐品行优，学问高，口碑好，是哥多年来遇上看好的人，哥想把你许配给他。”

蒲六妹听了蒲宗孟的话，心里更是有一种莫名感觉。她静默片刻，问：“哥和他已说这事？”

蒲宗孟：“说了。”

蒲六妹抿嘴咬唇，满脸飞红，但她毕竟不同小家碧玉，很沉稳地问：“他怎么说？”

蒲宗孟：“开始不同意，怕自己的不幸婚姻连累你，我劝说他。”

蒲六妹：“那他又怎么样？”她急着问，然后定神等待蒲宗孟的话。

蒲宗孟：“当然是同意。”

蒲六妹心一跳，生怕哥说的是不同意。

蒲宗孟：“六妹呀，婚姻是人的终身大事，择夫成家重在看人，还要看缘分。哥把你许配给他没有先和你商量，是有些武断，可我回家在合州转道时听到当地百姓夸耀他。有人在背后说他好那是真好，是实话。我心生仰慕就产生拜访想法，认为是个机会，便去学学他做人、做事、做官、做学问。经过后来和他直接交谈，对他有所发现和了解，相互间由陌生人成为知己，再又成为挚友，才有为妹保媒之举，为哥心底里是希望你一辈子好。一个女人能和有思想、有道德、有公廉、有学识、有民声的好男人在一起过日子，是很幸福的事情，也是你这么些年等来的福分。”他郑重地说。

蒲六妹：“哥读那么多书，又是一州观察推官，懂的远比我多，看人比我准，我相信哥有眼光。”

蒲宗孟在家过了一些日子，省亲假期已到，他要回夔州任上。

蒲六妹来到书房：“哥，我想明天跟你一起去夔州。”这回她可是没有那样的玩趣。

蒲宗孟闻其言，知道六妹心里所想。笑道：“如果你愿意，我们一起前往合州，你先去帮一下周敦颐，跟他家李姐学学看护孩子，操持家务。过些时候我去合州接你，到夔州多过些日子，好好在我那里玩玩。”

蒲六妹：“可以，谢哥。”

蒲宗孟：“要知道，你是在别人家里学做事，不是在自己家，我们家兄妹可都是有学涵的。”

蒲六妹：“哥放心，我知道。”

此事得先让周敦颐知道，以免其不明不白，措手不及。时间紧迫，蒲宗孟即时给周敦颐写一封短信，托交驿站赶上当天投递。

嘉祐五年（1060）仲春的一天，阳光灿烂，花红柳绿，大地生机盎然。周敦颐前往阆中迎娶蒲家六妹。他沿嘉陵江出合州，经果州，再过蓬州，抵阆中新井，去蒲六妹家。

途中，船快到舟口时，这里的文人情缘故事也随之浮现在周敦颐脑海。

当年大辞赋家和美学大家司马相如文、艺并举超群，曾作《如玉赋》赠梁孝王。梁孝王即诵此赋，感到辞藻瑰丽，气韵非凡。梁孝王甚欢，将自己那把来历不凡的绿绮琴赠给他，此乃一把传世名琴，琴上铭文“桐梓合精”，尊贵无比。

司马相如得绿绮，可谓“好琴配大师”。他以精湛技艺，让琴发出悦耳动听的音色，名噪四方。他潇洒自如地抚拨琴弦，以一曲《凤求凰》的绝妙音律，扣人心弦的深情，演绎出他与卓文君的千古爱情绝唱。最终，他们过上了美好的幸福生活。

因为此行娶亲，周敦颐想上岸拜谒司马相如故里。

船靠岸时，当地士绅学子早得消息已在码头相迎，挽留周敦颐在舟口逗留讲学。

周敦颐被难住了。一边是洞房花烛夜，人生四大喜事之一，看好定下的娶亲日子，规定娶亲的日程都不能变更。一边是虔心恳请他讲学的弟子，更有他们的热盼。前者耽搁不得，贻误不起；后者虽可暂作舍弃，却难舍弃。

码头上人越来越多，请周敦颐讲学的呼声越来越高。

“现在遇到这样的事您可不能够答应他们，我们去迎娶夫人要紧，走吧！”婚事总管当然怕耽误周敦颐的婚姻大事，也怕场面上人听到，他压低嗓音对周敦颐耳语。

“是、是、是。”周敦颐如此说，可他又出人意料地大声道“先讲学”。全场顿时举手呼应，“讲学啦！讲学啦！”总管急出一身汗来：“怎能如此，怎能如此。告诉他们改日讲学！”这是特别家事，也不管周敦颐的身份，他坚定地做一回主。

周敦颐：“这话说出去不好收回呀。”

婚事总管：“娶亲是最大的事，您说出去的话还可以改，谁都知道娶亲是双方定下来的，看好的黄道吉日绝不能改。放心吧，他们都是儒道之人一定会理解接受。再说，下次来给他们讲学补上也不迟，只要您需要到时我可以陪同前来。”

周敦颐：“从中挤点时间给他们，路上用时不是还留有余地吗？下一程路赶紧地走，不误日子时辰就可以。你看他们那般兴奋，那般希望，还是成人之美吧。”

婚事总管真拿周敦颐没办法，双手搓来搓去，来回走动，别无他说。

无须准备，周敦颐来到他们早就准备好的一间宽大房子，走上讲台，即兴作一堂讲学：

> 思曰睿，睿作圣。无思，本也；思通，用也。几动于彼，诚动于此。无思而无不通，为圣人。不思，则不能通微；不睿，则不能无不通。是则无不通生于通微，通微生于思。故思者，圣功之本，而吉凶之几也。《易》曰：“君子见几而作，不俟终日。”又曰“知几其神乎！”
>
> ……

讲学中，他熟练地引用《洪范》里的叙说，对思和睿予以精到释疑，对人的思、睿不同程度，以致诚者无所不思进行详尽阐述。强调要善思致睿，切合时机把握时机，达到通于幽微，自觉实现“蒙以养正”。

那些士绅学子觉得还不过瘾解渴，想周敦颐再作讲学。紧接着，他又进行短些时间的第二堂讲学：

> 实胜，善也；名胜，耻也。
>
> 故君子进德修业，孳孳不息，务实胜也。德业有未著，则恐恐然畏人知，远耻也。小人则伪而已。故君子日休，小人日忧。
>
> ……

他再从君子进德修业讲开去，阐述对待名与实的荣与辱、快乐与忧劳，指出扩大功业建树在于孜孜不倦，从不停止，做仁义礼智信的行者，把脚跟站稳站牢。他强调说，要使自己的德才胜过名声，君子能做到内心安闲，就会一天比一天快乐，乃无不德道者；而小人不惜弄虚作假，挖空心思以求虚名，那就会一天比一天忧劳，乃无不羞耻者。

连续两场讲学，是他读书时对人之思与之行结合的思考。在周敦颐看来，向好道德与行为应遵循理道，人认知它懂得它，就会有提高，即使在这样重要的时刻，也当讲如斯。

阆中新井蒲宗孟家，为六妹出嫁做好一切准备，只待周郎登门迎娶。已等半天的家人此时望眼欲穿，周敦颐应该到达，却迟迟不见娶亲队伍来，不知何故，心里发急。

蒲宗孟也发急，他来到闺房对六妹说：

“妹婿还没有到，你出嫁日子时辰已定，现在大家都在急，人人紧张，你看呢？”

“周郎行事稳重你我都知道。他从合州过来要经过几个地方，沿途门徒多，都知道我这个蒲家之女嫁给他，那些学子还不阻拦阻拦，闹出个一路道贺的喜庆来。哥，别着急，相信他会把握好。”

听六妹一说，蒲宗孟觉得有道理也就没说什么，只有耐着性子等。过一会儿，他还是耐不住心里急，而且急得很厉害，又来到六妹闺房。说：“六妹，再过一个时辰就是发轿吉时，却还不见妹婿来。要是误时辰，哥怎么抱你送出家门，你怎么嫁得出去？”

“哥，要知道是周家娶我，更担心的还是他们，怎样看怎么说也是他们家比我们家还要急，有他们急我们就不用担心。也许他马上会到，稳着等就是。”虽说她有一种自知和坚信，但不见周敦颐来也怀有不安。

话音才落，兄妹俩听到外面传来锣鼓喇叭声，越来越响，蒲宗孟悬起的心才落实下来。周敦颐踩着蒲六妹嫁出家门时间点来了，等待、不安、焦急的全家人此刻踏实、安稳、高兴起来。

蒲家热热闹闹。不过两碗茶工夫，蒲宗孟不舍地抱着六妹出家门，周敦颐在一片欣喜声里接抱蒲六妹离开蒲家。蒲家人、亲友、族人还在望向已去的六妹，都说她出嫁“准时、紧凑、喜庆，好”!

娶来蒲六妹再经舟口，那些士绅学子又聚在码头，朝迎亲的船上极目欢送。

周敦颐和蒲六妹站在船上，露出甜蜜的笑，不断地向他们挥手。

娶亲队伍吹吹打打，喜庆地走进合州府的衙院，周敦颐又和蒲六妹在这里营造一个新家。

大家闺秀就是大家闺秀。蒲六妹高兴、幸福，对周敦颐称呼道：“老爷，辛苦了。”周敦颐也满面笑容，疼爱地道：“夫人一样辛苦。”又道，“尽管我比你大很多，但我们是平等夫妻，以后就直呼我名好啦。”

蒲六妹道：“不，称夫君。”她即刻改口叫一声夫君。两个人幸福地笑。

当地人不忘周敦颐娶亲途中讲学，将此事写入《蓬州志略》：“先生途经舟口，学者知为学宗，攀留请业。先生赏其志，为秀者指示性道原委，为钝者讲明伦序大义……先生既去蜀，学者肖像祠而师之。”

虽说蒲宗孟与周敦颐是好朋友，又是姻亲，经常书信往来，切磋学问，诗文唱和，询问或告知六妹的情况。可到现在蒲六妹出嫁好几年，兄妹俩都没有相见过。蒲宗孟常常想念她，为此写下《别黎郎十娘诗》曰：“六娘周家妇，晚方偶良姻。乃是我手娉，不见五六春。”

第二十二章　特殊两弟子

事情回到陆文翠生下周寿不久的小溪县码头。

在小溪县供职的陆丞解官东归，与当地人称神童的傅耆惜别。他认真地对傅耆说："你尽管读好书，我见到周敦颐，一定向他介绍你。"傅耆甚是感激。

陆丞，是陆文翠五服内的堂兄，这次东归他要顺途看望堂妹、堂妹夫、小外甥。

船发涪江，陆丞坐在船上默默回想，思绪滑向昔日与傅耆相识的情景。那是他在任上，听人说有位少年俊才傅耆，字伯成，遂宁人。富有读书天赋，其荐于乡到遂州小溪县读书。陆丞赏识，爱才惜才，寻访傅耆。

傅耆领他进自己的房间。陆丞看到地上有很多纸片，纸片上还有字。他随手拾起几张一看，发现是《大学》《尚书》里的书页，心情一下反差极大，落个透心冰凉，可见如此不爱惜书的人还能是读书之人吗？扫兴，他想打道回县衙。可又一想，傅耆不是读书神童吗？自当是"神读"，难道小傅耆有三国时期张松那本领，一目十行，过目不忘？得考考他，见于真假。

"这些是你撕下丢的？"

"是。"

"都读过？"

"都读过。"

"读过都记得吗？"

"记得。"

"能背吗？"

"能。"

陆丞对《大学》《尚书》熟悉，从两本书中各抽几句连问，傅耆对答如流，且有自己的理解，欠缺之处是对书意所释掌握不够完整。傅耆还把《尚书》给陆丞背一遍。说："我看书读书不留书，读完一页就撕下一页，书读完了，书页也就撕完了。反过来说，书页撕完了，书没有了，书也就读完了。"

陆丞见识他记忆力惊人，发现傅耆真是一棵读书的好苗子，只要有人给予正确引导，他一定能把书读得很好，完全可以走通读书之路，国家又可多出一个人才。

自此以后，陆丞常去看傅耆，关注他读书。傅耆受到他鼓励，更加勤奋刻苦。陆丞对傅耆说："周敦颐学问广博，名望服众，广涉儒、释、道及诸子百家，学有见地，造诣颇深，所作《太极图》及《太极图说》，还有《通书》……引领儒家学说的发展。"傅耆一听激动起来，强烈向往周敦颐。他说："我期待将问教于周敦颐尊师。"陆丞把他的话记在心上。

早在周敦颐赴任合州之前，陆丞就已书信告诉过他，说遂州小溪县有读书神童傅耆，年幼熟知经典。他这次去合州，与其说是看望已久未见面的至亲，不如说还有来向周敦颐慎重推荐少年学子傅耆，或二者兼而有之。

到了合州，他见到周敦颐全家人，一解他多年心中所望。小居几日里，他与周敦颐聊各方面事情，谈起读书，由此谈到读书人，当面言荐傅耆。

陆丞："那次在信中向你提及的少年傅耆，好读书，记忆力好，能文善诗，是东川一等才俊。"他细说认识傅耆的经过，对傅耆读书大赞一番。

周敦颐："如此少年才俊，实属鲜见。"

陆丞："若能得你指点，他将来定会成为有用之才，有朝一日可效力国家，服务百姓。"

周敦颐："是呀，人才难得，年少尤甚。傅耆有读书天性，于他重要的是用好天性读好书，提高自己。若有机会将与他探究读书，追寻圣贤之道。"

周敦颐的话让陆丞放心。

陆丞离去。周敦颐不忘陆丞向他推荐傅耆，就给傅耆写信。他开门见山地说，因陆丞以前信中谈到他、这次推荐悉知他，很欣慰。然后叙说自己怎样读书和学术主张，抒发济众之志，希望傅耆不懈读好书，以成大器。他觉得若两个人在一起谈经论学，促进交流，领会精要更有益处，便在信中告诉傅耆可来合州共同探究读书。

自陆丞离开小溪县那天起，傅耆常想起陆丞说把自己介绍给周敦颐的事，不隔日地盼望陆丞来信，以获知消息。

冬至刚过的一日，天朗气清，素净阳光使人感到些许温煦。傅耆收到一封信，但不是陆丞来的，而是周敦颐写来的，令他太意外太兴奋，激动得快要跳起来。他吟诵信，一用心一遍就把信全背下来，深深折服周敦颐对读书的见解，以济天下的人生抱负，也折服他这样的大儒先给自己来信，感激流涕。傅耆反复斟酌，写回信：

微阳复来，君子道长，恭惟茂对，榖旦多集，繁禧欣抃。昨辱急步至，传诲笔，且审公馀，起居百福，封君尊候康宁。盖执事以济众为怀，神所劳赍，故得高士与施至术，而心明远寓名方，岂不盛哉！贱子闻之，弗胜喜蹈。又得知陆丞，沿流一无惊扰，平达荆渚，良辰计至，辇毂欣跃之至，弗可胜。既慨未克趋，见增郁耳。伏计为国自重！

第一封信刚寄出，傅耆心里还不平静，感到想说的话还没有说到位，也没有说够。他又写第二封信，多方位表达心中之意，惊叹周敦颐的学识，“所幸接高论，固多余意，行思坐诵，默有所得，俾不遂溺于时习，而失于古道也。”又说出向往周敦颐的意愿，“耆居里中亦常式，但违远高贤，倏已浃日，鄙吝之怀又复萌芽矣。”还真诚表达以周敦颐为师，“言侍以卒其业焉。”如此，傅耆大得畅快。

求学之心切，拜教先生之心急。他不再满足书信往来谈读书，他要尽早到合州拜见周先生。时已至夏，傅耆按捺不住等待，干脆趁当时江水上涨的方便，坐船来到合州城，顺利找到周敦颐家。

“晚辈遂宁小生傅耆拜见先生！”傅耆伏拜，为读书求学而来，他干脆称先生。

“免礼免礼。伯成，你终于来啦！”周敦颐让傅耆起来。

“先生抬爱，小生不胜惶愧。”

虽说年龄悬殊，以前不相识，相隔且远，两个人却因好读书，更因周敦颐爱读书之人，在陆丞的介绍下他们走到一起。和当年二程拜师周敦颐年纪相同，傅耆只有十四岁。

傅耆不断地向周敦颐请教，谈读书心得。而周敦颐对他的读书便是认可，并予以教导。在陆文翠身体不好、小孩周寿又小、周敦颐要照顾家人的情况下，还顾及傅耆。傅耆深感过意不去，感觉自己人生有幸遇到了好先生，从此走在亮堂的读书路上。

周敦颐常带傅耆参与各种雅聚，认识读书人。一天，周敦颐宴请太常博士孟翱，读书人之雅气充盈席间，大家酬唱，唯有傅耆静听不语。

“在座师长儒风，耳濡目染，不乏所得，不必拘束。”周敦颐鼓励傅耆，让他不失机会求学于各位师长。

“小生得此幸拜诸位先辈，有礼！”傅耆站起来躬身说。

“何不一起唱和？”有师长曰。

“小生不才，唯恐师长失望，以免雅意里间拙。”他见人人出口诗句高妙，静听受教。

“有感而发是矣。”又有师长点化鼓励。

傅耆心意而动，作得《和周茂叔席上酬孟翱太博》一首，他当着这些师长的面，表示做好弟子，追随弘道，说出自己对周敦颐的感激之情：

古人务乐善，见士即推毂。
今也多忌才，对面远吴蜀。
顾予尝喜学，幽室未偶烛。
幸会才翘翘，深惭识碌碌。
升堂听高论，惟愁日景促。
经义许叩击，诗章容往复。
荷公引重语，玞珉变良玉。
一违几席来，羲娥变昏旭。
远闻落帽节，宾朋相追逐。
剩摘篱下黄，痛饮杯中醁。
清谈已忘倦，佳篇又相勖。
毕力为徒弟，强勉攀高躅。
异时公行道，其势不可独。
首愿策疲蹇，助公施蕴蓄。
舒张太平策，散作苍生福。
此志答此惠，庶几不忝辱。

傅耆寄居周敦颐家读书一个多月，对所读典籍之理解更是逐日加深，把握上更为精准。周敦颐道：“你不负耕读，已得读书之要。可先回遂州自律读书，为以后参加当朝科举进行深厚积累。待你再来合州，如何？”

“听从尊师。”

周敦颐近来重读《易经》，对《易经·姤卦》有与以前不同的理解，忍不住把心得记录下来，写下一篇《说姤》寄给傅耆。傅耆收到回信道：“兼承宠示《说姤》，意远而不迂，词简而有法。”他后来与朋友卢次山书信交流说：“茂叔《说姤》，窃谓杂以之于元结集中。俾识者观之，不能辨其孰周而孰元。”认为周敦颐的文章风格和唐代古文先驱元结相似。卢次山回信说：“辞淳义密，如轲之文，真知言也。”傅耆对这种看上去好似平凡的事有感悟，心想读书作文还需效法先生。

嘉祐六年（1061），傅耆拜别亲人乘船出川，顺利地进京赶考。仁宗皇帝在崇政殿试礼部进士，傅耆幸见圣上。三月放榜，王俊民等一百三十九人进士及第，傅耆位列第三十名。周敦颐此时恰好在京师，得知他进士及第，满心欢喜，前往恭贺：“从表殿中丞前合州从事周惇实，专谒新恩先辈傅弟。三月十二日手谒。”

傅耆感动之至，伏拜！

人曰：“可亲可敬的师长，知恩感恩的弟子。”

合州城外东向半岛，有一座百丈高小山。唐朝时合州著名学士曲瑞常于此处小憩，晚年筑舍安居其上，此山便称作“学士山”，是合州人盼望多出人才出自心中之称谓。

学士山北麓有大户人家张府，主人张宗范是当地乡绅，品行优良，自家富却不忘贫苦，乐善好施，民众看好有名声。

周敦颐这天临时走访近处乡绅名士，没有打招呼来到学士山，朝乡绅张宗范家而去。前头传来：“张宗范一早出了家门，可否改访别的乡绅名士。”周敦颐说：“那就看看他家里人。”

张家人忽闻家佣来报：“州府判官周敦颐来访，就要来到府上。”

州官第一次到张宗范家，主人不在，家人便慌手脚，不知如何是好。情急之中，年纪较大、行有不便、小时候受过儒教的张宗范父亲只好带领家人出门迎接。老人见周敦颐来到门前，缓慢跪地行礼。还没有跪下去，周敦颐上前一步扶起他。

老人：“谢判官大人海涵。”

周敦颐：“您老无恙！”

老人："托判官大人的福，无恙无恙。"老人请周敦颐进屋上座。

周敦颐："是贵府造化有福气，本官只是走访探望家人。"

老人："判官大人亲临寒舍，蓬荜生辉，家门之幸。可犬子不知判官大人来已出门在外，错失良机。"

周敦颐："与张乡绅日后会有见面的时候。今天到贵府，看到家人特别是看到您老比看到他还重要。您老健康，一家祥和，家业成就，为您全家高兴。"

老人："犬子从道勤奋，建起此般家院，我垂老入住怡养，开心。而今天是我一辈子最开心的一天，从来不敢奢望州府大人来看我一家人，全家感激不尽。"他又动起身子欲伏地拜谢，同样被周敦颐拦住。

周敦颐："子孙贤用，门庭孝悌，誉贯合州，好啊！"

话语中周敦颐问候家人，和老人拉起家常，呈现出官民无间的亲近，老人备感亲切。

周敦颐环视厅堂，见堂壁挂一幅"义之与比"题书。尽管字写得不算好，但从孔圣人众多子曰中取之而来，题书装裱，置于高堂，也是心中有道。他想，张宗范还真名不虚传，一个儒道之人。

老人："犬子题书所挂，愿他择此道而远行。"周敦颐要回府衙了，老人将他送到门外，真诚地说："再谢判官大人看望全家！"

周敦颐走后，老人沉浸在周敦颐来他家的兴奋里。

张宗范晚上到家，告诉父亲："在城里遇有老者带一小孙乞讨，说其家遭荒，出来有些日子，所见惨淡，便施以饭菜。我看到爷孙俩大口吞咽，先是喜，过后是忧，再给一点钱让他们添衣蔽体。唉，每遇饥寒者，都有差不多的感觉。"说完，他看到父亲有些特别，表情举止不同平时。问："爹为何今天如此兴致欢颜，如此地看我，我也只做了一直都这样做的事。"

老人哈哈地笑。说："我在听你说今天所遇、所济、所感，但也要告诉你一件大好事，今天州府周判官来咱们家啦，可是家门荣耀。"他又哈哈地笑，心情胜于往日。

张宗范："周判官来啦？"他惊喜激动地问。

老人点头："来啦，就在你走后一会儿。听说周判官是临时走访乡绅名士到我们家的。"

张宗范："周判官来我们家，也是大儒来我们家，庆幸庆幸！"他又急着问，"周判官说了些什么？"

老人：“问候全家，送来祝福，和我拉家常，在我们张家多少年来没有过啊。”

张宗范：“合州人都说他是怜爱百姓的好官。”

老人：“人老不及外，外边怎么说我不知道。今天也算是三生有幸，在家近距离地感知周判官是一个心贴百姓、让我崇敬的官场之人。”

张宗范：“要是知道周判官来我就不外出。”又说，“可惜我不是官，想见他聆听教导都难。”

老人：“我看不难，想见能来百姓家的官还难吗？今天没有见是机缘不巧，往后不一定无机会。周判官都说日后你们有机会相见，他走时还一再瞧那幅‘义之与比’。看得出他对我们家印象不错，以后定有见面的机会。”

张宗范：“周判官是很有学问的人，十多年前就授学二程，影响很大。如果我拜周判官为师，再多读些书，或许能更好地秉承人间大道，爹以为他会收我为徒吗？”

老人：“要看你自己。他是名声四方大儒，想必也不是随便收弟子，但跟你努力程度有关。”他喝一口茶慢说，“事情不能等，这样的好官百姓喜欢，朝廷喜欢。好官不常留，说不定哪天朝令一到，他升迁到别地方当更大的官，你想见他还真是难。”

张宗范认为父亲一席话说得有理，受到启发。周敦颐来合州不久，朝廷就升了他的官，好在他没有去别的地方。来而不往非礼也，否则将永远失去机会。他说，“明天就去拜访周判官，看看能否收我为徒。”

老人：“自己的事自己好好想想，要真心、专心，乃至恒心。心诚则灵。”

张宗范来到府衙拜见周敦颐。可是，值班衙役告诉他周判官在忙着。既没有叫他等，也没有叫他回，他决定等一会儿。可家里有那么多事要做，如再没有传话让他见，那就先回去。又过了个把时辰，他便回去了。

第二天他又来府衙，值班衙役禀报后领他见周敦颐。走在厅堂间走廊，他有些忐忑不安，根本不知道周敦颐能否收自己为徒。

“拜见周判官！”张宗范作揖。

“你就是张乡绅，请坐。”

“久仰周判官，听家父说大人前天驾临寒舍，看望家父和家小，下民不胜荣幸，十分感激。昨天大人百忙，不敢占用大人的时间就先回去，所以今天又莽撞复来。”张宗范如实说，因为如实说心里有底气，不慌张。

“本官走访贵府，看望家人。尽管未见到张乡绅，也看到堂上一副‘义之与比’，听说还是你自己所题书，联想到民众对你称赞，是你行取有义呀。”

“小时曾听家父讲过‘君子之于天下，无适也，无莫也，义之与比’。受此启发就把‘义之与比’书写下来挂在堂壁，可以天天提醒提醒自己。人还是要多读些书，百利而无一害。我有此心而学修不够，切望不嫌浅薄愚笨收我为徒。”张宗范跪地先拜，倒不完全为了拜师，确实是不知所措的自觉行为。

“人读书是明理涵养，达用便是学涵之效，可张乡绅已收获读书之性道呀。”

“小民身居学士山却无所学成，五常理道只知一义，名不符其实，自己不满意自己。要学的理道还多，我与家父商量，拜您为师。”

“怎不见你家父说起？”

“家父支持，说我几十岁的人拜师读书和孩童有所不同，完全是自己的事，要对自己负责，要对师长负责，还要对读的书负责，只有自己能做到。还告诉我拜大人为师须真心专心，乃至足够恒心，所以我昨天回去今天又来。如果您不收我这个徒弟，明天我还来。”

周敦颐哈哈大笑起来，道：“还有此等拜师的。”他看出张宗范追寻儒道的实在，富不忘贫，积善成德。若再点拨引导会有更大的收获。从此开始，他为张宗范讲学。周敦颐闲的时候，张宗范还将他请到家中授学。

一日授学毕，张宗范请周敦颐到府院纵深一走，来到宅区里的“养园”，曲径、花草、奇石，非常幽静。

“不错不错。”周敦颐道。

“很多人来此处都说是读书的好地方。”

“一人读书一人受益，十人读书十人受益，百人……”

“诚然百人受益。”张宗范明白周敦颐所说之意。

“州府决定办州学，正在寻找合适地址，此处是否可以作一备选之地？”周敦颐用商量的口气询问。

“办州学是大事，关乎合州子孙，愿将花园无偿提供办学。”张宗范爽快答应，还积极争取。

他们来到柱形八角亭，三层之拔，层层上收飞檐。周敦颐不断地瞧，细细地看。张宗范见他如此视之，忽有一个想法，等会儿就请先生题个亭名。事情还真遂他心愿。

“亭子不错，叫什么亭名？”周敦颐问。

“才建大半年，尚未取名，望先生帮取个亭名。”张宗范觉得是一个好机会，适时提了出来。

“何以立意建此亭？”

“点缀花园，有个亭子立于园中也会养眼怡心。”

周敦颐听着，没有往下问，还是眼不离亭地看，觉得亭子建得好，体现园不离亭一般道理之说，感觉上也是园子里点睛之作，不失精心设计，建得恰到好处。

步入亭内，他们登上第三层，依窗俯瞰亭外，山下三江交汇，浩浩荡荡，浪涛拍岸，水光山色，启迪心灵。他有感而发：“此处真是好地方，养心之属。”

张宗范：“那亭子叫——”

周敦颐：“就在亭字前加上‘养心’，你看怎么样？”

张宗范：“养心亭，好亭名！贴切，深邃，我又有新方向。”

周敦颐：“你已悟得。”

下得亭来，他们在石桌边的石凳坐息。家佣拿来纸笔砚墨，周敦颐在石桌上题下“养心”二字。

“养心亭！好——好——好。”张宗范觉得亭名大合其意。

“养园、养心亭，这样很吻合。”周敦颐又呼应张宗范的话。

张宗范说：“当初构建此园时取名‘养园’，就是冲着人不必在红尘负重，现在更有意味，颐养身心。”

周敦颐道：“养心莫过于寡欲，圣贤非生来就是，不过是靠修养所成，修养从道才是要努力的。”

张宗范见周敦颐兴致颇高，道：“再蒙先生赐教，还请先生为这养心亭作一说辞，是为纪念。”

周敦颐今天很高兴，也很爽快，他文意即出，又提笔写下《养心亭说》：

> 孟子曰：“养心莫善于寡欲。其为人也寡欲，虽有不存焉者，寡矣；其为人也多欲，虽有焉者，寡矣。”予谓养心不止于寡焉而存耳，盖寡焉以至于无，无则诚立、明通。诚立，贤也；明通，圣也。是圣贤非性生，必养心而至之。养心之善有大焉如此，存乎其人而已。
>
> 张子宗范有行、有文，其居背山而面水。山之麓，构亭甚清净，予偶至而爱之，因题曰“养心”。既谢，且求说，故书以勉。

不久，养园里建起了州学，广招学子，周敦颐经常到州学讲授理学思想和观点，还遍请天下文人学士前来讲学。一时合州学子读书蔚然成风，人才脱颖，有学子科试中举。张宗范的善举同样得到合州人赞誉，他引以为自豪。

“养心”一直为后人遵循，并为后来中国历史上几个王朝重视传承和发展。明代嘉靖十六年（1537）在皇宫里建造“养心殿”。先后有八位皇帝起居养心殿，藏有历代皇帝“治国”经验教训著述，专门供新皇帝阅读。清朝雍正皇帝御书“中正仁和”匾额悬挂殿内，乾隆皇帝为养心殿御撰《养心殿铭》，曰：“人心惟危，在闲其邪。道心惟微，在培其芽。其闲其培，皆所为养……一念之善，百禩蒙庥。一念之恶，万姓贻忧。养之之方，存诚主敬……”还在养心殿西暖阁旁边辟出一间“三希堂”，亦源于周敦颐“圣希天，贤希圣，士希贤”的养心理学。

第二十三章　又见王安石

嘉祐五年（1060）六月十九日，周敦颐解任离开合州，东归北上，八月初到达汴京。本来可住驿馆，但他携一家人来到舅舅郑向留下的老宅院，曾经住过的家。

敲响院门没有开，再敲几下，周敦颐还在等待，门慢慢打开。一位白发苍苍、步履蹒跚的老人出现在周敦颐面前。老人是以前的家佣瞿远冬。

“瞿叔！”周敦颐喊道。

“表少爷，是您吗？”瞿远冬发呆似的看周敦颐良久，才说出一句话来，“表少爷可回来啦。”

“回来啦，这是我一家人。”周敦颐手指怀里抱着小周寿的蒲六妹，还有老人以前见过的周通说。

“好好好，回来就好。”瞿远冬又慢吞吞地重复说，“好好好，回来就好。”他便看一会儿周敦颐。

曾经热闹的郑府，门可罗雀。现在总算有了人气。放下行李，还未喝上两口茶水，周敦颐从堂前到房间，再到书房一走，陈设依旧，干净依旧。步入院子，树木尚在，花花草草修剪得如同以前。所不同的是舅舅、舅妈、娘，甚至陆文翠都已经不在，物是人非，内心有些悲凉，久违里有几分失落。此时回到京城的家，他既熟悉而又陌生。

“谢谢您，瞿叔。有您我才有这个家可回。来京城时我不断地想，多少年我都没有时间和机会回来过，害怕什么都变得不认识。”周敦颐心情和语言都有些沉重。

“我和院屋一直在等表少爷。现在好了，表少爷一家回来长住，还有孙辈孩子，院屋就能和以前一样。”瞿远冬说。

“是啊，很想像以前一样长住下去，可我奉命入京候任，趁此机会到家看看您老人家，与您一起住些日子。”周敦颐还是把实话告诉他，免得自己受命一走，老人会失落。

“怎么？表少爷还要走？”他刚刚见到周敦颐的开心顿时失落起来。

“是呀。现在还不知道往哪里去，得听朝廷派遣。不过不要紧，如果是去京外，哪怕再远，我还会回家看望您。”

“要回家，要回家。老爷以前都说了，他的院屋就是表少爷京城的家。老爷在天之灵看到表少爷带家眷回来，不负期望，一定高兴，我也高兴啊。”瞿远冬说。他一直守候着院屋，就是为了等待这样的今天，盼望几位少爷和表少爷哪一天回家。

回到阔别二十年的汴京，住进一生中度过最重要时期的家院，周敦颐心里无法平静。是夜，小周寿安然入睡，他和蒲六妹轻声细语。他告诉她曾经这个家，他曾经在这个家读书、入仕。蒲六妹体味到周敦颐对此深深地眷恋，深深地感恩，深深地怀念。

“夫君，白天随你看过庭院，好宽宏、深邃、雅意，难怪你于此处深得涵养，终身不忘。”

“可比庭院更宽宏、深邃、雅意则是它曾经的主人。”

“你是说……”

“当然是舅舅。”

顿时，当年汴京依舅一幕幕情景浮现在眼前。周敦颐默默地流出眼泪，惹得蒲六妹也流出泪来。

周敦颐来到吏部报到，他看到的都是生面孔。以前入将作监认识的一些吏部人都离开了。尽管如此，来到吏部他还是感受到热情，也有人与他打招呼问候。周敦颐向吏部官员报告自己职事合州的四年，回答一些询问。吏部官员说：“候任不宜远去，以便通知。”周敦颐道：“谨遵教令。”

周敦颐总算是有得闲之日，在家陪夫人照看小周寿，有时也光顾汴京城，造访挚友，看看书，闲暇轻松。

友人来访，周敦颐听说江东提点刑狱王安石早些时候入京。那年在鹤林寺见面后他们成为好友，周敦颐想去拜访他。王安石因上万言书未被皇上采用，虽说过去了很长时间，可他还有些郁闷。最近也听说周敦颐已入京候任，想到很长时间与他没有见过面，便打听他的住处。却不知，周敦颐现在上门来了。

家佣向他禀报：“老爷，周大人来访。”

王安石问：“哪个周大人？”他把话才说完，又敏锐地猜想到是自己这几天打听的周敦颐，兴奋起来。他边走向院外边大声喊：“茂叔仁兄！”

周敦颐在院外听到王安石的喊声，回应道：“介甫贤弟！”

他们在呼喊和回应声中重见。

王安石：“好久不见，想仁兄啊！”

周敦颐：“是呀，没想到年轻时润州一别，却要等到今日才相见，二十多年的光景呀。”

王安石：“如此长时间没有见面，却听说你理政、兴学，所到之处皆留贤名。行为民之道，图社稷之治，佩服！”

周敦颐：“我早听闻你为农民修河堤、建水堰，将库中储粮低息贷给青黄不接的农户，帮助他们渡过灾荒，济民之举呀。如今身在朝廷，力图民富国强，谁都知道介甫才华横溢，深感欣慰！”

王安石：“你踏遍田野地头，直面百姓，听民声知民意，经历事情多，遇到问题多，谋求出路多，知晓利害得失，熟知底层。仁兄职事那么多州、郡、县，把那些强基固本的事情说来听听，也让为弟享用享用。”他想的仍然是变法之事。

周敦颐：“素来做自己应做的事情，怎能与介甫雄才大略相比。哪还有什么可于你所用。”

王安石：“你建图著书，立太极说自然化生道理，立人极行教化明道，可不简单。心性之说，此乃推进治理的一种巨大力量啊。”

两个人共话时局社稷，畅谈施展抱负，以求国治民安，中肯地各抒己见。

王安石想一会儿道：“别看大宋繁荣安稳，却国库窘困，民贫兵弱，国防安全堪忧等等，症结根源在于不知法度。而解决之根本在于效法古圣先贤之道，变法制度，充实国库，可强民基，平定边患。”他说起一向钦佩的商鞅，“试想，若没有商鞅变法，何有后来秦国强大。”他表情有些严肃。

周敦颐：“所以你作《上仁宗皇帝言事书》论政，上疏变法主张。”

王安石摆摆手：“莫谈莫谈，我等尽心尽力，呕心万言，向皇上进谏献策，却石沉大海，不知何故。”

周敦颐：“要知道史上有过几次变法都以失败而告终。离我们最近的‘庆历新政’重点改革吏治积弊，也是治国之关键。裁减不称职官员，更荫补官，减少科举录取名额，触及官员和读书人的利益，遭到守旧官僚反对，也没有幸免失败，何也？因为变法重新分配各方既得利益，阻力大。”

王安石：“明知时弊，还任由下去？”

周敦颐：“破不合时宜陈旧习俗，立图强国家治理所需，调整各方利益，可见之难。还需藉天时、顺地利、聚人和而为之。”

王安石：“你说的是等？怎样一个等法？我可没有你那耐心。边关屡遭侵犯，外患难平；国库空虚，内忧难解。要解除外患内忧，唯有变法，才能改变积贫积弱，安抚百姓，强军戍边。”他心中火烧一样地急，希望大宋能把所有事情快快地做好。

周敦颐：“那何以施行呢？”

王安石：“力推!”

周敦颐：“倘若顺之者少，逆之者多，又怎能够推得动？我不知道朝内朝外会有多少人能助你一臂之力。这沉积几十年的时弊，岂是你一下子能够变革得了。”

王安石：“你认为该当如何？”

周敦颐：“顺势。”

王安石：“何为势？”

周敦颐：“道生之，德畜之，物形之，势成之，不可不顾及。势不成，明知不可为而为之，只怕是到最后冤死的只有是变法，受累的是变法之人。”

王安石：“如果势要宋亡，难道还眼睁睁地看着，无动于衷？”

周敦颐：“要知道不是不为，而是何时为，何势为，有所为，有所不为，渐进而成。介甫你棱角分明，性情又急，往往做事伊始就被众人视为对立，难得支持，需注重做实基础铺垫调和，使顺者多而逆者少，势立为之而易成也。”

两个人推心置腹，直言正视，“语连日夜”，一激动起来声音还有点大，好似争吵，可感觉就是特别痛快。周敦颐走后，一向执拗、自负的王安石，却细细地品味他们的交谈，研精覃思，以致废寝忘食。

往后治平四年（1067），在位仅仅四年的英宗皇帝在病中驾崩。太子赵顼即位，是为宋神宗。

此时，宋朝经济收支不平衡，入不敷出，自然灾害又多，年方二十的宋神宗志向远大，一心想着改变这种现状，成就伟业，想起仁宗皇帝时王安石上疏《上仁宗皇帝言事书》。神宗皇帝即位前看过这万言书，赞赏王安石的才华，现在更是认同他的主张，单独召见王安石，与王安石进行长谈，并器重他。熙宁二年（1069），王安石任参知政事，著名的“熙宁变法”由此拉开序幕。

王安石主持，在全国范围内推行新法，开始大刀阔斧地改革，先后推行的新法在财政方面有均输法、青苗法、免役法、市易法、方田均税法、保甲法、保马法等，同时改革科举制度，以新法培育人才。

也就在变法之初，周敦颐已患病退养在庐山莲花峰下，即使病情加重，他还想着自己一生在中下层为官，如今更是不近触摸官场，但心思朝廷新政，给蒲宗孟写信说：“上方兴起数百年无有难能之事，将图太平天下，微才小智苟有所长者，莫不皆获自尽。吾独不能补助万分一，又不得窃须臾之生，以见尧舜礼乐之盛。今死矣，命也！”他想着，推行新法将会给百姓带来太平安好。当然他没有想到王安石变法失败，两次罢相。此为后话。

在京候任期间，周敦颐获得加冕国子监博士。这天下午他陪夫人带儿子小周寿在郑府庭院玩，忽然听到院外响起马蹄声，又戛然而止。他失陪夫人和小周寿，从庭院快步走到大门口。

吏部来人送来任职文书，周敦颐通判虔州。接过文书，周敦颐谢恩，来者已去。蒲六妹抱周寿也来到院子门口，见周敦颐手里拿着文书。

“要上哪里去？”

“通判虔州。”

“什么时候赴任？”

“在京城过了好几个月，我看还是把时日用到路上，不至于途中急急忙忙。”周敦颐说。

“夫君作何安排？”六妹问。

“明后两天向亲友辞行，之后在家陪两天翟叔，再晚一天启程，你看怎样？”他像是还有心思地说。

听罢，蒲六妹没有吱声，脸上泛有疑问的表情。

周敦颐见之，问道：“还有别的事情需要办吗？”

蒲六妹：“嗯。”

周敦颐：“什么事？”

蒲六妹眼看周寿，见周寿对她灿烂地笑。说："还真有一件重要事情，带寿去文翠姐娘家。外甥到了京城，定当去拜见舅舅。"她对还在笑的周寿说，"儿子，你是不是听说上舅舅家就笑哇。"小周寿还笑出了声。

这下，周敦颐开心地站在那听着，脸上竟然露出了笑容。

蒲六妹当然看出来了，接着说："寿是陆家的发秧，现在他小不懂事，我们可不能不懂事。天上雷公大，地上母舅大，你都依舅舅那么些年才有今天，带寿去他舅舅家，让寿的舅舅和舅妈看看他们的外甥吧！"

来京城时，周敦颐早就想过这件事。到家那天晚上与蒲六妹长夜漫话，说很多的人和事，就是没有说到他与陆文翠的小家，以免影响蒲六妹的心情。可蒲六妹是大家闺秀，她当时想问，但还是没有问。所以在他们要离开汴京时，她必须把这件事提出来。来一次汴京非常不容易，天伦理道，带小周寿去他的母舅家，合情合理，而且蒲六妹都说出来了，周敦颐现在非常愉悦。

周敦颐马上说："理所应当。那就往后顺延几天走。明天我们带寿去陆家，让寿在舅舅家过上三天，回来后辞别亲友，再过两三天离开京城。"

嘉祐六年（1061）春夏之交，周敦颐举家启程赴任。头天潘兴嗣听说周敦颐从汴京到虔州做通判，近日过江州。他连想都没有想，就赶往江州等待周敦颐。

潘兴嗣来到江州驿站。一问，周敦颐今天就会到。他想，自己该怎样陪陪周敦颐。

突然间，潘兴嗣看到周敦颐一家来到驿站大门前，他迎上去。

"茂叔！"潘兴嗣喊。

"延之，你怎么来啦？"

"还别说，忽念间的感觉还真灵，今天一来就能见上你。"

"哈哈，看来让我们不见都难。"

蒲六妹在一旁抱着周寿，周通也站在那。他们都向潘兴嗣施过礼。

"我来猜猜。你是夫人六妹，不用说这是儿子小周寿。"他边走边说，还对早已认识的周通打了招呼。

此时的江州大地山清水秀，南临鄱阳湖，北枕长江，一道巍峨山势挺拔在两水之间，它就是甲天下的庐山。

"茂叔，到了虔州公事繁多，又不知什么时候能见，我们一起游游庐山怎样？"

“林泉雅意，不枉相知。”

应潘兴嗣提议，在驿站安排好蒲六妹和周寿之后，周敦颐与潘兴嗣上庐山，周通随从。他们取近山谷道而上，游历庐山山顶。所到之处，周敦颐无不赞叹风光奇秀。

次日雨后，他们走进东林寺。才入寺门，一方莲池显现在周敦颐眼前。池里莲叶碧绿，白莲花绽放，微风掠过，莲花颔动，仿佛迎他而语，周敦颐只顾眷看。

已认出周敦颐的住持常聪轻步走来，双手合十：“阿弥陀佛！施主原来是周通判。”

周敦颐闻声连忙抬手，面对身披袈裟僧人，说：“惊扰惊扰！”他才看清是常聪，道：“禅师！”

常聪：“相遇本无扰，犹如三位于此观莲。”

周敦颐：“禅师，何以如此之说？”

常聪：“那周通判现在看到莲的什么？”

周敦颐：“池中莲花洁白干净，实在可人。”

常聪：“雨后看莲甚见灵性，莲花怒放向世人，所以来本寺看它并非所扰。不过，佛门之莲可人在于清净众心。”

周敦颐：“凡俗、佛门也有其大同。”

他们很早就认识。周敦颐居丧鹤林寺时有一次去问学寿涯，遇一禅师和寿涯谈论佛经。周敦颐欲退，寿涯喊住他，说：“这是常聪师傅。”周敦颐便向常聪施礼，寿涯留他一起听他们论禅，两个人从此相识。

周敦颐觉得与常聪有奇缘，说：“我此行路过江州，受邀到庐山一游，想不到刚从山上下来才入东林，就遇到禅师。”

常聪：“山不转路转，路不转人转。人在缘就在，无论各走天涯。”

潘兴嗣问：“莲及佛道，非所有佛寺种莲最显眼之处，东林寺为是。请教，何也？”

常聪便说起莲池，还说起白莲社、净土宗，遂陪他们饱游寺院。

三人夜宿东林寺。周敦颐、潘兴嗣与常聪彻夜长谈，从慧远高僧始创东林寺到时下净土宗名声，则是一部悠远的东林佛书，一处当朝的佛教重地，为此第二天又逗留一天。第三天早斋后，常聪送他们经过莲池，旁边那石碑上刻有一首诗：“驻锡东林种白莲，开宗净土集群贤。金池幻化慈严相，恰似弥陀在眼前。”

潘兴嗣又问此诗为何独以刻石，常聪答以渊源。

出寺院前门就到了虎溪桥。常聪驻足道：“昔日寺院始祖送客至此，我也就在此桥止步，不然就会有虎啸以惊各位。”

周通：“老虎叫，有老虎？”

常聪：“施主不必惊慌，这说的是‘虎溪三笑’。当年陶渊明、陆修静到东林寺与慧远谈经论学，咏吟唱和，十分投缘，不舍离去。直到天色已晚，慧远起身送客，不知不觉走过此桥，越过小溪，寺祖慧远驯养的那只护桥神虎立马吼啸起来。意思是警告慧远禅师，你自个破坏送客不过此溪之规矩。陶渊明、陆修静道‘不可不可’！暮色里，三人相视大笑别去。”

潘兴嗣：“真有趣。”

常聪：“传说而已，但寺规一直沿传至今。”

周敦颐：“儒、释、道三大高人相聚，并非道不同不相融，何不取众家之长。”

告别了常聪，他们沿山北转，绕过余脉，来到一处芳草地。草地开阔，前面自山向北横贯一条小溪，有石桥跨过溪流。再往前走，地势逐渐升高。站在高处向南望，一幅壮丽景致。周敦颐心旷神怡，甚感此处不失仙境，也不离凡俗，神奇美丽。他看了好久，见有放牛人牵牛从山边走来。

周敦颐：“请问，这里叫什么地方？”

放牛人用手比画，说：“你往东南看，那高高的山峰就是庐山莲花峰，在人们心中很神圣，就把山下一带称为莲花峰下。”

周敦颐：“这溪水清澈，源于何处？又流向何方？”

放牛人：“出于莲花峰下莲花洞，长年清澈，经湓水北注长江。”

他们看向那高耸入云的山峰，峰顶端好似一朵莲花蓓蕾，峰腰云腾雾绕，天空的蓝、云团的白、山体的青，三色相间共和。周敦颐生有不舍之情愫，闻有不舍之陈香，他想得长远——莲花峰下特别相适自己这颗爱莲之心。

潘兴嗣：“茂叔，触景生情了吧。”

周敦颐：“一方圣地，宁静致远，还有土肥水清，你们再看那放牛人和牛那样的质朴。”

周通：“老爷，这里像不像老家？”

周敦颐点点头。

潘兴嗣：“茂叔是想……”

周敦颐又点点头。

潘兴嗣可是笑起来。周敦颐看向他，问：“延之，为何呀？此处不美吗？”

潘兴嗣：“当然美丽。我的意思是人在晚上说梦话，有时候还会变成真事。可晴天白日里说梦话是虚无，否则哪有‘南柯一梦’。还记得吗？几年前劝你‘归来治三经，浩歌同五柳’，你可无此之想，现在去虔州上任怎么可能想得通？”

周敦颐：“三十多年前我就想得通，现在还是那句话，‘束发为学，将有以设施，可泽于斯民者。’瞧，莲花峰下太美啦，可是家园土地。”

潘兴嗣：“当真？”

周敦颐：“肯定。”

潘兴嗣：“那就在此买几亩土地，建几间房屋，待解官归田时也有心怡栖息处，我将与你为伴。”

周敦颐：“我也这么想。到时可以尽情地看山赏水，歌咏抒怀，静心读书讲学，探究圣贤之道。”

随后，他在那溪流北边坡上筑建了两间简易屋舍。

周敦颐、潘兴嗣、周通站在屋舍前，见天空万里无云，一片青绿映入眼帘。周敦颐手指前方，目光跨越屋舍前面溪流，遥看莲花峰下西南端远处，其实是看向千里之外的老家，想起那濂溪源于山泉，村前而过。

周通见他那样凝神，问道：“老爷看啥？”说完也放眼望去。

周敦颐没有回应，略过一会儿问：“你不是说这里像老家吗？”

周通：“是呀，很像。”

周敦颐：“两地相像，那我们将这发源莲花峰下、流经书堂前的溪流名谓‘濂溪’，把这建起的两间屋舍名谓‘濂溪书堂’，你们看怎样？”

潘兴嗣低声喃喃：“濂溪，濂溪书堂。”且有思量，说，“两个名字都好，是茂叔之写真。若有人来到此处，听到这两个名字，就知道你的过去、现在、将来。”

周通也连声说：“两个名字好，两个名字好，都可以看得出老家印迹。”

周敦颐道：“你们说好就好。”

第二十四章　君子岂小人

虔州府衙。知州赵抃手持一份诉状在公厅来回走动思考，值班衙役领周敦颐来见赵抃。

“赵知州，新来周通判报到。”值班衙役禀道。

赵抃像是没有听见，也没有看他们，而是走向案桌旁那椅子，坐到自己的座位上，脸色冷淡。

“赵知州，下官周敦颐来虔州向您报到。”周敦颐说。

“哦，周通判来了。来了就做自己该做的事。”赵抃仍面无表情地说。他从抽屉拿出吏部发来的周敦颐任职公文，又放回去，再拿出一本朝官自律书，翻两下，再放回去，还是没看周敦颐一眼。

“请赵知州明示。”周敦颐见其肢体如此所动，又说。

“去吧，先安顿一下。”

周敦颐途中游庐山的轻松心情急转直下，顿时沉闷不乐，他转身走出赵抃的公厅。值班衙役觉得莫名其妙，从来没有见过赵抃对人如此冷落，这样的气氛里他不敢多说一句话，就跟着出来。

赵抃想，虔州是大宋少有的大州，下辖十县，二十七万余户，七十余万人口，和京城开封府大致相当，地域纵横，素为难治之地，责任重大。周敦颐来虔州做通判，就是知州的副手，直接参与商讨多项州政事务，尤其在决定大事情上还须自己和周敦颐共同签发相关文书全州施行，监督重大事项方面周敦颐还可向朝廷上疏奏报。权力之大，其地位仅次于自己。周敦颐来虔州，使得赵抃十分谨慎。因为之前他对周敦颐有过疑虑，还留在脑子里，没有消除。从报到这天起，赵抃就观察周敦颐。

在认识和对待人的事情上，赵抃有自己独特的价值观和对待方式。

人问之："人何以分？"

其答之："君子和小人。"

又问："何置二者？"

又答："若小人虽小过，当力遏而绝之。若君子不幸诖误，当保全爱惜，以成就其德。"就是如此鲜明。

以前赵抃任梓州路转运使，周敦颐便是合州判官，那时合州属梓州路管辖。有一次赵抃视察合州，他收到一封匿名信。信是告发周敦颐做事不尽职尽责，喜欢谈天说地，务虚不务实，沽名钓誉，还说他有贪腐之污，这一状告得赵抃把周敦颐列入小人名单。赵抃认为如此之人怎么能为官，打算参掉他。可匿名信又没有说出事实来，不便核实。为警示周敦颐，赵抃只好当面训斥周敦颐几句了事，但对周敦颐的疑虑还是记在心里。周敦颐好生冤枉，却坚信不做亏心事，半夜敲门心不惊，他表现得泰然自若。

在这次未上任前就有人劝周敦颐，不要与赵抃狭路相逢虔州，免得有失心情，弄不好还成对头冤家。说：

"前事不忘，后事之师，避开赵抃吧。"

"何以避？"

"禀报吏部，另谋他处。"

"怎能如此为之，特别在这种情况下更不能躲避。否则，本来没有的事还弄成真有此事，就算我有十二张嘴也说不清楚。身正不怕影子斜，我堂堂正正做人，认认真真做事，清清白白为官，何惧他人诬之。"

"可你在合州做判官时，正直清白，还不是有人害得你挨赵抃一顿训斥。"

"那他也没有把我怎么样。我也难得一次上司提醒、警示，往后更能律己，不更好吗？我知道他的为人。"

"知道，那就告诉我，他是一个什么样的人？"

"当然知道。衢州西安人，字阅道，号知非子，景祐进士。其任殿中侍御史不避权贵，弹劾不法朝臣，京师称他铁面御史，以忠诚纯直为时名臣。曾任梓州、益州转运使，现在知虔州。"他一口气说出赵抃的情况。"

"他知道你吗？"

"那要问他。"

"还是别自找麻烦。"

"人，不怕有善意的正直怒斥，就怕有恶意的心怀鬼胎。朝廷上下都知道赵知州秉性正直，抑恶扬善，是一位血性分明、德化于民、身边不离一琴一鹤的官和人。我不近他而另谋他处，说不定还真找来与其合不到一起的人共事，真是要自讨苦吃。”周敦颐相信赵抃还是那次听了谗言而误会自己，更相信日久见人心。

周敦颐搬进州府院子里的家。家里打扫得整洁干净，家什摆放整齐，便有些看相。他抱起满地跑的小周寿，沉闷心情淡去很多，比刚才见赵抃时开心，说：“儿子，我们又有新家啰！”

蒲六妹领来俸禄米。她平日操持生活，勤俭持家，对米的多少格外敏感，似乎觉得那米比规定的多。重量果真多三升。

“夫君，这袋米多三升。”她说。

“怎么可能？”

“我用家里米升量过。”

“是不是账房仓官量错了。既然发现就要把多发给我们的米退回去。”

蒲六妹又提着米袋来找账房仓官。

账房仓官：“夫人，怎么把米提回来，少发了？”

蒲六妹：“不是不是，是多发三升。”她笑着。

账房仓官：“哦，没有错、没有错。是给每位州官另外增发的。”

蒲六妹：“我家夫君说把多的退还，你再量一下，按规定发就好啦。”

无奈，账房仓官扣下多发的三升米。蒲六妹已走出门，账房仓官说：“嘿，家中米袋里米多不比少好？还不领情，少见！”

蒲六妹又把多发米的情况告诉周敦颐，他无声地沉思。一个州府里这样做，竟没有一家人发现，他要向赵抃禀告。蒲六妹心底里赞同，可一想，现在禀告不是很合适，还是拖一拖另择时机，反正自家把多的米已退回去，问心无愧。

“我们家新来就发现不合规的事情，你又要向赵知州禀告。一说出来，会不会有人误会你有意挑刺，何况赵知州还没消除对你的疑虑。”蒲六妹不无担心地说。

“他们是不知道，可我们知道就不行，说出来州府才好纠正。总不能看着事情出差错，还要让它继续错下去吧。我看，不要多想。”周敦颐说。

“可纠正也不是你说就算。”

“所以要禀告赵知州。我是做自己该做的，赵知州给我提示过做该做的事。现在禀告比以后禀告主动。”周敦颐还是坚持要禀告。

“那就禀告吧。”蒲六妹言之同意。

周敦颐见于赵抃。

“赵知州，昨日自家领取俸禄米多发三升，已经退回。是账房为州官多发三升。”

“怎能如此抬爱州官？”

“平淡日子里谁都不会注意到这事，此来禀告知州，建议予以纠正。”

“账房无规矩，则易养州官不廉风气。既然是你家发现此事，而且已退回多发的米，那你就再作了解，处理好此事。”

赵抃带头，其他州官迅速退回无意多领的俸禄米，还处理了无视规定、自作主张的账房仓官。应该说，事情至此对周敦颐有向好影响，可赵抃依然在观察他。

周敦颐也知道自己还在经受考验，但他心明赵抃不只有一副铁面，也有一腔情怀，更有公正无私气节。无论怎样，自己泰然处之。

宋人叶梦得《石林燕语》云，赵抃参劾重臣陈执中时，蜀公范镇也在谏院任职，不同意赵抃的意见，想方设法为陈执中辩解。赵抃火了，就将范镇与陈执中一起参劾，参劾罪名是与陈执中结党营私。范镇反咬一口，参赵抃捏造罪名，妄参重臣，其罪当诛。赵抃仍据理参劾陈、范。据说后来范镇因事官位难保，赵抃觉得不应如此惩罚，请求朝廷免除贬谪。有大臣对赵抃这样做非常不解，问：“你怎么还替他开脱？”赵抃说：“我只论国事。”场上无一人不叹服他的公正无私。

周敦颐以宠辱不惊的定力勤于履职，洁身自好。又过一段时间，赵抃渐渐感到周敦颐是一个好帮手，他在反思对周敦颐的疑虑。

恰好赵抃的吏部朋友考察地方官员过往虔州，顺途看望他，不经意间他们谈到人上来。

朋友道：“知非子，你有周敦颐这个好帮手，想必感觉职事轻快。”

赵抃说：“对呀，是轻快不少。不过是多一个人就多分力量嘛，换上别人也会一样，难道周敦颐还有什么特别之处？”当然赵抃想听听吏部朋友对周敦颐作何评价。

朋友又道：“周敦颐有你一样的品性，做人的准则，为民的情怀。他不是显赫大官，很多人并不熟悉他，知道他也是因其书读得好，或者是听说他做过一些有影响的事。我干这一行，阅人无数，识人心里有数，深知他为人做事，他是官场上的君子，我朝真正的士大夫。”

赵抃问：“你职事识人很多年，能把人看得清楚，是否也会出现偏颇的现象？”因为他觉得对周敦颐的认知出现了偏差，他在思考这件事情。

朋友说：“一般不会。识人重在察，既在关键时候、重要事情上，看其如何经受考验；同样也不可忽略平时的小事情。从平时的言行中去察看人性真的一面。二者结合，则无虚伪之假。”

赵抃恍然大悟，原来是自己偏听小人之言。他认为周敦颐是德才兼备之人，从此把对周敦颐的疑虑化为乌有。赵抃按自己对待君子之礼节，亲自来到周敦颐家，倒是让周敦颐很意外。

“几失君矣，今日方知周茂叔也。”赵抃拉着周敦颐的手，自愧地说。

“赵知州先范教诲，当为公廉而已矣。”周敦颐心里云开日朗，他也在自信中检验了赵抃。

两个正人君子对此事拿得起，放得下，不计较对方。他们志同道合，正直修身，至交地共为虔州之治，以致深刻影响周敦颐官场的后半生。

周敦颐结束了对下辖县的巡察，这是他为官以来在治域所到地方最多、用时最多、了解到情况也最多的一次，心上有一种沉重感。回到虔州，周敦颐本来要先回家看看怀有身孕的蒲六妹，但还是径直去了知州公厅。

周敦颐：“受命巡察，收获不小，心累也不少。”

赵抃：“有心累？说来听听。”

周敦颐：“你都这么用心命我涉足各地，可心里急。”

赵抃：“光急还不行，重在付之以治。让你去各县可以把握实情，可以找到症结，可以帮我想到治理办法。”

周敦颐：“哪能呢，那我不成了神仙？非也非也。”

赵抃：“我已看到你能，所以我说你就是能。从你回来到现在，你的状态在告诉我。”又说，“是呀，北有开封府，南有虔州，都是朝廷关注的地方。而虔州与皇城根下开封府情况不同，幅员辽阔，情况复杂，偏僻封闭，不免生穷，穷又容易生乱，州府不敢怠慢。你走过一遍，是怎样一个情况，有什么需要解决的问题，出出好招。”

周敦颐："虔州广大，各地社情不同，贫富不均，安稳不一，成因之多，却有一共同之处，就是百姓看眼前多，放眼长远少，觉醒不够，失于理道。当以教化泽民，开启人的心智治穷，也使人知耻守道治乱。"

赵抃："开启人的心智治穷，也使其知耻守道治乱。说得好，应当这样。"他就觉得周敦颐发现问题有力度，看问题有深度，付之以治有高度，对周敦颐下县巡察自然是满意的。

周敦颐："州县同行，州府率先，知州当属。"他说出具体做法。

赵抃本身是有学问之人，一向注重教化人，他采纳周敦颐的建议。州府很快下发通知，倡学兴教。这时，州府在玉虚观旁刚修筑起一座书院。两人商量，开启书院授学，赵抃开班讲学，授业解惑，既是兴教动员，又是先行培训官员。周敦颐为赵抃主持讲学。

到了讲学头一天晚上，赵抃又有新想法，来到周敦颐家。周敦颐对进士出身、诗文造诣、朝堂善辩的赵抃讲学充满信心，并就书院明天开班讲学的组织准备情况向赵抃报告。

周敦颐道："筹备顺利，只欠知州登堂开讲。"

赵抃得意地笑，道："我不讲了。"

周敦颐："那明天开班讲学取消？"他没有笑，不敢相信是真的，甚至心里在想，如此大事怎能够变？哪是赵知州的一向风格？

赵抃："定好的大事岂非儿戏，不仅不能取消，而且有一位一定比我讲得好的人来讲，你看行不？"

周敦颐："当然行。你从哪里请来的硕儒高人？"

赵抃："还真是硕儒高人，说来不容易。我今天想了一天，也就是请了他一天，为学夫子、虔州通判、当朝二程的儒师周敦颐。"他真诚热盼地说，"你作《太极图》、著《图说》立太极，著《通书》立人极，从宇宙论说当朝伦理道德的理学，立意高远，又有底层为官经历和讲学名声，讲出来的更接地气，通理达，近人心，与者愿听。我思考再三，只有周夫子你来讲学，才能开好书院这个张，此可是州府重大而要紧的事情！"

周敦颐一时惊诧莫名，心里却有一股暖流遍布全身，他无法推脱赵抃的厚望，只好临时受命，当晚赶紧做好讲学准备。

第二天，书院里满满地坐着州县官员。赵抃和周敦颐一起坐在讲台上，大家静下来，把目光聚向讲台。赵抃为周敦颐讲学作主持，一席动员、鼓动、感人的实话，赢得一阵长时间的掌声。周敦颐结合他到多地看到的情况，感受为官重任，疾呼博爱百姓，克己奉公，开始讲学：

爱曰仁，君子悉有众善，无弗爱且敬焉；公于己者公于人，未有不公于己而能公于人也。

……

他释惑听者，遵循于道。

讲罢，进入互动。

问："何以致仁？"

答："善无不学，而使众善；恶无不去，而使人弃恶。"

问："何以达？"

答："圣人之道，至公至廉而已矣。"

……

最后周敦颐说：大宋得天下有道，在于得其民；得其民有道，在于得其心；得其心有道，在于谋其利。仁爱之至，尚在公廉行天下。

周敦颐讲学的话语刚落，周通急急地跑过来报："老爷，夫人要生啦！"周敦颐赶到家，他听到一声婴儿啼哭，又一个男孩降生。欣喜之时，周敦颐为小儿取名曰周焘，时值嘉祐七年（1062）。

虔州城清心茶馆二楼，赵抃身穿便装，一边是琴，一边是鹤，于清静茶香里独自端起茶杯品饮茶汤，然后抚起琴。鹤闻琴声慢慢展开长白的羽翅拍闪起来，跳跃到赵抃肩上，好一副人、琴、鹤、茶相融的优雅图画，超凡脱俗。

忽有两个人从楼梯口走来。

一个人说："还是茶馆清香沁人，比起店铺、集市那些买卖缺斤少两，短尺少寸的霸道乱象让人舒服得多。眼不见，心不烦，我们好好品茶。"两个人驻足瞧一下赵抃。他又说："这是一位高人，不见不闻外面的事，清雅地享受人生，多好哇！我们也听听他的琴声。"两个人坐到赵抃的近桌欣赏。

欣赏中，另一个人问："哎，那些乱象，官府怎么也不管管？"

对曰："莫谈官府，官府里的人也是贪得无厌，有衙役公差时，只要能够索要到钱财就不会放过机会。嘿！不说了，不说了。"

他们一说、一问、一答，大大地扫了赵抃的雅兴，他无心品茶，无心抚琴，鹤落立身旁。特别是听到"官府里的人贪得无厌、衙役只要能索要到钱财就不会放过机会”的话，赵抃气得要上去问问他们，但还是忍下来。喊来店小二，他丢下钱，道：“不用找。”背琴抱鹤走出茶馆。

赵抃很生气，找来周敦颐。他把事情说一遍，大声责道：“什么乌七八糟！那两个人说的不仅仅是店铺、集市里的人，还有府衙里的衙役。”

“虔州人众，良莠不齐，不免奸诈之徒，府衙人也难例外，如林子里什么鸟都会有，我这就去看看。”周敦颐说。

“乱我虔州，危害百姓，此风可刹不可长。”赵抃粗着嗓子道，并授之以治。

周敦颐带周通来到集市转悠，见前面围一堆人。走近一看，布店店主和一乡下人在吵架，他气势汹汹冲那乡下人破口大骂。周通挤进去把乡下人拉出围观的人圈。

“怎么啦，今天不顺与店主吵架？叫什么名字？”周敦颐打量他问道。

“我叫韦勤于，今天还真是不顺。我娘今年六十岁，一辈子没有穿过买布做的衣服。连着几天，我一早挑柴进城叫卖，好不容易积够钱做一件衣服，便在这家店里买好布拿到裁缝店给娘做衣服，发现布少了尺寸。我来找店主，他反说我故意生事，揪着我不放吵起架来。”韦勤于委屈地说。

旁边一个人凑上来小声说：“到此店买布需带上自家的尺当面量。”说完他就走开。周通听出他的话音，追上去小声问他布店的情况。

周敦颐问韦勤于：“你何必跟他这样的人怄气，如果确实无疑，咋不到府衙告店主？”

韦勤于：“这位爷，我怎敢说假话。唉，何止是我一人买布少了尺寸。裁缝说，布店店主叫胡欲，做生意很黑，常有人在他店里买布短尺少寸，弄得衣服不好做。本来是做新衣服，结果裁剪布时还要接布，衣裳做起来总像有几块补丁，很难看。你说去告他，官府哪能管我一个进城卖柴人的事。”

“你说得一点不假？”

“一点不假。”

周敦颐：“店主少给你布，不是小事，我看官府会管。不然要那个府台干什么！”

韦勤于：“我又不会写状子，请人写身上又没有钱，怎么告得了他？就是去告，弄不好还会输官司，以后不招他就是。”

周敦颐：“我看未必。至于写不写状子都可以，你就到府衙击鼓喊冤，上堂后如实说。但是也要注意，堂上老爷叫你说啥你就说啥，叫你做啥你就做啥。

没有作声你就别说话，也不要看堂上，老实一点。”

韦勤于见有人指点，就带上买的布来到府衙，击鼓喊冤。闻到鼓声，周敦颐升堂。

“何人击鼓，报上姓名。”

“小人韦勤于。”

“是做什么的？”

“进城卖柴的。”

“家住何处？”

“家居离城不远的韦家村。”

“状告什么人什么事？”

“告集市布店店主胡欲。我进城卖柴为娘做件衣服，在他店里买四尺五寸布，拿到裁缝店做衣服时一量却少二寸半。我回到布店找胡欲理论，他不但不理睬，反说我捣乱，还打我。”

“用尺量其布。”周敦颐道。

班头拿来尺一量，报：“四尺二寸半。”

“他打你哪个部位？”

“胡欲掌尺打来，我转身一让，打到背上。”

“查验其身。”周敦颐又道。

班头验其身，报：“背上有两条红痕。”

周敦颐很气恼，紧锁两条剑眉，说：“把布店胡欲押来！”

胡欲跪在大堂：“小人胡欲，给堂上老爷磕头。”

周敦颐：“大胆胡欲，欺人吃黑。人家买你四尺五寸布，你竟克扣二寸半，还用布尺打人两下，是否认罪？”

胡欲虽然低着头，但他偷偷地抬高眼光，看到案台上有卖给韦勤于的布，还有一根尺，韦勤于也跪在旁边，自量不好抵赖，说：“认罪！认罪！”

周敦颐：“那你是认罚还是认打！”

胡欲：“认罚，不不不；认打，不不不。还是认……”

周敦颐：“罚打都得有！听好，克扣韦勤于二寸半布罚三百钱，用尺打韦勤于两下罚三百钱，共六百钱。重新扯布四尺五寸来调换少了二寸半的布。还没有完，打人不可不讨打，杖背二十！”

衙役把胡欲带回布店，很快取来如数罚钱和扯来如数尺寸的布。

周敦颐对韦勤于说：“调换的布现在不少尺寸，拿去给你娘做件想穿的衣服。六百钱给你，回去做点小生意奉养老母吧！”韦勤于根本没有想到缺尺寸的布已重换，六百钱都给他，他伏地谢恩。周敦颐吩咐班头派两个人送韦勤于回家。

班头窃喜。他带一个衙役先送韦勤于去裁缝店做衣裳，之后送他回家。路上班头和衙役想到了一块：一个卖柴的白得六百钱，他们相互使眼神。班头先叫住韦勤于说：“你今天一点劲不费，却得到六百钱。你看我们跑来跑去，帮你捉拿胡欲、押他取钱扯布都两趟，还有量布、验伤，你得给我们弄双靴子什么的。”

韦勤于问：“要多少钱？”

班头说：“你得多，我们两人得少。”

老实的韦勤于拿出两百钱给班头。

出城门时，班头和衙役停下来小声嘀咕：咱们只各得一百钱，而韦勤于还有四百钱。班头又说：“再叫他给咱俩两百钱，我们又可各得一百钱。”他们走近韦勤于说：“现在出城门，你以后还来卖柴吗？”韦勤于说：“哪能不来，还需卖柴贴补家里过日子。”

“那就好，我们以后就是朋友，可以互相关照。”又说“你还有四百钱，我们送你老远，回去想喝点小酒。”

韦勤于知道他们也不好惹，再给他们两百钱分手回家。

韦勤于没走多远，见班头和衙役回头追过来，叫住他。韦勤于免得麻烦，说：“我剩下两百钱都给你们就是。”

可班头接过钱，没有开始那么温和，凶着说：“周通判吩咐，让我们把你押回去！”

韦勤于不明白犯了什么事，问：“周通判不是叫你们送我，怎么又押回去？府衙里的官怎能这样？”

班头说：“等一会你去问周通判，不跟你啰唆。”

很快，他们三人回到府衙。

周敦颐问：“韦勤于，我断给你六百钱呢？拿出来看看。”

韦勤于不吭声，偷视班头和那个衙役。

周敦颐：“官法如炉，你若拿不出来，看来是打或者是罚也得任你选。”

韦勤于只好把事情一五一十地说了。周敦颐想，赵知州在茶馆听到有人不仅怨民风，更怨官风，今天一试果真如此，连我这个通判断给乡下卖柴人的钱都敢敲诈得一干二净，可见官府有的人是怎样对待百姓，百姓怎么不寒心。

班头和那个衙役已跪下，知罪认罚。

周敦颐训斥：“你们敲诈勒索，执法犯法，该当何罪？

低着头的班头和衙役说：“听候罚落，从此改过。”

周敦颐：“交出你们勒索的钱，每人再罚两百钱，从饷钱中扣除，全部给韦勤于。”

韦勤于身带一千钱回家，没有人送。

赵抃和周敦颐州府共事，相知默契，经常相邀出游，看一方青山，探一处幽境，或在山水间赏花品酒，挥洒人生。

两个人今天又出游，赵抃的感觉特别不一样，总是笑看周敦颐。周敦颐问他何以不同往日？赵抃没有回答，却在回想上任虔州以来，带领民众开凿那十八滩，惠及民生；推行州民自耕其田，年丰其乐；传天理之道，教化以治，安守这片土地，哪一件事都离不开周敦颐。他感念周敦颐，更是感谢小人的谗言不能掩遮真实君子，心情难以平静，此时吟来：

蜀川一见无多日，赣水重来复后时。
古柏根深寒不变，老桐音淡世难知。
观游邂逅须同乐，离合参差宜再思。
篱有黄花樽有酒，大家寻赏莫迟疑。

赵抃和周敦颐不打不相识，相识里来花间酒。可就在他们情深意笃、欢快携手造福百姓时，两个人又要分开。

第二十五章　荷盛说爱莲

赵抃被召回朝廷充侍御史知杂事，要回京师。他和周敦颐做一次长谈，细说他们的相见和共事，情真真，意切切，彼此发出很多感叹。

最后，赵抃说："我们心性相同，静则心安。"

周敦颐听出来了，赵抃想静静地回朝廷，就像他清静地来一样清静地去。说："一不张扬你回朝的事；二不组织官民送行；三不得已时劝说送行的人不送你。"赵抃微微地笑。

那天赵抃离开虔州，果然没有人群队伍相送，只有马车里坐着他和周敦颐。两个人一路静默寡言，内心却是难舍难分。马车赶了一程又一程，可谁都没有辞别言语或者别的话。

在赵抃心里，人生相遇者无数，而遇相知者太少太难。他知道回朝廷履行职事，再难有与周敦颐快意虔州的时日，更不用说他们之间这份配合默契生发出来的感情。

周敦颐也在想他几十年奔波官场，都说知音难觅，同志难求。可他们经历折腾建立起来的融合至信，岂是顺顺利利相识所能够比拟。他与赵抃志同道合，情趣相投，亲密无间，他怎能不看重得来不易的好上司，真朋友。

离别之时，两个人别有一番滋味在心头。

鹤乖巧静声地依附在赵抃怀里，只有马车行驶的吱呀声响在他们耳边。到了出虔州地界，鹤挣动身子，赵抃抚摸鹤。

"相见时难别更难，送君千里终须一别，回去吧！"赵抃轻声道。

"再往前走走，再往前走走。"周敦颐话语声小而沉重。

马车正过万安镇附近的香林寺，两人前年受邀到此讲学一游，留下了昔日的身影，不免也在怀念的情意里。不知道是谁说"怀想、难舍不如重游"，道出赵抃、周敦颐此刻心声。于是他们走进香林寺，细看每一处，又多与共一会。两个人走在寺院，仍然静默，怎不无声胜有声。经过一方清水莲池，池里映入他们的身影。伴随微风吹来，水泛出波纹，莲动颔首。或许是在迎他们，或许不舍他们离别。

从佛寺出来，马车慢行在靠山临水的路上，此处山高林密，水流远长。鹤又在挣动，一闪身跳跃到赵抃左肩琴上，翅羽划到了琴弦，发出音符的响，引得他们向前一看，已到码头。

赵抃说："人生中有分有合，也乃人世间常态。我们从此一个南留，一个北去，不是一时半会能够相见，但心里不忘彼此。来日北者可观江南水阔，南者可眺北国风高。不必忧伤，临别之际，我当为周夫子抚上一曲，为我们的情谊做见证。"

马车停下来，赵抃把琴放置路边一块石头上，自己在石边盘腿而坐，微微地向琴倾身，一曲《高山流水》从他手指间散发出来，飘逸在山水间。鹤随琴声翔起，盘旋在略比人高的低空，来回掠过头顶，划过许许多多连着的无形交结，即现即消，却又深深地印在他们心里。

情韵律动里，两个人难舍也得舍，难分必须分。

赵抃就要乘船而去，周敦颐再也不能往前送行。赵抃望云渡山顶，高声道："高山辞云兮！"周敦颐看水注去岸，也高声道："流水离浦兮！"

他们都无法说得出自己是什么心情，彼此间的情愫已化为诗。周敦颐慢慢地放声吟唱：

公暇频陪尘外游，朝天仍得送行舟。
轩车更共入山脚，旌旆且从留渡头。
精舍泉声清瀌瀌，高林云色淡悠悠。
谈终道奥愁言去，明日瞻思上郡楼。

赵抃听吟，感动不已。他一路上看似静默，却再也无法遮盖内心的不平静，激荡起来，也情不自禁地吟唱：

顾我入趋峣阙去，烦君出饯赣江头。
更逢萧寺千山好，不惜兰船一日留。
清极到来无俗语，道通何处有离忧。
分携岂用惊南北，水阔风高万木秋。

依依惜别之时，周敦颐望向赵抃携带一琴一鹤的背影上了船，又一转身相向，两个人挥动着手，相互祝福。赵抃随船渐行渐远，消失在那茫茫水天里。

已是嘉祐八年（1063）大年间，周敦颐趁过年闲暇，来到下辖雩都县，该县县令沈稀颜正在陪同钱拓、王抟二人，于是他们三个人一起迎接周敦颐。

周敦颐在这个喜庆时候到来，沈稀颜、钱拓、王抟兴奋不已，他们欢言畅叙，相互祝福新年。随后周敦颐邀请沈、钱、王三人次日游罗岩。

和友人过年相聚同游，无不开心。他们饮酒闹年，赋诗唱名胜，也算得上是雅俗与共，把年过得热热闹闹，欢欢喜喜，扎扎实实。

周敦颐喜欢罗岩，这里不仅有秀丽风光，还有满地都是他的足迹。他曾多次来此处讲学，还曾与王羲之二十四世孙、博学多才的王鸿于此论道。他回想两个人探究先天之学大相契合，对那些情形记忆犹新，心情怡悦。

一时起兴，周敦颐作诗《同友人游罗岩》曰："闻有山岩即去寻，亦跻云外入松阴。虽然未是洞中境，且异人间名利心。"沈、王、钱三人感同身受，几乎齐声称道："好诗！好诗！"他们也你唱我和。

东道主沈希颜稍静了一会，在想着什么。

"既然已到此一游，我看应在此地留个长久的纪念。"钱拓先说。

"运筹运筹，于此建一座楼或阁，将是罗岩永久风景，你们看怎样？"沈希颜道。

"甚好，甚好。建阁可能更有意味，妙合这名胜境地。到时候我们每年都可以来此一聚。"王抟、钱拓心意相投。

他们望向周敦颐。

"建阁乃长留永远之事，更要值得长留永远。"周敦颐希望他们把事情做好，做得有意义。

他们领会周敦颐的话，认为点到真实之处。既然要做就做出个样子来，不单单是留下什么作纪念，重要的是为后来人留下什么。

没有过多久，沈希颜在罗岩即善山建起一阁。钱拓、王抟听说又来罗岩，看后比较满意。

王抟道："此阁还没有称谓，得取个好名吧。"

沈希颜心里早就有数，只想听听他们的想法，说："让阁名贴切点，我们一起来想想。"

钱拓道："还要想吗？我们不仅在这里过年游览，周通判还在这里讲过学，以后它还是一处讲学的好地方。记得周通判年间吟诵的那诗吗？‘虽然未是洞中境，且异人间名利心。’”

接着又说：“那就名曰‘濂溪阁’。”

沈希颜、王抟不约而同地开着玩笑说：“钱县令有才，钱县令有才。”

他们又商量、谋划阁内布置，认为要使阁值得来人一看，不枉费罗岩之行，必须充实不可或缺的人文气息。具体事项上他们进行分工协作。这天，沈希颜来到周敦颐家。

“过年的时候，您知道我们三人说要在罗岩建阁，现在阁建起来了，但也只能说是做一半。”他当然不是说把阁建到一半而停下。

“既然建起来了，又何来‘做一半’之说？”周敦颐问。

“建起的阁名曰‘濂溪阁’，很多人说阁立于山上还真是一处景点，吸引眼球。人们只要走进罗岩，首先就可以看到濂溪阁，但光看外形还不够，还有后续事要做，特别是使之成为来者的方向标。”

“当时我说长留永远之事，更要值得长留永远，就是这个意思，需要动动心思，开阔思路，厚实阁的内涵。”

“是呀，一直按您说的做到现在。我们都在想，一座阁和一栋房子一样，房子里没有住人那仍是堆砌起来的砖瓦，僵硬的外壳，没有灵性。只有里面住人赋予灵魂，才称得上房子。现在建起那外壳的阁也一样，不服人阅读，里面缺少灵魂不能叫作真正意义上的阁。为既能让人远处可望，也能让人近处可观，我们正在择善者为之。所以我来是向您秉报，还想请您为阁题写点什么。”沈希颜终于说明来意。

“看来我不做点什么还是不能了事。题写点什么呢？你说。”周敦颐爽快地答应。

“遵您题书。”沈希颜心里踏实地说。

一项君子协议如此达成。尽管沈希颜还未拿到周敦颐的题书，可他不着急，静心等待。

话说已过去几个月的冬季里，少见周敦颐在那冷冷的天独自来到莲池边。其时，莲池一片枯寂残败，可他却看到了新生希望。他凝神注视，静中倾听，心里发觉莲在泥土里酝酿，无不蠢蠢欲动，图谋新一轮满池青翠，朝气蓬勃。他敬仰莲，情不自禁地想起自己与莲的结缘。

小时候，刚发鸿蒙的周敦颐做晨读。他摇头晃脑，童声琅琅，一遍又一遍地高唱《诗经·泽陂》：

彼泽之陂，有蒲与荷。
有美一人，伤如之何？
寤寐无为，涕泗滂沱。
彼泽之陂，有蒲与蕑。
有美一人，硕大且卷。
寤寐无为，中心悁悁。
彼泽之陂，有蒲菡萏。
有美一人，硕大且俨。
寤寐无为，辗转伏枕。

虽说他不能完全体会诗的含意，但读到了最早关于莲的描述和论说，知道古老故事的鲜活，莲的源远。

时隔不久，他又从《离骚》中读到莲的高洁：

制芰荷以为衣兮，集芙蓉以为裳。
不吾知其亦已兮，苟余情其信芳。
高余冠之岌岌兮，长余佩之陆离。
芳与泽其杂糅兮，唯昭质其犹未亏。
忽反顾以游目兮，将往观乎四荒。
佩缤纷其繁饰兮，芳菲菲其弥章。
民生各有所乐兮，余独好修以为常。
虽体解吾犹未变兮，岂余心之可惩？

孩童时候的事总是铭刻一生。周敦颐在那时读书背书中就闻有莲香，几十年来从未忘记，并在现实里与莲无数次相逢，种莲以伴，品莲悟性，得莲亦为人而生长，人知莲性而高洁。他把莲融进自己的信念、气节和普世价值。

转眼春天又来了，大地染上浓重绿意，百花吐艳，是时周敦颐转虞部外郎，更有好心情。应讲友、门人之邀，周敦颐赴这一年唱咏自然诗文会，与会者以花为题赋诗作文。许多人吟唱春之牡丹，也有人赞誉秋菊，还有人颂扬寒梅……各为其所好而作，真是才子笔下百花好，佳句连连花不同。可是周敦颐脑海里一阵激烈碰撞，心神游荡在众花间，寻找他心中的莲。在你来我往唱和里，他没有应酬而作，即便有人催呼，也是一笑而置之地聆听大家吟咏。

吃过晚饭，周敦颐回到家，独坐书房想他之所想。蒲六妹进来轻声道：“今日那么多文人学士相聚，想必诗文会办得很好吧？”可周敦颐在凝神中未感觉体会，没有回她的话。

蒲六妹：“夫君，在问你话呢？”

周敦颐：“哦，问了我吗？还真没听到。我在想诗文会。”他转过神来，不好意思地笑。

蒲六妹：“都想得如此着迷。我再问你，诗文会上你是不是也赋诗作文了？吟来也让我赏听赏听。”

周敦颐：“既没有赋诗，也没有作文。”

蒲六妹：“那你参加一天诗文会干什么？”

周敦颐把诗文会上人人写不同的花，那众多笔下可是花开四季，万紫千红的情况说一遍。最后说：“但我一直在找自己素来喜欢的莲。”

蒲六妹才明白，原来周敦颐之所以没有回她的话。

仲夏节气，莲之繁盛，他又独自来到莲池。如他冬时来莲池心里所约，莲池已是碧叶连天，风情神韵，自有一番新气象。周敦颐见莲如水洗一般纯清洁净，一株株直立池中，含苞怒放，极易引人。他愈发兴奋，不由得凝视、回想、思考……

站在莲池前，他若有所得。莲是佛道之花，谁都知晓莲道禅心，但儒道也十分欣赏莲，而且是最早认识、描绘莲。它自性开悟，“行发乎迩，而见乎远”，与不沾半点世俗尘埃、摆脱种种憎恨与烦恼佛道的莲有所相同，也有所不同。表面相同，处世与避世不同。

他想来自己官场上大半生，尽管行走在底层，所见所闻，所经所历，无不叩击心灵。那些行贪婪之腐，讼无公之断，欺百姓之压却少有人觉醒，甚至同流合污。他要如莲洁身自爱，也要发声呐喊。

从小到现在，他喜欢莲，亲近莲，心爱莲，一路走来更是理解莲，而莲又诠释他生命的哲学意义。他浸润在清雅莲香里，望着莲、琢磨着莲，生于泥不为泥染，长于水不为水没，茎中间空，亭亭玉立，不生蔓枝，尽显正直、通达、清纯、脱俗的高洁，莲性就是活化的人性。

这天，周敦颐特别不一样地想着莲。尽管他烂熟儒籍经典，但还是取来很多书，翻了《诗经》又翻《离骚》，翻了《论语》又翻《孟子》……

此时书于他并无多用，或许习性使然。其实，他已经思有所成，重重地挤压在心里，再也无法控制自己不说。莲者，花之君子！

于是，他奋笔疾书：

爱莲说

水陆草木之花，可爱者甚蕃。晋陶渊明独爱菊。自李唐来，世人甚爱牡丹。予独爱莲之出淤泥而不染，濯清涟而不妖，中通外直，不蔓不枝，香远益清，亭亭净植，可远观而不可亵玩焉。

予谓菊，花之隐逸者也；牡丹，花之富贵者也；莲，花之君子者也。噫！菊之爱，陶后鲜有闻；莲之爱，同予者何人？牡丹之爱，宜乎众矣！

沈希颜收到周敦颐寄来一个大信封。他心明地念一句："这下好啦。"打开一看，欣喜万分，大有出乎他意料之外，竟是一篇清新感召人的短文《爱莲说》。读罢又读，爱不释手，他深信它是一篇旷世奇文，将会留传千古！他找来钱拓、王抟，又与他们共赏。

"我们来读读，真是精美佳作。"沈希颜拿来周敦颐的题书，深情足韵地唱念起来。

"你们看，文中指出莲的品性：不染、不妖、不蔓、不枝、不可亵玩，论述深刻，可是莲之姿、之性、之德啊！"王抟说。

"非实际融入莲无可得此境界，非深度领悟莲难以作得此文。钟情莲才有文中的意深，热爱莲才有笔下的鲜活。"钱拓激动，惊叹周敦颐爱莲的"诚"。

"立人极，安身之本，道也！"王抟思后又说。

"莲之爱，同予者何人？"沈希颜读出此文后面一句。

"同焉。"三人合声。

他们将此文刻石，并有附记"舂陵周惇实撰，四明沈希颜书，太原王抟篆额，嘉祐八年五月十五日江东钱拓上石"。

《爱莲说》问世，如"一石激起千层浪"，不断引来许多人特别是官宦儒士、文人骚客的欣赏、热议。很快，《爱莲说》传到汴京，传进朝廷，大受当朝关注，成为当朝一件文学盛事，影响深远。

周敦颐又名噪四方。

多少年后，虔州人将唯独没有担任当地主官的他，列入虔州史上"四贤"：北宋嘉祐年间，凿通赣江险滩凸显赣江黄金水道地位，繁荣虔州功不可没的虔州知州赵抃；与赵抃同年间，开辟书院讲学，倡导新儒学产生深远影响，成为历史文化中的理学开山鼻祖，在这里写下千古名篇《爱莲说》的虔州通判周敦颐；北宋熙宁年间，亲自督建福寿沟这一闻名中外地下排水系统，至今造福当地人民的虔州知州刘彝；南宋德祐年间，在元兵南侵时组织义军前往临安勤王抗争，在这块土地上写下《正气歌》而名垂青史的虔州知州文天祥。有曰："赵抃疏险滩，刘彝福寿惠千古；濂溪创理学，文山丹心昭四贤。"

然而，也就在知州缺位，周敦颐暂行主政虔州、擢提知州的概率大增时，意外事发生了。

第二十六章　小年夜之痛

抵近年底腊月二十。和往年一样，周敦颐来到司法参军公厅，说："小年、大年、元宵一个接一个跟着来临，防火不可小视，还是把事情做在前面，一起去巡察防火情况如何，加强火灾戒备。"

两个人带衙役置身虔州城，穿街走巷，察看潜火铺，又察看城厢水铺，听取他们禀报防治火烛的情况，要求两铺把防火之事做到实处，切不可怠慢。还身临望火楼，查验防火及警报传递的相关准备情况。周敦颐道："年丰心悦百姓也，将是日夜欢聚，人多易乱，星火易燃，须特别注意防范，让百姓欢欢喜喜过个热闹祥和的大年。"他抬手拜托。

司法参军见周敦颐发话，压实责任，不忘及时对下属、随行衙役提出："从小年前的二十三日起，一直到元宵昼夜检查，发现火烛隐患及时消除，确保万无一失。"潜火铺、水铺的人表示将相互配合，分头行动，各司其职，加强火烛检查，防患于未然。

周敦颐一整天走在城里，回到家时有些晚。他坐在书房歇息，却常望着窗外。月亮初起，月光与门前灯笼交相辉映，间或还听到外面有人走路说话。

蒲六妹更衣准备去睡，但在睡觉前还是习惯地来书房看看。轻声道："夫君今天累了，也早点睡吧。"

周敦颐说："睡不着呀。过几天就是小年，年味来得很快。《祭灶词》曰'酹酒烧钱灶君喜'，介甫诗曰'总把新桃换旧符'，《东京梦华录》曰'是夜，禁中爆竹山呼，闻声于外'。"他又望了望窗外。

虽然周敦颐说的是小年要祭灶、挂桃符、放爆竹这些事，但这些事最容易引起火灾，他有些担心。今天为此巡察整座虔州城，可还在想着县里。蒲六妹看出他心事，刚启朱唇，却欲言又止，抿嘴而笑。

周敦颐问："笑什么？"

蒲六妹："笑你还在想心事。"

周敦颐："你知道我在想心事？"他也含笑地看站在身边的蒲六妹。

蒲六妹："当然知道。"

周敦颐："那你说说看，我在想什么？"

蒲六妹："想去就去吧！"

周敦颐："去哪？"他装着心里没有事的样子问。

蒲六妹："下县里去呀。今天从早到晚，你已巡察虔州城，但不知道下属县里情况，尤其是防火之事做得怎么样。你想到小年、大年、年宵间的安稳，不去看看心里不踏实。"她把他的心事便说出来。

周敦颐："这个时候，我一下县就在县里过小年，不能在家陪你们。可是……"

蒲六妹："别可是了。平时你都在陪伴我和孩子，一家人很开心，我很知足。"又说，"我去温点水来给你暖暖脚。"

过一会，蒲六妹端来腾着热气的小木盆，放在周敦颐脚下。他脱去鞋袜把脚放在盆里，热水柔柔地荡涤他的脚，真是舒服极了，这才是家的味道。

第二天，周敦颐带衙役和周通下县巡察。临走时蒲六妹拿来一件棉衣给周通，说："三九寒天的，给老爷把这件棉袄带上，早夜需要。"

从朝廷到民间，都十分看重小年到新年元宵的整个过年。事实上，从腊月二十三开始，不同姓氏宗族或早一天、或晚一天都过起小年。

特别是经过近些年惠民教民之治，虔州连年丰收安详，百姓无不欢心。人们早早地购年货，买新衣，街上人流不断，店铺满满是人；家家祭灶司、挂桃符、放爆竹、化纸钱；孩子们也开始把整包、成串的爆竹拆散，一个个地把它装进身上口袋，时不时地摸出一个小爆竹点燃，并把它甩得老远，听到"啪"的一声响，那稚气未脱的脸蛋上立刻显现满意的笑。虔州开始热闹了，大年越来越近。

谁也没有想到，在浓浓年香来临时却间有苦涩味道。就在周敦颐已去县里巡察期间，令人十分痛苦的事情还是发生了。不是发生在县里，而是发生在州府驻地虔州城。

二十四日深夜，州府衙役快马狂奔，赶到周敦颐巡察的所在县，他急匆匆地找到周敦颐。

“周通判，虔州城发大火，我来时火势猛烈。”

“可有百姓伤亡？”

“还不清楚，大火时我受命前来禀报。”

来不及多问多说，周敦颐急忙给县里交代几句，上马疾速赶回虔州，直奔火灾过后的现场。天渐渐亮起来，他眼前满是废墟，触目惊心。大火烧毁一千多家民房，灾民无家可归，兴尽悲来，情绪十分消沉低落，满目悲凉。

他迅速组织安置灾民，不停地穿梭在救灾前沿。又经废墟时，看到一个身着单薄男人在倒塌房子里转来转去，旁边还有个女人用大人的外衣裹抱孩子。他们是一对夫妇，脸上表情沮丧。周敦颐问：

“你这是？”

“夜惊失火，抱着孩子就往外冲，可衣食在屋里全被火烧没了。”男人心痛地说。

“有去所吗？”

“客居虔州不到两年，无亲友投靠，还不知道能上哪里栖身。”他又低声回道。

“昨晚在什么地方过的？”周敦颐不放心地问。

“一位好心人收留，刚刚有他两家受火的亲戚投靠其家。我看实在住不下，就出来找地方，来看看火后是不是还有能用上的东西，以应急用。”

周敦颐叫周通把夫人捎上的那件袄拿来给男人。男人接过袄穿上，身感一股暖流，连忙说：“谢谢！谢谢！”

“官府在衣食住就在，你们随他去吧。”周敦颐对他说，且对随行衙役说。衙役把他们带往官府安置处。

周敦颐深深地自责。他赶着时间边发放应急衣食，边向朝廷禀报火灾和救济灾民情况。书役誊清奏章，他签上“五百里加急”发往京师。

一年前，宋仁宗皇帝深夜突然崩世，太子赵曙赶到皇宫，宰相韩琦等人请赵曙穿上黄袍。可他登基才一年就遇到虔州失火的大事，心里苦闷。他召韩琦、曾公亮、赵抃、王拱辰等人来到龙殿。

宋英宗：“想不到正月刚过，二月还没有过完，朕就叫你们来说说虔州大火责任的事。年，朕是没有过好。那么多家房子一夜化为灰烬，多少家人大冷天无家可归，年间挨饿受冻。依朕看虔州主官难辞其咎，为以儆效尤，应从严惩处，革职远谪。”一开始，皇上就发怒了。

几个人都不说话，宋英宗从韩琦开始挨个看他们。

韩琦看一下宋英宗，说：“虔州失火，要说还真是防不胜防。失火前几天，周敦颐专门上虔州城察看隐患，还到潜火铺、水铺督查防火情况，查看望火楼，提醒加强火灾戒备，次日又去下辖县巡察。后来虔州发火的那夜，他深夜接到火灾急报，当即赶回虔州城，组织安置安抚灾民。”

宋英宗：“可他的奏章里对这些都未提及，只禀报灾情，请朝廷开恩开仓救济灾民。”

韩琦：“下去调查失火的官员回来说，周敦颐在调查中不解释，未有半点申辩诿过，只说自己愧对百姓。”他把调查的整个情况呈给皇上。

宋英宗看看那调查结果，说：“如你说来，他与失火无多大关联？”

韩琦：“皇上，知州缺位周敦颐代行知州职责岂能无责，不过失火时他不在虔州城，失火前后该做的他都做了，亲力亲为。”他说明事实情况，但也有为周敦颐辩护、开脱之意。

曾公亮：“虔州之大，风险也大。天灾难防，真是不测风云，老天降罪虔州百姓，谁都无奈。”他同样为周敦颐说话。

宋英宗见赵抃没有说话，便问他：“你与周敦颐在虔州一起共事几年，对他履职做事看得清楚，虔州情况也熟，你说说。”

赵抃禀道：“皇上知道，虔州不比别的地方，难管。”

宋英宗：“正是地方大难管，所以朝廷一直看重。据我所知，几年前朝廷选你去当知州，后来也是挑的周敦颐去帮助你。可你在虔州那些年怎么就没有发生过火灾，而你一回朝廷就发生火灾，说明了什么？难道你就不能离开虔州？就不能回朝廷？”

皇上三问，看似很难回答，一答很容易说成是周敦颐的责任，但赵抃巧用此机会。说：“回禀皇上，微臣在虔州享受先皇之恩，给微臣配了一个德能勤廉的周敦颐。每年冬季里防火都是他想在前头，做在前头；又托我朝洪福，任上安稳几年。而虔州失火，微臣都想了好几天，好难想得通。后来从时空上纵向比较发现，一个地方如此不好之事，差不多都是隔着不定时年地发生，周敦颐那么用心还是碰上这场大火。若微臣没有回朝廷，大火就可能落在微臣头上，很难说得清。”

听完韩琦、曾公亮和赵抃的话，宋英宗的怒气有所消去，语气也和顺起来。他看到三个重臣都为周敦颐说话，听起来也是实话，再说英宗虽然没有见过周敦颐，但知道周敦颐作《爱莲说》，对他的印象本来就较好，也就打算放弃对周敦颐严厉处罚。

宋英宗：“按你们说就不革职？”

韩琦：“应有相应的处理。”

宋英宗：“现在还有哪些偏远地方缺州官？”

王拱辰听来皇上是问州官，并没有说什么样的州官，更没有说州以下的官，稍想一下，道：“永州缺通判。”

宋英宗：“你们看还有别地方、别官职更合适吗？”看上去是问几位重臣，实则对周敦颐的处理已定格，保住了他的官职。

几个人当然都说：“没有。”并且说得响亮。

宋英宗：“那就移调永州通判。”

永州地处偏僻，历来为朝官贬谪流放之地，唐时至今就有不少朝臣流放到永州。周敦颐如此平职调任，只不过是从大州到小州，又在失火之后，正如韩琦用心所说“应有相应的处罚”。很巧妙，颇有贬与非贬之意味。

治平二年（1065）二月里一天，周敦颐脚步沉重，自个来到失火处，再次看看那废墟，心情十分愧疚，矛盾、复杂、无奈、惆怅，然后回到州衙。同僚都来了，他没有同他们一一辞别，而是抱拳告别，携带家人去码头。不是直去永州，而是坐船北上。

码头总是繁忙的，洪州码头也不例外，樯桅林立，船只不停地靠岸和离去，必有很多人不断上船下船。

那个风度翩翩的人站在码头已经等待很久，却还不见周敦颐。他对衙役说：“去，一条船一条船地找，搞清楚周大人带他一家人坐的船是否已到。”

衙役来到停泊的众多船上，因为不认识周敦颐就逐一登船问。轮到第十六条船时，周通租船回来看见旁边船上有人问‘周大人’，速进自已坐的船舱，告诉周敦颐。周敦颐搞不清是怎么回事，出舱一看，正遇两个衙役上得船来。

“您可是周大人？”衙役问。

“你说哪个周大人？”周敦颐想，船才靠码头就有人找来？不会吧，码头上往来人多，姓周的人不只他一个，怀疑他们是不是找错了。

“带一家人从虔州来的周大人。”

“有什么事吗？”

“您就是周大人，我们大人找您。”

“请问，你们大人在哪？”

“就在岸上。”

“哦。”周敦颐跟他们下船向岸上走去。心想谁有这么快的消息。周通赶快跟在他后面。

“茂叔！茂叔！”

周敦颐一看，老朋友洪州知府程师孟向他走来。他们以前在合州相见，周敦颐当时外出坐船回合州。程师孟到合州府拜访，听说他快到码头即刻赶到码头相见，今天他们又在洪州码头这样地见面。

程师孟听说周敦颐移调永州，要经洪州过，特地带衙役来码头相迎。他知道周敦颐心情不好，说：“得知虔州失火，心中挂牵你。打听到你的行踪，才赶来一见。”

“我可是去永州。”

“去永州怎么啦？要知道那可是一块集圣贤之地，也是用武之地。”

“我知道你看待事情与众有些不同，看向积极阳光方面的多。那里前有舜帝、后有柳宗元……等先圣先贤曾经留下印迹，当朝也有官宦儒士在那里做很多的事，多谢多谢。”他把程师孟要说的说了。又道，“刚才船靠码头，我也确实想到程兄，但带家拖口，不便上岸叨扰。”

“过洪州能想到我，说明我来对了！什么叨扰不叨扰，来洪州就不必客气。”

“唉。虔州大，火也大。现在我所想的不是自己去永州，而是大火烧毁那么多民房，那么多灾民失去藏身处所，也失去衣物和食粮，伤痛至极。你说我能是什么心情，心里苦啊。”

“失火时你不在虔州城，后来听说朝廷派人来调查失火之事，你却不为自己解释？”

“失火与我在与不在虔州城都有关系，都是我的事。我根本不用申辩解释，愧对虔州百姓哪。”

程师孟心里也难受，说：“我赶来码头看你，也是来请你和家人在洪州过些时候再走，有话我们慢慢聊，怎样？”

“谢程兄。坐船慢，好在顺赣水下漂快一点。我停泊洪州码头是要转船去江州，还要出鄱阳湖口再逆江水倒回江州，到那里再转船，路上慢慢走吧。”

“要不，剩下路程改坐马车，你还是下船在我这里逗留数日，权作散散心。如此和你接着坐船到达的时间不相差几天，说不定还会快一点。”程师孟想办法留他。

“两个小孩都小，还是坐船舒适点。找个时机再来洪州好好地与程兄一聚，到时你不赶我就不走。”

“那就顺你之意，我来安排船送。”

“不用，周通把船租好了。”

两个人在码头来回地走，说了很多话。

劝人当往好处劝。永州，官场特别忌讳的地方，但程师孟本身不如此看，他还是宽慰道：“事情已出，尘埃落定，不要过于自责，以免伤身子。国家很大，永州也不是最偏僻地方，在那里更可以静心按自己的想法为民做些事，也是你一向秉性。”

“知道。还是说说你的诗作吧。”周敦颐这个时候提诗，实在是心里慌得很，想有诗句润润心。

“好久没有作诗。不过和你在一起有话想说。”

程师孟描绘出一幅慰藉、祝福、希望、期待的画面来，即时吟出：“移官远过耒阳西，好景重重合尽题。永水自然胜赣水，浯溪应不让濂溪。沙头候吏瞻旗脚，境上乡人待马蹄。曾是忠贤流落处，至今兰芷尚萋萋。”

周敦颐要走了，他们双双抱拳。

“保重！”

“保重！”

周敦颐到达江州，住进驿站。虔州发火的事还搅得他心痛心累，面色憔悴。他想好好地静静，在驿站一整天没有出门。

他不出驿站可以，不可以的是有朋友来找他出门。犹如程师孟听到消息赶到码头看望、宽慰周敦颐一样，友人画家宋复古才得讯就来看望、宽慰他，因为周敦颐住驿站，怕他随时走。

周敦颐：“有闻我去永州，是不？”

宋复古：“哪里，我是来卖画。”

周敦颐：“向来能买到你这位大画家的画很不容易，现在倒要自己上门卖起画来？我搞不懂，不知是宋人看不懂你的画，还是如今宋人不喜欢画，悲哉的不是你呀。”

宋复古：“都不是。这人心不静，画也画不好，画不好肯定难卖，日子此一时彼一时。”

周敦颐：“我从来没有听说画画的人越画越差，差到连你的画都卖不出去。

要不，你跟我到永州去画画，画作我全收，那日子一定会比现在好，干不干？”

宋复古：“你到永州是当官，我还是在江州画自己的画，等画实在卖不出去时，再上永州，你要收留哟。”

周敦颐：“我已在洪州见到程师孟，他怎么想就怎么劝我。说实话，别兜圈子，是来卖画还是来看我劝我？”

宋复古：“茂叔来江州我岂能错过。我知道你到江州，必定来看看，你问我来是卖画还是看你劝你，都是一回事。我的画好看，人家心里就舒服，我劝人就是想人家心里舒服，也包括你这样当官之人。”

周敦颐知道宋复古一个文人画家，平时有些玩趣，惹人开心，而此时油嘴滑舌更惹自己开心。便道：“谢你，但我心中系着痛苦疙瘩。好了，我们就说说正经的。”

宋复古不外乎是慰藉，与周敦颐倾心相谈大半天。他又说：“三月桃花迎人笑，上庐山大林寺去看看，那可是天下有名的桃花丛中寺院。花是不等人，只有人等花，时过花谢就没有看的。”周敦颐情绪低沉，愿去看看，释放自己。次日他随宋复古来到庐山山顶。

桃花鲜艳，依山势簇拥大林寺。宋复古领周敦颐穿过桃林，来到僧友静凌的住持室。

静凌：“周通判登临，大林佛门增光。”

周敦颐：“梵刹大林寺，深隐山巅桃丛，处半空所望高远，见教禅师了。”

静凌感受到周敦颐说话的才气，道：“早就听说周通判学知过人，今日一见，果然名不虚传。”

周敦颐：“几年前登山临福寺未入，却不曾想到原来是等待今日，等待禅师。”

见周敦颐和静凌初见投缘，宋复古道：“那还不是也在等我，有缘我们一起相会，多一个人还不热闹点？”

周敦颐打量住持室，发现一幅《山水笑意图》。画中山势磅礴，泉流倾泻，有个仰天而笑的模糊人影。画融人与自然、动与静于一体，格调高雅，写意鲜明，栩栩如生。他目不转睛地凝视，心临画境，觉得画面动起来了，仿佛听到山涧天籁——飞瀑悬河作响，还有那画中人得意忘“我”的笑声。

“周通判，观听深山无‘我’。”静凌见周敦颐凝神看画，说，“如喜欢，老衲愿赠予。”

“不、不，一赏足矣！好画好画！”

“又有人夸我不是。”宋复古说。周敦颐再走近看，此画是宋复古为静凌而作。

午前，桃花开得正旺盛，静凌陪他们参观寺内，赏看寺外。周敦颐颇感大林寺精巧玲珑，桃花烂漫，无限风景，绝佳佛地。他和宋复古又与静凌坐在禅房品茶、交谈，所涉儒佛之要，周敦颐一时淡忘不快。

两日后临别，应静凌之请，周敦颐心有所思，身有所感，于禅房写下：

治平乙巳暮春十四日同宋复古游山巅至大林寺书四十字。

三月山房暖，林花互照明。

路盘层顶上，人在半空行。

水色云含白，禽声谷应清。

天风拂襟袂，缥缈觉身轻。

在大林寺幽深的环境里，周敦颐心情好很多，可下山回到江州驿站又是郁闷。他吩咐周通租来马车，携家人来到濂溪书堂住下，静静动动地作一次内心旅程的修行，或者读书思考，或者造访友人，或者接待拜访者，或者徜徉莲花峰下……

一住大半年过去，时间开始填平周敦颐常思常想常痛的心中沟壑。蒲六妹道："在书堂过日子着实让人定神，真是好地方，我都住得不愿走。"她有意挑出话头，以便听听周敦颐怎么想。

"我好很多，静下来了，人也轻松。我们不可再过多地在书堂住下去。"

"那你什么时候走？"蒲六妹接上他的话。

"我也在想走的事情。你看，这回朝廷在圜丘大祭天地，没有忘记我，竟然还给我一次京官名号升迁，由虞部员外郎升为比部员外郎。"

蒲六妹问："京官擢升也是有规定吧？"

"员外郎的升转一般是按水部、司门、库部、虞部、比部、驾部、屯田、都官、职方依次进行。若有科举出身自屯田员外郎起，无出身则自虞部起，因罪叙复则自水部起。"他说。

"升哪个级别京官都不容易吧，要谢皇恩。"

"不容易，我是想都不敢去想。朝廷不欠我的，我欠虔州百姓的，能做的只有回报，还当谢皇恩。"

蒲六妹看到他心思端正，虔州失火之痛有所愈合，说："是呀，总不能长此住下去。不然，你怎么去得了永州，上得了任。"

周敦颐点头，同意她说的意思。

周敦颐在书堂前面看山看水看田埂，遇到经常路过此处的当地人去攀莲花峰。他们相邀，周敦颐随他们而去。

快到山顶时泛起一团团浓雾，滚滚而来，把峰峦淹没其中，眼前虚无缥缈，什么也看不见。可在周敦颐心间这座山峰仍然耸立，他没有停止脚步地前行。接着又下起雨来，大家一起躲避在山中茅舍里，没有人愁眉苦脸，没有人埋怨，反倒还有人淡定谈笑。

雨停雾去，他仰头一望，天空湛蓝。顿时不知从哪里生发出满身的劲，他努力攀行，累出一身透湿的汗，心里痛快。人生就是这样，谁不遇上个风风雨雨。可精神不应是一张薄纸，不堪一击。路不好走但不可迷失方向、不可停下脚步，人失意亦不可消极、不可沉沦。他觉得应该往前走，酣畅淋漓地向上。

兴奋不觉身子累。夜里，他不断地和蒲六妹叙说当天的感受和发现。

“怎么啦，今天攀莲花峰让你开心？”蒲六妹问。

“我在想永州。”他笑嘻嘻的。

“前几天你感念朝廷，现在又想永州，是不是把去永州的时日已定下来了？”

“没有，快了吧。还是程师孟说得对，那是一块集圣贤之地，有潇、湘二水相汇，滋润那块穷僻土地，也养一方人。你看，就是那些曾贬谪永州的人，也不失胸怀和骨气，他们有所作为，为当地百姓做很多好事。他们还纵情山水，柳宗元谪居永州十年，写下闻名的《永州八记》，何况朝廷没有明言流放我。”

“何不是呢？你这么想这么说，我就放心。”

“静思见远，静思见远。”

“你说‘快了’，那还要在书堂过多久？”现在蒲六妹放心地催他。

“不等、不等，就在近几日。”

隔日，他收到赵抃的来信。信中赵抃为虔州失火且影响周敦颐而惋惜，也为周敦颐如此之久不去上任而担忧，劝他尽快赴永州职行公事，并赋诗《寄永倅周茂叔虞部》以赠：

君去濂溪湖外行，倅藩仍喜便乡程。
九疑南向参空碧，二水秋临彻底清。
诗笔不闲真吏隐，讼庭无事洽民情。
霜鸿已到衡阳转，远绪凭谁数寄声。

周敦颐再也不想闲居，将书堂托付当地人看管，又启程走上赴任之路。途中，他把自己和家人的近况写长信告诉妻兄、他的好友蒲宗孟。十二月下旬到达夏口，一家人在驿站安顿过年。

第二十七章　官清梦魂安

永州和道州接壤，历史上两州曾同属零陵郡，相距才一百余里，至今两地人多有往来。虔州失火，周敦颐移调永州早在这里传开，很快在道州传开，也很快在周敦颐家乡楼田村传开。如此长时间不见他到任，老家乡亲对他十分惦记，盼他早一天回到这片土地上。

治平三年（1066）二月，周敦颐到达永州任上。

好几个月后的一天，周敦颐在公厅看完几份公文，便收拾案面准备回家，周通却跑来。

“老爷，老家来人啦。夫人已把饭菜做好，等待您回家哪。”周通望着他说。

“好哇！是谁呀？”周敦颐惊喜地问。

“是老爷侄儿仲章。”

“你怎么不早点来叫我？”周敦颐显得有点急切。又说，“虽说是侄儿，我都一直没有见过，以前只在信里听说老家添有他，后来还听说他机灵，读书、做事有悟性，还有点小调皮。如今都能来看我，到底是亲人哪！”

周敦颐进家门。

“叔！”周仲章站立起来大声喊，鞠上一躬，激动地望着引以为骄傲而没有见过的家叔周敦颐。

“你就是仲章侄儿？好哇！长大了。”周敦颐亲切地说。

“是。”仲章点头。

“家里人都好吗？”

“都好。一大家人都想来看叔，说叔自年少离开家后，一直没有看到过，常是挂念。又说我年轻，腿快灵捷，就派我先来，探探路，以后他们来也方便点。”

“是啊！都好几十年，我同样想你们。你头一次来永州，就多住些时候。”

饭后一家人围坐在堂前，周仲章叙说老家的一切。周敦颐静静地听，有时还插话问。得知老家人丁兴旺，日子平安，他很开心。

他知道了老家许多事情，有些在他想象之中，有些却在他意料之外。但事事件件听来亲切，就像亲眼所见，亲身经历一样，倍感欣慰。周仲章是代表老家人来看周敦颐和全家的，也是为自己而来，他还有一件重要事没有说。

躺在床上，周仲章没睡，寻思该怎样告诉家叔帮自己谋个官差。他今天才到，所以暂时还没有开口。叔不是留他多住些时候吗？有的是时间，叔亲切热情，十分近人，定是水到渠成的事。到了第五天，周敦颐有点空闲，就把周仲章叫来书房，单个地说说话。

“仲章，书读得怎么样？”

“以前读一些书，现在没有读。不过想起读书品书，觉得书里还是有道理，若是读进去了真吸引人。”

“读书就是明事理，让人取良行。书不能一时读一时不读，要经常读长期读，要是读得好可以参加科举。你看这里有很多好书，都是经典，必考科目，根据自己的情况你选些带回去读用。”

“好。”

“人要有目标，不能随波逐流。你对自己的将来有什么想法吗？”他想听听侄儿的人生态度和打算。

“叔！我想您帮我谋个官差当当。”周仲章认为叔都问到这事上，机会来了，但还是生畏，说得别扭，有点脸红。

“想当个官差。”周敦颐哈哈笑两声，没有说行与不行，语调无肯定之重，也无否定之轻，不痛不痒，仲章费解。

“叔的官比县官还大，有的县官都给家人亲友谋个一官半职。”周仲章见他没有一个说法，再说上一句。用意是提示周敦颐，比照比他官还小的县官给自己谋个差，也不算为难。

“是呀，那是一人得道。”周敦颐和颜地道。

“乡亲们说叔现在到永州做官，离家乡很近，也就是到家门口做官，要是找您办个什么事方便容易，楼田村总算是有个官场上的人。还真有人想找您办事，要办什么事我也不知道，到时他们会跟您说。”

“哦。”周敦颐吱声表示知道，对侄儿提起谋差和乡亲想找他办事也不再往下说。

世风官风如此，他比周仲章看得更多更清楚，何止是有的县官优亲厚友，为家人谋个一官半职。实际上，哪里有官场哪里就难免这样的公权私用，就有不公的腐化。他不怪周仲章提出谋差的事，也不怪乡亲想来找他办事，反而觉得早一些知道要比晚一些知道好。

在叔叔家短住，周仲章也做一些家务，可周敦颐还没有告诉他谋个什么差，他盼着叔给他消息。而周敦颐也在想，侄儿一定很着急，想听到他的明确回复。一两天、三四天不告诉侄儿可以，但不能不给侄儿一个说法。谋官差之事或是、或非，都让周敦颐为难。但难也要把它处理好，捂着不行。

周敦颐安排家人今天去游城郊野外，其实是带仲章出来看看，让他有所思悟。蒲六妹说："周焘小，外去不方便，我就在家带他，你们几个去吧。"周寿拉着周仲章兴冲冲地上马车，待周敦颐走来坐好，周通才驱动车。路上，孩童的周寿对一切都显得好奇，见事喜欢想象，话多。

"爹，好长时间没有出来玩，上哪？"

"去西山。"

"那里好玩吗？"

"有什么就看什么，只要你有心观察、思考，那里的山水、花草、奇石……都好玩。看到不懂的地方，你就问仲章哥。"

"爹说了，叫我问你。"周寿马上对周仲章说。

"好。"周仲章答应是被逼的。他敬畏周敦颐，知道周敦颐博学，怕出错不敢班门弄斧，又说，"不对请叔匡正。"有点谦虚，言词还有点雅。

来到西山，见大人小孩的，游人如织，先给了周寿一个欣喜，周仲章也有异地新鲜。随游人向山北走去，便是钴鉧潭。

钴鉧潭边小丘上多有奇石，或大或小，或高或低。如一群牛马从潭边向上狂奔猛跑；换个方向看，又如一群牛马趋下渴饮于潭。哪样看和想都为整体阵势，静静的丘石似乎活蹦起来。周敦颐提示，他们感受到壮观，有力量。

周寿："哇，你说好看吗？"他问身边仲章。

周仲章："好看，有气势，带劲。"

周寿："以前我没有看过丘石长成这样子，好玩、喜欢。"他找到了童趣。

周仲章："只要你把它们想象成真牛马，场面可是震撼人，激励人。"他已入境。

周寿又对周通说，“叔啊，你带我看过斗牛，那些牛奔跑起来拦都拦不住，是不是和现在看到丘石一样的感觉。”

周通：“你还真说对了。”

周仲章：“那是牛力量大，没有人敢拦。”

周寿皱起眉头看仲章：“我看到丘石样子想起一件事，爹娘总跟我说读书要像口干，想喝水一样地想书读找书读。这些丘石就像纵身向下找水喝的牛马，是不是也有点说读书那意思？”

周仲章稍稍停顿，回答说：“哦，你是说如饥似渴读书。不过，石牛石马的样子还能说到一件事情。读书也好做事也好，要竞相向前，不能落后。”又说：“我听人讲，奇异石貌都归于天道自成，此处也是。”

周敦颐默默高兴，仲章还真有悟性，能以事物寓道理。寿儿也不错，给他打过比方的事情能记住，大致说得来。”

他们来到另一侧树木草丛，有藤蔓攀附树上，一团团的绿得漂亮，最可惜是看不出它们自身有骨气，立不起来。

周寿马上说：“没劲。”他心里有与丘石对比的落差。

周仲章：“太依附了。”

周寿：“我没听懂你说的这个‘太依附’。”

周仲章：“就是藤蔓靠着树长，树有多高它才有多高，没有树它就长不高，站都站不起来。你说，人要是站不起来，难受啵？”

周寿：“难受。”

回到家，周寿滔滔不绝，把去西山所见所闻告诉娘。周仲章毕竟成年，对在西山看到截然相反的两种自然场景，有自己的思考和感悟，靠家叔找差事还不如一股劲地做自己更喜欢的事，包括读书。甚至还想到家叔带他到西山钴鉧潭玩，是对他提出谋官差的答复，他想好了。而周敦颐却很有耐心，等着他说出所思所想。直到很晚，周仲章鼓起勇气来到周敦颐书房。

“叔，就不在你府衙谋差了。今天我眼界大开，人还是要有精神、骨气和力量，何必依附您谋衙门官差。再说官差也就是个‘差’，说起来好听点。我还是回去做自己想做、应该做的事情，平时坚持读书，到时哪条路走得通就往哪里走。”

“仲章啊，替你谋一份衙门官差不是为叔办不到，是不能做，在这方面你比别人要吃亏。人要正心，使自己归于正。我带头做别人就跟着做，衙门会变得糟乱，糟乱的地方还会好吗？帮你找差事，是对你偏执宠爱。从长远看，如此差事就把你局限在衙差位置上，会误你前程。你有悟性，说明潜质好，我有信心期待你不依靠别人，自我谋得如意之事，你会心轻一辈子。”

“叔这样一说我更明白。”

“现在我还需要你帮我做一件事。”

“什么事？”若能帮叔做事，说明叔看好看重自己，周仲章听得舒服。

“我在永州做官，乡亲们有期望，你知道他们有些想法，恐怕我也办不到，有愧于父老乡亲对我的期望。如其他们一个个来找我办不合规的事，不如趁早断其念头，免得他们心里挂着又难实现想法，到头来影响他们自己做事。我给乡亲写了一首诗，你回去带给他们，便于他们了解几十年没有见过的我，也是和以前一样的我。这首《任所寄乡关故旧》，无非是以‘简、实、直’三字见真。若是乡亲来看望，我和全家热情欢迎。顺问乡亲好。”他把诗交给周仲章。

老子生来骨性寒，宦情不改旧儒酸。
停杯厌饮香醪味，举筋常餐淡菜盘。
事冗不知筋力倦，官清赢得梦魂安。
故人欲问吾何况，为道舂陵只一般。

没过多久，周敦颐老家又来一位老人，他就是周通父亲，三十多年前受托管理周敦颐家田地、守护周敦颐父亲墓地的周兴。他来了两天。

“少爷来永州做官，我是近了脚路。这次来不只是看周通，也是为老爷牵挂而来，同样是看少爷一家。每次祭扫老爷坟地我对老爷说，‘少爷出息在外做官太远，我会替您去看看他，把他的情况告诉您’。现在我看到少爷和全家，也看到周通，该回去告诉老爷，老爷等得急，明天就走。”老人说。

“是呀，叔离不开我爹，我爹也离不开叔。”周敦颐理解他与父亲在那些岁月里结下的兄弟深情。周兴执意要回去，也就没有再劝强留。

“以前我得老爷照顾，如今周通又得少爷照顾，我们父子才有不愁衣食的日子。从老爷到少爷两代人对我家恩重如山，我得好好守护老爷，周通得好好随从少爷，才能报答老爷、少爷之恩。”周兴感慨地说。

“不说这些。我爹要是看到叔现在过得还安稳，也会欣慰。周通随我，叔大可放心。”周敦颐道。

“放心，放心！一百二十个放心。”

“我一直在外多有不便，虽说有你守护先父之墓，我还是很想去祭扫父亲坟墓，看看他，陪陪他。也可看看故乡亲人。”周敦颐告诉周兴想回一次老家。

“少爷回乡真好！到时老爷看到少爷和全家人，不知是一个什么样子的高兴啊！我盼少爷回去，乡亲们也盼少爷回去呢！我回去就给老爷上坟，把少爷要回家的事告诉老爷。”周兴有些激动。

他们说很多心里话，最后周敦颐还告诉他，将以前托付他管理那些自家田产正式交给他。

周兴启程回楼田村，周敦颐一家、周通出门相送。周敦颐把昨晚赶写的一封家书《上二十六叔书》给周兴，请他带给二十六叔等家人。

侄男惇实启：孟秋犹热，伏惟二十六叔、三十一叔、诸叔母、诸兄长尊体起居万福。周兴来，知安乐，喜无尽。惇实守官于外，与新妇幸如常，不劳忧念。来春归乡，即遂拜侍。未闲，伏望顺时倍加保爱，不备。侄男惇实状。上二十六叔、三十一叔、诸叔母、诸兄长座前。七月六日夜。诸弟、诸侄安乐。好将息！好将息！

治平五年（1067）宋神宗登极覃恩，周敦颐迁朝奉郎，加封尚书驾部员外郎，同时加封周辅成谏议大夫。他又寄《与仲章侄书》。

仲章：夏热，计新妇男女安健。我此中与叔母、季老、通老、韩姐、善善以下并安。近递中，得先公加赠官诰，赠谏议大夫，家门幸事幸事。汝备酒果香茶，诣坟前告闻先公谏议也。未相见，千万好将息！不具。叔付仲章，六月十四日。

诸处书，立使周一父子送去。叔母、韩姐传语：汝与新妇侄儿侄女各计安好，将息！好将息！百一、百二附兄嫂起居之问。善善与新妇安安。汝切不得来！汝切不得来！周三翁夫妻安否？周一父子看守坟茔小心否？周幼二安否？如何也？

阳春三月，马蹄声疾。时隔三十六年，周敦颐携夫人蒲六妹、儿子周寿和周焘坐在周通赶着的马车上。他深怀对家乡故土和亲人的眷想，正在奔向楼田村老家。

周通精神亢奋，他举摇长鞭，唱起歌谣：

时序轮番渐次移，春来又见燕子飞。
虫吟唧唧旧相识，小曲不断泪依稀。

常思归兮一如是，我跨横桥过乡溪。
心潮澎湃行路急，今回故里在梦期。

……

歌谣婉转悠扬，悦耳动听，余音绕梁，把车上一家人的心带向故乡。临近楼田村时，周敦颐心潮涌动。

二十六叔、三十一叔，仲章……都踩着时间点，来到村前迎望。马车入村，周敦颐回家了！

周敦颐亲称二十六叔、三十一叔……问候乡亲。

“敦颐，你回来啦！”年纪大的人直呼其名，辈分低的人依辈分称呼他。村里，男女老少都来看周敦颐，真是亲切热闹。

周敦颐及家人，还有周兴、周通来到周辅成墓地，点香烧纸，跪在墓前。

周敦颐说：“爹！儿敦颐有不孝，离乡三十六载，今得近回家，带儿媳六妹、二孙寿、焘看您！平素隔山渡水，魂牵梦绕，常见爹音容，夜半醒来难寐。托爹护佑，儿一家现在无有离分，起卧旦夕，清贫心轻，唯恐不遂爹愿，尽当克己。为官令行，日后儿也难续近邻，兴叔依旧护伴爹，大可安息。”

周通点响爆竹，一家人叩拜。

在家乡，他携全家探望叔伯家人及亲朋好友，接待来客，涉足少时所去地方，重温乡愁旧梦。

吃过早饭，一家人徒步濂溪河边。周通告诉周寿：“和你现在差不多大的时候，我伴你爹常来溪边。坐在桥上看天、看地、看溪，夏天探于溪水，采摘莲蓬，可是一身清凉。比起你们现在要好玩很多。”

周寿在家常听到周敦颐说起濂溪、月岩洞，心想这次都能看到，可他现在只看到了濂溪。

“爹，还有月岩洞呢？”

“看你，猴急猴急的。”蒲六妹顺口说。

“现在就去。”周敦颐小时在月岩学堂读过书，对那里一草一木、一石一洞都怀有深深的感情，去月岩洞早安排在心里。

“看月岩洞啰！”周寿欢喜地叫唤起来。

周敦颐对身后的周兴说：“那时是你接送相伴我，从不误课，先生还说我最守学规。”

周兴：“虽说月岩洞离家不算远，却也不近。路有荆棘草丛，曲窄难行，来去的人又少，老爷夫人放不下心。当时少爷那么小，来来去去不安全不方便，尤其是天气不好时更是这样，接送是我应当做的。”

周敦颐：“太谢叔了。”

周通：“我还跟着去过好多回。”

周兴：“那是你闹着要去玩。”

到月岩洞。周敦颐手牵周寿，陪着蒲六妹感受它的太极之意，提醒“入洞——驻立洞中央——出洞”时，仰望头上通天洞顶亏盈不同的变化。还不过瘾，他们重走一遍，而且比前一遍走得还要慢。真切地体验到每移动一步，对洞顶的视觉也一点一点地发生渐变。当渐变到一定时候，变化方向发生新渐变。

周寿说：“这很神奇！”

蒲六妹说：“这很神秘！”

其实，她和儿子都是说一个意思，相同感觉。不过是说法不尽相同，一个是孩童说法，一个是大人说法。周敦颐便道：“神奇也好神秘也好，还不是讲这里的奥妙吗，同样之罢。”

倒是周敦颐现在再看月岩洞，心情、感觉和小时候不完全一样。他说：“月岩洞鬼斧神工，给来者无限想象和思考，不只有自然的，而更多可以是社会、人生的，可以是现在、将来的。一个穷尽天下之事理的永恒，是放之四海而皆准的不二法门。”

周寿问：“为什么？”

周敦颐答：“里面饱含人长大的时序、认识过程等等吧。”

三月六日，在乡人进士蒋瓘，举人区有邻、欧阳丽，理椽陈赓的陪同下，周敦颐游览道州城南四里的含晖洞。可见洞上方刻有“水天一色”，尤为显眼。

蒋瓘道：“此乃当年蔡邕亡命江湖时题书，他可是文气十足之人，不仅自己有才，文学、书法造诣很深，大名鼎鼎，还生育了众人知晓的才女蔡文姬。”

区有邻说：“少见的多艺才女，传奇一生。”

他们来到那《含晖洞述》石刻处，欧阳丽指着洞述文字说：“此为时任朗州司马刘禹锡之作，一朵绽放的鲜花。”又说，“或许好读的文人作文记述谨慎，但也弄得复杂，倒是也好玩。薛伯高出任道州刺史曾游含晖洞，感觉甚好，他却请刘禹锡写了这篇洞述，使这则文人故事本身变得丰富丰厚，更有意味，聪明、智慧。”

周敦颐饶有兴趣地看那“水天一色”题书，读那《含晖洞述》之文。游览结束时他题名刻石。

他还有一件事情要办。当年汴京依舅，母亲郑适处理家产时剩十余亩田交给周兴耕种，作为看护父亲坟地的酬劳。周敦颐现在心里已有归处。他去年在永州说将田产过户给周兴，这回要把它办好。长远看周通随从自己二十多年，若干年后便于他承其父事，继承田产，也有生活出路。

营道县令来看望周敦颐，带来田产公文。周敦颐把周兴、周通父子叫来堂前，面见县令。

“这是永州府发来的田产公文，现交给你，十余亩田产也正式转属于你，种好管好田产，一定要守护好周通判家祖坟。”县令在众人面前对周兴说，和在公堂一样严正。

“遵令，不负重托重望。”父子跪在地上，周兴接过田产公文，心怀感激地说。

几天来，在乡亲们亲切的热情、热闹里，周敦颐也间接听闻一点点其他声音。上次周仲章带回那首《任所寄乡关故旧》诗，偶尔有说周敦颐忘却乡亲，还没有去找他就写来一首绝情诗。不过更多人说：“乡情、王法，叫人如何选择是好？人人希望官从其正，政从其廉。做官不容易，做一个公而廉的官甚是不容易！”

十三日，周敦颐出游零陵县澹山岩。一家人踏上贤水河岸边岩地，欣赏独特的山岩。周敦颐由远而近地看山岩屹立，堂堂正正；看河水清澈，明镜净影。他驻足一会，感慨良多。

“夫君，怎么站着不走哇？”走在身边的蒲六妹问道。

“夫人你看，这山岩……这河水……”周敦颐指点地说。

“澹山殊峻峨，湘水漾清波。万仞连霄汉，千川汇海河。心中藏日月，脚下克惢苛。风雨前程远，悠悠岁岁磨。”蒲六妹曼声吟道，她深知夫君。吟完，微微一笑，紧紧牵着他的手往前走。

周敦颐得到最亲最爱的人抚慰、支持。结束时，他不改所好地题下：“比部员外郎、通判永州军州事周惇颐茂叔，治平四年三月一日，沿牒归舂陵乡里展墓。三月十三日回至澹山岩，将家人辈偕游。侄立、男寿、侄孙蕃侍。”

第二十八章　拙政迁州学

于周敦颐而言，心里一有事，夜晚多为独坐无干扰的书房，白昼多为独步深幽的衙院，清净心境，理一理事情头绪。多年来他形成如此习惯，蒲六妹已是太心知。

昨夜，他在书房就独坐很晚，蒲六妹一觉醒来见书房还亮着灯，便披上衣服走进来。说："还不好好休息？"

周敦颐："我在想一件事，官场可不少见，社会上也有。人本是自然的朴质，而朴质的人应该朴质处世。可有些人扭曲人性，变得做人投机、做事取巧，为什么？"

蒲六妹："你曾经，哦、一年前问过我这样的事情。"

周敦颐："以前我没有搞清楚。现在深想起来，说轻是一种现象，说重是一种世弊风气。"

蒲六妹："好啦，现在不要去想了，又不很急，慢慢想就是，今晚早点休息。"

周敦颐："想事情和做事情同样道理。以前没有做好的事情还是要把它做好。那么，以前没有想好的事情也要把它想好来，总归有说法，你说呢？"

虽说他现在对这事情或者叫问题，在思考中有了认识和感觉，可还是没有找到满意答案。看到夫人劝自己休息便道："好吧"。他暂且收检书案，和蒲六妹一起离开书房。

可是今天，周敦颐却少有的独自走向城郊野外，舒展一下自己。他看到农夫在长满红花草的田里耕作，把田翻成一圈一圈大泥块露晒，长得正旺的红花草被埋在田里沤肥，便走向农夫。农夫在田里劳作好长时间，见有人来也歇一会，坐到田埂上。周敦颐招呼："老乡，你家的田耕作得好哇，接下来的禾苗能得肥生长。"两个人谈起眼下农事。

“不这样耕作不行哪。想要庄稼生长，成全收成，所以稻田头一道硬活就是要用大力气翻耕，深一点好，叫正着深耕，可玩不得投机取巧。”

“正着深耕？”周敦颐惊讶地重复一遍。

“对呀。”

“一定很累吧？”

“当然累。人累牛也累，但心不累。过一阵把秧苗插到田里，有前头深耕作底气，不担忧收成。”

“干这吃力活，每家每户都能做到吗？”

“一般都能做到。但也有人怕累玩巧，要是连年岁地玩，都会把田玩荒。前几天，有一家人的田开始就耕作不到位，我说他几句，话还说得重，不过他能听进去。现在他家的田就能按农事要求耕作得很好，也就是正着深耕，就会有好收成。”

“不无道理，不无道理。”周敦颐道。

“这话可不是我说的，是祖上告诉我们种田人。世事相通，做什么事情都是一样，该怎么做还得怎么去做，也是祖上说的。哎，看样子你不是种田人，你所做的事不需要正着深耕吗？也就是该怎么做就怎么做。”农夫问周敦颐。

“也是，也是。”周敦颐笑道，连连点头。

他们还在聊着。

当夜周敦颐又坐到书房，琢磨起白天农夫简单的农事话语：正着深耕，玩不得半点投机取巧。可是人间、官场并非静好，不是常出现不行正道、投机取巧的人和事吗？

他想到那些心怀叵测、离经叛道的人巧用权术，谋取私利，不按规定办事，还议论别人“不会通融”“笨拙”。甚至记起友人何平仲曾听到议论后，问他：“怎么会有人说你‘拙’？这就是不分是与非。”他笑道：“巧，本人不敢苟同，只怕这世界上有太多的机巧，使人麻木了。”他说得简单而干脆。

周敦颐再仔细一想，便是深深的忧虑。巧则虚，虚无实，一种严肃可怕的忧虑——做人还需要投机吗？做官还需要取巧吗？纯粹是混淆黑白，正不压邪，无稽之谈。他很厌倦，觉得此风不可长，只可灭。他毅然一针见血，透彻明理以对，写下了《拙赋》：

或谓予曰：“人谓子拙。”予曰：“巧，窃所耻也，且患世多巧也。”喜而赋之曰：

巧者言，拙者默；巧者劳，拙者逸；巧者贼，拙者德；巧者凶，拙者吉。呜呼！天下拙，刑政彻。上安下顺，风清弊绝。

何平仲和几个人在闲聊，无不话及此时众人关注《拙赋》。

有人问他："近来大家都在读《拙赋》，你是否读过此文？"

何平仲："何止你们问是否读过此文，我都读好几遍。"

又有人说："真没想到序、文加在一起才六十来字的精短之文，成为人们不减热度的话题，尤其在官场。"

何平仲："你要知道这不是一篇可有可无的短文，它那几句简单而又真实、顺理而有逻辑的话，却把崇拙和玩巧的人对比地摆出来，让人非常清楚地看到两者不同，说出了人们关心、想说而没有说的话，你说大家怎么不会关注。我看《拙赋》就是正风说，人看不厌。"

还有人说："之所以大家看它读它，就是它对拙者和巧者越辩越明，为人处事何往是道，何者从道。听说你为此还写了一首诗，区分诚者与伪者，吟来听听。"

其他人都说："吟来听听。"

何平仲声吟："伪者劳其心，关机有时阙。诚者任其真，安知拙为拙。舍伪以存诚，何须俟词说。"

后来永州府在通判厅后面建了"拙堂"，将《拙赋》刻石碑置于堂中，警示州官。

再后来大文豪、理学家胡寅上任永州知州，读到《拙赋》拍案叫绝。当天作下："政拙催科永陵守，实赖贤僚相可否。邦人复嗣海沂歌，仓廪虽空闾里有。功成归去朝日边，吏辟虚堂得昼眠。后囿好花初着土，前檐新竹已参天。貔貅未饱军须急，赤子如鱼釜中泣。若知王业在农桑，国势何劳忧岌岌。酒阑四壁读前碑，吏隐犹胜五马随。千古濂溪周别驾，一篇清献锦江诗。"他在公厅念着此诗，被进来的同僚听见。

同僚说："胡知州有感《拙赋》，作得如此好诗。"

胡寅道："每当我看到拙堂那块石碑，总觉得周敦颐那《拙赋》刻在心上，就想起他'拙人'的风范，'拙政'的风格。"

同僚说："自周敦颐撰《拙赋》至今，有不少人被此赋所感动，有的为此写诗，有的为此作记，有的为此撰文，表达对他崇敬和尊重，表明自己崇拙去巧。"

胡寅说："不仅做人要"拙"，而且为政也要"拙"，谓之"守拙"。

官行民效，传承拙风。人们作文、题刻，也赋诗，传颂周敦颐《拙赋》的思想精神。在零陵石山脚下大夫庙村石岩洞的石块上，有人刻下“拙岩”。后来蘋州书院山长周崇傅还作《周子岩等同游拙岩题记》，说要让更多官吏、更多人行本分，正其行，去“巧”从“拙”，也让膝下门徒懂得可“拙”不可“巧”的道理。

周敦颐接到吏部通知，“往权邵守”，也就是去邵州兼任代理知州。此时他有一个较长的官名：朝奉郎尚书驾部员外、通判永州军州兼管内劝农事、权发遣邵州军州事上骑都尉赐绯鱼袋周敦颐。

周敦颐和周通走在回家的路上，心情都不错。周通想，老爷的官名这么长，人见老爷称呼起来不方便，于是便说：“老爷，您出来做官二十好几年，官也越做越大，官名也越来越长，要是有人与您打个招呼，我看他不一定能把您的官名尊称完整地叫上来。”

“做了这样的官，官名就是有这么长，称呼嘛，从其简。”

“还是我好。”

“你好？”

“对呀。叫您也就‘老爷’两个字，方便、顺口。”

“周敦颐这回没有从周通的角度想称呼上的事，却更是觉得周通不失有趣。道：你呀……”

治平四年（1067）五月七日，周敦颐又携妻带儿上任邵州。

新官上任，想的是要开好局，周敦颐也不例外地燃烧履新之火，无不从当地最重要、最紧迫、最薄弱、百姓最关心的事情做起。这么多，又该选择什么具体事做起，才会出现好势头？他找来幕僚推官金开锭。

周敦颐：“我初来乍到，情况不了解。州治一方之事尚多，你看何处着手能得精准、关键？以免盲动，得不偿失。”

金开锭：“从近府台的州学入治。”

他平时对情况摸得比较准，思考比较成熟。在别人看来，简直是一件不着边际的事情，是读书人说的一句话。可周敦颐赏识，但他需要说这话的依据，形成自己的判定。

“为何？”

“时弊、落后、不知经道都源于教和学不振，事关根本而长远。根本是人，长远非一时近及，却功在千秋，执一州牛耳。而现在州学实在是条件极差，没有办法起到它应有的教化作用，难怪眼下的州学每况愈下。”

金开锭之说契合了周敦颐兴教化民的想法，他本想拍板定下来，可理性还是胜过感性。州学到底如何，是否如金县丞所说？该不该先行治之？还是一见分晓。道：“去州学察看。”

金开锭随周敦颐视察州学。

刚刚出府衙，一个中年男子赶上来，跪地拦住周敦颐坐的官轿。护卫衙役有点紧张，周知州才第一次出行，就被拦路，是不可以的。喝道：“让开！有冤屈上府衙大堂告发诉说，怎能拦路贻误周知州公务。”

周敦颐闻声拨开轿上帘子，看到一男子跪在轿前低头不起，道：“落轿。”

拦轿男子曰：“在下唐建钊。非本人冤屈拦新来知州的路，只为州学受冤多少年须禀报知州大人。”

唐建钊是本土人，忧于州学命运，曾书谏前州官落个杳无音信。听说从永州新来的知州是大儒，重教化民，或许有望解决州学破烂不堪。他再也不像以前那样做无用的上书陈诉，而是直接找新知州谏说。为引起新知州重视，今天他伺机一试，上演了这一幕。

“详细禀来。”周敦颐为其行为惊愕道。他经历多少人为自己、为家人和亲戚朋友拦路诉冤，没有见过心忧官学而采取极端做法，得听听州学所受冤屈。

“邻居儿子读州学，多次诉其不愿读书。说州学相邻监狱，上学就恐惧，无法静心读书。加之州学地形低沉潮湿，还邻储仓，泛起一股让人难受的霉烂气味。迫不得已，他反复向父亲说不上州学，有时整天逃学在外，望府台迁造新州学。”又说，“孟母三迁择邻居，此事所涉邵州儿孙，关及这方水土未来。”唐建钊陈道。

“好了，本府正去州学。”

唐建钊退去。

来到州学。周敦颐从外到里细细察看，果真如唐建钊说的一样，触目惊心。询问情况时，师者说州学环境条件太差，监狱、狱吏、囚犯、储仓、杂物乃至那刺鼻气味，他们授学时易走神；学子说自己像是在监狱里听课，晚上常常梦中心惊肉跳，此般读书，学力易于弱化。面对州学现状，周敦颐深感汗颜。

不看不知道，一看吓一跳。

周敦颐沉默一会，和金开锭又谈起州学。说："先圣道德高厚，教化无穷，实在是与天地长远，与四时同行。州学本是传道授业、释疑解惑的净土，在这里竟如此荒怠！"

金开锭："我查阅过史志，历代对州学不以为急务，无注重教化之本，无造就人之重要。至今州学没有定制，也没有配备教授、训导学官，只是庆历四年（1044）始奉诏立学，学校卑陋。若去民间，百姓要求重新迁造州学呼声不绝于耳。"

周敦颐："唐建钊家没有孩子在州学读书，却拦路请愿，平时他是一个怎样的人？"

金开锭："读书人，科举不利的读书人。尽管举人都不得中，但读书痴心不改，在个别官员眼里还是一个多事之人。"

金开锭只说到了他的一面，而唐建钊还有对州学认识的另一面。他看到州学不正，一州难兴。没有好州学就难出人才，邵州也难有百姓希望的未来，甚至把自己看成是这样的牺牲品。

周敦颐："一地兴在于人才兴，迁造州学。"

金开锭："重教兴学是一项德政之事，百姓拥护之事，又是一时不易见效之事，需要几年的过程才可造就出人才。到那时，说不定州学还没有迁造好，周知州已离开邵州。还是一种须花去很多钱之事，州府财力不足，州学所需人才难选，再迁造州学更不容易。"他直言不讳，更是他的担心。

周敦颐："十年树木，百年树人。为官一地，没有理由不兴教育人而弃长远，迁造州学受益家家户户，民心所向。得道多助，迁造州学会有钱的。"一席话使金开锭消除了种种担心。

周敦颐亲自顾问，一个多月后另择邵城东南处建起新州学，规模之大，"有殿以事先贤，有堂以集诸生，栖士有斋，藏书有阁"，环境得到极大改善。他们迁来原校师生，还加招新生，昌明教法，州学走上正轨。

第二年正月初三，州府在新州学举行"释菜礼"。周敦颐率群吏诸生祭祀先圣先师，祭献酒茶和枣芹等果蔬。周敦颐作《邵州迁学释菜文》和《又告先师文》，并祭读：

邵州迁学释菜文

维治平五年，岁次戊申，正月甲戌朔，三日丙子，朝奉郎尚书驾部员外郎通判永州军州兼管内劝农事、权发遣邵州军州事上骑都尉赐绯鱼袋周惇颐，敢昭告于先圣至圣文宣王：

惟夫子道高德厚，教化无穷，实与天地参而四时同。上自国都，下及州县，通立庙貌。州守县令，春秋释奠。虽天子之尊，入庙肃恭行礼。其重，诚与天地参焉。儒衣冠学道业者，列室于庙中，朝夕目瞻睟容，心慕至德，日蕴月积。几于颜氏之子者有之。得其位，施其道，泽及生民者，代有之。然夫子之宫可忽欤！而邵置于恶地，掩于衙门，左狱右庾，秽喧历年。惇颐摄守州符，尝拜堂下，惕汗流背，起而议迁。得地东南，高明协卜。用旧增新，不日成就。彩章冕服，俨坐有序，诸生既集，率僚告成。谨以礼币藻蘋，式陈明荐，以兖国公颜子配。尚飨！

又告先师文

维治平五年，岁次戊申，正月甲戌朔，三日丙子，朝奉郎尚书驾部员外郎通判永州军州兼管内劝农事、权发遣邵州军州事上骑都尉赐绯鱼袋周惇颐，敢昭告于先师兖国公颜子：

爰以迁修庙学成，恭修释菜于先圣至圣文宣王。惟子睿性通微，实几于圣。明诚道确，夫子称贤。谨以礼币藻蘋，式陈明献，从祀配神。尚飨！

当日，周敦颐还在州学前栽种常青树，寓意州学育人成才，长青永远。邵人见之，感激深深。

唐建钊一早来到新州学，处处张望，校内校外走了个遍。当走到上课地方，还把头伸进去看看，现在他看到的是希望。可是他有一点想不明白：同样是当官，州学多少年来都不为官方重视，而周敦颐才来几月，就把百姓最关心的迁造州学、兴教育人这件大事办得如此之快之好，且未用去州府很多钱财。但他慢慢地又想通了。大家自愿参与出资投劳，鼎力玉成。周知州是靠人格魅力感召人，才有众人拾柴火焰高。他敬重周敦颐为民办实事，眼光独到致远，仰慕他遵循孔孟，从道以治。

他出校门时，正遇一座官轿进州学，相遇时官轿停下来，是周敦颐今日来讲学。

“周知州，您来啦！”唐建钊想到上次拦他的轿，不好意思地主动向周敦颐施礼，打招呼。

“我能来新的州学还要谢谢你！”周敦颐也想起那次停下轿见到他，还真像有冤屈拦路的地道告状人。听完他陈诉才知道是为民请愿，而此时看到他从州学出来，当有儒风。

“百姓心中最有数，周知州，要谢的人还是您呀！我当时只是怕州学会垮塌、会烂掉，就如实向知州大人禀告，采用了不合适的方式，实有不恭，还请恕谅。”他再躬身。

“本分之责。”周敦颐说。

一个进州学，一个出州学，相互招呼，两个人讲几句话后各行所去。走十五六步，他们不约而同地扭头相望，周敦颐顿时闪出一个念头，州学训导学官虚位以待。

周敦颐的好友、时任荆湖北路转运使孔延之得知此举特地赶来邵州庆贺，并写下《邵州新迁州学记》。学记最后说：“呜呼！邵虽小邦，然亦古荆楚之地。左氏所谓梗楠杞梓，名卿之材多由楚出。夫岂无豪杰之士可束带而立于朝廷者耶？然而近岁未有显者。非士之罪，乃教化之不素也。今周君能知先王之本务，而勇于敢为。邵之士能知周君之用心，而锐于进学，吾将见才冠天下、名闻京师者，多邵人也，惟在勉之而已。周君好学博通，言行政事皆本之六经，考之《孟子》，故其所施设卓卓如此。异时《宋史》书周君之善，以为后世法，未必不以邵州为先。”

多少年后，邵州人在城内城外四处修建濂溪祠，置龛设主，春秋奉祀。清人吴祠富《撰濂溪书院碑记》云：尝考志书所载，胜迹为多，其间最著者有二，曰甘棠渡，曰濂溪祠。上下数千年，济斯渡者，如沐甸宣；拜斯祠者，如亲光霁。一以政绩传，一以道脉传也。前者纪念西周初年召公姬奭巡行南国，开发邵州功绩；后者即为纪念周敦颐，修学布道育人。

正当州学获得新生，百姓情绪和顺，邵州得来初发之势，而朝廷两位重臣也在打算，谋划人，周敦颐又要离开邵州。

第二十九章　二公多荐贤

大臣们这天没有上朝堂，得有宽余。赵抃较平日早些出宫回家，遇到同朝重臣吕公著，抬手道："吕大人好！"吕公著也抬手回应："好好好！赵大人。"

两个人都一直在忙，上朝下朝常见面点头，有时也说上一两句话，却很久未在一起闲话过，不用说没有时间以某一方式放松自己。现在恰逢其时，便是机会。他们一来二去打个招呼的客气，则引来两个人一次茶叙。

吕公著看天色尚早，道："赵大人可否停轿喝杯茶。"

正要上轿的赵抃驻足道："难得今日空闲，如是如是，理当奉陪。"他乐意接受这平淡的茶邀。

吕公著："两台官轿在外搁哪儿都不避众目，免得惹麻烦，还是顺路入本府煮茶品饮，如何？"

赵抃："早想造访，只是回朝以来事多，不如己愿。上贵府比在外头好，成。"

吕公著："赵大人造访也好，我邀也罢，就是一个常情下煮茶润心。"

还没开始茶叙彼此就有共同感觉，其实也就是时间长了，想以茶为媒在一起说说话，谈谈心，别无他意。

两个人隔茶桌而坐。吕公著说："不用他人掺和，我们自己动手沏茶怎样？"赴抃说："当然好，我俩自在，他们也自由。"两个人自沏自饮地畅叙。从茶聊起，慢慢地你我聊个不休，好不惬意。接下来聊到现在做官的人多，想做大官的同样多，却人浮于事，可顶用者还不够多。由此赵抃说到朝外底层一个人。

赵抃："听外头传说永州通判、往权邵州周敦颐要迁任郴州知州。以我对他了解，此用还未尽其才，量才而用不到位。"

吕公著："我是知其人却依然未见其人。多听赵大人说及他贤能，与听吏部、刑部人说的一样。他不仅有超凡的文才，还有治理一方的吏才，不可多得。

朝廷历来看重人才，往后定会得到擢用。”

赵抃：“我将复奏皇上，谏言擢升担当重任。”

吕公著：“赵大人已禀奏皇上？”

赵抃：“然也，前不久的事。”

吕公著：“还要复奏？”

赵抃：“然也。”

吕公著：“好你一个知非子，在谏院时铁面无私，正纲参劾；现在又举贤荐能，不改一向对待‘君子’与‘小人’的是与非，佩服佩服。”一种轻松友善的笑显现在他脸上。又道，“来来来，喝茶、喝茶。”

赵抃端起杯品一口，道：“秉性秉性，有如吕大人发现可用之才唯恐屈就、浪费。你说到我对待‘君子’与‘小人’有别，那是两者本身就有别。若二者不分，不就成了无是无非。周敦颐就是在二者中甄别出来的君子，可是通过很多的事、用去我很长的时间。”

吕公著：“还花了很多心思，是不？”

赵抃笑道：“还是吕大人知道我。当时我一想，虔州那么大，朝廷看重，自有压力，怎么遣派周敦颐来做通判。后来我常想起这事，还真要谢谢朝廷帮我选了一个好助手。

吕公著：“现在再看这件事有什么不一样的感觉？”

赵抃：“舒服、值得，愿为他作嫁衣。”

吕公著：“可他是赵大人曾经的下属，皆为人知。你也不怕惹来营私闲话，也不怕皇上说你任人唯亲？”

我与他曾共事几年，开始偏听小人谗言，对他有误解，后来才知道他的德才学问，何况举贤不避亲自古有之。倘若一个在州、军、县乃至卢溪镇职事二十余年济百姓民生、洗冤润物、处处行有治声、践行儒道教化于民的朝廷命官，不用到适当位置就是屈才，不足以证大宋吏治清明。正因为我朝吏治清明，所以才有此举。”

吕公著：“说得好，大实话，我将助之。”他又从赵抃这里听到了周敦颐的情况，对周敦颐的印象更好了，也认为此人不用到合适位置可惜。

赵抃：“有吕大人相助，此事会更顺利。”他两手抬起相合，起身表示谢意。

吕公著：“我助的是赵大人举贤荐能，不亏大宋人才。不是助你赵大人，也不是帮周敦颐这个人。”

赵抃："好好好，举贤荐能。"

本来是闲话茶叙，却自然而然地把举荐周敦颐的事交流到这份上。无意中两个人又举起茶杯相碰，然后把满杯茶水一饮而下。

第二天，吕公著酝酿怎样举荐周敦颐，比较几种方式后，决定还是面见皇上，直接举荐。或许赵抃也没有想到。

他写好奏章，面奏宋神宗皇帝。

吕公著伏地："皇上，臣有一事请奏。"他的头把地磕得嘭嘭响，龙座上神宗听得很清楚。

宋神宗："平身，赐座。吕爱卿，这里仅你我二人，何需行如此君臣大礼？"

吕公著："谢皇上！臣在臣心在，君王在心中。"

年轻的宋神宗听吕公著一说，欢颜道："好啦，那就奏来吧，朕听着。"可平常他都是说"准奏"。

吕公著："通判永州、往权邵州周敦颐德才儒宦，所到之处行治有声，可圈可点。臣今奏请皇上，望朝廷委以重任。"他简要地说。

宋神宗："对此人有所酝酿，迁知郴州。"

吕公著："微臣以为此用不足以人尽其才，才尽其用。以其品学才干还可以重用。"

宋神宗："何也？"

吕公著从衣袖里取出奏章呈神宗皇帝。神宗一看，别具一格，是他看到最简明、朴实、动人的举荐奏章：

> 臣伏见尚书驾部员外郎、通判永州军事周敦颐，操行清修，才术通敏，凡所临莅，皆有治声。臣今保举，堪充刑狱钱谷繁难任使。如蒙朝廷擢用，后犯正入己脏，臣甘当同罪。其人与臣不是亲戚，谨具状闻，伏候敕旨。

看完奏章，宋神宗还凝视其中，可见吕公著举贤忠心赤胆，所述无不扣人心弦。倒是吕公著显得不安了，皇上看着奏章怎么半晌不说一句话？他上过很多很多奏章，从未见过皇上这样，心里扑通扑通地直跳，不知皇上降下的敕旨是好还是坏，他还在呆呆地望向宋神宗。

精短的奏章，让神宗感受颇多：一、吕公著光明磊落，担当大义，公于朝廷人事，有这样的举荐何愁大宋不得天下人才，可爱可敬可嘉。二、此为一份保举奏章，用身家性命当保，他相信所举周敦颐之词真实可靠。三、奏章如此简洁、明了、中肯，让他一眼看上去对周敦颐知之至深，以人适岗，用人所长，乃吏治遵循法则。后来神宗想起此事称赞吕公著曰："为公荐贤之心，日月可鉴。"

往权邵州还不到半年，周敦颐很意外地接到吏部文书，迁任广南东路转运判官。

夫贵妻荣，蒲六妹高兴，现在心底里真正感到踏实，一片亮堂。她实话实说："三年前，虔州失火，夫君从虔州到永州再到邵州，我总是劝你，去哪里都是为大宋出力，都是为百姓做事，叫你想开一点，但自己心里一直没有放下。现在好了，我再也没有什么放不下的，痛痛快快。"

周敦颐："我自己都没有担心，你却为我担心三年，谢谢夫人！"他除了感激还是感激。

蒲六妹："咱们一家总是享受皇恩，须图报国家。"

"是呀，要知恩图报。"周敦颐知道永、邵二州加起来任职期也只有三年，自己的京官身份和官职都有晋升，比起来此地几年甚至时间还要长的人幸运很多，他心里久久难以平静。

即将赴任时，周敦颐收到一封从京城寄来的信。原来蒲宗孟在朝廷任相关要职，有一天，他职事手经这份奏章，还听说当时吕公著奏报的情景，感动不已。他必须告诉妹夫、挚友周敦颐，无论在什么地方，只要心向朝廷，职守一方，同样会获得高官保举，皇上认可，朝廷擢用。他把奏章抄下来，寄给远在荆湖南路永、邵二州领衔职事的周敦颐。

蒲六妹抱周焘来到书房，周敦颐把信递给蒲六妹，从她怀里接抱周焘。说："焘舅来的信。"

蒲六妹："哥来信了？"她兴奋、惊喜，坐到椅子上看起信来，阅后道："这吕大人可真是你的伯乐恩人啊！"

而周敦颐在想，为什么吕公著大人从来没有见过自己，居然保举自己，也不怕万一受到株连。思来想去，除自己真实为民做事、真诚做人外，还有一个人暗里相助，便是已回朝廷、曾经把自己看成"小人"后来视为"君子"，不打不相识的前上司、知己挚友赵抃。

周敦颐感激他们，赵抃早在他心中，便致信启谢吕公著曰："……在薄宦有四方之游，于高贤无一日之雅……"可他更是想着，吕公著和赵抃怀有两样非常可贵的东西，也是他今生不舍追求的"忠君"和"仁义"。

岭南，越城岭、都庞岭、萌渚岭、骑田岭和大庾岭五座山组成以南的广大地区。宋初在岭南设置广南路，至太宗赵光义后期，将该路分为广南东路和广南西路，较永、邵二州还要南偏，多为荒芜贫瘠。北宋时岭南同样是朝廷官员贬谪之地。周敦颐不再像上任永州途中绕道，停顿慢行，而是心情畅快地穿越都庞岭进入岭南，直取赴任。

路遥漫漫，人往日去。转眼是深冬，周敦颐到达广南东路广州治所，这里是兼摄行政与监察双重职能的最高地方行政机构。广州一如人间春秋之适，没有中原和南方那样冷。加上小年刚过，人们都为过大年做准备，辞旧迎新氛围浓起来。于他有自然和精神的融合，好生状态。

周敦颐走进了转运使王靖的公厅。

“下官周敦颐奉命向大人报到!”他躬身施礼。

“大年喜气降临，周判官到来，可见本路人兴。人兴才有事旺，又是一年好兆头!”王靖如获至宝，满面春风地说。

“此乃赶上大人营造和顺的好势头，也赶上天下人同喜同庆来临的大年，有幸。”周敦颐道。

“翻山渡水来到广州，不乏疲惫，马上又是过年，就先做个调整恢复，以备年后。”他关心地说。

“谢大人！新来情况不熟，唯恐来年不利公事，歇一两天脚也就可以。在下愿趁年关和新年间到一些地方走走，询访钱粮诸转，就算是做一次岭南山水之游，一举两得。”周敦颐请求。

“既然周判官有此想法，那就去吧，权作巡访。所去辖地任你择行，州、府、县衙均知周判官近日到职，也能连接上他们。岭南山水相交，路途难行，多有不便，带上两个衙役。”王靖想，虽然各地常年钱谷管理没有发现什么差错，或出什么事情，但究其具体情况如何？不甚清楚。周敦颐勤于巡访也便于他掌握详细，知根知底。

“年间不劳衙役，有随从周通则可。由生到熟，大人尽管放心。”周敦颐不想耽误衙役年间休息，至于巡访不一定都要听官府禀陈，说不定遇上知情百姓，得来的情况也许会更真实。

“好。”王靖同意。

就在大年前几天，周敦颐马不停蹄开启岭南巡访，下行州、府、县，根据路况坐马车或徒步在山间水边。每到一处手勤眼到言问，核储备是否与账本所记相符，看储物能否做到妥善保管合规，对巡访事项无不详询，看个实在。如他所愿，也一饱眼福地收获岭南不一样的自然人间风情。

又走了一天，太阳快要下山，周通举目却不见驿站。

“老爷，近处没有驿站？”

“岭南山连山，又交织着江海，也是天涯之地。你看一路走来有几处马车都很难过，路途相对难行，我看就不去驿站了。

“那今夜上哪歇宿？”

“百姓出门远行照样食宿，借宿百姓家好啦。”

“可也不见村庄。”周通有点急。

“再往前走走，世上有哪块土地不居住人的。”

穿过一道山，便是山水相连的地方，海岸山边那头升起袅袅炊烟。朝那里走去，过一个茶棚食铺，他们来到山边的村庄，借宿村民家。

这里是一个渡口，常有官方民间往来水上。至此地对周敦颐来说，多有不便，可他喜欢这样的出行，清清静静，走在山水间，见人简单真诚，他不愿失去同百姓话语的好机会。当夜，他听到官方转运途经渡口的一些事，还听到当地赋税情况，他心盼朝廷实实在在快出新法，让利于民，惠及百姓。之后他还去了端州，题名阳春岩“转运判官周惇颐茂叔，熙宁二年正月一日游”。

过几个月，周敦颐又去巡访，来到连州。走在一条古道上，路过一座山时，道旁有清冽亮丽山泉。他走近山泉俯下身子，双手相合捧凉泉而饮，身感暑气尽消，陪同官员也饮之，甘甜入胜。清爽凉意之感使他们坐到泉边歇息一会，谈起连州历史上的能吏。

“当年刘禹锡贬为连州刺史，爱民如亲，刚正不阿，力行教化，栽培州人，深受当地百姓拥戴。”陪同的州官介绍说。

“所以人说连州有幸，享刘禹锡谪居此地之福分。”周敦颐道。

“都两百年过去，至今连州人还在怀念他。”又有陪同的州官说。

“山不在高，有仙则名；水不在深，有龙则灵。斯是陋室，唯吾德馨。苔痕上阶绿，草色入帘青。谈笑有鸿儒，往来无白丁。可以调素琴，阅金经。无丝竹之乱耳，无案牍之劳形。南阳诸葛庐，西蜀子云亭。孔子云：‘何陋之有？’”周敦颐不由自主地吟起刘禹锡的《陋室铭》。

听完唱吟，一陪同官员道：“刘禹锡贬连州后，又贬夔州、和州，特别是他到和州半年内三搬居室，被迫由开始房居三间减至一间，他淡定以对，旷达从容地作《陋室铭》，真是不简单。”随即他也吟诵“斯是陋室，唯吾德馨。苔痕上阶绿，草色入帘青。谈笑有鸿儒，往来无白丁。可以调素琴，阅金经……”

觉得此乃人生好意境，得到它真是一种好享受。

周敦颐陆陆续续到一些地方，几乎走遍岭南山水，也游历诸多名胜，每到一个地方有感而发，或题留或作诗记之：

至潮州，想起大文豪、鸿儒韩愈曾经排斥佛道干扰政情民风，被贬到此地又与高僧交情颇深，思考这种理性与感性的对立……他赋诗："退之自谓如夫子，《原道》深排佛老非。不识大颠何似者，数书珍重更留衣。"

至惠州，感怀官服在身，浩然处世，当以纯真之心担负职事责任，此来极目却可休矣名利。他自勉："红尘白日无闲人，况有鱼绯系此身。关上罗浮闲送目，浩然心意复吾真"。

至春州，豪情满怀，忠诚为国，情系苍生，天道护人，博施济众。他告白："按部广东经数郡，若言岚瘴更无春。度山烟锁埋清昼，为国天终护吉人。万里诏音频降下，一方恩惠尽均匀。丈夫才略逢时展，仓廪皆无亟富民。"

……

一路巡访，一路感想，周敦颐也在沉思。

转运使王靖貌似有事无事地盘点该路行治，捋厘衡量各方面的事，得出结论：凡是事情做得实在，任职之人勤恳、能力强，自己无须费精力去过问；如任职之人表面飘浮、从实不够，能力又弱，则自己就连带受累。他想东路还有空缺职位，要是有周敦颐这样的人来具体掌管，那该多好啊！可他知道，谁来谁不来是朝廷决定的事，只希望遣来勤、能、实者。

"大人，吏部来一文书。"书役拿着文书进来禀报。

"好，去吧。"王靖接过文书一看，周敦颐转虞部郎中、擢提广南东路提点刑狱。他大声地把书役叫回来，道："快把周判官找来。"

周敦颐来了。

王靖："可喜可贺！"

周敦颐："大人，日子平淡，何喜可贺？"

王靖："朝廷擢用你为本路提点刑狱。"

周敦颐看过文书，平静也带有笑地道："谢皇恩！谢大人器重！"当然心里要谢的还有京师那两位重臣。周敦颐由此走上一生仕途顶点，时年五十四岁。次年，周敦颐又领提点刑狱事。

在提刑官位置上，周敦颐近来两次安排去端州，却都因为这事那事被迫临时取消。现在他把去端州作为沿袭以前的巡访，成行在路上。

第三十章　端砚平风波

端州府知州公厅里，杜谘在不停地转动脑子。

周敦颐来端州巡访，虽说他不是杜谘最直接的头号上司转运使，却也是重要上司，又是提刑官。杜谘担心，若在他手上出差错，到时尝到的不是好果子味道。

他梳理周敦颐为官之事，有几处特别深刻：在南安舍身纠偏救死囚，以极端辞官顶撞王逵；在永州面对老家人六亲不认，写下那首绝情诗，堵截了乡亲找他办事的想法，包括他的侄子周仲章。看来他对待上司和对待故亲都一样，不管是谁，认定的事都做得出来，此人不能得罪。杜谘又想，周敦颐也不是一个不可交结之人。在合州，与素不相识的造访拜客蒲宗孟不仅结为好友，蒲宗孟还将自己六妹定嫁给他；在虔州，刚性子赵抃开始对他印象不好，他能忍受，最后两个人成为交情甚笃挚友，常以诗文互赠。可见他也是通情达理之人，说明此人可以交结，现在更应与他交结。

他还想到周敦颐学术盛名，一个士大夫的儒官，自然不少文墨所好，断定这是所有文人的优雅特点，从另一个角度看，是文人不可克服的弱点，可以利用。

杜谘端起案桌上茶杯抿一口，又往放置案桌上的端砚泼几滴茶水。茶水在砚塘里如珍珠般闪动，他不眨眼地看得好心怡，默默地点两下头。有了，周敦颐来端州，会给他带来风险，同样会带来机会。无论是风险还是机会，与之要热情接待，但也要热情防避。总之要投入热情，这是他在官场悟出来的为官之道。

找来最得力的手下卜伏，杜咨说：“周敦颐来时，我带领一官半职以上官员到码头迎他，始终陪同，其随行人员也要一对一派人相伴。大大气气，风风光光，让他和随行人员高兴，一切可以把控。周敦颐住衙院客房，先放上一方上等端砚，让他一进门看到是对他的孝敬。”

卜伏说：“周敦颐说他‘宦情不改旧儒酸’，依然喜欢清朴日子，不接受馈赠，表明自己‘官清求得梦魂安’，如此做是否对路？”他也在琢磨周敦颐。

杜谘回应：“那是他写的诗。”

卜伏再说：“周敦颐作《爱莲说》，把莲比作圣人君子，向往莲自清高洁，如此做是否管用？”

杜谘再回应：“那是他自我标榜，写给别人看的文章。诗也好，文也好，文人就是爱作会作虚荣的诗文。你也不设身处地想想，一个人活着如果连自己喜欢所好都不要的人，还能要什么？既没有物质钱财带给他享受，也没有精神赋予他快乐，那不是白来世间走一趟，你说呢？”

卜伏才说：“是是是，大人说得透彻见底。那跟周敦颐一起来的衙役和随从房间里……”

杜谘说：“还用问吗？人人有份，让人人高兴，才会人人为我所用。”

卜伏受命，再无话可说地离去。此时快步跑来一衙役报信。

“禀报老爷，周提刑官快到码头！”

“这就去，这就去。”杜谘带领府衙官员坐轿匆匆赶来码头。

周敦颐乘坐的船靠了岸。他走出船舱，过着跳板，杜谘热情地上前迎去。

“周大人，欢迎！欢迎！”杜谘作揖。

“有劳杜大人来码头以迎！”周敦颐回礼。

“周大人亲临端州，本人岂能不亲自恭迎，何况周大人此前两次要来都没有来成，叫我好生盼望。今日总算是把周大人盼来，实现了我的心愿呀！”他看一下天，又说，“周大人来就是不一样，天气比哪天都好，大家心情好，这不就是您带来的？”杜谘似乎说得有理有据。

“来这么多人，好热闹哇！”周敦颐话中有话地说道。

“周大人升迁后第一次来端州，他们也想见见您，以表向往之情。”杜谘听出周敦颐话中另有意思，又勉强找来理由说。

在杜谘陪同和介绍下，周敦颐一一见过前来的端州官员，再坐上官轿前往端州府，路上走着长长队伍。从下船起，接待安排非常周到，连带来的两个衙役和随从周通都有人陪伴。

城里百姓看阵势，都知道端州来了上面的大官，可见今天便是难得的告状机会……

客厅里瓜果丰盛，茶香四溢。周敦颐悉听杜谘陈说端州的稳定、刑狱之事，有时他也插话问，杜谘应问而答，两个人都显得十分老练。巡访主题听说得差不多时，杜谘开始介绍端州特产端砚。说官府用心组织砚民开采、制作砚台，百姓得利。接下来，他流畅地细说端砚的人文底蕴，以及用、养、涤、藏、欣赏，真让人动心。说完，他话意一转："周大人专程来端州，一定要多过些日子，巡访之事可以慢慢来，头一天别搞得那么累。"于是他起身送周敦颐到客房，周敦颐也就客随主便。

杜谘陪了好一会周敦颐，又说了很多客气话。他起身在客房小步走动，见小方桌上有个黄绸裹着的东西，说："周大人，今天您就先歇歇，不多打扰，明日再陪。"

周敦颐说："不用，明日也不用。如果杜大人整天陪，我就不自在。"他委婉谢绝。

杜谘说："岂有不陪之理，应该应该。您从路治所来到州府，新环境，条件不好，一时不适应，我尽量多陪陪，咱们多说说话就不会有陌生感觉。"

周敦颐："还是自己慢慢适应好。"

杜谘："也行，听从周大人的，有事随时叫我。"

周敦颐："甚好，甚好。"

杜谘离去。

周敦颐刚才注意到，杜谘用特别的眼神看那黄绸裹着的东西，也就联想到在客厅里杜谘大说特说端砚，并肯定那是一方端砚。他走近拿起它，石块一样重。解开黄绸，果真是一方端砚。

周敦颐仔细瞧那紫色基调、精工巧艺、满是鸟眼石核的端砚。他用手指点砚塘，一指水印从中慢慢呈现。又对着砚塘呵一口气，少顷如凝欲滴。再把砚台拿在手中，体验到拥有端砚者所说"握之稍久，掌中水滋"之感觉，不禁赞道："实为难得的好砚！"

端砚为四大名砚之冠，它有石质细腻而润滑、娇嫩而坚实，不滞磨、发墨快，书画流畅无损毫、字画原本颜色不变之优点。如此一方端砚，为多少文人学士乃至官宦人家珍爱谋求，周敦颐也如此。但他更知道端砚放在房间，是杜谘送给他的见面礼。自己喜欢是爱好，不能收受是底线，绝不能跨越底线。他把端砚又用黄绸复原包裹好，没有再看。

周敦颐带来的两个衙役在他们房间嘀咕一阵，反而对端州府的热情有另外一种感觉，他们来到周敦颐房间。

“大人，端州府对我们如此用心热情，是不是……”两个人拿不准，不敢把话说得明白。

“是什么？”周敦颐让他们说下去。

“是不是有所图谋？您看，我们一到端州除了和他们的人在一起，只要我们中任何一人稍有走动，都有人陪，我们说不需要还不行，这热情有点过头吧，与‘监视’有什么两样。可又监视我们什么？”两个衙役说出他们的疑虑。

周敦颐看一眼敞开的房门，一个衙役过去把门关上。

“监视什么？自然是不让我们与外面人接触，也不让我们与府衙里其他人接触，才有这样的里外水泄不通。”周敦颐指向那黄绸包裹，道，“里头是一方上等端砚，他们一方面示好靠近我们，一方面又监视我们，你们说为什么？”

“我们房间也有两方，如此献殷勤，不是心里有鬼还能是啥？”两个衙役又说。

话音刚落，有人敲门。杜谘的幕僚官进来，直向周敦颐打招呼。两个衙役见有人来，就去自己房间。

“周大人，来看看您，陪陪您。”

“谢谢你。都是晚上，回去歇歇吧。”

“您来一次不容易，可不能连个陪您说话的人都没有，端州府那不是太不讲规矩、懂礼义。”

幕僚官是杜谘指使来的，因为杜谘刚才来过不好再来，而叫他帮着陪伴监视。可他也有自己的小算盘，靠近周敦颐好在广南东路里觅得一个“靠山”，所以嘴甜地和周敦颐招呼，以至在客房说个不停。但是他说每一句话也是很谨慎。

周通对端州府过分热情同样有感觉，他去周敦颐客房添茶水，打算把想法也告诉周敦颐。来到客房前，他习惯性地先靠门侧耳一听，里边有人说话。此时身边闪过一高瘦人影，周通觉得不对，跟了上去，才转弯，从那人身上落下一张折叠纸片。他捡起纸片再追到房子大门外，不知那人跑到哪里去了。他奇怪此人影似乎有点熟，疑问自己从来未到过端州，怎么可能有见过的人出现，而且以这种方式出现，但又确实记不起来是谁。

他回到自己房间看那纸片，是一张状子。他折好纸片放进口袋，注视周敦颐客房门口。好不容易等到周敦颐送出那个在房间说话的人，他再进去。

“老爷，您看。”周通把那折叠纸片交给周敦颐。

“状子？”周敦颐打开纸片。

状子是告发杜谘利用职权滥采砚石，抢占民利，把端州搞得乌七八糟，影响砚民生计，百姓怨声载道。端州人气愤地给杜谘取上外号“杜万石”，恳求彻查，还砚民生活来源。

听完周通叙说得来纸片的过程，周敦颐心中也在自问这个人是谁？是端州衙门内部人，还是外面人？两个衙役也来了，他们一起分析猜测，还是没有一个合理的认定，也就不好过早无的放矢调查杜谘。

周敦颐道：“这个人能进来并扔下状子，大概有两点：他对衙院的情况熟悉，而且在转弯后丢下纸片，知道杜谘对我们监视很紧，不方便找我们，也不让别人看见他，怕暴露，很可能是衙门里的人；他还有可能以其他方式出现在我们面前，我们要多留个心。现在情况不明，不可盲目出击，自乱阵脚，静观其变。”

按既定安排，他们今日游览端州城，最后来到州衙斑驳的墙下，是包拯题《书端州郡斋壁》的地方。诗曰：

清心为治本，直道是身谋。
秀干终成栋，精钢不作钩。
仓充鼠雀喜，草尽兔狐愁。
史册有遗训，毋贻来者羞。

游览中周敦颐一直没有作声，可他看着看着，却意味深长地吟起此诗，弄得杜谘摸不着头脑，不知道他是什么意思。

“包大人来端州时，敏锐地发现砚民赋税重，源于官府逐年加码征收端砚税。为减轻砚民税负，律己治州，他写下此诗。州衙当年减去了多征的赋税。”杜谘只好迎合周敦颐之吟唱，说出包拯当时写诗背景和减去端砚税的结果，不索民脂民膏。

他补充一句说：“近些年本府也秉承包大人的做法。”而周敦颐注意到站在稍远一点的围观砚民怒目杜谘，那种怒目眼神告诉自己杜谘在说假话。

“听说包大人在端州直至离任，未取一方端砚？”周敦颐问。

“是呀。不但任上拒收端砚，包大人去职回京时还留下一段佳话。”杜谘略显不自在。

“佳话，杜大人可否说来大家听听？”周敦颐和赵抃在一起时常谈到这佳话，他是想让杜谘讲出来自我对照一下。

“应该应该。”杜谘说，“后来包大人离任，端州人携礼到码头送行，都被包大人谢绝。包大人的船在一片颂扬声中离岸而去。进入羚羊峡时，晴朗的天气瞬间突变，峡面浊浪排空。包大人感到蹊跷，老天怎么会与自己回京作对呢？他把船上的人都叫来询问。原来书童将一绅士送来的一方端砚，放在船舱一角。书童遵命立即取来，包大人看都没看把它抛入江中，顿时羚羊峡复得风平浪静，云开日出。这当然是端州人敬崇包拯的佳传，但包拯不取一砚倒是真，有记载说他岁满，不持砚归去。”

周敦颐踱步客房，断定状告杜谘的事十有八九是真，他决定调查此事。甚至还想到，如若经得起检验，对杜谘也是一种澄清。

杜谘似乎有所觉察，也在想周敦颐今天有些不平常，在州衙那墙壁下出人意外地吟起包拯诗，之后又一连串向自己追问包拯在端州的这个和那个。官场上，人人都知道包拯在端州的情况，难道他不知道？其中定有隐情。看来还得更加小心，杜谘暗暗告诫自己。

巡访任务完成，不好在端州往后延期，可是还不见扔状子那人出现，也别无消息。周敦颐有点急，担心线索由此中断。

吃过午饭，杜谘来到周敦颐客房。临别时，他们相互说一些客气的官场套话。

周通敲门进来收拾几件带来的生活用品。杜谘见那黄绸包裹的端砚仍然放在小方桌上，说：“周大人来此寒地没有什么好的相赠，端砚是端州特产，您这个大文人能用上它，作个纪念。”他叫周通把黄绸包裹收捡起来带走。

周敦颐笑着道：“我来端州，听杜大人说制作一方端砚十分不容易，又闻包大人不收一方端砚而归，受教其中。此行就是有心收拿，日后也无心用，怕是连字都写不正，就辜负杜大人心愿，那还得回来找杜大人算账啰！”再补上一句，“杜大人，你说是么？”

两个人哈哈地笑起来，相互给对方眼前一个台阶，也掩饰一方对另一方的背后防备，二者都非等闲之辈。

笑声里，杜谘心里可是有苦说不出。想，不是你周敦颐当众人的面，叫我讲包拯不带走一砚的事吗？我迫于给你面子讲了，现在还以此为由不给我面子，他又警觉地意识到自己危险。

周敦颐一行四人离开端州。行二十里后，便到昨晚计划好的行动地点。他们停下来，换上便服，掉头走小路去端溪边上的砚石区。

傍晚天色暗淡，他们两人一对分头去不同的砚石坑。周敦颐和周通来到一砚石坑口，看见一老一少一身泥石水，黑乎着脸，正搬砚石出坑。少者叫涂杏智，是刚来不久学采砚石的；年长者叫高崇德，已采砚石大半辈子。

周通走近："请问，此处可否有砚石卖？"

对方闻而不理，看一眼周通。

再问，涂杏智躁声道："找死！"

周通估计到他有难言之隐，苦在心里，但又想他说出来，故意刺激他道："不卖就不卖，干吗要骂人。我看比我也高尚不到哪里去，你开采砚石，我买砚石，是做一样的事。"

高崇德对涂杏智使眼神制止他。然后道："我们素不相识，无意骂客官，弄得不好真会是这样，也是为你好。对不起，请回吧。"他稍做解释，没有把话说透，还指向周通旁边立着的小木牌，上面写有两排字"危险勿入，以免石伤！"是他们不愿与外来人接触而立的，意思有两重：明警告，这里危险不能进来；暗里指，一旦被杜谘的人发现就会遭罚没，或者体罚，都会伤害到自己。

周敦颐见状，上去拉周通，说："不说不说，咱们到别的砚石坑去问问。"

可就在他们转身时，一个身影向砚石坑走来。

看上去似乎要发生什么，周敦颐担心半途杀回来调查杜谘被对方知道。他凝视那身影，觉得很熟悉。周通见与客房出现的身影相同，并轻声告诉周敦颐。身影越来越近，但还是看不很清。当身影离周敦颐不足十来步，那来者出人意外地跪下。

"在下尤超拜见周县令！"他依旧称呼。

"尤超！是你！"周敦颐惊呼，上前将他扶起。

高崇德、涂杏智见此诧异。

朦胧里，尤超分别介绍周敦颐、周通，再介绍高崇德、涂杏智，他们一起进了旁边的工棚。涂杏智点亮灯，尤超说起他由桂阳来端州的事情。

周敦颐离开桂阳后，尤超再也没有离家出走，一直守候在奶奶和母亲身边，成家生子。没过上一年奶奶过世，又过三年母亲也过世，他还在县衙干当差的活。可是，原来那帮劫富济贫弟兄常来尤超家，缠着要他领头重操旧业，再行大义为匪，弄得他及家人不得安定。为摆脱纠缠，也为家人清静，尤超带妻儿远来端州谋生。初始日子十分艰难，得高崇德帮助。后来杜谘抢夺开采砚石，高崇德就是不从，说靠砚石坑养活一家人。杜谘为达到目的，答应接受他家一人到州衙当差。在杜谘软硬兼施下，高崇德看到尤超人好心好，还在桂阳衙门当过差，又有功夫，就给尤超谋得端州衙门差事。尤超视其为自己的亲长者，尊以伯称，并盼有日帮尊伯要回砚石坑。

涂杏智明白很多，朝周敦颐深作一揖，道："周大人，刚才冒犯，还望恕谅！我是怕被人发现，一旦他们知道，我们都有大麻烦，不想让来的人无故陷入其中。"

周敦颐问尤超："五天前的晚上，你是不是到了我住的州衙客房门口，周通追你时扔下一折叠纸片？"

尤超说："是。端州百姓都要告发杜谘，可又接触不到你们，没有办法。我当差方便点，但也不敢暴露在衙门人眼下。那天夜里本是到客房找您，却听到您与杜谘幕僚在说话，不敢进去。正好通哥刚要进您的客房，我知道您的住处有人监视，怕被他们发现不敢说一句话，只好闪身引得通哥追我，在避人的转弯处扔下那张折叠纸片。后来想去见您，可杜谘监视更严密，很难寻得机会，知道您在急。"

周敦颐问："你怎么这时来砚坑？"

尤超说："你们今天一走，杜谘就有精力防范，明天就会派人检查砚石坑，防止外人进入。我来是把情况告诉尊伯，顺便看看尊伯。也在想你们不一定会真走，但没有想到在此遇到你们。"

高崇德把杜谘强占砚石坑、垄断开采砚石详情告诉周敦颐，说："自古以来，开坑采石权属砚民。采砚石体力强度大，生命风险大，迫于生计，砚民多少年来走在这样一条路上。但杜谘横行，视自己主政治州为己用，于砚民利益而不顾，纠集劳工滥采砚石，其他官员争相仿效，害苦了百姓。"他十分怀念包拯当知州时的开采，叹道："以前自己吃苦受累，开采砚石除交税外还能得利，现在开采的大部分利益都落进杜谘及其官员口袋。"周敦颐听得十分气愤。

高崇德叫涂杏智掌灯在前，带周敦颐、周通入砚石坑体验砚民采石的真实处境。他说，有时为采到一块砚石，还需躬身卧坑寻石脉以凿，不避砚石坑里的水长时间湿透身子。

随后，周敦颐离开砚石坑，离开端州。

周敦颐脑子里轰然作响，慢慢地冷静下来。本想直接质问、参劾杜谘，否则不足以平民愤，不足以解心头之恨。可是他想得更深远，也更全面，他来到王靖公厅。

周敦颐："禀大人，下官回来了。"

王靖："此行巡访收获不小吧？"

周敦颐："心痛，愤恨！"

王靖："哪来这样的收获，还如此严重？"

周敦颐把整个事情禀报一遍，王靖听后忍不住拍案怒骂。

王靖："你打算怎么办？"

周敦颐："我要参劾杜谘，他不够资格坐在知州公厅里；我要奏报朝廷，整顿端砚开采、制作秩序，还利于民。这砚石开采本来属于端州百姓，虽说是苦力活，有时还危险，但它是他们的饭碗哪！"

王靖："好！"他又拍一下案桌，表示支持。

周敦颐在公厅伏案写起奏章，详陈杜谘带头，强占砚石资源，开采砚石，砚民叫苦连天，生活难以为继。着眼现在和今后，惩与治相结合，以儆效尤，管规长远，请求罢去杜谘的知州官职，禁止官员开采砚石，由砚民依祖传权属开采经营，还提出当地官员取得端砚有关规定。

奏章上疏朝廷，却不知京城有人知道。没过多久，朝廷通文下来，端州砚民拿回了世代相继的砚石开采权，规定当地官员任内取端砚不得超过两方。

砚民们笑了，而周敦颐没有笑，也没有开始那么心痛和愤恨，但他相信时间。

周敦颐不辞辛劳，继续巡访他处，行走岭南高温多雨的热带丛林。这天他有微微的不爽感觉，但没有在意。直到晚上，不爽的感觉似乎更明显，身上乏力、出汗。他联想自己昨夜看书也晚，没有休息好。

周通："老爷，今晚就早点歇息，好好睡一觉。"

周敦颐："也行，待夜里恢复，明天接着巡访。"

周通："出行在外，先把身子养好，巡访之事明天再说。"他想，人生病哪能说得准，需要歇息就停下来歇息。

周敦颐："来岭南也有两三年，巡访过很多地方也没有病，此回身体不会那么娇吧。"

周通："我真希望没那么娇，但不能粗心大意。"

实际上他病了，并非自己认为没休息好。与曾在南昌那次病不同，那次病情来得急，而这次来得慢。到第二天病情没有好转，反而加重，发热头痛，体力不支。请当地郎中看，说是染上岭南突出的瘴疾。开始不知不觉，当瘴疾日渐积深到现在程度，才反映出来。周敦颐只好就地治疗数日，略有好些。可他回到家，病情反复，又是一场重病。

蒲六妹一心一意地服侍周敦颐，陪在他身边。她按照医嘱煎药，并把药送到周敦颐嘴里，天天如此，希望夫君快点好起来。经一番用药治疗，身体恢复好转。就在这时，周敦颐收到来自润州丹徒朋友的信，打开一看，说他母亲墓庐遭水侵袭，他难过地流泪。

蒲六妹心急起来。问："夫君，怎么啦，有什么事吗？"

周敦颐把信给她，说："娘的墓庐遭水侵袭。想起从鹤林寺为母亲居丧到现在，没有去看过长眠于那里的娘，自责未尽孝道，有违圣贤之教。"

蒲六妹劝道："我理解你的心情，可也不要太难过。人难以做到忠孝两全，为官之人更是如此。现在你都疾病缠身，要尽快把身子养好，才能去把娘的坟墓修好。"

周敦颐："你的照料，我近来好得比前些日子快，待病好后我要去看看娘。还有个想法，那年在庐山脚下建濂溪书堂，就是我们将来的归宿，我打算把娘的灵柩迁到书堂近处，到时也好看护陪伴娘。"

蒲六妹："把娘的灵柩迁到那里当然好，最后还是要走到这一步。但你现在离书堂仍然很远，有更好的办法吗？"

周敦颐："如果我能调庐山近处，那就好了。"

蒲六妹："上策也。"

朝廷对在岭南任职的官员也有相关照顾的规定，"岭南官员除赴以时外，以避炎瘴。"恰在此时，庐山脚下南康军知军缺位，他写下并上呈请调南康军的奏章。不久，获悉朝廷恩准。

第三十一章　湖区肃偷盗

晴了一旬之久，天空洒下一场薄薄秋雨，干燥的空气也随之变得湿润、柔和、清新，让人身感舒适。

熙宁四年（1071）八月初一，周敦颐又携家眷前往江南西路上任南康知军。看得出来，一路上他心情是舒畅的，也是比较不平静的。

行走官场几十年，他一个荆湖南路道州人，昔日却初试分宁、受派卢溪、擢迁南安、移调南昌、再调虔州，此行上任南康，期间还有两次到江州修筑和入住濂溪书堂。至现在，他职事十三个地方中，江南西路里就有六个，每一个地方的足迹都历历在目。此时，他想得最多还是那“以洗冤润物为己任”的初心，脸上泛出笑意。

周通见周敦颐一脸笑颜，打破路途平静。说：“老爷，什么好事让您开心哪？”

“哪还有好事，不就是去南康吗？你跟随我去过那么多地方，每次上任都差不多。”周敦颐道。

“那——那——老爷怎么独自默默地笑呀？”

“从二十五岁那年离开京城到现在，我在这块土地上进进出出，来回地打转，你都漫不经心。”周敦颐仍带笑意看周通。

“哪能！老爷。”周通还想说点什么，却打住。

“欲说无语啦？”

“老爷高兴我就高兴。”

“就这么简单？”

“就这么简单。”

周敦颐与周通所说的话，既不是在官衙里，也不是在具体公务上，犹如小时候一起谈说笑语。他们奔向南康，途中已坐过船、坐过马车，现在又坐船。路途长远，不少枯燥。周敦颐心知周通是在惹他说说话，调剂行程里的乏味，缓解疲惫。他们两个人开口说话，其他人的话都跟上来。

“爹，南康好玩吗？”寿儿、焘儿抢问。

“当然好玩，南康有雄奇的庐山，有浩渺的鄱阳湖，既是天下眉目之地，也是江南一块富庶之地，鱼米之乡，有很多好玩去处。”周敦颐兴致勃勃地回答两个儿子。

“可以带我们去玩吗？”两个儿子又问。

“到了那个地方，你们就可以看到庐山高耸巍峨，风景优美，登上庐山，像是上到半天里，云海茫茫。也可以看到鄱阳湖宽阔，上半年丰水时，水连着天，一望无际，和海一样。下半年枯水时，湖滩长满绿草，草里还有红、黄、蓝、紫的小花，非常好看！到时候带你们玩个够，全家人去。上庐山、去鄱阳湖区都行。”周敦颐说。

“你们就知道玩。”蒲六妹笑出一脸的慈爱。

“玩是小孩的天性，说不定还玩出一个乾坤来。”周敦颐又说，“小时候我经常到老家濂溪河嬉水、采莲、钓鱼、游泳。可鄱阳湖比老家濂溪河要大千百倍，除有水以外，冬天还有天鹅野鸭，春天湖滩草丛里还有很多小鸟，都可以尽玩其中，感觉湖的奥妙。”

“尽想好事，还美滋滋的。”蒲六妹也没有见过这么大的湖，以及湖丰水和枯水时的不同风景，竟然如此吸引人，她也有新鲜感，心里同样充满向往。

“老爷小时候在家乡月岩洞，不就玩出了悟太极吗？”周通不顾两个正处读书时候的小孩都在，心直口快。

“那是在读书，观察、体会、思考，怎能是玩！”蒲六妹正色地回应周通，然后看周寿和周焘。

周通知道自己的话说得不大恰当，摸了摸脑袋憨笑，又惹得周寿、周焘发笑。这时一家人坐的船已是白帆高挂，在赣江水道顺风顺流而下。

依山面湖的南康军衙，衙役分忙搬拿物什，清扫衙院，他们迎候新知军到来。

接周敦颐的官轿已到军衙大门前。周敦颐下轿，与那些迎候官员一一见面招呼认识，然后进了军衙。周通领着前来帮忙的衙役很快把家安顿好。周敦颐看时辰还早，顾不上长途劳顿，分别找来几个新同僚询问南康军治情，如上任多数地方一样开始他的职事。

南康，太平兴国七年（982），朝廷就邑置军，下辖鄱阳湖两岸的星子、都昌、建昌三县，有七万〇六百一十五户，一十一万二千三百四十三人。虽说地域不大，人口不多，但南康军占尽天下山水优势，南北两山隔水突兀相对，东西两头控江扼湖，便于建关设塞，必为一处军事要地。

有人说："史上多起战火，现在天下太平。可这山水之地，特别是湖区多发偷盗之事，常有盗贼骚扰，民有所怨，也没有好办法制止。"

周敦颐："近些年来呢？"

有人说："去年到现在就发生各种偷盗案好几十起，仅仅是军衙掌握的。民间还有未上报的，估计数字也不小。"

周敦颐："抓获偷盗、破获偷盗案情况怎样？"

有人说："当场抓获、偷盗后破获的很少；没有抓获、偷盗后无破获的多。"

周敦颐："有什么治之良策吗？"

有人说："年年教民防范，百姓也有这方面意识，还是难以遏制。我以为只有防备还不够，要严查严打，把势头压下去，使怀有偷盗之心的人害怕，不敢偷。否则盗贼难除，百姓遭偷盗受苦，官府也不心安。"

周敦颐听在心里。

一上任，他就有忧虑，事关一军之地安定，必须引起重视。他本想来到南康就去润州，将母亲灵柩先迁过来。可现在他改变了想法，先行来一次湖区肃偷缉盗。

安排好军衙的事，周敦颐第二天带司理参军和两个衙役、周通去湖区。

从南康镇码头坐船到对岸，所见湖域一片开阔，湖上船只川流不息。湖湾众船张网，捕捞繁忙。岸边满目庄稼，瓜果飘香，百姓又有一个丰收年。如此一幅画卷，周敦颐很难想象还会有盗贼殃及湖区。走访一些地方后，他们接着去了别的下辖湖区。

路上，周敦颐逢人与之话短长，进村入户与农家人促膝谈心。走访第二个自然村时，果不其然听到湖区发生偷盗的事。

村户人："每年这收获季节，粮麻、禽畜、财产，一不小心可能就会遭偷盗，家家都要小心看管，否则一年辛苦劳碌的收成就没有了，本来好过的日子都不知道怎么过。前几日，就有一户人家被偷。"

周敦颐："每家都有熟田熟地，我看庄稼都很好，人人有饭吃，怎么会出现偷盗？”

村户人：“有好吃懒做的人偷，有居心叵测的人偷。船行上下，还有路过湖区的外来人偷。盗贼都是有准备而来，一发生这事就很难知道他们是谁，难以找回被偷财物。”

周敦颐：“看来不是简单的偷盗。”

他们又向湖区纵深走去。绕过湖岸一座小山，对面迎来一位行色匆匆的人。

“请问，你们看到一条壮实的水牛吗？”

他叫刘齐农，是湖滨四湾村人。遇人就打听家里丢失的牛。

“牛丢失？”周敦颐十分吃惊，“怎么可能丢失牛呢？”

“昨天在湖边草滩上放牛，傍晚把牛牵进栏里，关上栏门还栓上外栓。可今天早晨到牛栏牵牛耕作，却不见牛，牛栏门是敞开的。我还问过村里没有牛的两家人，怕是他们没打招呼牵去用牛。”刘齐农说，“自家牛性情温顺，夜里出栏没有过。”他担心牛被人偷走，并说上午到军衙已报案。

周敦颐跟刘齐农来到牛栏，查看一番，牛栏并没有损坏，门开着。假如是牛自行出栏，必定破门或破墙而出，加上主人说自家牛性情温顺，周敦颐初步断定牛被人打开栏门偷走，但他没有说。

“没有了牛，接下来的麦子、荞麦都没法种下去，往后日子怎么过！”刘齐农焦急地说。

“再找找，说不定能找回来。”周敦颐还是安慰他，而心里下决心一定要把盗牛案查个水落石出，让盗牛贼受到惩罚，付出代价。他紧锁两条剑眉。

为多走访湖区村庄民众，又顺便帮助刘齐农找找牛，周敦颐去六湾村，直到天黑才回到军衙。

专管耕牛的衙役来向周敦颐禀报，湖区四湾村有个叫刘齐农的人今天来报案，说他家的牛丢失。而周敦颐对此事已是知情。

耕牛由官府直接管理，通常是对农家牛进行造册登记，若农家买牛卖牛要及时报官府备案，禁止杀牛。谁家有牛，几头牛，每隔一段时间还比对造册，逐户核对，发现多了或少了则要查明原因。对违反规定的匡之以法，轻者处杖刑，罚没，重者处杖刑加劳役。

周敦颐坐在书房，表情深沉。蒲六妹轻轻推开门进来，看到他不称心的样子，道:“夫君才到南康应心宽畅快才是，为何沉着脸，是不是遇到不顺心的事？”

周敦颐愤慨地说：“牛是农民的衣食父母，更是百姓的命根。牛和人一样，官衙直接登记管理，竟然有人敢偷牛，断百姓生计，重犯律规，无异于杀人放火。昨晚四湾村刘齐农家的牛被偷走了，我今天看到他那失去耕牛的不安和痛苦样子，高兴不起来呀。”

蒲六妹：“先不要想得那么严重，也许能找到。”

周敦颐：“已经分几路找个遍，他到军衙已报案。现在看来，牛是被偷走的，我去他家牛栏看过现场。”

蒲六妹陪他说一会话，劝他不要太性急，早点歇息。可方才上任，就遇到农家耕牛被偷的大事，叫他怎能安睡。

周敦颐琢磨，牛被偷只有两种结果：一是异地出卖，二是宰杀食用。查明前者需要时间，查明后者需要行动快。二者相比前缓后急。

他又分析：如果是第二种情况，现在市场上牛肉贵，谁家都不会杀一头牛留在家里吃，一定会出来卖肉。事不宜迟，他叫来司理参军安排明天一早检查南康军所有市场，吩咐下辖三县同时展开行动，对湖上水运也安排人检查，发现情况即时禀报。

清早，军衙和三个县衙衙役到了各自管理的市场，仔细查看，水上设的检查关卡衙役也已到位，一天下来无所发现。这种突击性、大面积检查少有，其风声大，很快传得南康众人皆知，议论纷纷，互相打听发生什么大事。

有个叫胡二的人，虽说今日起得比平时早，但较湖区里的人还是晚一些。他来到市场转来转去，什么也没有买，静观官府检查，之后去水上码头。第二天，官府同样开展检查，仍然一无所获。而胡二又来到市场，逗留比昨天还要长的时间，晚些时候重现身水上码头，引起衙役对他的注意。

刘齐农觉得官府行动与自家丢失牛有关。他想着想着，就来到军衙看牛案是否有着落。他看到周通，才知道三天前在湖边遇见的就是军衙人。他说想见见那天和他说话最多的那个人，当然是周敦颐。

“老爷，刘齐农来问他家牛案的情况。”周通禀报。

“把他领进来吧。”

刘齐农跟周通进来，才晓得周敦颐是知军，他一边朝周敦颐跪拜，一边含泪禀道：“恳求老爷为草民作主，查明牛的下落，找到牛。”

周敦颐扶他起来，让他坐下。道：“正在调查牛案。情况尚不明，还要一点时间。你发现什么新情况吗？”

“还没。只是很多人关心我，问这问那。”刘齐农说。

“有哪些人关心？”周敦颐问。

“本村人都来我家看望，安慰我。村外除了几家亲戚外还有胡二，是胡家村的。”

周敦颐想，胡二连续两天到市场转悠，什么都没有买，又两天在水上码头现身，还上刘齐农家问情况，他和丢失牛的刘齐农一样着急。便问：

“胡二是你的好朋友？”

“不是。”

周敦颐“哦”过一声，说：“回去后把牛栏门关好，今天太阳落山时当众人的面拿些草料去。如果有人再问牛的事，就高高兴兴地说军府已找到牛，把牛给送回来了。”

刘齐农一听，就有疑问，牛没有找到怎能叫我说已找到？而且还要高兴地说，哪能高兴得起来，他担心军衙敷衍他。还叫他拿草料到牛栏里去，把栏门关好，让人觉得牛真找回来了，不是掩人耳目作假吗？他脑子没有转过弯来，但也只好去做。

周敦颐把注意力放在胡二身上，派衙役便装暗中监视，同时对胡二一贯行为进行调查，得知胡二是一个好吃懒做的二混子，小时候就干过偷拿的事，甚至长大以后，也行过窃。他光棍一人，如今三十好几岁，常去码头一外来商女店铺，听说他还用去一些钱。

黄昏时，光线暗淡下来，衙役牵一头牛来到四湾村，把牛交给刘齐农，故意让有些村民看见。刘齐农把牛关到栏里，拿来一些草料，又故意让村民看见。

已经是第三天，官府没有检查市场，和平常一样，只有一个衙役维持市场秩序。说：“前两天检查是因为四湾村刘齐农家的牛丢失，有人说牛被偷杀，在市场上卖肉，军衙急急地连续检查。现在牛已找到，不再检查。”

胡二听湖区里人说，军衙把找回来的牛已送到刘齐农家，胡二不相信，再来市场看看，果然亲耳听到衙役也这么说。他松一口气，索性回家。胡二在家暗暗地庆幸，自作聪明，大胆设想。刘齐农家牛丢失，军衙查不出来干脆不查。不但不查，还送刘齐农一头牛了事，省得刘齐农常去军衙说事吵闹，看来军衙不过如此。他紧张几天的心情轻松很多，认为事情已经过去。碰上糊涂官，办糊涂事，真是天助我也！

他越想越来劲，越想越自大，于是哼着小调，从橱柜里端来花生米，从坛子里倒来酒，满满地喝上两碗，很快醉昏昏地睡去。醒来一想，为更把稳，他要去刘齐农家牛栏看看是否有牛。有牛，说明军衙对这事真的不再管了；没有牛，只要刘齐农一闹，这事还说不定。当夜，他仍然直上刘齐农家牛栏偷偷察看。

按照周敦颐的安排，埋伏在牛栏周边等候盗牛贼上钩的司理参军和衙役，见胡二左看右顾地把牛栏门推开进去，便从暗处冲出来，快捷地将他制服在地，捕捉了他，并带到军衙。

司理参军次日又带衙役来到水上码头那商女店铺，对商女说："胡二昨晚已被捕捉，打入大牢，他偷了军衙直管的耕牛。军衙前两天检查水上船只时，发现他出没码头，落脚你店铺，常出来探听消息，你要如实说明情况，否则案子会涉及你，免不了杖刑。"

直肠快嘴的商女害怕，埋怨起胡二："这个胡二偷人家的牛还跑到我店铺来，哪能是我买进卖出地做生意没事，现在可好。真是，有那么多的鸡呀狗呀不去偷，干吗要去偷牛？"

司理参军："住口！谁说鸡呀狗呀可以偷？"

商女："我心急嘴快，错打比方，本来是说牛怎么能够偷，就是鸡呀狗呀也不能偷。"她自掌一下嘴。

司理参军："这还差不多。"

她把自己知道胡二的事告诉司理参军：几天前，胡二对她说，要外出两天做生意，贩牛卖。当天晚上胡二出去，过两天回来了，她还看到胡二有很多钱。军衙检查市场时，他天天去市场。听说军衙对水上也检查，每天都来码头探听情况，并说她也不知道胡二到底是要干什么，为什么。

胡二在牢里招认，说他早盯上刘齐农家的牛壮实，能卖个好价钱，那天半夜就把牛偷出来，连夜卖给军域外的临县冉贵。

盗牛案取得关键性突破，牛已有明确去向。但又碰到问题，查办跨界域案件捉人，只有是持刀在江湖上行盗打劫、直接跨地域作案的人，各地不得包庇隐匿。而冉贵是在自家门口买一头牛，不便直接捉拿他审讯。不捉拿冉贵归案审讯证实，就不好断定胡二把偷的牛卖给冉贵，也不知道牛的死活，至此案子受阻。

硬是捉拿冉贵显然不行，得有个名头。

周敦颐不声不响地看着几个人七嘴八舌，没有说出个好办法。也不管冉贵有没有直接参与偷牛，他说："案子目前只是听胡二一人招供，还不能断定冉贵是否合伙连环偷盗牛。若然，冉贵就有窝藏之嫌。无论是合伙偷牛还是在自家门前买牛，至少他和丢失的牛有关系。暂且怀疑两人同伙而论。”此说，又打开案子往下走的路。

司理参军带几个干练的衙役携公文来到那域外邻县衙门，对捕头说：“有偷盗在南康军湖区偷耕牛，主犯已捉拿归案，供有个同伙冉贵，是贵县市场牛肉摊主，请协助缉拿。”

捕头看过递给他的公文，在县衙查了买牛登记，不见记载，说：“现在我们双方一起去。”

司理参军和几个衙役很快把冉贵带来南康军衙审讯。冉贵招认自己在家门口从胡二手上买一头牛，本是打算杀牛卖肉，但一看牛还壮实，可用来耕作，过些时日卖给需要的农家，赚钱会比卖肉多，就把牛养在家里，也想到要去县衙作个登记，到时候也好卖出去。

案子已查清，断胡二退款还牛，决背杖四十，服劳役二年；断冉贵退还所买胡二偷来的耕牛，毕竟买牛没有申报登记，决背杖十。刘齐农复得自家耕牛。

盗牛案告破，可周敦颐并不轻松。他针对偷盗已成为湖区公害，影响湖区安定，趁势开展一场湖区肃偷缉盗的治理。

南康军衙发布告示，下辖三县也张贴了告示：从即日起，开展湖区秩序整治，规定偷盗不轨、作奸犯科者一月之内自首，将从宽处理。若非自首，一旦查出，严惩不贷。

告示发出引发湖区百姓声援和支持，与此同时军衙也在摸情况。可是，时过半月不见有偷盗自首，周敦颐为此想去三个县看看，司理参军却来找他。

“周知军，根据线索，昨天派出衙役对一个叫奚束贝的偷盗行为进行了查核，今天去捕捉他。”

“是个好消息。都过好些天，我正愁着还没有一点收获。可军衙发布告示不仅是捕捉偷盗，也要让偷盗能够自我反省，主动投案认错，改邪归正；还要让想偷而没有行盗的人自我觉醒，弃邪念从正道，才能达到治理目的。所以捕捉奚束贝暂缓一下，再等等，看看偷盗自首呈现什么情势。”

“现在我们也收到湖区民众一些检举，安排人核查，再准备几个奚束贝一样的，到时一起捕捉。”他领悟了。

“从目前情况看，有的偷盗在观察军衙，想自首而勇气不够，观望等待，不带自首这个头；有的偷盗在和军衙较劲，不为告示所动。要用好自首从宽政策，公开引导，但也要威逼他们下决心自守。所以核查时可适度公开进行，造一点声势，形成压力，使他们觉察到军衙不只是发布告示，还知道军衙治理偷盗的行动和决心。”

正当军衙坚定、密集地肃偷缉盗时，司理参军带人一下捕来奚束贝、屠娄时、沙敖等惯偷，恰好还在水道上抓捕两名路过的外地盗贼，加上前面侦破的偷牛案，有力有效地震慑偷盗者。那天就有偷盗来军衙自首，后来连续几天都有，均进行相应处理，湖区渐入太平。

第三十二章　寻圣凿莲池

忙过一阵，周敦颐走在鄱阳湖边。微微波浪从湖中间轻慢腾来，揉拍岸边，似乎细吟这区域母亲湖的心愿。触景生情，他又想起长眠润州地下、去年墓庐遭水侵的娘，便有自愧不孝之感，不寒而栗。

周敦颐与蒲六妹商量。说："马上就是南方雨季，军衙的事初步理顺，现在可以去润州迁娘的灵柩，事情不能再等再拖。"

蒲六妹一听，说："为娘迁灵柩，是你当时奏报朝廷请调南康所说其一。可你到任忙个不停，我不便提醒。现在去无疑解我们心头之急。"

周敦颐："说现在去，但还是要好几天。去老远办这么大的事，做起来却牵扯到几方面，先要定下来把娘安葬到哪里，当地有什么风俗习惯，都要搞清楚，做好准备，能提前做的尽量早做。娘一生实在不容易，还要请人为娘作一墓志铭，以便长久纪念，也能让后世子孙知道娘，不会忘记。"

蒲六妹："诸如此类，你想好没有？"

周敦颐："就把娘安葬在书堂近处吧。你看，现在与娘的墓庐隔得太远，以至几十年都没有去祭祀过她，心里受着煎熬。在近地方方便，我可以常去陪陪娘。

蒲六妹："你要考虑周全，做起来就顺利。"

周敦颐："是呀，要考虑周全，把急一点的事先做。明天我上南昌，到江南西路治所请假去润州。有些时间没有见延之，顺便看看他，就叫他为娘作墓志铭吧，跟他打个招呼。"

五天后，周敦颐从南昌回到家，周通叫来任大中做伴，他们一起来到书堂近处，为周敦颐母亲选墓地。看过几个地方后来到庐山北麓余脉。三个人走上一座小山南面的山腰，此处视野开阔，负阴抱阳，山下前面横贯一条小溪，左右后三面满是松樟枫树，随山形环绕，幽深恬静。他们再向前远看，视线越过几道小山山顶，直望十里外的庐山双剑峰和莲花峰。

“就在此处。”周敦颐想过一会说。

“背岭面溪，林木茂密，庐阜在望，清流石出，乃一处上等墓地。”任大中说。

周通也认为是好墓地，说家婶有福气。

此处名曰江州德化县庐阜清泉社三起山，也就是今九江市濂溪区莲花镇谭畈村栗树岭，不仅是周敦颐母亲的墓地，后来也是他自己长眠的地方。

周敦颐带周通去了润州。他先看望、祭拜母亲和舅舅的坟茔，再来曾居丧过的鹤林寺拜访住持。时隔之长，他仍然是以前的自己，又住进鹤林寺。寺院记载他非同一般的经历，有为母亲居丧之悲痛，也有日夜静心读书之无我，还有请教名流、名师、名僧指点之悟道。无论怎么说，他都铭记在心，永远难忘。小居几日，他尽量按照江南风俗，租船把母亲灵柩西迁江州，安葬在他看好的庐山余脉上。

潘兴嗣为此于三天前就赶来书堂。周敦颐对他说：“吾后世子孙，遂为九江濂溪人。”潘兴嗣领会其意，将此话写进《仙居县太君郑氏墓志铭》，刻在碑石上。碑石立于墓前，以告后世子孙。

现在，周敦颐只要有空，常到坟地看望母亲，有时还带上周寿和周焘，一坐就是半天。

来南康军半年多，周敦颐没有时间带家人出去看看，他想选个日子一家人外去走走。一来性情所致，二来兑现来南康时对全家特别是孩子的承诺，三来也作为对辖地的一次实地考察。念道：“鄱阳湖还是满湖水，出衙门天天近看远眺，而庐山处处都是景点，该上哪一处？”

“上读书的那一处。那里看似荒废，却为一块圣土，是灵魂生长的地方，仍然肥沃，想必不会永远荒废下去。就去那书院吧，寻找现在的无，曾经的有，我相信将来还会有。”任大中已进门来到周敦颐家。

“对对对，白鹿洞书院，全家人去。”周敦颐也觉得应该去有读书故事的地方。

“不会是你来南康路途上，说带一家人去玩还没有出去吧？”任大中听到“全家人去”问起此事。

“我不是一直忙吗？要不是湖区肃偷缉盗的事拖着，我早就带一家人上到庐山顶上去了，何需现在去庐山脚下。”周敦颐道。

“说别人则可，说你茂叔未必。原定来南康后先迁母亲灵柩，都往后推那么些时间才办好。”

“还不是因为忙。这事你都来帮忙了，但当时拖了一段时间没告诉你，你怎么知道的？看来我家的事我的事躲不过你的一双眼睛。”

“都是延之告诉我。就是你到任不久那回，他来南康约我看你，我当时外去江宁。回来后接到他的来信说你很忙，还说我是这里人，要多为你提供家庭生活方便，所以刚才建议你一家去白鹿洞书院。”

“来南康和你很近，你要常来。与延之相隔比你远很多，难见他也鲜见他的诗文。”任大中离周敦颐近常来，而潘兴嗣离南康远来得少些，周敦颐念及他。

“我现在去洪州，特意停留你家，看你有什么事情要带话延之。还真是，今天我停留你家的心思没有白费，我约延之来就是。”任大中说完转身走了。

周敦颐把打算一家人去白鹿洞的事告诉夫人。可过大半个月还没有去，蒲六妹也不提此事。而周通却有意当家人尤其是两个孩子的面说起此事。

“老爷，我们什么时候可以出去走走哇？”周通一边问，一边看寿、焘，还朝他们努嘴眨眼。

“很快。”周敦颐说。

“爹，‘很快’是什么意思？明天可以去吗？上次来南康路上说到南康就带我们出去玩，不见算数。”周焘说。

“好好好，明天就去。”周敦颐又道，“要是不去呀，你们还是闹个不停。带你们去了，你们可要记得。”

“知道。”周焘笑嘻嘻，周敦颐、蒲六妹、周寿也在笑，而周通把头低到桌面下躲着笑。

周敦颐携夫人、寿、焘以及周通，来到庐山五老峰东南脚下的白鹿洞书院。书院长满树藤野草，山冲谷地里只有三间破塌房屋，尽是荒凉。

“爹，什么书院？一片荒野山地。”周寿觉得与他想象的反差很大，问道。

“现在看，是很荒凉。可这是圣学之地，播撒过读书人的希望。”周敦颐告诉他们。

“你爹说此处以前是读书人的摇篮。”蒲六妹看到周敦颐脸上布满凝重表情补充道，算是安慰他，也是点化两个儿子。

周敦颐走在废墟上，想起书院几度兴衰，一时心情难平。当年读书人谁不向往这座择皇城千里之外，处名胜庐山之间，当数国家教书育人之先河的国学庭院，可谁会知道如今败落如此。作为收过弟子的大儒，他心里自然有些痛。随之他讲起书院风雨飘摇的故事。

“早在唐德宗贞元年间（785—805），洛阳人李渤和兄长李涉千里迢迢，避开人世间繁闹，到此搭茅棚隐居读书。那时李渤养一只白鹿，终日相伴。白鹿很驯顺，通人性，甚至会为主人传送信件物品，因此人称李渤白鹿先生，该山冲谷地也被称白鹿洞。后来李渤出山为官，做江州刺史。为纪念他和兄长在白鹿洞读书的岁月，他出钱筑起房舍，栽种花木，疏渠环以流水，形成书院，一时之盛。颜翊率弟子三十余人来读书进德，成为白鹿洞书院首批师徒。到南唐开元年间，朝廷于斯建立‘庐山国学’。后来赶上朝廷号召读书大势，江州知州周述将白鹿洞书院办学情况奏报朝廷，特别提到书院生徒数百人，很有生机，请求赐书。宋太宗从其所请，下诏将国子监刻本《九经》驿送至洞，供学子研读。白鹿洞书院得皇帝赐书，愈加名声大噪，前来求学生徒大为增加。”

又说：“再后来当朝提倡全国办官学，并规定士子须在官学三百日以上方得应举，自然没有多少求学士子再远途来庐山聚集，以求林间读书之乐，白鹿洞书院日渐冷落。皇祐末年战火又波及书院，以至现在满目荒凉，真是可惜。”

小儿子周焘问：“爹说这么多，那只白鹿呢？”

周敦颐：“哦，李渤离开江州时把白鹿放归山林，它早已去了自由自在的地方。”

周敦颐静默环视，水流四响，谷地虫吟，他不知道是对荒芜之哀叹，还是为历史读书声鸣和。但他感觉到眼下山间土壤尚存儒气，认为是读书的好地方，书院定当复活、重生、辉煌。他还在走着，惊扰一只大鸟从草丛飞起，一家人把眼光投向飞鸟。而鸟展翅升上谷地天空。

尽管周敦颐感觉白鹿洞书院会复兴，但他没有预料到，也不可能去想象，往后南宋淳熙五年（1178），他的五传弟子朱熹来南康任知军，到白鹿洞考察，感到这里于庐山之中，无市井之喧，有泉石之胜，是一处隐居、读书、讲学、著述的绝好地方，大合其意，倡导力行，重建书院。

朱熹，南宋哲学家、教育家、宋代理学集大成者，世称朱子。婺源人侨寓建阳。十九岁进士及第，曾任荆湖南路安抚使，后官至秘阁修撰等，一生广注典籍。

书院恢复建成，朱熹自任洞主，招收门生，亲自讲学，聘堂长教授，还遍搜江南西路诸郡书籍充实藏书，苦心经营书院，奏请皇上赐额及御书，并为书院置田产，供办学之用。

这天，朱熹举办白鹿洞书院开学典礼。他心情爽快，精神抖擞，高声吟唱《次卜掌书落成白鹿佳句》：

重营旧馆喜初成，要共群贤听鹿鸣。
三爵何妨奠萍藻，一编讵敢议明诚。
深源定自闲中得，妙用元从乐处生。
莫问无穷庵外事，此心聊与此山盟。

又高声吟其诗作曰：

半亩方塘一鉴开，天光云影共徘徊。
问渠那得清如许？为有源头活水来。

朱熹在办学教书育人中不断推出新理念、新方式、新模式，亲自制订《白鹿洞书院揭示》，成为天下第一个较为完整的书院教学规制。不少大儒亲临书院考察讲学，白鹿洞书院又成为举国学子向往的读经圣地。从此，白鹿洞书院文化形成了中国教育传统中最具特色、最有价值之育人文化，成为重要国学文化基地和摇篮。

朱熹继承周敦颐的衣钵，发展程颢、程颐关于理气关系的学说，他理直气壮地宣扬周敦颐，大力整理周敦颐著述，并进行注释，表明周敦颐的理学是自己学术思想之源。他撰写《濂溪先生事状》系列文章，传播周敦颐及其思想，推崇理学，编成《论语集注》和《孟子集注》等，从而集理学之大成，建立起一个完整的客观唯心主义理学体系。此后理学经久不衰，成为官方哲学，影响中国思想七百多年。

如同往日，周敦颐早晨出军衙到外面走走。没走多远，他遇上挑一担莲藕的人。看到担中莲藕他就闻有莲香，情不自禁地问：

“老乡，你担中莲藕是自家种的，还是买来的？”

那人说：“自家莲塘里挖的，正是新藕上市季节，挑到菜市去卖。”便问，“怎么啦？”

周敦颐一笑，说：“没什么，我是看到莲藕眼前就泛出莲花。那你家又住在何处呀？是附近人吗？”他好久没有看到莲，就多问一句。

那人说："家住湖东几里处，来南康镇有些远。"

周敦颐："哦，我以为在附近。"

那人说："南康镇人多菜市大，我每年来卖莲藕，少见附近人卖莲藕，也许附近少有人种莲。"

周敦颐："莲藕好卖吗？"

那人说："好卖、好卖，昨天就卖完一担。"

周敦颐停顿一下，道："那就好。"

说完，他望向那人挑着莲藕去菜市。

两天过去了，周敦颐还在想那人挑莲藕的事，莲萦绕他脑海，引发他不断地酝酿、谋划一件大事——开凿一方大莲池。

他带同僚把南康镇察看一遍，最后来到军衙东侧的荒芜之地，只见一古垒独立风中，冷冰冰的，那就是周瑜曾经阅兵点将，教习鄱阳湖水军的点将台。他们从拱形洞门走上长九丈、宽四丈八、高二丈一的古垒，南望鄱阳湖，湖面开阔，波涛汹涌，哗哗作响。这响声给周敦颐带来一种历史的感动，不禁遥想当年，道："看到垒台就想起周瑜。"

同僚说："虽隔千年，南康人可是知道他。都说得出周瑜是三国时期名将，字公瑾，庐江舒县人。一个玉树临风、英姿飒爽、熟知音律、风流倜傥的东吴都督周郎。建安十三年，曹军南下顺利占领荆州，欲与孙权会猎江东，局势严峻，周瑜不盲目畏惧屈从，力排众议抗曹，调集精兵三万与刘备军联合，苦思冥想七天七夜，制订周密作战计划，务求以少胜多。赤壁一战打败统领八十万大军的曹操，力挽狂澜，由此奠定三分天下的格局。"

可周敦颐所想，不仅仅是这样的史实，而是人需要有精神骨气，创造性地化被动为主动，得来好结局。他对站在身边那同僚道："公瑾练兵强军，担当勇为，忠君善战，文史厚重，启示后人。今点将台孤临鄱阳湖水，就在此处开凿一方莲池，无侵良田之熟。莲池邻军衙有益官吏修身养性，又所在南康利于百姓观赏，且能作伴点将台，你们看呢？"

同僚说："许是我孤陋寡闻，没听说近处有莲塘莲池，于此开凿一方莲池，是也。"

周敦颐主意已定。

一家人正在用晚餐。

周敦颐说："军衙将在靠湖的一边开凿莲池，从湖里引水植莲，便于衙署里外人观赏，怡养情趣，我们家人都参加做点事。寿、焘年纪虽小，也要参与出点力。"听说要凿莲池，蒲六妹、两个孩子、周通都期待莲池开工。

蒲六妹："建多大？"

周敦颐："比我们以往的要大。"

蒲六妹："动不动用民工？"

周敦颐："凿建这方莲池是一个不小工程。衙役公务之余都要出工出力，就不劳或少劳民众当差，无非是时间长一点建成。"

经一段时间开凿，一座周长几十丈的石垒莲池建起来了。池正中筑有石台，石台上建有观莲阁，两头分别建有"一"字、"之"字桥连接岸上，周边围植垂柳。周敦颐为莲池命名，曰"爱莲池"。

夏日池中莲花盛开，清香飘逸。周敦颐常来莲池，心情十分怡悦。

莲池也每天招来不少人前来观莲，感觉舒适，说莲池建得好，莲长得好。还有人在观莲中即兴作诗，有诗曰："玉立婷婷碧接天，波揉浪濯愈新鲜。凌风映日清香远，不染淤泥年复年。"

是夜，周敦颐做一个梦。梦中他发出战栗的声音："莲池……莲花……"

蒲六妹推他身子："醒醒，怎么啦？"

随着粗长的一声呼吸，周敦颐醒来。他惊恐地坐起来，稍做休息。

蒲六妹："做梦？"

周敦颐："做噩梦！"

听说"噩梦"，蒲六妹紧张一下。她下床拿来一方手帕为他拭汗，又端来一杯水递给周敦颐。

蒲六妹："什么噩梦让你如此大汗淋漓？"

周敦颐："我在梦里看到莲池壁垮塌，池里干枯，莲叶莲花垂萎不振，把我吓坏了。我用尽力气搬起一块石头再垒池壁，可无论怎样使劲就是垒不上去。眼看那干枯发裂的池底，可就是找不到水，十分着急，也不见有人来帮上一把。"稍过一会儿，他用手抚抚胸膛，心还跳得很快。

蒲六妹："日有所思，夜有所梦。日夜相反，所梦的也与实际相反。放心，莲池莲花都不会有事。"

周敦颐："希望如此。凿莲池时我总是想莲池的事，莲池建起来又想怎么种植莲，常去看莲，常怀于心。"

蒲六妹：“想得多，难免不梦。”

两个人说着话，没多久又睡下去。

周敦颐似乎还是放心不下，睡睡醒醒，醒醒睡睡，好不容易熬到天亮，他一个人来到莲池，细细察看，却见它分毫无损。太阳已东起一丈高，莲在池中亭亭玉立，莲叶下水清如镜，映照着自己。岸上四周也整整齐齐，干干净净，柳树成荫。今早莲池的一切尤为好看，他想昨夜的梦还真没有白做。

此时，天蒙蒙亮从义门陈留守庄赶来的陈任文、陈任武到了军衙门前。他们向值班衙役作揖道：“我们从义门陈留守庄而来，拜见周知军。”值班衙役告诉说：“周知军刚去莲池，就在军衙靠湖的一边。”并为他们指路。

他们一人骑白马，一人骑红马飞快奔向莲池。眨眼间，两人又来到周敦颐跟前。

“周知军！”他们下马拱手作揖。

“任文、任武！”周敦颐惊讶地喊。

陈任文、陈任武各自牵马，同周敦颐走在池岸边，观看池中的莲。无论从哪个方向看，都是绿叶中点点荷花，一棵连着一棵，一叶连着一叶，一朵连着一朵，水汪汪的，心境在其中净化，心情在其中怡养，他们在莲池一脉清远标致的晨韵里得到一番浸染。陈任文吟出陆云的诗：

绿房含青实，金条悬白璆。

俯仰随风倾，炜炜照清流。

陈任武曰：“如此好看，莲怎能不深植心中！”

两兄弟随周敦颐走向军衙的家。还没有进家门，周敦颐就大声喊道：“夫人，来客人啦！”

蒲六妹放下手上的活出来一看，竟是陈任文、陈任武。说：“是你们！”周敦颐又惊讶夫人与他们相识。

没有等蒲六妹开口，陈任武先说：“我们与夫人相识。还是十多年前，义门陈东佳书院先生选带几个弟子游学。我们有幸随先生途中看望他的朋友、夫人兄长传正时见过夫人。想不到，今天我们来你们家，与周知军和夫人得以重见。”

蒲六妹问周敦颐：“你们以前也见过？”

周敦颐：“早在卢溪就见过。”

陈任文：“也是。”

蒲六妹：“太有缘啊！”

进了屋，周敦颐喊来寿、焘出来见陈任文、陈任武，周通端上茶来。

两孪生兄弟是为看望周敦颐而来，也是为求学释惑而来。

陈任文说：“前次承蒙赐教，经多年读习，尤其是后来对立太极有一定的领悟，感受变化的时势变化的人，适时调整自己，历练受益，常怀感恩。”

周敦颐：“学说阐述的是道理，运用还要靠人理解和把握，犹如你们领悟无极而太极，把它融通到事物发展变化中践行，才会收获积极意义。”

值得一提的是，在义门陈家族发展得过于庞大集中，朝廷想让义门陈家族分家，而义门陈家族也在思考分家，但又举棋不定。陈任文和陈任武远见卓识，懂得天下合久必分的常理，双双力劝族长陈泰看清义门陈已到必分时候。与其朝廷采取措施分家，不如自己主动奏请朝廷分家，散居远处各地，使陈泰从艰难、痛苦的徘徊中走出来。宋仁宗嘉祐七年（1062），在官府监督下，义门陈家族三千余人分作一百二十五支队伍迁徙全国各地。

“在读经书中，我们忽隐忽现地觉得人与书之精神要求尚存在缺失，常探究于心，有些不明。”陈任武说。

“学读、学用无一可或缺。尚需明道德行，达到人与自然一致的‘诚’。”又说，“读书修身重在立志、多思、慎动、务实、无欲立静。”周敦颐说。

听周敦颐讲解，两兄弟心里明亮。他们还说了自己近些年来的其他事情，不免心有所累。

“洁于自身，一身正气，何惧风雨，身心将会轻快很多。”周敦颐说。

他们记在心里。

两兄弟在周敦颐家过了一天半，现在就要回义门陈留守庄。陈任文道：“周知军可否送我们几棵莲？”

“来此之前，我们重读《爱莲说》体味莲，想带几棵回去。”陈任武解释道。

“可许，可许。只是你们骑行不便携带，就送你们一些莲子。”周敦颐说。

蒲六妹取来莲子给兄长陈任文，两兄弟施礼而去。

时隔数月，周敦颐一人来到东林寺。小沙弥把他领进住持室，常聪起身抬手。

老友相见，无须客套。

“来南康无学，荒于心哪。”周敦颐说。

“恐荒于心，无疑是思进，亦或思过。思进收获力量，思过收获智慧，怎能是无学？”常聪说。

有别以往谈学论道开始，没有转弯抹角，两个人讨论、辩论，一些常怀于心的不明不白之事理，渐渐明朗起来。

夜幕在降临，周敦颐向常聪辞别。常聪觉得周敦颐每次来就是整天加通宵，他不认为周敦颐今天就是为这短促交谈而来，还有重要事，就出禅房一送，看他会说什么。其实，周敦颐心里纠缠他在军衙旁边开凿莲池的事。尽管少劳民众，但还是有些花费。虽听闻百姓对此不持异议，但他还是想告诉常聪，也听听凡俗以外的评说。佛门四大皆空，或无偏袒之言。

经过白莲池时周敦颐停下脚步，常聪附其驻足，两个人静观莲池。他们已看不清莲池里所有，但莲在心中。

“从小读书时开始知道莲，后来观赏莲，慢慢地就走进莲。”周敦颐对着白莲池告白自己的莲缘。

“善哉！善哉！莲乃佛门普度之花，众生在佛光照耀下见莲净心修行。”常聪对着白莲池也告白佛家的莲性。

可谁也没有对谁说，两个人在那浅淡月光下并列绕莲池走一圈，周敦颐吟起白居易咏《东林寺白莲》。吟到第二句时，常聪也随他吟起：

东林北塘水，湛湛见底清。
中生白芙蓉，菡萏三百茎。
白日发光彩，清飚散芳馨。
泄香银囊破，泻露玉盘倾。
我惭尘垢眼，见此琼瑶英。
乃知红莲花，虚得清净名。
夏萼敷未歇，秋房结才成。
夜深众僧寝，独起绕池行。
欲收一颗子，寄向长安城。
但恐出山去，人间种不生。

周敦颐破例选择在初夜看不大清莲池时离开，以这种不问而问，点明此行东林寺终极来意。常聪以这种不答而答，表明对周敦颐开凿莲池的支持，十分默契。

吟毕，常聪稍举右手，虔诚地念出：“阿弥陀佛！”

告别常聪，周敦颐胸臆旷达地走出寺院。然而，他不得不面对岭南那次大病过后经常出现的身体不适，并在官场上进行最后的选择。

第三十三章　归去庐峰下

周敦颐这些时日又因有恙少坐公厅，看过郎中后，蒲六妹用心照顾，他的身体才有好转。其实他此时的身体状况时好时差，周敦颐有自知之明，如此身痛心苦，不如早下决心，告别官场，无愧一身官服。没有必要等到自己不能动弹之时再来辞官，于是他与蒲六妹商量。

周敦颐说："自己早过知天命年纪，离耳顺不远。自岭南岁月以来，身体大不如以前，不堪官场重任，与其难能尽职，那就退职静心休养，归隐庐山，可以轻微力身田园，可以读书讲学，可以怡情山水，还可以辅儿读书。"

蒲六妹说："是呀，我也是放心不下。夫君经常三病四痛，每次身体刚好一点，就强撑着去理政，我也只能看在眼里，任你身子日亏积深，但又没有办法。寿儿十七岁，焘儿也有十二岁，正是读书的好年华，不可枉费。好在两个孩子也算听话肯读，如果持续缺乏对他们教辅和监督，我担心他们的成长和将来的立业立身。你学识深厚广博，专心职事，还授学他人，却难有时间教辅儿子，也是我心里一结。"

周敦颐道出所想，蒲六妹觉得于朝廷、百姓、自家夫君都有益处，是合理合适的选择，她表示尊重、支持。两个人一拍即合，家庭这项重大决定就形成了。

说请辞就请辞，周敦颐在书房起草请辞奏章。想着以身体不好而退养的理由足够充分，也是事实，未欺君亦不欺己心。

他回顾自己，从入列官场试将作监主簿到知南康军，从朝廷到底层，横跨多个路、州、军、县乃至镇，所有职衔都是皇上恩典，从命上任，不负朝廷。除知南康军是依朝廷规定请调外，其他都是上司举荐，民众呼声，吏部考察，个人从来没有跑官要官。就是朝廷审批奏章也在道理，不至于有什么不是。他把起草的奏章誊清又读一遍，觉得并无不妥，无须再斟，奏报朝廷。

第二天，周敦颐前往江南西路治所，隔两日回来在军衙过了三天，他就启程去南京分司上缴南康知军印，待回到南康后等待朝廷批准。

朝廷收到周敦颐的奏章，认为请辞正当，合乎情理，不便强留，更是顾及他退养恢复身体为重，很快发出了准予周敦颐退养的批文。熙宁五年（1072）正月底，批文到达南康。周敦颐收到批文，准备再过几天离开南康军衙。

但他还有最后一件事压在心上。周敦颐把周通叫到书房，神情有些凝重地与周通交谈起来。他悉听周通对自己去向的想法，引导周通合理比较，做出自己的选择。

"从走出家乡那天起，你跟随我三十一年，无论白天黑夜、风雨雪霜，朝夕相处、生死与共，吃了很多苦，做了许多事，心存感激。我已请辞归养，决不丢下你不管，何况我们还是家族兄弟。"周敦颐推心置腹。

"老……老爷……"周通听得眼泪汪汪，又说，"跟随老爷这么久，都是做自己应该做的。时时处处无不受到老爷关照，更是明白怎样做人、怎么做事的道理。近来我也在想自己的去留，心思难定，觉得去也不是，留也不是。后来又一想，跟随老爷要想得这么复杂吗？可现在心里没有困扰，全听老爷的。"

周敦颐说："倘若你想留军衙，情况于你不利。你要知道新来知军会自带随从，你只能充当衙役，但年龄上不合适。要是留在书堂，仅仅是我们一起过日子，与老家相隔较远，也不是合适选择。再说，这般年纪一个人在外，虽说是我家，也并不是个事儿，会耽误你的家庭生活。你服务官府有这么长的时间，可获领一笔补助，带着它回老家与亲人团聚，平凡度日，便是人生最大幸福。"他说得真实坦诚。

依自己的经历，周通长时间跟随周敦颐，于无形中学到了很多东西，心明道理，也想得开，懂得天下没有不散的筵席，人生亦聚亦散，尽管都舍不得。

周通说："顺其自然吧。"可他心里又怕自己一离开，老爷不习惯。

二月初的这天，一辆马车停在衙院周敦颐家门口，车上装有简单行李。旁边有几个人站着，还有人稍稍走动，他们都是赶来为周敦颐送别。此时周敦颐不在家，他们在等待。

原来，周敦颐起床就听到有人敲门。周通开门一看是任大中。

任大中："准备得怎么样？还有什么要做的？"

周敦颐："都准备好了，咱们去一下莲池就走。"

任大中陪他而去。两个人走在莲池边，话比平时少很多，周敦颐的话更少，一味地看，心里割舍不下莲池，毕竟开凿莲池是他在南康军任上做的一件大事，于他很重要。

离开南康军，就要离开莲池，他最后来看它一眼。任大中知道周敦颐的情结，说："茂叔，到了濂溪书堂再凿一方吧。"周敦颐和任大中想得不完全一样。再开凿一方当然好，但此处莲池仍然是自己的牵挂。无论莲池在哪里，他的情感都一样。两个人走到莲池西头转弯处，周敦颐看见一块石头临于池壁，想到它极易掉进池里伤到莲，他蹲下捡起石头放置稳妥地方。

他们回到入口处，停顿一下，又回望莲池，然后无语地离去。

尽管是清早，周敦颐家门口聚集的人比刚才多很多，他知道人还会越来越多。蒲六妹和周寿、周焘赶快上马车，周通也站在车旁，周敦颐与在场的人挥手告别。

马车徐徐启动，有个人提着篮子边跑边喊："周知军！周知军！"周敦颐一扭头，是刘齐农朝他跑来，他在车上挥手向远路赶来的刘齐农致别。顷刻，人群里一年轻人从刘齐农手里接过装有鸡蛋的篮子，快跑十几步，利落地帮他把篮子塞到启动的马车上，而刘齐农还在不停地喊："周知军好走！周知军好走！"周敦颐流下眼泪。

在场的人看着他离去，也擦着眼泪。

一家人来到庐山莲花峰下濂溪书堂，又见一片开阔，翠绿清幽。虽说以前来住过，但这回却让周敦颐一家人感到书堂特别亲切，特别踏实。因为他们真正回到了家，再也不用过那种家居不定的生活。

结束官宦生涯，周敦颐成为一个自由自在的人。每日天亮而起，太阳下山而归，和夫人一起在书堂旁边垦荒种地，植蔬桑麻；清静里读书，感悟中著述；看山看水，不愧与山水草木为伴。

周通在濂溪书堂过好些日子，觉得周敦颐已适退养后的生活，就准备回楼田村老家。

"老爷，还有什么事要做？"他问。

"没有什么吧，得来闲空不易，歇歇吧！"

"如果没有，我打算这几天回老家。"

“再过些时候动身也不迟，以后来一趟很不容易。”周敦颐伤感，蒲六妹也尽力挽留他。

周通理解老爷和夫人，又过些日子。周敦颐叫夫人把家里仅有的一百六十钱分给周通八十钱。次日一家人送走周通。回来的路上，周敦颐不语地看夫人、寿儿和焘儿，心里数着数着，可家里就是少一个人似的，眼泪又要出来。蒲六妹理解周敦颐，宽慰他。周敦颐说：“聚来散去，离合悲欢。”

周通回到老家，继父亲看护周敦颐家祖坟，种植周敦颐移交给他父亲那些田产，与妻儿过着安宁的农家生活。

清早，鸟儿在书堂前树上不停地叫唤，一家人被欢快的鸟声唤醒。周寿、周焘做起早读，周敦颐肩扛锄头，蒲六妹提上簸箕一起下地。他们在莲花峰下养护了好心情。

他边走边吟出前些天写下的诗中两联：

芋蔬可卒岁，绢布足衣衾。

饱暖大富贵，康宁无价金。

此时，从深居衙署来到民间村落生活的蒲六妹，已是知足常乐，心情十分愉快。她见周敦颐如此通达，甚至说是得意，即时起兴，应声吟和：

菜饭优鱼肉，风霜伴枕衾。

荣融生百富，笃守抵千金。

听着蒲六妹吟和，周敦颐心里涌起一阵波澜，特别是想起六妹在他情感缺失时而来，家庭需要时而到，心底里感谢六妹，感谢她相知相守，无私地操持好这个家。

又一天早晨，莲花峰下在宁静里泛着灵动。周敦颐带两个儿子来到书堂外，蒲六妹在书堂前面撒下一把把谷粒，喂食鸡群。她站在那相对高处望向前方，看见父子三人走在空旷里的濂溪边，天人合一，道出自然，怎不享受着这样的简朴、踏实、温馨，顿时生有一种从来没有过家居如斯的美满感触。和周敦颐一样，她已经把这块土地完全作为第二故乡——一个再也不可离开的地方。

周敦颐退养到濂溪学堂月满，消息更大范围地传开，南康军、江州人知道，相邻洪州、饶州、蕲州也有人知道。经常有人慕名而来求学问教，有时来一两个人，有时来两三个人，官场民间的人都有。蒲六妹看到夫君为零星来人传道忙个不停，顾及他身体，建议聚集来者开班讲学，这也是周敦颐早有的想法和愿望，于是他初定每隔十五天讲学一次。

濂溪书堂又座无虚席，来者以官员居多，也有学子，他因人施教。

周敦颐走进讲堂，开始讲起儒家经典《季氏将伐颛臾》。他先让听者在熟悉故事中了解孔子如何指责冉有和季路，探研孔圣人“不患寡而患不均，不患贫而患不安”，“均无贫，安无倾”，“远人不服，则修文德以来之”的治理思想。

堂下有人问起：“怎样‘修德、从仁’？”

周敦颐曰：“心静涵养，仁义中正，达到与自然趋向一致的‘天成’。”

问者受到了启发，但又不能完全体会，便有些疑问地念出：“诚，岂不至圣境界？”

周敦颐：“对呀。”又进一步解释道，“诚者，圣人之本。《中庸》早就教导说‘诚者，天之道也；诚之者，人之道也’。”诚净纯粹、至善，定律执着矣。若无诚何往纲常道德，何来人仁之心。”

……

赵抃又知成都府，他前几天到了京师，在朝廷办好主要的事情后，他还特例要办一件事情。在别人看来是私事，可在他心中就是公事，认定了就认真做下去。

临来京师时，赵抃在成都就收到周敦颐的信，得知周敦颐已退养濂溪书堂，颇感意外，为其可惜。于公，朝廷批准周敦颐退养是人才的浪费；于私，过早退养，周敦颐的才能还没有得到充分发挥。他想，将面奏皇上。

赵抃来到龙殿外，给宋神宗皇帝贴身的太监挂号排队，等待召见。眼看半天就要过去，还不见皇上召见，他心想今天无望，明天再来。可皇上今天心情好，到御膳之时还宣赵抃觐见。

“微臣叩见皇上，有一事奏报。”赵抃双膝跪地。

“赵爱卿请起，有事只管奏来。”

“近闻南康知军周敦颐已退养，此人乃栋梁之材，人才难得，望朝廷重新起用。”

“周敦颐前些年身沉岭南不惮出入之勤，受瘴气之侵，调任南康知军后仍体有不适，上奏退养。他因病退养，朕怎能不准？”

赵抃看到龙颜有悦，语气亲和，而且听出皇上是为周敦颐的身体同意其退养，他想说服皇上。

“眼下正是国家用人之际，周敦颐忠于朝廷，心系百姓，公廉兼备，学有造诣，众所周知。微臣以为疾患可以康复，退养可以复出，周敦颐可以再出来为官。”

“还是顺其本意吧。”

赵抃依其性格，据理力争：“周敦颐分忧朝廷，洗冤润物，重新起用，有益于我大宋社稷呀！”

宋神宗稍停片刻，道：“朕知道，今到此为止。”

赵抃不得不谢完皇上告退。

他琢磨，皇上说周敦颐是“他因病退养”“还是顺其本意吧”。在他试图说服时，皇上却稍停片刻，又说“朕知道，今到此为止”，没有说以后不能再奏。赵抃本来打算这次回成都时绕道看望周敦颐，但也没有完全定下来，他现在定下来了。如果周敦颐身体实在是不适也就作罢，如果已康复他还将复奏此事。他在京师还要待些日子，便草草给周敦颐写上一封信，其实也就是告诉周敦颐，他要来濂溪书堂。

蒲六妹从田间回来，收到从汴京发来的一封信。信是谁写来的？她圈点几个在汴京的亲友，甚至想把信打开看是谁，但还是把信收捡起来。

周敦颐访友回到家，蒲六妹把信交给他。周敦颐拆封一看，兴奋地对蒲六妹说：“夫人，知非子要来啦！”信写得非常简要，文字短少：

茂叔，一别就是数年。虽常有书信互往，但还是难平心中所念。百闻不如一见，藉此来京往回，将从汉水入长江到江州，去濂溪书堂探望。见后再叙。

周敦颐和蒲六妹喜出望外。得此好消息，他们激动起来，对赵抃更是翘首以盼。

“什么时候到？”她急切地问。

“不知道，信上没有说。我们现在收到来信，直爽急性的他是不是已动身在路上？”周敦颐心里在想，又道，“知非子有事上京城了？”

“只有等赵公来才知道原委。”蒲六妹说。

“我们等吧。”

赵抃写信说来濂溪书堂则搅动周敦颐的心。当夜，他本来在书房读书到很晚，可上床还是睡不着，就和蒲六妹说起赵抃。他们悉数赵抃爱憎分明、勤政为民、重情重义、严以律己、性好山水之事。他们商量，一定要安排好、照顾好赵抃，留他在书堂多过些日子，并商定两个人一起到江州驿站迎接赵抃。

已经是收到赵抃来信的第十天。

蒲六妹问："赵公还没有到？"

周敦颐说："要是他写信后一两天从汴京动身，那他就没有必要写信，也不会写信。信写得很短说明他时间紧，而且离他动身来的时间点很近。倘若如是，那就是他进京先计划办事时间再写信，加上来江州路上用时，大概还要十来天，最多不超过半月。"

在没有办法得知赵抃何时动身的情况下，周敦颐心里总是牵挂着，天天想赵抃来。

按照估计的大致时间，周敦颐和蒲六妹前往江州驿站碰碰看，等大半天不见赵抃，也无消息。他们留言驿站，以防万一赵抃晚上到而他们又不在。

次日，他们又去驿站时，周寿和周焘闹着也要去，一家人早早地到驿站等待。一个时辰一个时辰过去，至倦鸟归巢，他们还是没有等到赵抃。

"现在回家和再等一会回家都是晚，不如再等等。"周寿出主意说。周焘看到哥哥说这话，也说再等等吧。

"孩子想等等，那就再等等。"周敦颐道。

快要下山的太阳红得像个火球，一缕缕晚霞照射到他们很久没有相见而又熟悉的人身上，他就是赵抃，来啦！

周敦颐、蒲六妹迎上去，两个孩子跟在后面跑过去。曾经的上下级、搭档、同事、莫逆之交久别重逢，喜悦涌上心头。周敦颐、赵抃差不多同时说出："想念哪！"赵抃不断地看他们全家人，全家人也目不转睛打量赵抃。他们说着说着，却不知太阳偷偷地溜下了山。

"到书堂还有些路，我们边走边说吧。"周敦颐说。

"走，去你们家。"赵抃道。

来到濂溪书堂，赵抃住进早已准备好的房间，一如到了自己家。

晚上，先是安排赵抃的江州日程，周敦颐坚持要赵抃在书堂多过些日子。两个人随后互吐虔州分手后的心路历程。蒲六妹隔一会儿到书房为他们添茶，有时也坐下来听听。他们好似回到虔州那岁月。

周敦颐现在只做一件事，就是陪同赵抃。两个人寄情山水，又超然山水。

先用十天游历了江州城、庐山顶上和山下一些地方，赵抃大加赞美江州和庐山。

周敦颐和赵抃从庐山五老峰前的女儿浦口扬帆，东向驶去。两个人把酒临风，抵达突兀鄱阳湖中的鞋状小山，山东高西低、长约一百五十丈、宽约六十丈，周围碧波滔滔，四面崖壁，仅有东北一小角可以停泊，他们由此登上小山。赵抃问起小山何以独置湖中，周敦颐才讲出一段传说：

"很久以前有一个渔夫叫胡青，他在这湖上打鱼与天界瑶池玉女大姑相遇，后来相爱成亲。渔霸盛泰得知此事去抢大姑。玉帝即派天兵天将把大姑带走，盛泰乘机去抓胡青，大姑从天上丢下一只绣花鞋落向湖中，变成鞋状山，把盛泰压在山底，故此山称大孤山，又因为山形似一只鞋，也叫它鞋山。"

赵抃："抢霸大姑还不报应，何况是仙女，不自量。"

周敦颐所想，还有人的悲欢离合。

爬上山坡，一座雄伟殿宇立在山腰。殿前宇额挂有"大姑庙"题书，殿内中堂塑像辉煌，两侧鼓磬齐响，梵乐声声。两个人进殿礼佛。再登山顶四顾，一览茫茫鄱阳湖水和西面秀色庐山。转眼崖壁，见鹭鸟从栖息巢穴伸开翅膀，先是往峭壁下湍急湖面一跳，快要沉到湖面时再展翅慢慢升起，飞得比山还高，在湖的上空飞翔，搏击从庐山飘下来的气流。它们义无反顾，勇猛顽强，没有退缩，奋力向上向前。

他们说，鹭鸟如此刚毅，可世间有些人却沉沦在浊流里，还不如湖上搏击一生的鹭鸟。两个人看了很久，也想了很多。

下山比上山难，两个人走得也慢。

赵抃道："水中有山，山上有道。"

周敦颐说："道于自心，有鹭搏之。"

他们都不言说鞋山小巧玲珑，坐落烟波帆影中的独特，却话山、水、道、鹭、心。两个大儒看的是山水，悟的是道途，不忘的是初心。

日上三竿。阳光把湖岸边小城双钟镇照得透亮。周敦颐和赵抃从城里出来，踩着石阶向石钟山上走去。

至山顶小看一会，入石缝潜行而下，到崖壁绝境处看水搏长天，白帆戏浪，还有江湖对岸那远处的绿洲，更是一幅欣欣向荣的希望画卷。

赵抃："壮哉！不虚此行。"

周敦颐："于斯见广阔，可观。"

转身仰望山顶，垂壁刀削斧凿，紫藤攀爬其上，如帘挂在两人眼前。胸围粗的青檀坚挺于峭壁间，枝稠叶茂，把他们遮掩得严严实实。

赵抃："不下斯崖，恐怕谁也不知这里还有一处既隐蔽又开阔的天地。"

周敦颐："大处是世界，小处看世界。"

他们迎面长江、鄱阳湖，似乎站在被水拱起的巨石上，浪涛迎面扑来，冲击脚下岩石，水波涌进一行行幽邃洞穴，犹如叩击洪钟，轰然作响，唤醒彭蠡。后来的元丰七年（1084），苏轼曾送儿子苏迈去饶州赴任，途经湖口，两个人夜披月光，乘小船探究此崖，人们将此处称作泛舟崖。

穿过紫云廊，来到石钟山北侧，清浊亭临崖而立。他们站到亭子中间，凭栏远眺，江湖于此交汇，长江水之红黄与鄱阳湖水之青绿并肩齐流，泾渭分明。正在这里清扫残叶的少僧为他们释惑江湖两色，道："一年四季，江湖水面呈色各有不同。即便同一天里，随不同时分光照强弱不同，水面上清浊两色也有不同，或许下次来游更好看。"又说，"来石钟山看风景的人都看得出神。"

周敦颐和赵抃也看得出神了。但他们不仅仅因江湖两色奇景着迷，更被这里清浊东去、同流不合污的境界震撼。顷刻间，两个人顿生"不以物喜，不以己悲"之感，正所谓清流任我去，浊中我自清。

赵抃就要回成都府。两个人走出濂溪书堂，漫步在莲池、濂溪边。赵抃为书堂处天地自然赏而叹之，对周敦颐退养后的状态满意。他认为周敦颐还是可以复出效忠朝廷，也想起他在宋神宗那里推举周敦颐的事，可他就是不告诉周敦颐。无论如何，他还会向朝廷再次推举周敦颐。

赵抃问："茂叔，是否愿意再度为官？"

周敦颐说："身体不如以前，请辞时已禀报朝廷。"他觉得突然，可话从赵抃口里说出来。他马上意识到，或许跟赵抃在京师急急地写短信说来濂溪书堂有关。

赵抃说："我那时在朝廷当差比路、州、县有路数，专一。"他想，要是皇上开恩重新起用周敦颐，或许还能在朝廷为官，看看周敦颐愿不愿意，持什么态度。

"都快是花甲之人。"现在周敦颐完全知道，赵抃以他作比方希望自己入朝所事，便铁了心地说。

赵抃一笑："可你比我还小好多……"

周敦颐也笑："小不了多少。"

两个人继续漫步，也继续说着。

时序又到入夜，蒲六妹忙着张罗，为明早准备，还把家里从莲花峰上摘来不多的茶叶装进赵抃行囊。事情全做好了，她进书房和他们一起说话。

周敦颐和赵抃更是谈说到深夜，唯恐天明。

如接赵抃来，一家人今天送赵抃到江州码头。挚友离去，心中只有最真诚的祝福。

赵抃走后，周敦颐把大部分时间放在自己读书讲学上，放在教辅两个儿子读书上。

周敦颐又收到赵抃的信，寄来了《题茂叔濂溪书堂》：

吾闻上下泉，终与江海会。
高哉庐阜间，出处濂溪派。
清深远城市，洁净去尘埃。
毫发难遁形，鬼神缩妖怪。
对临开轩窗，胜绝甚图绘。
固无风波虞，但觉耳目快。
琴樽日左右，一堂不为泰。
经史日枕藉，一室不为隘。
有莼足以羹，有鱼足以鲙。
饮啜其乐真，静正于俗迈。
主人心渊然，澄彻一内外。
本源孕清德，游咏吐嘉话。
何当结良朋，讲习取诸《兑》。

周敦颐反复读着这诗，觉得赵抃把濂溪书堂的一切都描绘得真实惬意，包括自己的性情、志向、灵魂，多有赞美，赋予情感，简直是一幅莲花峰下山水画卷。他热爱这样的美丽，非常满意。他给赵抃回信说了如上感受，希望往后退养的日子亦能如诗如画，就像和六妹那次商量退居于斯所说的一样。因为赵抃是从京师来书堂，问他是否想再度为官，此说也是再次暗示赵抃自己不再出来为官。但是，赵抃对周敦颐仍抱有一线希望。

第三十四章　绝顶看江湖

像是有预感，潘兴嗣本来是昨天离家去杭州办理一件家事，却老是觉得家里还有什么事要做。可是捋一捋，又没有具体事情急着要办，这样的感觉让他还是在家待上两天，正好就收到周敦颐写来的信。

别后月余，甚觉时长，安否。已适书堂之日子，每天遂达自然醒起，垦荒桑麻。去日奔波苦，此来得空闲。静之多读以著，常有近处士众造访，便做些讲学，予心宽矣。倘若盼得造诣者，幸莫大焉。

还望初始所向以伴。

潘兴嗣看完信，知道周敦颐在书堂过得很好，决定经饶州，过景德镇去杭州。可就在动身时又改变主意，先绕道北上看望周敦颐，在濂溪书堂略做停留，续过饶州到景德镇，再去杭州，是为杭州亲戚带点瓷器。

他风尘仆仆，马不停蹄赶往江州，第二天下午来到濂溪书堂周敦颐的家。

室外马嘶，周敦颐出门一看，潘兴嗣牵着马走来。他惊喜地接下潘兴嗣的行囊，两个人进了书堂。

蒲六妹这就见过潘兴嗣，为马提来好些食料，马吃起来。她又端来一小盆水放置食料边，然后转身进屋，操弄晚餐，炊烟较往日早些升起。

“在家磨蹭几天没有起身去杭州，后来才知道是在等你那封信。闻讯得知你过得还好，我轻松许多，但还是想来看看就来了，不来觉得亏。”潘兴嗣哈哈笑道。

“久日不见，写信把我的情况告诉你，好让放心，反把你给惹来书堂。”

“现在看到你气色还好，我欣慰。”

“岭南余患，无大碍。”

“尽管书堂宜人，可还是要重视，不能不在意。也不必太在意，弄得心里发急也不行，需静心养身，慢养康复。”

“甚是，甚是。”

挂在西边的太阳还有几丈高，周敦颐陪潘兴嗣细看书堂。当初建造书堂时潘兴嗣没有少出力，不隔天数在现场帮着打理，直至书堂建起来。尽管现在几个月来一次，可对这里还是有点生疏，而不缺的是新鲜感。

潘兴嗣：“世外桃源，人间仙境，比起住衙院清静得好，自由得多。”

周敦颐：“愿作伴否？我在信上都说了。”

“现在就想留下不走，只是还有些事情要做，晚些时候前来伴君。”潘兴嗣手指书堂西边那间房，道，“茂叔不会忘吧，那可是我住的，建造时我就说过，你同意。”

“记得记得，怎能忘呢，今晚就住，平时不来不算数。”

“可不是我乱来，是有言在先。”

“好说，好说。”

到了夜晚，两个人交谈前次也就是周敦颐迁母灵柩那次别后的各自详情，还谈起现在读书著述。周敦颐拿出近作《题濂溪书堂》给潘兴嗣看：

元子溪曰瀼，诗传到如今。
此俗良易化，不欺顾相钦。
庐山我久爱，买田山之阴。
田间有清水，清泚出山心。
山心无尘土，白石磷磷沉。
潺湲来数里，到此始澄深。
有龙不可测，岸木寒森森。
书堂构其上，隐几看云岑。
倚梧或欹枕，风月盈中襟。
或吟或冥默，或酒或鸣琴。
数十黄卷轴，贤圣谈无音。
窗前即畴圃，圃外桑麻林。
芋蔬可卒岁，绢布足衣衾。
饱暖大富贵，康宁无价金。
吾乐盖易足，名濂朝暮箴，
元子与周子，相邀风月寻。

潘兴嗣读完诗，说："好地方，好归宿，好心情，岁月静好。"

周敦颐："所处所想，所感所受，和以前就是不一样。"

莲花峰下有些偏僻，夜里可没有人报更，但他们听到鸡鸣犬吠。周敦颐想到潘兴嗣明天去杭州，潘兴嗣想到周敦颐身体还欠健康，互劝休息，各自回房熄灯而眠。

翌晨，周敦颐又陪潘兴嗣到书堂野外一走。经过昨夜云雾湿润，那田地庄稼、山上草木呈现出一派绿油油的生机。两个人在新鲜空气里舒适可心地闲步。

"茂叔，不当这个官没有错，书堂是天人合一的上好地方，上哪儿去找？就是宫里也是人造假山假水，何来此等自然生成。"

"还要感谢你，那年邀我游历庐山，虽说我有意，若没有你促成，哪有今天的书堂。"

他们来到濂溪边，见波光潋滟，清流不止。周敦颐说："涓涓不息，万宗归一。"

潘兴嗣听出他一向远大抱负的心声，说的是国家治理，要有发展的孔孟学说化民以治。道："茂叔退居书堂都不忘读书修身，讲学育人。和以前不同的是从官场转移到了安静所处。"他敬佩周敦颐仍怀有传道化民之心。

两个人见面到现在，潘兴嗣除看到周敦颐比以前消瘦一点外，其他还都不错，心境开阔，状态良好。至于有点消瘦，是难耐岁月霜刀侵袭，他放心许多。

走到溪上端石塘桥时，太阳升上莲花峰。他们驻足一瞧，日出桥横，人影透射于溪面。周敦颐想起两个人以前傍晚桥边垂钓的另一幕情景，吟来："濂溪溪上钓，思归复思归。钓鱼船好睡，宠辱不相随。肯为爵禄重，白发犹羁縻"。如今自己归于书堂，也算是走到他想要"思归复思归"的境界了。

潘兴嗣就要去杭州。正当他提着行囊往外走，任大中却提一大篮重重的红薯跨进门来，潘兴嗣有些意外，周敦颐却习以为常。

潘兴嗣："大中，你也来啦？"

任大中："这话该我来问你。延之来怎么也不捎上我，否则岂止提来一篮红薯，你说是啵？"他露牙地哈哈几声。

潘兴嗣："挑两篮是不是比提一篮轻快好走？可见还是没有多拿一篮来的想法。"

任大中："不成，绝对不成。"

潘兴嗣："为甚？"

任大中："挑着是压迫人走，提着是人愿意走，根本是两回事。你知道受压迫的事我不会干，你也不会干。要不，哪有我们早早就怒罢官场。

潘兴嗣："如此说来你家又节省一篮红薯，还不谢我。"

任大中："省不了，省不了。我看红薯太甜，还要把这沾有地气的食物送到南昌延之家去。"

他们又爽朗地笑起来。

自从周敦颐退归书堂，任大中家距此较之南康军衙还要近，他往来也多，从不事先告知，想来就来，想走就走，像是风，像是云。他家昨天打开红薯地窖，去年初冬下窖的红薯经过霜雪天气，变得甘甜。为让周敦颐家人饱饱口福，他赶早送来些。

周敦颐："人与人志趣相投，想离也离不开。"又说，"延之要是早一点走就碰不上大中，大中要是晚一点来也遇不上延之，今天我们就在书堂共话半天。"

任大中："这才是实话。现在，书堂是茂叔的家，也是我们相聚的地方，把我们更是连在一起。"

三人少有在书堂相聚，加上任大中才到，潘兴嗣又放下行囊，他们进了书房。

周敦颐："新茶上市，我们尝尝义门红茶。"这茶，是陈任文、陈任武孪生兄弟回义门陈留守老庄省亲捎来的。蒲六妹沏茶，一人一杯。

茶色枣红、透明，任大中先品一口，味道纯正，说："好茶！好茶！"

周敦颐："此茶蕴含皇上赐茶的故事。真宗时，义门陈家族族长陈义敏受召进京，他随身带去义门陈自制红茶觐见真宗。当时走上大殿，陈义敏没有见过这种隆重的大场面，只顾一心禀报家族上下崇守纲常，行取仁义，收获治家，千人同居共饮，全族和善家兴。还简要讲述家族的一些逸事。皇上听闻，赞曰：'真良家也！'陈义敏叩头拜谢退去。真宗又说我朝仁行至圣，义以祥和，并钦点陈义敏上贡的义门红茶与众大臣共饮。众大臣品茶过后，赞不绝口，说茶好味妙！皇上龙颜大悦，再赐众大臣每人一斤义门红茶。"

周敦颐说完，潘兴嗣端起茶杯品上一口，回味一番，再品上一口。说："甜淡而不涩，香溢而不烈，曼妙如斯。"放下杯又说，"我们在书堂相聚饮得此茶，不逊于得酒以饮，先祝愿茂叔康复！"就这样，一壶茶泡了又泡，伴随他们交谈半天。

下午，潘兴嗣有家事待办，路途且远，将启程经饶州到景德镇，再去杭州；任大中今天本是把红薯送到就回家，选些出窖的红薯种到地里育苗，却因潘兴嗣来又搭上半天；周敦颐则是带周寿游历庐山。他们都各有安排，都说吃过午饭就走。

在书堂聚首，他们一坐上餐桌哪是说走就能够走得了，又哪是说离就能够离得开的。

任大中发话："选日子不如撞日子，茶酒从来不分家，上午得茶，中午就得酒。我还带来一坛庐岳酒，是吴家酒庄的。茂叔住在山下溪边，平时喝一两口可去寒湿、健筋骨，今天我们就先用一回。"他给自己、潘兴嗣倒上满杯，周敦颐此时不沾酒也还是给他倒上小半杯。

潘兴嗣："下午还要远行呢。"

任大中："就一杯，要知道此酒也是有故事。"

潘兴嗣："从你家拿来的酒能没有故事？不妨说来，也好助助酒兴。"他知道和任大中在一起不免要喝酒，干脆让他把酒的故事说出来。

任大中："你们是不知道哇。闻闻，看是什么感觉？"他打开酒坛盖，一股醇厚浓香扑鼻而来。

潘兴嗣："还真是一坛好酒，我上你家怎么不舍得拿出来，幸好今天碰上。"他又催任大中，"快说，酒有什么好故事。"

任大中："这是田园诗仙陶公渊明当年在吴家酒庄喝一辈子的酒。他有钱喝酒，无钱也喝酒，喝酒后就写诗。他诗写得好与喝酒有关。"又言，"可要知道陶公不只是喝酒写诗，他喝了酒说话还有人听得进，甚至还跟着他说一样的话，并给他喝酒钱。当时朝廷东宫侍读颜延之写诗惹祸，出朝任始安太守，心情不爽，临行前和陶公露天摆酒庐山峰下。两个人喝不少的酒，陶公仰望苍穹下高山巍巍，流云飞渡，无拘而去，忽有超脱之感，吟来一联诗句：'俯仰终宇宙，不乐复何如？'颜延之跟着吟道：'俯仰终宇宙，不乐复何如？'酒后，他赠予陶公三万钱，装满几箩筐，陶公叫儿子送寄吴家酒庄，往后喝酒他便有酒钱。"

潘兴嗣："他也舍得？都能买好多田地哪。"

任大中："舍得、舍得，因为这酒好喝，所以今天你我就要放量，喝得舒服就行。"

把酒杯一端就忘了第几杯，除开周敦颐陪他们喝一丁点外，桌上就是你来我往相劝互敬，直到潘兴嗣、任大中烂醉如泥。他们两人只好在书堂过上一夜，才各取其行。

带周寿上庐山当然是周敦颐的意思，就和许多文人学士一样，白居易十五岁时父亲就安排他漫游江南，甚至著名教育家胡媛亲率弟子自湖州游关中。周敦颐想，周寿在家读一些孔孟和诸子百家的书，不去外面见见世面容易自我封闭，也容易满足，不利于他以后读书长进，便让他就近登游庐山做一次游学，以开阔眼界。上庐山要行走崎岖山路，也能锻炼儿子吃苦耐劳的意志，懂得世界本来就不平坦，应当如何坦然面对。

江州城里人登庐山多取莲花洞小道上山，外来客人上庐山一般从汉水河入长江，再进湓水河上岸，至庐山北麓莲花洞，小道登临。也有人从长江下游而来，先入鄱阳湖，至庐山南麓，小路登山。他们图的都是捷径，省的是力气，节省的是时间。周敦颐家住莲花洞近处，本应走莲花洞近道，但是他带周寿舍近求远，南过莲花洞至东林寺攀行庐山，走的是一条古老山道，可以体验大禹、司马迁、慧远、谢灵运、李白、白居易……曾登临庐山的足迹，体味历史光芒的照耀。

两个人在山坡上慢行，后面好几拨人超他们而去。周敦颐边行边说，周寿津津乐道听周敦颐讲一个个古人登庐山的事，倒也轻快，没有觉得登山累。大约到了半山腰以上，气候明显不同，温度已降低。周寿摸摸后背说：“刚才身上的热汗随一步一步登高反而消失。”周敦颐告诉他：“已过庐山气候分界点，越往上温度越低，越是下面温度越高。当地流传‘山上冬日雪深迷途，夏日凉气森森；山下冬日雪至即融，夏日汗流浃背’的描述。”

周寿问：“山上山下何以不一样凉热？”

周敦颐：“山上山下就是差别，人间也有冷暖、贫富、贵贱之不同。”

继续前行，忽然听到猪的叫声。他们停下来四处张望，却看不见有猪。周敦颐想这大山深处没有人烟，哪会有猪，莫不是深藏的野猪出林了，心有戒备地警觉起来，让周寿走在前面。他们中断古人登庐山的话题，把注意力集中到防避野猪上。

“没有看到野猪踪影，应该离我们很远，不要怕。”周敦颐安抚周寿，也是给自己壮胆。

“野猪会上这人来人往的山路吗？”周寿还是胆怯地问。

“应该不会，我们小心就是。走快点，赶上前面人。人多势众，野猪就不敢接近。”周敦颐又说，“听人说猪类蠢性直行，野猪也同样。万一碰上，只要不堵其去路，它是不会伤害人类的。”周敦颐告诉周寿，要做好防范野猪的准备。

周寿心里头更是紧张，觉得有野猪要追上来，时不时地走两步就向后头看一下。确实，他们父子都很紧张，加快脚步。穿绕山坳，上行到一处凸出的山尖，所视及远。

“看！爹。”周寿大声一喊。

喊声真把周敦颐吓坏了。他扭头，见一小孩走在猪前，一老者走在猪后，两人手持树梢，赶一头家猪走来，就在他们后面，这才放下心来，虚惊一场。路两边多有通往林间小岔路，猪就是不往两边串跑。周敦颐、周寿停下来看老者、小孩，还有猪。

老者见已近周敦颐和周寿，说：“我们也停下来歇一会。”小孩止步，用手上树梢指点猪，猪似乎懂小孩的意思，匍匐路上。

“鲜有的出奇，不可思议。”周敦颐与老者说起话来，“猪如人行走，一点也不紊乱？”

“前面有孙儿引领，后面有老夫照看，猪当然不会乱走？”

“猪怎能领会人对它的引领和照看？”

“猪是有灵性的生命，与自家人日久渐适，导堵其行，皆慢慢养成。”

“怎么把猪赶上庐山？”

“天意里猪是一碗菜，山上人是不养猪的。”

“把猪赶上去给人食，还说得上是照看猪？”

“养猪皆仁，养大屠而食之为公。从君王到百姓，从历史到现在，天下人还有不吃猪肉的？未知尚闻。”

“有道理。”

歇过一会儿，老者向周敦颐打招呼，说先走一步。他叫小孩让猪起身，继续上行山顶。

“啰啰啰——啰啰啰——”小孩嘴里唤着，猪起身前行。

揣摩老者的话，还有一路上来体验到山下和山上冷暖不同，周敦颐脑海里出现导与堵、仁与公、冷与暖的思辨。他望着老者离去的背影，道：“老夫、山人、隐者。”

周寿还在注视那小孩、老者以及猪，他心里也在想……

周敦颐和周寿深深地吸纳林间空气。渴了，他们到旁边大石间掬饮泉水。泉边几株杜鹃怒放，周寿起身说“我采摘两束带走”。一伸手，却见花根部一条蛇朝他吐着信子，吓得他收手后退。静观，杜鹃仍然怒放，蛇原地未动，一切如旧。才知道杜鹃是长给天看，长给大山看，也是长给来山上的人看。周敦颐一瞧，说：“道法自然，山里不可或缺。”

父子俩仍在山坡上行进，没有走多久他们到达山顶。周寿兴奋起来，俯视山下，屋舍桑田，远见天边，大有“一览众山小”的唯我独尊感。他对着苍茫山间高喊：“无极而太极！”少顷，回声荡漾。静下来后他问道：“已登上庐山，还不知道这山为什么称作庐山。”

小时候周敦颐总是向大人问许多为什么，他深有体会，知道孩子希望大人给予回答。他告诉周寿：“早在周初有个叫匡俗的人在庐山求仙学道，天子获悉，请他出山，匡俗坚拒不肯，从此便消失。后来人们找到匡俗住处，只看到一间茅庐，并将茅庐称为‘神仙之庐’，再后来人们把此山称之为‘庐山’或‘匡山’，亦有称作‘匡庐’。因‘匡’与当朝太祖名讳，人们多为直呼其‘庐山’。”

周寿听到充满神秘色彩的山名由来，又得此行趣味，说：“如此说来，山上还住着神仙！”

他们话音才落，山上则是云卷云舒，腾起浓浓大雾，很快覆盖山顶，一切若隐若现，倒有仙境之意，人在山中，山在雾中。

大禹治水的故事在民间深入人心，代代相传，可以说是家喻户晓。打小就听过这个故事的周寿此时很想上汉阳峰看看，一睹大禹登临过的峰顶气象。

“爹，刚才上来时，您讲大禹登庐山观水势的传说，还没有说完，干脆去汉阳峰看看，行不？”周寿请求。

“那就去吧。”来时本没有打算去汉阳峰，现在儿子想去，周敦颐便满口答应。

去汉阳峰的路初始较为平坦。走过一段后，越来越难走，弯来绕去，高高低低。因为少有人至，看上去有路但又没有路。两个人无非是在深深草丛里探行，不断穿过荆棘，有时还要手拉树枝才能够走得成。周寿没有想到，也没有走过这样的路。

“不知大禹当时到汉阳峰有没有路？”周寿问。

“我想一定比现在还要难走。要是看风景满山都是，现在上来看风景的人去锦绣谷、仙人洞、花径、含鄱口，还有众多寺庙和道观，都是走前人踩出来的路。大禹登汉阳峰是为了观水势，定会踏乱石，劈荆棘，不知要吃多少苦头。也许他是最早走这条路的人。”周敦颐说。

“照爹说，去汉阳峰的人少，那汉阳峰就不好看？”

“不，越是人迹罕至之处越好看。没有人惊动侵扰自然，就可以看到一座纯天然的汉阳峰，不失原始天性，更能体验大禹攀上汉阳峰察看水势的情景。”

相传，劳苦功高的杰出部落联盟领袖大禹将天下分为九州，“左准绳，右规矩”，“三过家门而不入”，率领百姓将“高者凿而通之，俾者疏而宣之”，使洪水通流江河，逐渐退去，民众安居乐业。大禹曾择庐山之高，与皋陶、伯益等人登临汉阳峰，站在峰顶观察四周水势，谋划治水方略。至今崖壁上还有“鸿荒漾予乃撵”字迹，依稀可辨。

他们仍在跋涉。说话间，庐山上一座最高山峰雄居眼前，它就是汉阳峰。两人仰视它的模样，继续攀行，终于到达山峰顶上。

周敦颐、周寿站在汉阳峰顶。北眺，长江一泄倾流，吴楚大地尽收眼底；南望，鄱阳湖一如明珠嵌于大地，滋润绿洲。他们没有看到水患，所见安泰，人为景醉，但更醉在心里的是大禹把江湖之水疏导得归顺泽民。

周敦颐还告诉周寿：“汉武帝元朔三年（公元前126），大学问家司马迁读万卷书，行万里路，他登临庐山，找寻、凭吊传说大禹治水的遗迹，三十年后他在《史记》中记下‘余南登庐山，观禹疏九江。’”

周寿听后非常高兴，感慨地说：“禹者，功如庐岳。”

站在高山之巅，父子俩心中已超然物外，唯有对大禹无限敬仰。

第三十五章　携子游丛林

三月的庐山，春风和煦，万物复苏。周敦颐、周寿听到山间吱吱的破土拔节声。

迂回山上，父子俩领略草木葳蕤、重石突兀之美景，也领略宗教文化之厚重。他们来到东南方向的金鸡峰下，走向大山环抱，两侧垂有二瀑的道教简寂观。

是道观就有道士。他们俩走进道院张望，探看院内的路向和动静，迎面走来一个道徒。

“贫道乐见二位来本观。”

“多闻简寂观大名，为此前来游赏。”周寿在前面有礼道徒。

“愿陪二位游赏。”道徒见他们有心来游简寂观，愿为他们做一回导游，多了解道观。

“那就添上麻烦了。”

“不客气，贫道尽力为之。”

从家里出来一直是周寿跟在后面，这下周敦颐见周寿举止自然，顺应灵光，觉得可以放心放手，让周寿亲历。现在反过来，周敦颐跟在周寿后面静静地看和听。

“本道观乃南朝道士陆修静创建，之后又致力于修缮和扩建，如今成为一座规模宏大、观宇别致、斋仪完善，享誉四方的名观。任二位随我慢慢看来。”道徒开始介绍道观。

“我看道观能够发展得如此之好，广为观外人所知，可见陆道士必定是高超道人？”

“可不是嘛！”接着说，“社会动荡分裂的南北朝，人们精神恍忽，不知所向，宗教派别论战异常活跃，争论不休，以获主导宗教地位。也就在这个时候，都城建康举办一场禅门、道家论战，禅方是从近五百寺中遴选出来的高僧，而道方则是迫于皇帝几道御诏，只有硬着头皮上场应战的一位道士。可是论战中，那道士以其有力的说辞、渊博的知识、服人的逻辑机灵应对，搏得在场人们的折服，出乎意料，他就是本观师祖陆修静。”道徒如此一说，使得周寿盼着往下听。

“陆道士怎样得来如此高超的本领？”周寿仰慕地问。

“他是三国时东吴丞相陆凯的后裔，少宗儒学，笃好文籍，穷究象纬。早年出家为道，云游四方，后入山修炼。其隐云梦，栖仙都，足迹还远涉罗浮、峨眉、衡山等诸多名山胜地。遍历名山大川的他，年过半百云游至庐山。站在这金鸡峰下，陆道士久久望着简朴自然山谷，倾山谷切自心境，就停下脚步于此修道，静心颐神，日观飞瀑，夜听松涛，一待又是七年，终得道妙真谛。”

“又何能得皇帝诏令其一？”

“陆道士隐遁在这里著书立说，采药炼丹，植松种竹，研经布道，香火极盛，道徒达数百之众。他深度思考，对天下道藏进行全面搜集、整理、分类，列为洞真、洞玄、洞神三部，编纂的《三洞经书目录》成为最早的道教著作，使全国五花八门的道教经符和斋戒义范等得以系统整理和升华。他奏请宋明帝批准在此观建道藏阁，收藏朝廷赐予的《道家经》和其他经书、图符、药方共一千多卷，与当时译成汉文的佛书大致相当，声震全国，本观便成为南方道教中心，他也成为南方道教宗师。朝廷开始征召他，不愿离去。后又多次征召，陆道士才离开道观入住建康。死后门徒依其嘱以布袋殓运回庐山，葬于布袋崖，等会领你们去游之。”

“了不起的陆道士！”此时他们在道藏阁所见陆修静诸多著作，周寿感受到了他的博学专注，感叹地说，“他读的书真多啊！不愧是著作等身。”

陆修静辞世后被追谥为“简寂先生”，取“止烦曰简，远嚣在寂”之意，此观也由当时的“太虚观”更名为如今的“简寂观”。

他们先后涉足观内外礼斗石、炼丹井、捣药臼、洗药池、听松亭……又体会到陆修静研修推崇道教斋义，主张“身为杀盗淫动，故役之以礼拜；口有恶言，绮妄两舌，故课之以诵经；心有贪欲嗔恚之念，故使之以思神。用此三法，洗心净行，心行精至，斋之义也”。

最后，他们来到布袋崖，周寿静心地看。周敦颐却把在道观看到的、感悟到的融为一起，觉得此乃一座不可小视的道观，一处绝好的修道场。他伫立布袋崖下良久，无言地问：

这人哪，方生方死，方死方生，大抵多少人近如仙人陆道士？

这世事，是是非非，非非是是，大抵多少世人世事时过永存？

右行十六里。金轮峰下归宗寺树木成荫，修竹青翠。溪流潺潺，绕寺而过。寺前开阔见远，寺后山势回翔，有鸾翔展翼之势，此处距南康军二十里有余。

东晋咸康六年（340），浔阳太守王羲之离职隐居归宗别墅。这一天早晨，他想到外面走走，才出门看到有一僧人朝他走来。问之便知他是来自天竺国的达摩多罗。王羲之见达摩多罗手持禅经，气质独特，与他稍作交谈，感觉很好。王羲之相信早晨出门的缘遇，遂把归宗别墅赠送他做寺院。达摩多罗取“万流归宗”之意，将该宅起名为归宗寺，成为庐山首座寺院，无可非议地成为佛教活动的主要场所，为朝廷官府重视关注，也是官宦文人荟萃的地方。

元丰年间，周敦颐出任南康知军，僧人佛印此时由云居山来归宗寺，两人有了交往。周敦颐常来小住，但请辞归养后来得少，今天他带周寿来了。踏进寺门，他就记起与佛印的一次论道。

“《中庸》里说天命之谓性，率性之谓道，禅门何谓‘无心是道’？”周敦颐有问。

“疑则别参。”佛印道。

“参则不无，究竟‘道’是什么？”

“满目青山一任看。”佛印望向眼前窗子透视出满山春色，不快不慢地说。无疑，所说触目是道。

周敦颐顺佛印看的方向望去，满眼青绿，生机盎然，醉心于此境界，深感佛印学知深刻。又日，他走在绿野，眼看万物丛生，无不赞叹天地间生性，把心境融入其中，再想想佛印说的满目青山一任看。有所感受，作诗谒呈佛印：“昔本不迷今不悟，心融境会豁幽潜，草深窗外松当道，今日令人看不厌。”

佛印和云：“大道体宽无不在，何拘动植与蜚潜。行观坐看了无碍，色见声求心自厌，”

周敦颐觉得归宗寺应像当年慧远在东林寺结白莲社一样，邀集僧侣信众论禅谈道，让佛印也成立并主持青松社，作为谈禅说道的场所。还把归宗寺东侧山溪改名为鸾溪，在溪上造桥名曰鸾溪桥，以媲东林寺虎溪、虎溪桥。当时名僧大儒多来归宗寺，青松社气氛活跃。大文士苏轼来庐山游历，与佛印煮茶论道，诗谒往来。

前面到简寂观有样，周寿事事上前。在此处，周敦颐更是希望他上前，多见教佛印。而佛印见周敦颐破例带儿子来，看出他的用意。他们一见面，周寿自觉地进入状态。

周寿："早听爹说禅师学识盖顶，晚辈肤浅，多蒙赐教！"他很有教养地向佛印施礼。

犹如当初他和周敦颐论道，佛印坐望那天空下重叠的山影，道："谚说天外有天，山外有山，人外有人。"真是恰到好处地应情应景表达，既为自谦回答，又告诉周寿这样一个客观道理。

周寿："昨天随父过简寂观，现在又拜佛堂，佛、道各自高深，足让晚辈感慨，不知二者却能共于一山？"

佛印："看众多峰峦交错，各自挺拔，却能集于匡庐。"他又示意地看向眼前的山。

周寿："何以读得一山众峰？"

佛印："纵横以观，横岭侧峰。"

……

周寿很感激佛印指点，即时心里在想，从游历汉阳峰、简寂观、到归宗寺，再往前是登山遇那老人、小孩赶猪上山到现在，他觅得庐山之高，丛林之深，比在家里埋头静读要鲜活得多，深刻得多。这回获益不浅，还会做一次庐山之行。

周敦颐和周寿再沿另一条山路北向缓慢而上，来到栗里村。

陶渊明生逢乱世，他不肯苟合官场污浊和拘束，弃官还归到出生的上京老家。后来家里遭遇一场大火，烧毁家舍，家人先寄住在家址前的船上，后来移居栗里村。

近其宅，思其人，他们努力找寻那诗文里的田园，寻访那诗文中的人。聆听其心声，与其对话，与其交结。于是乎，六百五十多年前的东晋田园画卷浮现在眼前，画里有个手持藜杖、脚踏菊花的陶公正向他们走来。

陶渊明，东晋大诗人，一名潜，字元亮，谥靖节，浔阳柴桑人。少年刻苦攻读，雄心壮志，热血豪气，怀有大济苍生之志，希望能找到为国为民效力的机会。他在人生前期多次出道仕途，沉浮官场，心道不谋，无得长远，弃官而去。他最后一次辞官，便是做了那八十三天的彭泽县令，留下“我岂为五斗米折腰向乡里小儿!”当天解绶去职，隐于庐山山下田园，再后来多次拒绝做官。

归隐的陶渊明似乎日子过得有滋有味，不需拘束，与邻里把酒话桑麻，与诗友登高赋田园，用那无弦素琴弹奏其心曲，以得自乐。诗曰：

少无适俗韵，性本爱丘山。
误落尘网中，一去三十年。
羁鸟恋旧林，池鱼思故渊。
开荒南野际，守拙归园田。
方宅十余亩，草屋八九间。
榆柳荫后檐，桃李罗堂前。
暧暧远人村，依依墟里烟。
狗吠深巷中，鸡鸣桑树巅。
户庭无尘杂，虚室有余闲。
久在樊笼里，复得返自然。

他在庐山下体味“欢然酌春酒，摘我园中疏”。他吟花、吟草、吟田园，也吟田园的日子：

结庐在人境，而无车马喧。
问君何能尔？心远地自偏。
采菊东篱下，悠然见南山。
山气日夕佳，飞鸟相与还。
此中有真意，欲辩已忘言。

两个人想起那组诗里的诗句，游走在南山坡上，思忖在陶公故里，心中五味杂陈，亦是亦非。

在周敦颐看来，这是诗也是泪，是一种失，也是一种得。陶渊明早年向往做官“入世”，后来归去田园“避世”，往来折腾，最后走向了潇洒，进入了桃花源的境界。

陶渊明故居当然不像寺院和道观，没有围墙，也稀于来者。行于偏僻山村荒野，两个人虽为父子，却亦师亦友。步履中他们之间有请教，也有交流，还有讨论。

周寿：“人说陶公时代动荡变迁，污浊横流。而他不为五斗米折腰则彰显其高尚气节。”

周敦颐：“浊世不明，官场黑暗，陶公弃官而去，不失气节，可也不是‘采菊东篱下’就能够了却心愿的。”

周寿：“陶公作诗田园，‘悠然见南山’，亦可见其对田园挚爱？”

周敦颐：“另有人生吧。”

周寿：“陶公在渴望中领教时运不济，心为行役，归隐还作那么多诗文唱大同？”

周敦颐：“归隐不是陶公的初衷，也不是他的创造发明，其前有之。汉有‘商山四皓’隐居山中，春秋有‘长沮桀溺’耦而耕，更早的以前还有……陶公再也不愿游走在甜蜜的理想和痛苦的现实碰撞中，他归隐唱田园诗文，怎不怡然自乐。”

周寿：“可有人说陶公钟情田园，心诚所守。”

周敦颐：“时也性也，所以其作有《归去来兮辞并序》。”

周寿这时诵起：“中无杂树，芳草鲜美，落英缤纷。”“黄发垂髫，并怡然自乐。”

周敦颐道：“好一幅桃花源景象啊！”

从庐山回到书堂的当天晚上，周敦颐难以入睡，辗转反侧。干脆暂且不睡，他披上衣服，坐靠床头，回想带儿子游学庐山有别于以往感觉，尤其涉足离南康军衙很近的山南时，很想去看看那爱莲池。他一动就影响到蒲六妹，她也披起衣服坐起来陪他。

“夫君，我们就在书堂前面开凿一方莲池吧。”蒲六妹善解夫意，更是知道周敦颐已离开南康军，也就离开那莲池，心里有此所失，才有怀想莲的不自在，乃至连觉都睡不着。

蒲六妹把话说到了周敦颐心坎上，他很感动。自移居书堂以来，他想过多回再凿莲池的事，只是还没有跟蒲六妹说。蒲六妹平时有所感觉。

“谢夫人。以前让你有不安，现在还是让你有不安。”

“夫君所到之处，大体都凿建莲池，满池莲花争相斗艳，那芙蓉出水的悦目赏心，给我们带来过欢喜和快乐。再凿一方莲池不只是关及你，一样关及全家。你带寿儿上庐山游学，焘儿在家还说有好久没有看到莲，也想去南康军莲池看看，因要绕大半个庐山，也就没有去。”

“虽然离开官场，无官一身轻；在书堂度日，也过得很舒适，自由自然的好。但几天没有见到莲总觉得缺少什么，心里无中生有的荒凉，我试图克服，可是又做不到。”

“人之所处可以改变，人之所为可以改变，人之衣食也可以改变，但向往、热爱很难改变，也不容改变，融进骨子里的东西永远去不掉。夫君一颗莲心，一身莲性，岂是在官场则有，不在官场则无呢？”

此时的夜，窗外如昼，月光皎洁，把房间两位主人的心田照映得透亮通灵。

“你说得对。我看凿池一事可以动手。”周敦颐停顿一下说，“家里做事不比军衙，应量力而行，把莲池做得小一些，巧一些，近乎这方水土迹象。”

“如此，那莲池要顺地形凿建，既省人力，也不改变自然风貌，我们家本身就在山边水旁。”

“就在几棵古樟树下的地方。那块椭圆地低洼，已成半池状，再在低处微弯地筑坝连接两头高处，莲池就成了，工程也不大，建起来容易。”他规划、想象地道。

“我也认为是那个位置好，家人一出门，莲池触目可及。”她又说，“从椭圆地里挖土挑到古樟树下，把低洼的池状口封堵起来。哎，那几棵还是香樟呢，到大热天看莲，不仅有树下荫凉，也有樟香伴莲香。”

“池的另一边栽些垂柳，与古樟派对衬托。”

“这样行。”

“还有，自家事情自家做，一天干上一点活，人不会很累。到把莲池凿建好也不会要很长时间。”

周敦颐一家人开工干起来。先定出个形状，然后挖土、挑土、筑坝。虽说是做体力重活，可见他们都欢心愉悦，其乐融融。

凿莲池的事被邻村人看见，他们自带工具来帮助凿建莲池，周敦颐委婉推辞。

“我们哪一天不干这样的农活？常事。又不用我们花钱，也不用我们捐交谷麦，人多做得快一些。再说，莲池凿建起来后，我们也好大大方方来看莲花。”他们执意要帮上一把。

“谢大家好意，真不必辛劳大家！”周敦颐说。

“用不着谢，我们大人小孩常来听课，你不收取分文，做点一辈子做惯了挖挖挑挑的事还不该么？现在又不是农忙时节，人嘛，长的就是贱骨头，有个三两天不动动手脚还难受哩。要是挖挖挑挑做点事，出出汗就好很多，吃也多些，睡也香些。”他们说得平朴实在，并非客套。

“那你们往后多来听课，我能做的也只有这一点。”周敦颐还是心有不安。

不足半个月，一口周长二十丈有余的莲池凿建好了。虽然没有石砌池壁，但无论站在哪个方位，把古樟树下不规则的莲池放到大整体上瞧来，上方有书堂，下方有濂溪，浑然一体，近于自然所成。莲池引来水，植上莲。

常聪听闻周敦颐在书堂前又凿一方莲池，乐见其成。他知道周敦颐更青睐白莲，便带上僧徒从东林寺莲池请来几棵白莲。

周敦颐赶快出书堂迎请，先和常聪一起把那白莲加植于池中央。回到岸上，他们凝望那一团白莲，再看看池中的莲，不由得感慨起来。常聪双手合十，微微弯腰对着莲池颂念：“阿弥陀佛！”

两个人站在古樟下看好莲池，一如往常聊起莲。

常聪：“有曰观莲不观余花耶？”

周敦颐：“是呀。莲出污泥，不为污垢所染，本性洁净，妙色无比，有道如是。”他续上常聪的话。

常聪：“此乃《爱莲说》之要？”

周敦颐：“不，《爱莲说》里还有中通外直，不蔓不枝，亭亭净植……”

常聪再一次验识佛门外的周敦颐，切实体会他有莲的智慧和境界，看到莲的多重特质在他身上并存，退养仍不放弃自己的追求，他又双手合十，释怀而去。

池里的莲伴随那书堂讲学声，扎根水下泥土，受到阳光照射，满池生长，繁盛玉立，是为芳香。因为就在家门口，周敦颐早晚或饭前饭后，尽可能地走来看看，甚至有时夜里都来闻闻清香，静听莲的声音，他与莲已融为一体了。

宫中龙殿。宋神宗又收到一道赵抃举荐周敦颐的奏章，静静地沉思。

一个已经卸职退养的人，为什么还会受到正直之臣赵抃反复举荐？而前次赵抃面举周敦颐时已说过“朕知道，今到此为止”。可是他又呈来奏章，这个赵爱卿如此率真率直。作为一国之君，他深知稳定大宋江山，实行国家长治久安，让百姓日子过得好，用好人乃关键所在。当下虽说朝官之多，可在用人的时候又觉人才不济，若重新起用周敦颐还真是一件好事，也是一件难事。

没过上两天，宋神宗仔细地看着吏部奉旨呈来周敦颐为官的禀报，里面罗列周敦颐初试分宁出锋芒，连办好些案子，有“一讯立辨”“老吏不如”的美称；公行天下，顶撞王逵依法理重断南安狱囚案，改死刑为逐放流刑；丹心抗击山洪，治控瘟疫，筑塘开渠防旱涝，济民生；以“老子生来骨性寒”回应乡亲裙带，清廉至上求得梦魂安；为民请命平息端砚风波，还民以砚石开采权；扬博学之长作《太极图》《太极图说》《通书》……提出理学论题，讲学教化民众，守道秉行；独白内心说爱莲，出淤泥而不染，濯清涟而不妖。一连串事迹，铁铮铮地让他看出周敦颐的品德、才能、贤学。他当然知道赵抃反复举荐的原因，认为举荐是对的，怎么用周敦颐也不会错。

可皇上就是皇上，见识高远，重新起用周敦颐还有一段路要走。

第三十六章　雷雨惊匡山

近些年，朝廷重新使用朝官，只有去谪外地而召回的，还没有重新起用过退养官员，何况周敦颐是以身疾为由请辞。不过周敦颐退养后，宋神宗也听到过有人议论，为其退养可惜。

不管怎么说，请辞退养容易，只要理由真实且在情理之中，但退养后重新起用就难。之所以宋神宗对重新起用周敦颐没有表态，确切地说，他觉察到很多京官朝臣都踮着脚等待擢用，而朝廷现在却要用一个告病退养的人。这个头一开，弄得不好就会有不同声音，说三道四，此事必须周全，稳妥才行。若不重新起用周敦颐，他也心痛人才难得，人不能尽其才，才不能为国所用，浪费委屈的是人才，损失的是国家。若重新起用周敦颐又怎样能让朝臣心悦诚服，用得堂堂正正，磊落光明。考虑再三，宋神宗有了一个想法，用人不能只听举荐，特别是周敦颐这种重新起用，还得专司职责的吏部做完做好相关铺垫。主意已定，宋神宗立即召见吏部尚书。

两个吏部官员不打招呼地赶来南康军。他们以平民装束先到民众中，听听城乡百姓如何认识周敦颐。民众说：周知军在较短任上查处那反应强烈的偷盗耕牛案件，震慑偷盗。又整治湖区秩序，一些偷盗主动向衙门自首，基本扫除多少年来偷盗骚扰滨湖百姓的乱象，安稳一方，赢得拥戴。还有民众说朝廷不应过早让周敦颐退养，希望重新起用他。

两个吏部官员又来到南康军衙，说明来意，军衙人告诉他们：“周敦颐上任南康知军当天就职行公事，把原先定好迁母亲灵柩的事都推到后面做，同僚为之感动。”

正当两个吏部官员想以什么方式与周敦颐见面、直接了解他时，南康军衙的人告诉说：“明天濂溪书堂讲学，每次讲学都会有附近的官吏去听。”这就给两个吏部官员提供了准确的情报。

“你们明天去吗？”

“当然去，我们堂堂课都去，舍不得落下一课。”

“既然听过很多讲学，你们认为周敦颐讲得如何？”

“春风化雨，润泽心灵。我们从不缺席，是因为听了还想听，如此传道之人当今太少见啦。”

“听讲学的人多不多？”

“太多了，去晚了就没有座位了。”

两个吏部官员决定先亲自听一次讲学，再明示身份找周敦颐面谈。

他们早早地来到简易朴实的濂溪书堂。走进那间讲堂，为便于多了解听学者对周敦颐的看法，两个吏部官员一前一后分开坐，好向身边人询问。人越来越多，挤满讲堂。有些消瘦的周敦颐走来，开始今天的讲学——忧乐天下价值之取向。

静静的讲堂上，他十分熟练地讲起《生于忧患，死于安乐》，深入浅出地讲述忧国忧民是人生境界和情怀，普世价值取向。并以本朝名臣范仲淹为例论说“先天下之忧而忧，后天下之乐而乐”。着实启迪堂下听者不忘怀天下之抱负，当官时多想百姓、多做实事、为民解忧，离开了官场亦应多想朝廷、替君王分忧、为国出力，以达“居庙堂之高则忧其民，处江湖之远则忧其君”之胸境。情真真，意切切，深深打动了所有听者。

两个吏部官员在想：他在讲孟子，讲范仲淹，抑或讲他理学的诚于道，修养品性，忠君、济众、平天下。言吐心声，他同样在讲退养的自己，这才是国家忠良、栋梁。他们完全被周敦颐讲学所感化，泪浸双眼。

与其说两个吏部官员是来考察周敦颐，现在倒不如说他们从千里之外京师专程赶来，听一辈子在底层不负职事的官员、一生兴教化民的士大夫讲学。其内心在听学中得到净化，灵魂在受教中升华，都庆幸自己没有错失这个机会。

讲学结束，两个吏部官员来到莲池，察看一池清水中的莲，实景感受周敦颐为什么喜欢莲，又为什么写《爱莲说》，越看越觉莲的清香漫腾而来。

本来他们还要表明身份与周敦颐面谈，询问他的情况，特别是身体状况，但见周敦颐气宇轩昂，讲学传神，状态亢奋，就临时取消面谈，随其他听学者离开书堂，急回京师。

宋神宗看到吏部官员实地考察周敦颐的奏章。对着奏章，他竟然大声、深情地念起来："当官时多想百姓、多做实事、为民解忧，离开了官场亦应多想朝廷、替君王分忧、为国出力……"

他慢慢地从龙椅上起身，走到窗前，面向南国远眺，默默地想。突然他一转身回到龙座，终于下定决心，提笔在那奏章上发力写下"进京候旨听用"。

退养庐山莲花峰下，看上去周敦颐过上清闲日子，但事情还是很多，每天下来并不轻松。除了田地植桑麻、书房读书外，还有他那从小秉持的传道梦想，教化于人。

每月讲学，由刚来书堂时两次现在已增加到三次，成为他必须遵守的无言约定。还要用很多时间接待纷至沓来的拜访者，有的一来就是大半天、一整天，甚至加上夜晚，使得他本来没有完全恢复好的身体难堪重负，经常出现体力不支、头晕目眩的状况。蒲六妹看在眼里，痛在心里。她理解周敦颐心有所爱的一生追求，甘愿自己多承担家里田间地头的农活，希望他身体尽快康复。

蒲六妹："夫君，你讲学多，来访者也多，还要读书温故，还要备写讲稿，还要顾及儿子读书，如此众多之事需要很多时间。你夜以继日已经是常态，我看咱们家那一点农事活你就别干。"

周敦颐："这哪能！全家生计重负，让你一个女人承担受累，我岂能心安，农事我们一起做。"

蒲六妹："你看寿儿已与我们齐高，焘儿个头也快追上寿儿。让他们现在吃点苦，受点累也不是什么坏事，谁家大人疼孩子不是疼在心里。安排他们做一点力所能及的农活，劳其筋骨，可练就意志耐力，对他们将来会有好处。"

周敦颐："两个孩子嘛，虽说不可娇生惯养，让他们适当做点农家事，经历经受也有必要，但要适可而止。他们有更重要的事——读书，不能过多占用他们的时间。要不，平时有空我帮帮，忙时雇个帮工，花费也不大。"

蒲六妹："还是到实在忙不过来再说吧。"

他们两个人都在关心对方，都在想着对方。

蒲六妹细心照顾周敦颐的起居。每当周敦颐夜读，她端茶倒水，夜深了就劝他休息；在他不顺心时就陪着说说话，好让他心情开朗起来；平时周敦颐在案前坐得太久，就提醒他动动身子，或与他一起出家门走走，看山岚，观莲池，丈量濂溪，听鸟叫虫鸣，为他营造自然心境。在蒲六妹心里，只要夫君好，家庭就好，她就放心，这是她的最大心愿。

但事与愿违。毕竟蒲六妹的细心照顾，替他分担，敌不过周敦颐身体亏空和无休止地消耗，令人心碎的不幸正在来袭。

和往日讲学一样，听学的人接踵而至，等待着周敦颐讲学。可是今天周敦颐走进讲堂就显得精疲力竭，脸色蜡黄，状态不及平时。课讲到一半时，实在撑不住，周敦颐不得不草草几句提示大家："先反复读书，在读书中会意，悟得精髓，化为已有……下次补上本次讲学。"课还没有讲完，他晕倒在讲台。

坐在前排听学的有一位乡村郎中李之仁，他一个箭步跨到讲台，搀扶起周敦颐。又有几个人赶上来帮忙，他们把周敦颐扶送到家。李之仁把听周敦颐的手脉，再细看他的五官，说："身体太虚弱，需要休息，恢复体力。"并为周敦颐推拿、针灸一番，周敦颐感到身上轻松些。随后，李之仁回家抓来两服药，为其煎服治疗。

周敦颐又似恢复到正常状态。可他经常出现以前没有过的身体不适，手脚无力，头晕目眩。哪怕是读书时间长一些，做事稍累一点，这种不适立竿见影，引起蒲六妹对他的担心。没过多久，周敦颐还是疾患复发，病倒了。

李之仁又来看望周敦颐，做一番检查，他身体明显比前次检查结果差很多。李之仁和蒲六妹商量，再开来几服药，并要他卧床休息。

周寿接到驿站派人送来的一封信，是老家堂兄周仲章寄来的。他进房说："爹，告诉您一个喜讯，堂兄仲章去参加科举考试啦！"

"哦！"周敦颐心头一喜，他动动身子想坐起来。蒲六妹说："还是好好躺着，听儿子给你念就是。"周敦颐小声地说："好，念吧。"

周寿念道：

叔父大人见信如晤：时序更替，一别数年。永州听教，恍如昨日。亲情历历在目，教导深铭于心。求人不如求己，求己必求于心。然心智之明，在于明德，此《大学》之要旨也！叔父大人一生明德化人，遍及神州。愚侄有幸于永州承欢膝下，时虽两旬，多受点化。那天去钴鉧潭西小丘看树上藤蔓开悟，于潭边观丘石得力量。此后更诚心读书，专意功名，以不负大人之良苦用心。今临行赴科举考试，寄书于大人尊前，以慰大人谆谆教诲之恩！

不胜向往之至。

愚侄仲章顿首再拜

周寿念毕，周敦颐已是眼里含泪。那年，侄儿仲章专程到永州找他帮谋一份官差，他没有办理而一直挂在心里。虽说侄儿知事理没有责怪，可他至今内疚。现在仲章的来信让他如释重负，心结顿开，并深深地祝福侄儿。

隔上几天，李之仁再来书堂，索性住下。一来可以密切观察周敦颐的病情，二来可以为他熬药汤治病。为分散他的注意力，李之仁有意与之聊读书。聊此话题，周敦颐精神好点，还慢慢地给李之仁释惑。待周敦颐病情有所好转，可以走动，还可以翻翻书，李之仁又回了家。

熙宁六年（1073）六月七日，天气爽朗，周敦颐觉得人也爽快很多，心神、状态也不错。说："十多天没有出门，很思念室外，大自然里的人应该到大自然里去。"

在蒲六妹、两个儿子搀扶和陪伴下，周敦颐缓慢走出书堂。仰望蓝天，俯视大地，他还是看到当年游历庐山来到此处一样的美丽，随之想起对这山水之地的钟情，心中涌起久违之感。他沉静了一会。

蒲六妹："夫君怎么啦？"

周敦颐："我是在回想我们一家怎么归宿到莲花峰下，此处可是永远的家园，有永远的梦！"话说得慢，可他开心。

蒲六妹："好了，不过多地去想。我们一家人居住此地，是上天的赐予，会好好珍爱。等夫君完全好起来更能追逐梦想，实现夙愿。"

周敦颐："是呀，还有很多很多事要做，得好起来努力去做，人生真宝贵，时不我待。"

蒲六妹："不必心急。你自己知道身疾是长时间慢慢患上的，恢复身子也要慢慢地养，安心地养。"

周敦颐："也只能如此。"

蒲六妹："去你常去的几个地方看看？"

周敦颐："好久没去，去吧。"

他们先来到讲学的那间讲堂。这是周敦颐当初择此建书堂看好的净土。他在讲堂上融释道于孔孟，把讲学演绎得淋漓尽致，风生水起。虽说讲堂有些简陋，但简陋里却孕育着希望和未来。周敦颐凝视，直至每个座位每个角落。还记起自己晕倒在讲台，在满身是汗里挣扎，发出微弱的声音，"下次补上本次讲学"，现在他心里还是如此承诺。

他们又来到濂溪。这是天意巧合，似乎是把老家前面那溪流搬来莲花峰下。

他从小就喜欢濂溪，常坐在清澈溪边，嬉戏玩要，濡养灵魂。那年他从东林寺出来就纵情溪边，不想离去，濯足而乐，是因为它流淌在他心里。他告别官场归养于斯，不说每天但却常来看看，一来就是从一头走到另一头，一直走到今天，还将走下去，不会止步。

他们再来到莲池。这是他一生的最爱，心里面总是铭刻着莲。儿时早读《诗经》《楚辞》就知道莲，知道莲就不放弃莲，经常到老家那濂溪河边观赏莲，他喜欢它。后来，无论走到哪里就把莲池凿建到哪里，哪里就有莲的生发长成。“出淤泥而不染，濯清涟而不妖”，无不折射出他的信仰和追求，以致为官一生、事事处处散发出满身公廉的清香。

江南六月天，变化人莫测。

伴随一阵疾风吹来，云层遮盖太阳，他心头一惊，感觉到夏花时节里的寒意。蒲六妹和周寿、周焘又搀扶他回到家。他庆幸上天给他机会看了最想看的这些，尽管在自家门口。

书房里，周敦颐坐在平日读书治学案桌旁的座椅上，寿、焘依在他身边，蒲六妹快快地为他换来一杯热开水。坐过一会儿，一种不适又在侵袭他身子，犹如前两次一样，却比前两次来得猛烈严重。

外头乌云骤聚，风啸怒号。虽是白昼，一场突如其来的风暴使家里越来越暗。周寿赶快点上灯，屋里亮起来。周敦颐自知天命已至，离大去不远，抑或就在眼前。

他坚强地支撑自己，试想要为两个儿子留点什么。

在常人看来，人人对子孙安排得十分周到。可是周敦颐一生既无钱财，又无家业，唯独有的是他读书一辈子、治学一辈子积有大量书籍，还有自己撰著的《太极图》《太极图说》《通书》《爱莲说》……数十篇，《诗》十卷。他一直教育孩子莫愧于先圣先贤的著述，在书里多与先圣先贤交结，但也担心寿、焘二子能否一如既往地爱书读书，找到自我生存发展的路径。此刻，他有话要对他们说，否则怕是真来不及。

周敦颐呼吸有些急促，吓得蒲六妹、周寿、周焘泣声泪垂。他仍坚强地支持自己，简要地讲述宋太祖赵匡胤早在军中就爱读书，建立大宋后确立以文治国、推崇读书的故事；宋太宗赵光义遵循以文治国，编纂大型类书，读书每天从巳时读到申时的故事；宋真宗赵恒效法太祖、太宗以文立国有过之而无不及，带头读书，撰《劝学诗》的故事。然后他把三个故事连起来，说：这就是赵宋王朝在读书中学用智慧完成开创、统一、发展的大业，国家内稳外安，经济发展，文化繁荣，人才辈出，百姓安顺，并说他有幸受惠于这个时代。

故事一讲完，周敦颐便晕过去。

蒲六妹紧紧搂抱周敦颐，哭声地喊：“夫君！夫君！夫君！”

周寿、周焘护扶周敦颐，哭声地喊：“爹！爹！爹！”

他们把周敦颐抱到床上，喂点开水，周敦颐慢慢醒来，吃力地对蒲六妹露出了笑，又看了看寿、焘。

这时，黑云压过莲花峰，大雨倾盆。随着闪过一道蛇形电光，爆发一声响彻云霄的炸雷，撼动大地、山岳、江湖，周敦颐在他们怀里安详地闭上了眼睛。他从午时来，又从午时去。

雨还在不停地下，濂溪书堂肃穆深沉。

蒲六妹、周寿、周焘守在他身边，却与之远隔两极世界。

忽然，书堂外面传来一阵急促的马蹄声。一钦差在书堂门前纵身下马，他边进书堂边呼喊：“周敦颐接旨！”

蒲六妹、周寿、周焘身穿孝衣，对着手拿圣旨的钦差跪在地上。

钦差看到眼前一切，深感震惊，但他还是宣读了圣旨：“周敦颐进京候旨听用！”

这宣旨声……

这书堂屋……

附　录：

周敦颐年谱[1]

度　正

少时得明道、伊川之书读之，始知推尊先生。而先生仕吾乡时，已以文学行于当世。遂搜求其当世遗文石刻，不可得。又欲于架阁库讨其书判行事，而郡当两江之会，屡遭大水，无复存者。始仕遂宁，闻其乡前辈、故朝议大夫、知汉州傅耆曾从先生游，先生尝以《姤说》及《同人说》寄之。遂访求之，仅得其目录及《长庆集》，载先生遗事颇详。久之，又得其手书、手谒二帖。其后过秭归，得《秭归集》；之成都，得李才元《书台集》；至嘉定，得吕和叔《净德集》；来怀安，又得蒲傅正《清风集》，皆载先生遗事。至于其他私记小说及先生当时事者，皆纂而录之。一日，与今夔路运司帐干杨齐贤相会成都。时杨方草先生《年谱》，且见属以补其阙，刊其误。杨，先生之乡士也，操行甚高，记览亦极详博，意其所考订必已详审。退而阅之，其载先生来吾乡岁月颇有差舛。甚者以周恭叔事为先生事，又以程师孟送行诗为赵清献诗。于是屡欲执笔，未暇也。及来重庆，官事稍闲，遂以平日之所闻者而为此编。然其所载于先生入蜀本末为最详，其他亦不能保其无遗误。正往时尝有志遍游先生所游之处，以访其遗言遗行。今自以衰晚，莫能遂其初志。有志之士，倘能垂意搜罗，补而修之，使无遗缺，实区区之志也。呜呼！天之未丧斯文也，故其绝千有余年而复续。续之未久，复又晦昧，至近世而复灿然大明。小人之用事者，自以为不利于己，尽力以抑绝之。赖天子圣明，大明黜陟，而斯文复兴，如日月之丽

① 录自王晚霞校注的《濂溪志》，标题有改动。

天，人皆仰之，有愿学之志。假令百世之下，或有沮毁之者，其何伤于日月乎？其何伤于日月乎？嘉定十四年八月二十九日。

宋真宗天禧元年丁巳　五月五日，先生生于道州营道县之营乐里楼田保，初名惇实，字茂叔，避英宗藩邸旧讳，改惇颐。周氏自汉封周后于汝南，世为著望。先生远祖崇昌，唐永泰中为廉、白二州太守，解组居道之宁远县大阳村。裔孙虞宾之中子从远，始徙营道，生子智强，智强生子五。长识，天圣五年，王尧臣榜二甲及第，汀州上杭令。次铎、次正皆不仕。次辅成，大中祥符八年蔡齐榜六举以上，特奏名赐进士，贺州桂岭令。次辂，举进士，特奏名迪功郎。辅成，则先生父也，以先生贵，赠谏议大夫，先娶唐氏，生砺，砺生仲章。唐卒，继娶左侍禁成都郑灿女，是生先生。宅边有水萦纡如青罗带，曰濂溪，先生濯缨而乐之。晚寓庐阜，构书堂，前临溪水，亦名以濂溪。学者宗之，称为濂溪先生云。

二年戊午

三年己未

四年庚申

五年辛酉　先生年五岁。辨五星墩于宅之左右前后，分配五行。

乾兴元年壬戌

仁宗天圣元年癸亥

二年甲子

三年乙丑

四年丙寅

五年丁卯

六年戊辰

七年己巳　先生年十三。志趣高远。里有濂溪，溪上有桥，桥有小亭，先生尝钓游其上，吟弄风月。

八年庚午　先生年十四。濂溪之西有岩，东西两门，中虚，顶圆如月出，人仰视若上下弦，名月岩。先生筑室读书其间，相传睹此而悟太极。

九年辛未　先生年十五。父谏议公卒，卜葬营乐里祖居之右。舅氏龙图阁学士郑向令卢惇文挈其家，遂从母仙居县太君入京师。龙图公知先生远器，爱之如子，公以“惇”名子，因以“惇”名先生。

明道元年壬申　先生年十六。明道先生当生于此年。

二年癸酉　先生年十七。伊川先生当生于此年。

王伯厚《困学记闻》曰："周元公生于道州，程子生于明道元、二间，天所以续斯道之绪也。"

景祐元年甲戌　先生年十八。服除。

二年乙亥

三年丙子　先生年二十。始冠，行谊早闻于时。龙图公以叙例应荫子，乃奏补先生试将作监主簿，取陆氏职方郎中参之女。

四年丁丑　先生年二十一。七月十六日，母仙居县太君卒。先是舅氏龙图公卒，葬润州丹徒县。先生遂扶榇厝于龙图公墓则。是岁，居润，读书鹤林寺，时范文正公、胡文恭公诸名士与之游。独王荆公少年不可一世，怀刺谒先生，足三及门而不得见，荆公恚曰："吾独不可求之六经乎？"按：舅氏郑公，衡州人，祖籍开封，陈留望族，由进士甲科大理评事迁两浙转运使，疏润州蒜山漕河，以龙图公直学士知杭州，卒葬于润。其故宅在衡州城南，衡人以先生幼依舅氏居，因即宅旧址建濂溪祠。

宝元元年戊寅　先生年二十二。

二年己卯　先生年二十三。

康定元年庚辰　先生年二十四。服除，从吏部调洪州分宁县主簿。

庆历元年辛巳　先生年二十五。始莅分宁，时有狱，久不决，先生一讯立辨。邑人惊诧曰："老吏不如也。"由是士大夫交口称之，旋被台檄摄袁州卢溪镇市征局，袁之进士来讲学于公斋者甚众。

二年壬午

三年癸未　是岁，作《论语序》，刘瓛《濛川集》载先生《论语序》。

四年甲申，先生年二十八。部使者以为才，奏调南安军司理参军。

五年乙酉　先生年二十九。南安狱有囚，法不当死，转运使王逵素苛，欲峻治之，众莫敢抗。先生独力争，不听，乃置手版，取告身，委之而云，曰："如此尚可仕乎？杀人以媚人，吾不为也！"逵感悟，贷囚死，而贤先生，且荐于朝。

六年丙戌　先生年三十。大理寺丞知虔州兴国县程公珦，假倅南安，视先生气貌非常人，与语，果知道者，因与为友，令二子师事之。及为郎，每迁授，当举代，辄以先生名闻。二子即明道、伊川也。时明道年十五，伊川年十四。故《明道传》云："自十五六时，与弟颐闻周惇颐论学，遂厌科举之业，慨然有求道之志。”其后先生作《太极图》，独手授之，他莫得而闻焉。是年冬，以转运使王逵荐，移郴州县令，至县，首修学校以教人，有《修学记》。

七年丁亥　作书堂于郴之鱼鲜山。

八年戊子　先生年三十二。知郴州事，职方员外郎。李初平知其贤，不以属吏遇之。尝闻先生论学，叹曰：“吾欲读书，何如？”先生曰：“公老，无及矣，某请得为公言之。”初平遂日听先生论道，逾年果有得。

皇祐元年己丑　先生年三十三。李初平卒，子幼。先生曰：“吾事也。”为护其丧归葬之，并往来经纪其家，始终不懈。

二年庚寅　先生年三十四。改郴州桂阳令。

三年辛卯

四年壬辰　先生年三十六。时于桂阳县厅置木匭一，高四尺，阔视其高加尺焉，以贮官文书，上锓“皇祐四年置桂阳县令周”十字，而书押于下。

五年癸巳　先生年三十七。时当道诸公皆以先生治郴桂有绩，交荐之。

至和元年甲午　先生年三十八。用荐者言，改大理寺丞，知洪州南昌县。南昌人见先生来，喜曰：“是初仕分宁即能辨疑狱者，吾属得所诉矣。”于是更相告诫，勿违教命，不惟以得罪为忧，又以污善政为耻。一日，先生得暴疾，几殆，更昼夜始苏。友人潘兴嗣视其家，服御之物，止一敝箧，钱不满百。

二年乙未　先生年三十九。

嘉祐元年丙申　先生年四十。迁太子中舍签书署合州判官，沂[①]峡至秭归，闻龙昌洞之胜，与庐陵蒋概、洪崖彭德纯游焉。至十一月抵合州视事。

二年丁酉　先生年四十一。正月十五日，作《彭推官宿崇胜院诗序》。九月，回谒乡士，牒称为“解元才郎”，今不详为谁氏子，盖当时乡贡之士，闻先生学问，多来求见耳。遂宁傅耆伯成，少有俊才，年十四，荐于乡。先生妻党陆丞自小溪解官东归，过合阳，为先生言傅之为人。先生致书于傅，傅答书云：“执事以济众为怀，神所劳赉，故得高士与施至术，而心朋远寓名方，贱子闻之，弗胜喜蹈。”后书又云：“违远高贤，鄙吝复萌。曩接高论，固多余意，行思坐诵，默有所得。不遂溺于时好，失于古道也。”时傅已来合阳见先生矣。后书又谓：“蒙示《姤说》，意远而不迂，词简而有法，杂之《元结集》中，不知孰为元，孰为周也。”卢次山谓其词深意密，如轲之文。是岁转殿中丞，赐五品

---

① “沂”：当作“泝”，即溯。

服，仍判合州。长子寿生。

三年戊戌　先生年四十二。二月四日，遣人至遂宁，探合州新守，致书傅耆，并告买皂平纹纱一匹、樗蒲、绫裤二个。元配缙云县君卒。时赵清献惑于谮口，待先生色甚威，先生处之超然。按，此年所探新合州使君，即董宗式也。

四年己亥　先生年四十三。左丞蒲宗孟，阆中太常丞师道之子也。从蜀江道于合初见先生，相与款洽连三日夜。退而叹曰："世有斯人欤！"乃以其妹归之，为先生继室。

五年庚子　先生年四十四。被台檄按赤水县簿书，与其县令费琦游龙多山，有诗刻石。六月十九日，先生解合州事，还京师，吕给事陶为铜梁令，有《送先生序并诗》。先生在合，士之从学者甚众，尤称张宗范有文有行，故名其所居之亭曰养心，且语以圣学之要，其汲汲于传道授业也。如此在郡四年，人心悦服，事不经先生手，吏不敢决，苟下之，人亦不从。既去，相与祀之南禅。先生东归时，王荆公安石年四十，提点江东刑狱，与先生相遇，语连日夜。安石退而精思，至忘寝食。

六年辛丑　先生年四十五。傅耆登第，相遇京师，先生专谒贺之。先生迁国子监博士，通判虔州。道出江州，爱庐山之胜，有卜居之志，因筑书堂于其麓，堂前有溪，发源莲花峰下，流合湓浦，先生濯缨而乐之，遂寓名以濂。与其友潘兴嗣订异时溪上咏歌之约。既至虔州，知虔州者赵清献也。至是，熟视先生所为，执其手叹曰："几失君矣，今日乃知周茂叔也。"荐之于朝，论之于士大夫，终其身。

七年壬寅　先生年四十六。同赵清献游马祖山。次子焘生。

八年癸卯　先生年四十七。正月七日，行县至雩都，邀余杭钱建侯拓、四明沈幾圣希颜游罗崖，题名并有诗刻石。沈公者，邑令也。因建濂溪阁于善，山顶有高山仰止亭。四月壬申朔，英宗登极，以恩迁虞部员外郎，仍判虔州，追赠父爵郎中。五月作《爱莲说》，沈希颜书，王抟篆额，钱拓上石，即十五日事也。恩荫长子寿太庙斋郎。

英宗治平元年甲辰　是岁，先生年四十八。冬，虔州民间失火，焚千余家，朝廷行遣差替。时先生季点外县，不自辨明，韩魏公、曾鲁公皆知之，遂对移永州通判。吴人程师孟，时知洪州，以诗送行。

二年乙巳　先生年四十九。自虔赴永，道经江州。三月十四日，同宋复古游庐山大林寺，至山巅，有诗纪焉。江南西路转运使、成都李大临才元以诗谒先生于濂溪书堂。李寻丁内艰，先生以疏慰之，四月某日也。十一月，朝廷合飨天地于圜丘，先生迁比部员外郎，赵清献尹成都，闻先生移永，赋诗寄之。十二月，过武昌，尝以诗一轴递中寄蒲左丞，除夕方达。次年正月，左丞成十诗以答焉。

三年丙午　先生年五十。至永州，其先寄诸叔及诸兄书云："来春归乡，即拜侍。"并以诗寄乡关故旧。四月六日，与尚书都官郎中知军州事陈藻君章、郡从事项随持正、零陵令梁宏巨卿，同游澹山岩。十二月十二日，又与荆湖南路提点刑狱公事、尚书职方郎中程濬治之、尚书虞部郎中知军州事鞠拯道济，同游朝阳岩，均题名刻石。

四年丁未　先生年五十一。正月九日，与荆湖南路转运判官、尚书屯田郎中沈绅公仪、知军州事鞠拯，同游华严岩，题名刻石。先生素贫，初入京师，鬻其产以行，只存田十余亩，畀周兴耕之，以洒扫父墓。至是自永州移文营道，请使周兴掌墓田事。三月一日，携二子归春陵乡里展墓。三月六日，同乡人蒋瓘、区有邻、欧阳丽、理掾陈赓游含晖洞，题名刻石。八日，营道令给吏文付周兴，俾掌墓田。十三日回永州过澹山岩，将家人辈偕游。侄立，男寿、焘，侄孙蕃侍。十四日，鞠拯、项随、梁宏暨前录事参军刘璞、司法参军李茂宗、零陵县尉周均来澹山，又与先生同游，题名刻石。五月七日，往权邵守，同家属去永州百里，过洪陵寺，游九龙岩，题名刻石。先生在永二[①]年，尝作《拙赋》，期于"上安下顺，风清弊绝"。既去，永人思之，于通判厅事后作堂祠之，题曰"康功"。郡守胡寅有诗记之。六月十四日，寄兄子仲章手札，云："递中得知先公加晋官阶，赠谏议大夫，家门幸事，汝可具酒果香茶诣墓前，告闻先公。"盖其时，神宗登极，覃恩先生迁朝奉郎尚书驾部员外郎，故加赠也。九月，先生自邵州发递，以改定《同人说》寄傅耆。先是邵之学在牙城中，左狱右庾，卑陋弗称。先生伏谒祠下，起而悚然，乃度地迁于城之东南，逾月而成。是岁，恩荫次子焘太庙斋郎。

神宗熙宁元年戊申　是岁，先生年五十二。正月三日，祭新迁先圣庙，作《释菜文》，并《告颜子文》。又属荆湖北路转运使孔延之作《邵州迁学记》。时神宗已改元熙宁，正月初以改元诏未到，故记文仍称治平五年。傅耆知嘉州平

① "二"：据文意及李嵊慈本、吴大镕本，当作"三"。

羌县，递中覆书云：“蒙寄贶《同人说》，徐展熟读，较以旧本，改易数字，皆人意所不到处。宜乎使人宗师仰慕之不暇也。”邵阳之南，有沃泉，以先生得名濂泉。时先生有知郴州之命，会赵清献在谏院，吕正献公著在侍从，交荐先生，遂擢授广南东路转运判官。先生《谢公著启》云：“在薄宦有四方之游；于高贤无一日之雅。”盖公著闻先生名而力荐也。其荐牍云：“臣伏见尚书驾部员外郎通判永州军事周惇颐，操行清修，才术通敏，凡所临莅皆有治声。臣今保举堪充刑狱钱谷繁难任使，如蒙朝廷擢用，后犯正入己赃，臣甘当同罪。其人与臣不是亲戚，谨具状闻，伏候敕旨。”故擢是职。五月五日在永州，适零陵进士廉州判官蒋忱撰《九龙岩记》，零陵主簿张处厚书，尉韩蒙亨篆额，先生上石，署衔即称新广南东路转运判官。

二年己酉　先生年五十三。至广南端州，时正月，题名阳春岩。三月，题名七星岩，均刻石。

三年庚戌　先生年五十四。转虞部郎中，擢提点广南东路刑狱。

四年辛亥　先生年五十五。正月九日，领提点刑狱事，行部至潮州有《题大颠堂》诗，至惠州有《题罗浮山》诗，至阳山题名巾山，刻石。至端州，知端州者杜咨，采端溪砚石专利，百姓咨怨，号曰“杜万石”。先生恶之，为请敕定禁令：凡仕端者，取砚石毋得过二枚。贪风顿息。先生尽心职事，务在矜恕，以洗冤泽物为己任。虽荒崖绝岛，瘴疠之乡，皆必缓视徐按，不惮劳瘁。故得罪者俱无憾。俄遘疾，又惊闻润州水啮郑太君墓，遂乞知南康军。八月朔，移南康。十二月十六日，改葬郑太君于江州德化县庐阜清泉社三起山，葬毕曰：“强疾而来者，为葬母耳。今犹欲以病污麾绂耶？”上南康印，分司南京而归。

五年壬子　先生年五十六。自嘉祐六年筑书堂于庐山之麓，至是始定居焉。先生历官以来，所得俸禄悉以周宗族，奉宾友，故贫不能归故里，榜其书堂曰濂溪，志乡关在目中也。至妻子饘粥不给，旷然不以为意。

六年癸丑　先生年五十七。时赵清献以学士再镇蜀，闻先生致仕，拜章乞留，朝命及门，而先生以疾卒矣，时六月七日也。二子寿、焘皆太庙斋郎，以十一月二十一日葬先生于仙居县太君墓侧，遵遗命也。潘兴嗣为墓志铭，蒲宗孟为墓碣。

长子寿，字季老，一字元翁，第百一，生于合州，缙云县君陆氏出也。元丰五年，黄裳榜登第，初任吉州司户，改秀州知录，终司封郎中。尝与黄山谷同僚，相友善，故山谷称其“纯粹动金石，清节不朽，虽与日月争光可也。言语文章，发明妙慧”。生子六，从官居吴中。

次子焘，字通老，一字次元，第百二，生于虔州，德清县君蒲氏出也。初授司法，元祐三年，李长宁榜登第，为贵池令，迁两浙转运使，知成都府，终朝议大夫，徽猷阁待制。累赠先生宣奉大夫。苏东坡知杭州时与之同官，亲如兄弟，倡[①]酬诗甚多，著有《爱莲堂诗文集》。人称茂叔有子，良不诬也。生子三，居道州。

遗事。

① “倡”：当作“唱”。

太极图并说[1]

周敦颐

无极而太极。太极动而生阳，动极而静，静而生阴，静极复动。一动一静，互为其根。分阴分阳，两仪立焉。阳变阴合，而生水、火、木、金、土，五气顺布，四时行焉。五行一阴阳也，阴阳一太极也，太极本无极也。五行之生，各一其性。无极之真，二五之精，妙合而凝。乾道成男，坤道成女，二气交感，化生万物。万物生生而变化无穷焉，惟人也得其秀而最灵。形既生矣，神发知矣，五性感动而善恶分，万事出矣。圣人定之以中正仁义而主静，立人极焉。故圣人与天地合其德，日月合其明，四时合其序，鬼神合其吉凶。君子修之吉，小人悖之凶。故曰立天之道曰阴与阳，立地之道曰柔与刚，立人之道曰仁与义。又曰原始反终，故知死生之说。大哉《易》也，斯其至矣。

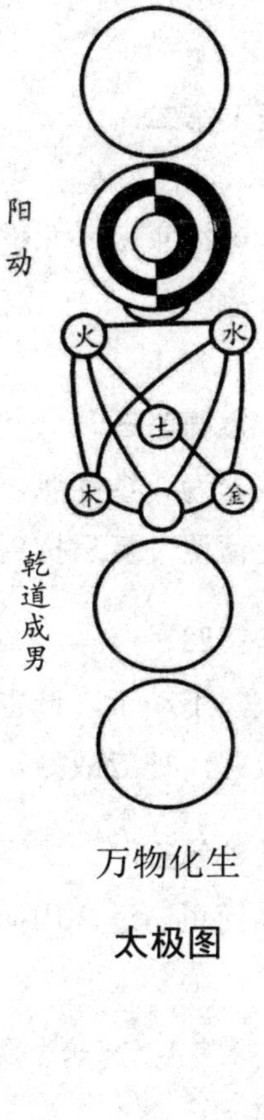

太极图

① 录自王晚霞校注的《濂溪志》。

通　书[1]

周敦颐

诚上第一

诚者，圣人之本。“大哉乾元，万物资始”，诚之源也。“乾道变化，各正性命”，诚斯立焉。纯粹，至善者也。故曰：“一阴一阳之谓道，继之者善也，成之者性也”。元亨，诚之通；利贞，诚之复。大哉《易》也，性命之源乎！

诚下第二

圣，诚而已矣。诚，五常之本，百行之源也。静无而动有，至正而明达也。五常、百行非诚，非也，邪暗塞也。故诚则无事矣。至易而行难。果而确，无难焉。故曰：“一日克己复礼，天下归仁焉。”

诚幾德第三

诚无为。幾善恶。德，爱曰仁，宜曰义，理曰礼，通曰智，守曰信。性焉安焉之谓圣，复焉执焉之谓贤。发微不可见，充周不可穷之谓神。

圣第四

寂然不动者，诚也；感而遂通者，神也；动而未形、有无之间者，幾也。诚精故明，神应故妙，幾微故幽。诚、神、幾，曰圣人。

慎动第五

动而正曰道。用而和曰德。匪仁、匪义、匪礼、匪智、匪信，悉邪也。邪

① 录自王晚霞校注的《濂溪志》。

动，辱也；甚焉，害也。故君子慎动。

道第六

圣人之道，仁义中正而已矣。守之贵，行之利，廓之配天地。岂不易简，岂为难知，不守，不行，不廓尔。

师第七

或问曰：“曷为天下善？”曰：“师。”曰：“何谓也？”曰：“性者，刚柔善恶，中而已矣。”不达。曰：“刚善，为义，为直，为断，为严毅，为干固；恶，为猛，为隘，为强梁；柔善，为慈，为顺，为巽；恶，为懦弱，为无断，为邪佞。”惟中也者，和也，中节也，天下之达道也，圣人之事也。故圣人立教，俾人自易其恶，自至其中而止矣。故先觉觉后觉，暗者求于明，而师道立矣。师道立，则善人多；善人多，则朝廷正而天下治矣。

幸第八

人之生，不幸不闻过；大不幸无耻。必有耻，则可教；闻过，则可贤。

思第九

《洪范》曰：“思曰睿，睿作圣。”无思，本也；思通，用也。幾动于彼，诚动于此。无思而无不通，为圣人。不思，则不能通微；不睿，则不能无不通。是则无不通生于通微，通微生于思。故思者，圣功之本，而吉凶之机也。《易》曰：“君子见幾而作，不俟终日。”又曰：“知幾其神乎！”

志学第十

圣希天，贤希圣，士希贤。伊尹、颜渊，大贤也。伊尹耻其君不为尧舜，一夫不得其所，若挞于市。颜渊不迁怒，不贰过，三月不违仁。志伊尹之所志，学颜子之所学。过则圣，及则贤，不及则亦不失于令名。

顺化第十一

天以阳生万物，以阴成万物。生，仁也；成，义也。故圣人在上，以仁育万物，以义正万民。天道行而万物顺，圣德修而万民化。大顺大化，不见其迹，莫知其然之谓神。故天下之众，本在一人。道岂远乎哉！术岂多乎哉！

治第十二

十室之邑，人人提耳而教且不及，况天下之广，兆民之众哉！曰：纯其心而已矣。仁、义、礼、智四者，动静言貌视听无违之谓纯，心纯，则贤才辅，贤才辅，则天下治。纯心要矣！用贤急焉！

礼乐第十三

礼，理也；乐，和也。阴阳理而后和，君君、臣臣、父父、子子、兄兄、弟弟、夫夫、妇妇，万物各得其理然后和。故礼先而乐后。

务实第十四

实胜，善也；名胜，耻也。故君子进德修业，孳孳不息，务实胜也。德业有未著，则恐恐然畏人知，远耻也。小人则伪而已，故君子日休，小人日忧。

爱敬第十五

有善不及。曰："不及，则学焉。"问曰："有不善？"曰："不善，则告之以不善。且劝曰：'庶几有改乎，斯为君子。有善一，不善二，则学其一，而劝其二'"。"有语曰：'斯人有是之不善，非大恶也？'则曰：'孰无过，焉知其不能改？改，则为君子矣。不改为恶，恶者天恶之，彼岂无畏邪？乌[①]知其不能改！'"故君子悉有众善，无弗爱且敬焉。

动静第十六

动而无静，静而无动，物也。动而无动，静而无静，神也。动而无动，静而无静，非不动不静也。物则不通，神妙万物。水阴根阳，火阳根阴。五行阴阳，阴阳太极。四时运行，万物终始。混兮辟兮！其无穷兮！

乐上第十七

古者圣王制礼法，修教化，三纲正，九畴叙，百姓太和，万物咸若。乃作

① "乌"：宋刻本作"焉"。

乐，以宣八风之气，以平天下之情。故乐声淡而不伤，和而不淫。入其耳，感其心，莫不淡且和焉。淡则欲心平，和则躁心释。优柔平中，德之盛也；天下化中，治之至也。是谓道配天地，古之极也。后世礼法不修，政刑苛紊，纵欲败度，下民困苦。谓古乐不足听也，代变新声，妖淫愁怨，导欲增悲，不能自止。故有贼君弃父，轻生败伦，不可禁者矣。呜呼！乐者，古以平心，今以助欲；古以宣化，今以长怨。不复古礼，不变今乐，而欲至治者，远矣。

乐中第十八

乐者，本乎政也。政善民安，则天下之心和。故圣人作乐，以宣畅其和心，达于天地，天地之气感而太和焉。天地和，则万物顺，故神祇格，鸟兽驯。

乐下第十九

乐声淡则听心平，乐辞善则歌者慕，故风移而俗易矣。妖声艳辞之化也亦然。

圣学第二十

“圣可学乎？”曰：“可。”曰：“有要乎？”曰：“有。”“请闻焉。”曰：“一为要。一者，无欲也。无欲，则静虚动直。静虚则明，明则通；动直则公，公则溥。明通公溥，庶矣乎！”

公明第二十一

公于己者公于人，未有不公于己而能公于人也。明不至，则疑生。明，无疑也。谓能疑为明，何啻千里！

理性命第二十二

厥彰厥微，匪灵弗莹。刚善刚恶，柔亦如之，中焉止矣。二气五行，化生万物。五殊二实，二本则一。是万为一，一实万分。万一各正，小大有定。

颜子第二十三

颜子一箪食，一瓢饮，在陋巷，人不堪其忧，而不改其乐。夫富贵，人所爱也。颜子不爱不求，而乐乎贫者，独何心哉？天地间有至贵至爱可求，而异乎彼者，见其大而忘其小焉尔。见其大则心泰，心泰则无不足。无不足则富贵贫贱处之一也。处之一则能化而齐，故颜子亚圣。

师友上第二十四

天地间至尊者道，至贵者德而已矣。至难得者人，人而至难得者，道德有于身而已矣。求人至难得者有于身，非师友，则不可得也已。

师友下第二十五

道义者，身有之则贵且尊。人生而蒙，长无师友则愚，是道义由师友有之。而得贵且尊，其义不亦重乎！其聚不亦乐乎！

过第二十六

仲由喜闻过，令名无穷焉。今人有过，不喜人规，如护疾而忌医，宁灭其身而无悟也。噫！

势第二十七

天下，势而已矣。势，轻重也。极重不可反。识其重而亟反之，可也。反之，力也。识不早，力不易也。力而不竞，天也。不识不力，人也。天乎？人也。何尤。

文辞第二十八

文所以载道也。轮辕饰而人弗庸，徒饰也，况虚车乎！文辞，艺也；道德，实也。笃其实，而艺者书之，美则爱，爱则传焉。贤者得以学而至之，是为教。故曰："言之无文，行之不远。"然不贤者，虽父兄临之，师保勉之，不学也；强之，不从也。不知务道德而第以文辞为能者，艺焉而已。噫！弊也久矣。

圣蕴第二十九

不愤不启，不悱不发，举一隅不以三隅反，则不复也。子曰："予欲无言。天何言哉！四时行焉，百物生焉。"然则圣人之蕴微，颜子殆不可见。发圣人之蕴，教万世无穷者，颜子也。圣同天，不亦深乎！常人有一闻知，恐人不速知其有也，急人知而名也，薄亦甚矣！

精蕴第三十

圣人之精，画卦以示；圣人之蕴，因卦以发。卦不画，圣人之精不可得而见。微卦，圣人之蕴殆不可悉得而闻。《易》，何止五经之源，其天地鬼神之奥乎！

乾损益动第三十一

君子乾乾不息于诚，然必惩忿窒欲、迁善改过而后至。《乾》之用其善是，《损》《益》之大莫是过，圣人之旨深哉！“吉凶悔吝生乎动。”噫！吉，一而已，动可不慎乎！

家人睽复无妄第三十二

治天下有本，身之谓也；治天下有则，家之谓也。本必端；端本，诚心而已矣。则必善；善则，和亲而已矣。家难而天下易，家亲而天下疏也。家人离，必起于妇人。故《睽》次《家人》以二女同居，而志不同行也。尧所以厘降二女于妫汭，舜可禅乎？吾兹试矣。是治天下观于家，治家观身而已矣。身端，心诚之谓也。诚心，复其不善之动而已矣。不善之动，妄也；妄复，则无妄矣；无妄，则诚矣。故《无妄》次《复》，而曰“先王以茂对时，育万物”，深哉！

富贵第三十三

君子以道充为贵，身安为富，故常泰无不足。而铢视轩冕，尘视金玉，其重无加焉尔。

陋第三十四

圣人之道，入乎耳，存乎心，蕴之为德行，行之为事业。彼以文辞而已者，陋矣。

拟议第三十五

至诚则动，动则变，变则化，故曰“拟之而后言，议之而后动，拟议以成其变化”。

刑第三十六

天以春生万物，止之以秋。物之生也，既成矣，不止则过焉，故得秋以成。

圣人之法天，以政养万民，肃之以刑。民之盛也，欲动情动[①]，利害相攻，不止则贼灭无伦焉，故得刑以治。情伪微暧，其变千状。苟非中正明达果断者，不能治也。《讼卦》曰："利见大人"。以"刚得中"也。《噬嗑》曰"利用狱"，以"动而明"也。呜呼！天下之广，主刑者，民之司命也，任用可不慎乎！

公第三十七

圣人之道，至公而已矣。或曰："何谓也？"曰："天地至公而已矣。"

孔子上第三十八

《春秋》，正王道，明大法也，孔子为后世王者而修也。乱臣贼子诛死者于前，所以惧生者于后也。宜乎万世无穷，王祀夫子，报德报功之无尽焉。

孔子下第三十九

道德高厚，教化无穷，实与天地参而四时同，其惟孔子乎！

蒙艮第四十

童蒙求我，我正果行，如筮焉。筮，叩神也。再三则渎矣，渎则不告也。山下出泉，静而清也。汩则乱，乱不决也。慎哉！其惟时中乎！艮其背，背非见也。静则止，止非为也，为不止矣。其道也深乎！

① 第二个"动"字，当作"胜"。

主要参考书目

1.〔元〕脱脱等撰：《二十四史》（简体字本）·宋史，中华书局 2000 年版

2.王晚霞校注：《濂溪志》（八种汇编），湖南大学出版社 2013 年版

3.梁绍辉著：《周敦颐评传》，南京大学出版社 2011 年版

4.张泽槐著：《周敦颐探秘》，湖南人民出版社 2012 年版

5.刘翼平著：《周敦颐思想地图》，湖南人民出版社 2017 年版

6.王立新著：《理学开山周敦颐》，岳麓书社出版 2012 年版

7.易水霞译注：《周敦颐集译注》，江西人民出版社 2017 年版

8.张立文著：《宋明理学研究》（增订版），中国人民大学出版社 2016 年版

9.梁绍辉主编：《濂溪学研究》（第二辑），湖南人民出版社 2006 年版

10.周文英主编：《周敦颐全书》，江西教育出版社 1993 年版

11.易水霞译注：《周子遗芳集译注》，江西人民出版社 2018 年版

12.彭达池著：《周敦颐》，陕西师范大学出版总社 2017 年版

13.冯学成著：《通书九讲》，东方出版社 2018 年版

14.君玉离、赵宋编著：《宋史原来超好看大全集》，中国华侨出版社 2012 年版

15.高天流云编著：《宋朝那些事儿全集》，内蒙古人民出版社 2011 年版

16.杨柱才著、郑晓江主编：《道学宗主：周敦颐哲学思想研究》，人民出版社 2004 年版

17.王亦然著：《理学开山祖师：周敦颐》，中州古籍出版社 2014 年版

18.范立舟著：《周敦颐》，广东人民出版社 2010 年版

19.杨天才译注：《中华优秀传统文化百部经典读本》（周易卷），中华书局 2017 年版

20.王秀梅译注：《中华优秀传统文化百部经典读本》（诗经卷），中华书局 2017 年版

21.陈晓芬译注：《中华优秀传统文化百部经典读本》（论语卷），中华书局 2017 年版

22.饶尚宽译注:《中华优秀传统文化百部经典读本》(老子卷),中华书局2017年版

23.〔战国〕屈原等著,林家骊译注:《中华优秀传统文化百部经典读本》(楚辞卷),中华书局2017年版

24.王国轩 胡平生译注:《中华优秀传统文化百部经典读本》(大学 中庸 孝经卷),中华书局2017年版

25.〔清〕吴楚材、吴调侯选,钟基、李先银、王身钢译注:《中华优秀传统文化百部经典读本》(古文观止卷)上下册,中华书局2017年版

26.孟二冬选注:《中华优秀传统文化百部经典读本》(陶渊明诗文选卷),中华书局2017年版

27.田姝主编:《论语的故事》,光明日报出版社2010年版

28.任继愈主编:《中国哲学史》第三册,人民出版社1964年版

29.九江市政协文史委员会编:《九江宗教名胜》,2006年9月

30.中共江西省庐山风景名胜区管理局委员会宣传部编:《庐山:人文圣山》

31.星子县地方志编纂委员会编:《星子县志》(1986－2005),方志出版社2010年版

32.罗龙炎主编:《周敦颐与九江》,九江市周敦颐文化研究会编,2009年1月

33.李宁宁 黄林燕编纂:《九江濂溪志》,江西人民出版社2016年版

34.谭其骧主编:《中国历史地图集》精装本第六册(宋辽金时期),中国地图出版社1982年版

35.蒋建中编著:《古今官职诠释》,中国书籍出版社2013年版

36.胡传淮、陈名扬著,《宋代遂宁理学大儒傅耆与理学开山祖师周敦颐》,《文史杂志》2016年01期

37.惠鹏飞著,《宋代吏部尚书任期考述》,《长江师范学院学报》第32卷,第2期

38.黄书光著:《明体用之学 立师道之魂——重审胡瑗教育思想及其现代价值》,《现代大学教育》2018年第6期

39.马军著:《铁面御史赵清献 一琴一鹤美名传》,《天津日报》2015年6月8日,百度网

40.董晨鹏著:《鹤林寿涯:不可遗忘的一代宗师》,金山网2016年9月26日等

后　记

有人问我写这本书有什么渊源，我说不可也不敢说有什么渊源，却有难忘的曾经。

那是小时候，县城有位年近五十、资历较深的国文老师，听说是个学校领导，下放到我们村劳动。第二年生产队在我家开设一间生产豆参的小作坊，那老师天天从早到晚在小作坊上工。当时文化生活十分缺乏，我常去作坊玩，听他给作坊里的几个人讲历史上许多名人文人的故事，其中讲到了周敦颐当官为民、断案雪洗冤屈，讲到他写《爱莲说》，也讲到他开创理学，特别是讲到理学我一点也听不懂。但从那时候起，我记住了周敦颐这个历史人物。

十多年后有机会读《中国哲学史》，我开始接触到周敦颐的思想，还从资料上读到有关周敦颐的研究文章、故事，有所感动甚至激动，也写过有关莲、古代官文化的文章。正因为有这样的巧合机缘，我萌生了写一部关于周敦颐的历史小说。

然而，周敦颐是北宋时期的重要思想家、哲学家、教育家、文学家，理学之开山鼻祖。一生做官上不负皇朝，下不愧对百姓，读书著述造诣精深，鸿儒之范，多重特质特点集于一身。要在一本书里较好地表现、体现出他的形象和品质，确实不是一件容易的事。

也许我很幸运，在搜集资料过程中，有朋友鼓励我说，优秀的文化在于传承，周敦颐是充满正能量的典型人物，是一张响亮的文化名片，名声大，远远超出一个市、一个省的界域，影响全国，乃至影响到了国外。你长期在三个层级组织部门、两个层级纪检监察机关工作，在乡下、城里两度做老师，对吏治、教书育人有领悟，应该有体会和感觉写好这本书。才刚刚动笔的我，反倒有了一种莫名的压力。

历史的尘封，有关周敦颐的资料留下很少，况且绝大多数资料雷同，相差无几，实为可用资料甚少，难以展现周敦颐的形象、思想情感，不乏此困惑。还有些资料观点不同，便是写作中不好处理的事。就一篇《爱莲说》来说，所作地点就有好几处，不同的资料各言其说，争论不休，看上去都言之有理。我想，相互争论的心情可以理解，在什么地方写的固然重要，更重要的是《爱莲说》折射出的思想光辉，照耀启示后人，这才是思想的伟大，周敦颐的伟大，文化力量的伟大。至于王安石第一次拜访周敦颐两个人见没见面的事，有说两个人没有见，有说两个人见了，还有说两个人不仅见了面，而且见面非常愉快。面对观点多重、无证可考，我陷入迷茫，很难把心中的“？”拉直，十分担心甚至怀疑自己能否做到符合情理、合乎逻辑。

为此我找来朋友做了一个实验，先告诉他们相关背景情况：周敦颐和王安石都是官宦人家的后代，都喜欢读书，多少年后他们在京城又见过面，语连日夜；在第一次王安石为请教《六经》主动上门拜会周敦颐时，两个人二十岁上下。问：你认为周敦颐会不会不见王安石？实验者说：当然会见面，不会拒之。理由是两个年轻人都是在官宦人家读书长大，都是有涵养、知书达理的儒生。他们那时素不相识，无是非之间隔，很难想象周敦颐以王安石“少年不可一世”而拒绝见他；而且后来他们见过面，更说明他们第一次愉快地相见过，否则不会有第二次见面，于是书中我取这样的情状来写。

写作中我尽量做到遵循年谱，但也注重别的资料运用。特别在年谱记载不详或缺失的情况下，尽量以相关资料、线索作补充，甚至走近山野河流，诵周子诗作，感受他林泉雅意之趣；走进如今保留下来的近代古县衙，幻想穿越到北宋，触摸他一生职事官场之所思所为；走向莲池，体味他那莲之爱……得有一点意境和启示，并根据写作需要进行小说创作，以期人物鲜活，内容丰富，更好地表现人物本质和性格特征，试图勾勒还原其本来面目及高大影像。

尽管如此，可写起来感觉还是难。读了六百多万字的资料后开始起稿，写到五分之一的时候写不下去，几天都动不了笔。于是我索性停下笔来又读了约三百万字的书籍资料，与他人探讨，思路又渐渐打开。在接下来的写作中，一种少有的欣慰涌进心头，顿感一丝轻松，但也还是如履薄冰，生怕写到什么时候又出现写不下去的问题。事实上后来仍然遇到很多很多的写作卡壳，好在能够及时放下笔，放松、清静、清醒，有所感觉，又继续不舍昼夜地走过来了，直至去年中期完成初稿，如释重负。可是，我通读初稿有一种不满意的纠结，不得不又重读宋史北宋部分、有关周敦颐的书，与周敦颐关联的网上资料也不放过，静下来理理思绪，用较长的时间对初稿进行充实、修改。这里特别要提出的是，读书读资料让我受到启示，进而润泽写作，故此特地对所读那些书籍、文章、书面网络资料的作者，表示深深的敬意和由衷的致谢！

或许是写这书稿之缘由，我潜心伏案，偶尔无意识地抬一下头，并不觉得自己是在写作，亦谈不上是休息，却有一种感觉突袭而来。闪念之间，我才发觉自己仍然在想着周敦颐的做人、做事、为官、为学，才明白，又怎不是我写此书的动因所在。

二〇一九年六月成稿于江州

二〇二〇年六月定稿于庐山